国家社科基金重大招标项目

"十四五"国家重点出版物
出版规划项目

湖北省公益学术著作
Hubei Special Funds 出版专项资金
for Academic and Public-interest
Publications

陈文新　余来明

丛书主编

民国时期中国文学史著作整理丛刊

中国文学史（外二种）

刘麟生　著

周勇　段伟　整理

长江出版传媒 | 崇文书局

图书在版编目（CIP）数据

中国文学史：外二种 / 刘麟生著；周勇，段伟整
理 . -- 武汉：崇文书局，2024.1
（民国时期中国文学史著作整理丛刊 / 陈文新，余
来明主编）
ISBN 978-7-5403-6592-9

Ⅰ . ①中… Ⅱ . ①刘… ②周… ③段… Ⅲ . ①中国文
学—文学史 Ⅳ . ① I209

中国国家版本馆 CIP 数据核字（2023）第 197115 号

出 品 人 韩　敏
项目统筹 程可嘉
责任编辑 李慧娟
责任校对 董　颖
装帧设计 甘淑媛
责任印制 李佳超

中国文学史（外二种）
ZHONGGUO WENXUESHI WAI ER ZHONG

出版发行　长江出版传媒｜崇 文 书 局
地　　址　武汉市雄楚大街 268 号 C 座 11 层
电　　话　(027)87677133　邮政编码　430070
印　　刷　湖北新华印务有限公司
开　　本　880 mm×1230 mm　1/32
印　　张　13.875
字　　数　310 千
版　　次　2024 年 1 月第 1 版
印　　次　2024 年 1 月第 1 次印刷
定　　价　59.00 元
（如发现印装质量问题，影响阅读，由本社负责调换）

前　言

　　1904 年，黄人和林传甲异地同时地将授课讲义整理为《中国文学史》，拉开了国人撰著具有现代意义的中国文学史的序幕。此后，随着新式大学堂的不断建立和发展，为满足课程建设需要而出版的中国文学史著作如雨后春笋般涌现。同时，随着现代学术转型的不断深入，研究性的中国文学史著作也开始不断出现。截至 1949 年，面世的中国文学史著作已有数百种之多，在教育、学术上具有重要影响的亦不下数十种。刘麟生的《中国文学史》诞生于 1931 年，正是民国"黄金十年"的中期，社会和作者自身条件的相对稳定使得这部文学史著作成为同类中的佼佼者，颇具有代表性。

一

　　刘麟生（1894—1980），字宣阁，安徽省无为县人。出生于世家望族，伯祖父刘秉璋曾任四川总督，父刘体蕃为晚清秀才，以附贡生入仕，善诗，与郑孝胥、夏敬观等名流多所交游，有《双井堂诗集》刊行。刘麟生七岁入家塾读书，接受系统的旧式教育，民国建立后又接受西方新式学堂教育。1915 年考入上海圣约翰中学，后升入上海圣约翰大学并以文科最优等金牌奖毕业。1922 年始，历任商务印书馆和中华书局编辑、上海交通大学史地讲师、金陵女子文理学院国学系主任兼教授、圣约翰大学研究院教授。又曾先后供职于广州保安处、上海盐务总局、通用机器公司。1947 年起，任中华民国驻日代表团技术专员，后为驻日大使馆秘书。1956 年随董显光赴美，任私人秘书。1958 年去职，迁居纽约，任职于华昌公司。1966 年，在哥伦比亚大学任职，撰写明人传记约一年时间。1970 年移居旧金山。1980 年，刘麟生因突发脑溢血病逝于美国三藩市，享年 87 岁。

刘麟生自幼聪敏，既秉承家学，又入读教会学校，中西兼修，在教育经历、知识结构上具有综合融通的特点。进入社会工作后，刘麟生既有长期的文教工作经验，又曾在政府事务部门供职，还有短暂的企业工作经历，职业领域几经变换，阅历因之比较丰富，从而在个人兴趣爱好、思想认识方面也具有广博融通的特点。这些因素反映到他的文字著述上，便呈现出博学多才、涉猎广泛的特点。

在文学创作上，刘麟生酷嗜诗词，尤其对词情有独钟。早年曾随南社诗人庞树柏学词，并曾得到著名词家夏敬观、朱祖谋的指授和肯定。刘麟生的词集，共有《春灯词》《春灯词续刊》《茗边词》《茗边词续》等 4 种，计收词作 303 首，风格凄清深婉，造诣不俗。除词集外，刘麟生结集的文学作品，据《民国人物小传》记载，还有《宾鸿馆文存》《宾鸿馆联语》《宾鸿馆词屑》《游尘琐笔》等，均为未刊手稿。①

在文学研究方面，刘麟生用力甚勤，撰有论著多种。通论性著述有《中国文学概论》《中国文学ABC》《中国文学入门》《西洋文学通论》等，文学史研究论著有《中国文学史》《中国骈文史》，分体和个案研究论著有《中国诗词概论》《骈文学》《骈文研究法》《清代骈文作家》《公牍文研究》《〈诗经〉与〈楚辞〉》等，诗文评及笔记著作有《燕居脞语》《红薇馆杂俎》，诗词选编有《词絜》、《古今名诗选》（编者之一）。

除文学研究外，刘麟生还在政治、历史、地理、社会学等多个学科领域有所涉猎，有十数种著作、译作行世。如《哥白尼》（传记）、《中国政治理想》、《中国沿革地理浅说》、《十九世纪欧洲与中国文化之交通》、《犯罪学》（译著）、《中国印刷术源流史》（译著）、《乌托邦》（译著）、《法西蒂斯的世界观》（译著）、《墨梭利尼生活》（译著）、《美国警察行政》（译著）、《世界十大成功人传》（编译）。②

以上著述涉及人文社会科学诸领域，是刘麟生长期专业研究工作和职业编辑工作的成果。总体上看，刘麟生的思想和学问体现出博通的特点，是通人之学。这既与他自幼打下的中国传统学术根底有关，也与他身处中西思潮会通的时代大势有关，还与他曾任商务印书馆、中华书局两大出版单位的编辑职务不无关系。

---

① 刘绍唐主编：《民国人物小传》第7册，台北：传记文学出版社1985年版，第473页。

② 关于刘氏著述的比较详细的考论，可参看张锦《民国词人刘麟生研究》（南京师范大学硕士学位论文，2016年）和马莎、张锦整理的《刘麟生文集·前言》（河南文艺出版社2016年版）。

刘麟生对中国文学史的研究正是这一思想、经历和时代的产物。

二

　　1927—1930 年间，刘麟生在金陵女子文理学院担任国学系主任兼教授，因授课所需而对中国文学的发展历程进行了较为全面的梳理和研究，并致力于著述，先后撰著了《中国文学 ABC》《中国文学史》《中国文学概论》《中国诗词概论》《词絜》等书。这几部书均由当时与商务印书馆、中华书局鼎足而三的世界书局出版发行，影响颇大，代表了刘麟生在中国文学史和诗词研究方面的主要建树。《中国文学 ABC》是世界书局策划的"ABC 丛书"之一，主要是面向青年学习者，简要介绍了中国文学的概况。《中国文学概论》为专题性研究，集中分析阐释了文字、文体、作风（即风格）等三个问题。《中国文学史》则通论中国文学三千年发展历程，是结构完整的文学史著作。如果就应用于不同的课程和学习阶段而言，《中国文学 ABC》浅显通俗，适合于个人自修；《中国文学概论》立论精严，适合于课后延伸探讨；《中国文学史》繁简适中，体例规范，眉目清晰，最适合作为中国文学专业必修主干课的教学用书。事实上，正如作者所言，这部文学史的结构和论点，都是他"三年来在金陵女子文理学院讲授的结果"（《中国文学史·叙言》），其主要面向青年学子、面向大学教学的属性是显然的。但这部文学史又不全然是课程讲义的整理，作者亦自云"当时并没有什么讲义的稿子"。《中国文学史》成书于 1929 年冬至 1931 年春末这一年多时间，作者其时的职业身份已从大学教授转变为政务人员，其写作之所则辗转于南京、上海、杭州、广州等处，其与课堂教学的关系已非一一对应，故作者对于中国文学史的看法可以较少受到教材用途的局限，进而得以较充分的表达。

一部文学史的书写，首先要对最基本的问题即文学的性质予以界定，以便明确所叙述对象的范围。处于中西文化激烈碰撞背景下的民国年间的中国文学史书写者，在表达自身的文学观念时显得尤为自觉。刘麟生的《中国文学史》亦不例外。不像黄人、曾毅、谢无量等早期文学史书写者以中国传统文学为本位，刘麟生的文学观念可以说是以西方近代以来的纯文学概念为主导，而又充分尊重中国文学实际，表现出折衷而融通的特点。他在书首回答"文学是什么东西"这一最基本的问题时，便明确地区分了广义的杂文学与狭义的纯文学，并引中西古今对文学的相关论说来证明这两个范畴的渊源有自。在刘麟生看来，中国古代并非没有纯文学的作品，也不是没有纯文学的观念，而是广义的杂文学的作品和观念占据着主导的地位，而文学史应该研究的文学是纯文学，因此，他认为"中国文学虽然很发达，可是研究文学的方法，不是十二分高明，并且非觅新途径不可"。这种另寻新途当然是借镜于西方文学观念的启发，他的体会是：

> 但是近来著中国文学史的困难，可以减少一半。因为自从西洋文学观念介绍过来，我们对于文学，渐有准确的观念，知道什么东西是文学？——不是一切好书，皆是文学。——什么是纯文学？并且对于文学批评、文学欣赏，也改正了不少观念。如此方可以用简明的方法，研究中国文学。（《中国文学ABC·文字与文学》）

对于"狭义的文学是指有美感的重情绪的纯文学"这一概念，刘麟生在书中不断地予以申说，如云"好文学无非是真性情的流露""文学是多方面的，以真善美为归""文学是一种艺术，艺术以真善美为归，而达到目的的方法，不外激动人心的视觉、听觉和感觉"等，并且以此为标准来认识中国古代的一些文学作品和现象，如：

《诗经》是纯文学，孔子对于《诗》的批评，是古人对于纯文学的一种观念。

古代最大的纯文学家，舍屈原还有谁人？

曹植是第一次为诗而作诗的大诗家。

北朝是不大倾向于软文学①的，到了后来，也受南方声律派之影响。可是诗家究竟不多。

刘麟生显然欲以纯文学为视点，勾画出中国文学发展的线索。他对于六朝文学尤其是骈文的看重，更是这种文学观念的积极实践。六朝文学的绮靡向来受到传统士人的非议，而刘麟生却充分肯定其价值。他认为：

两汉文学，以浑厚雄壮见长。六朝文学，以绮靡繁缛见长。

绮靡的文学，在相当范围内，未尝不无保存的价值。试问绮丽的文字与模仿的鄙俗的文字比较，"孰得孰失？必有能辨之者"。文学以美为归，绮丽也是一种美，只要不太雕砌便好了。

---

① 软文学与硬文学是刘麟生用以标示文学性质的一对概念，大致相当于纯文学与杂文学。

　　六朝的贡献，自然以美文居首。

　　一意阿谀骈四俪六的文章，与狂呼打倒六朝绮靡文
学的人，都是偏于极端。

他的这些看法是以"文学求美"为旨归而提出的，与晚清以来
多从传统学术思想入手而进行的骈散之争显然具有不同的学术
背景，但亦可作为中国学术现代转型的连续进程之一环加以理
解。刘麟生后来花了相当大的精力从事骈文研究，撰著《骈文
学》《中国骈文史》等，正是他重视六朝文学、坚持纯文学观
念的表现。彼时学界一般认为，骈文的盛行以及"文""笔"
之体的区分辨析，体现并促进了文学观念的演化。如郭绍虞指
出，到魏晋南北朝时期，"'文学'一名之含义，始与现代人
所用的一样，这是一种进步。不但如此，他们又于'文学'中
间，有'文''笔'之分。'文'是美感的文学，'笔'是应
用的文学；'文'是情感的文学，'笔'是理知的文学。那么
'文''笔'之分也就和近人所说的纯文学杂文学之分有些类似
了"[①]。刘麟生亦有类似的看法，他认为"昭明太子是抱一个纯
文学的观念……昭明太子的兄弟萧纲（简文帝），也是主张纯文
学的一个人"。或许基于此一认识，他认为齐梁时期的大诗人，
影响最大的只有谢朓与梁武帝。谢朓的文学史地位早已有公认，
萧梁父子中萧统、萧纲、萧绎较受关注，武帝萧衍不如其子们受
重视，刘麟生把武帝提到与谢朓同等的大诗人地位，指出他对初
唐诗歌的影响，这个看法较有新意。

---

① 郭绍虞：《中国文学批评史》，北京：中华书局1961年版，第3页。

三

应该指出的是，刘麟生在面对中国文学史的事实时，一方面用狭义文学与广义文学、纯文学与杂文学、软文学与硬文学这样一种相对分明的概念分野来清理和阐释基本的论述对象，并进而试图融合中西方的一些论说。但另一方面，他又充分考虑到中国文学的实际情况，而采取客观折衷的认识态度。如他虽把《诗经》看作是纯文学的作品，但对于儒家的诗说也不一概否定，而承认"《诗》在当时应用之广，真是后人所梦想不到……孔子大约太注重功利方面，所以说《诗》有伦理上的功用……在现在高谈为文学而作文学的时代，以上批评，不免有些人反对，然而我总觉得文学固应脱离伦理而独立，文学也不是常常'反伦理的'"。这就与五四时期那种激烈的"打倒孔家店"的论调不同，他并不反对在文学中表现伦理道德，甚至不反对表现传统的伦理道德。

最能体现中国文学特殊性和复杂性的问题大概要算文体分类了，刘麟生对文体问题的特别关注体现了他对传统辨体意识的继承。他感叹，"近人著中国文学史，往往分论散文、骈体文、赋、诗词、小说、戏曲等等，比较是有合理化的，可是仔细推敲起来，不能没有下列的疑问：（一）赋是不是骈体文？（二）……究竟曲应当归入于诗词？还是归入于戏曲中咧？（三）时文或八股文，也有若干的文学价值，应当归入于何种？（四）箴铭颂赞，是有韵的文学。……骈体文，也有箴铭颂赞，散体文也有箴铭颂赞，我们不可以不注意咧"（《中国文学概论·总论文体》）。因此，他在进行自己的文学史书写时，对于文体分类就采取了比较实际的态度。如对于韵文、散文和骈文的区分，他不主一端，而认为“韵散综合或骈散综合的文章，可以看他成分的多少，仍旧分别归入骈文、韵文、散文之中。……散文、骈文、韵文，是相当的分法。错综变化，神而明之，存乎其人”。韵文、散文、骈文、古文这几个概念在中国文学中具有特殊性，它们既是文体分类的概念，又超越了文体概念，而具有语体的特点。它们彼此之间的边界有时是模糊的、交叉的，这体现了中国文学的独特之处。对于散文和骈文内部的诸多文体，刘麟生认为，西洋修辞学所谓的“写景文、叙述文、解释文、辨论文”的四类划分不足以包举无遗，还是姚鼐《古文辞类纂》所分十三类文体比较详尽，比较适用。不论是姚鼐的文体分类，还是此前的《文选》《文心雕龙》《通志》《文献通考》《四库全书总目》等的文体分类，都包含了大量的应用性文体，刘麟生并不将这些文体及其作品排除在以纯文学概念为标准划定的文学史叙述之外。换句话说，他虽标举西方近代以来的纯文学观念，但实际上却通过涵容中国古代丰富的文章体裁，而形成了有别于西方的“纯文学”范畴。这是刘麟生在文学史研究中折衷古今、汇通中西的重要收获。

　　注重客观的研究态度是刘麟生中国文学史书写的另一特点。他为自己确立了四条研究文学时应采取的态度，即“时代的精神”“客观的欣赏”“忠实的批评”“科学的整理”。他在提醒自己，“须研究其前因后果，不可以时代不同，于是生了入主出奴之见”“只问作品之美不美，不问他的味口与我合不合，宗派为我所喜与否”“不妄抨古今人，不诋毁何宗派，不拥护何宗派"。如果联系到彼时文学论争中的激烈意气，刘麟生对自己的这些要求，恐怕就并不是语出无因。他自己也基本上践行了这些态度，这使他的文学史书写具有了一定的历史研究的科学性。如他对宋诗的评价，在指出其散文化和以议论入诗的特点后，再分析其由来得失：

> 其实也从少陵、昌黎诸家变化而出，所以能承唐人之绪，而不为其所拘咧。宋诗惟一的教训，便是运笔清新。清新当然是以好的意境为背景，作诗本来应以意境为先，所以这是有创造精神的。但是宋诗喜欢立异，虽然不雕琢字句，使之绮丽，可是雕琢字句，使之生硬，也未免走极端了。此外宋诗也有牺牲韵味的地方。

这样的论评以事实为据，心气平和，令人便于接受。

除了具体论述中的客观态度外，刘麟生也善于博采众说。他广泛吸取了当时诸多文学史家的言说，或引证，或对比，或辨析，读者因之对学界的研究状况能够有所了解。刘麟生征引较多的时贤有曾毅、顾实、谢无量、胡适、胡小石等人。对他们的研究成果，刘麟生有时是指出论点的异同，以便参照；有时是提及资料的出处，作为拓展；有时则径直大段引述，深相推许。这一写法在同时的文学史著中尚不多见，由此可见作者研究眼光的开阔，研究态度的审慎客观。当然，这或许与刘麟生曾担任出版社编辑的职业经历有关。引述近人时论之外，刘麟生还特别注意将论说建立在文学材料之上，他强调"文学史的作法，应注重代表的作品，尤其是讲给青年人听，非有作品在前，往往徒发空洞的议论，是很难收效的"（《中国文学史·叙言》）。因此他虽然在写作中辗转几地，"借书很感不便"，但还是引录了大量的文学作品，有时甚至不加断语，让读者直接去感受、体会。如果说文学史的著述是一种历史研究和写作的话，那么作品本身便是史实，便是史料，文学史的书写自然离不开对史实的确认和叙述、对史料的考辨和清理。在这一点上，刘麟生是比较自觉的。

当然，客观的研究态度并不意味着不可以提出自己的见解，刘麟生的文学史书写除了注重史实的叙述外，也常常是勇于立论的，且不免有可商之处。如他认为汉代的文章是"一无依傍自出机杼做出来的。……汉人据笔直书，不模仿什么殷《盘》周《诰》，所以其文朴茂雄浑。换句话说，汉代的散文，是完全创造的"。汉文固然不模仿殷《盘》周《诰》等佶屈聱牙的文字，但对于战国诸子的文章还是有很多借鉴吸收的，"一无依傍"似乎言过其实。又如，对于宋词的风格派别，刘麟生在传统的婉约、豪放之外，另立"闲适"一派，这是较有眼光的，但将陆游列入此派，则似乎尚可斟酌。刘麟生自幼习词，在文学创作上也以填词名世，对词学研究应该下过一番功夫，深有体会。他对词风的把握自然并非无据，但限于篇幅和体例，我们没有见到他对放翁词的详论，不免遗憾。

四

刘麟生《中国文学史》于1932年由世界书局初版，一年后再版，以后有多次印刷。新中国成立以来，此书未曾再版。本次整理以世界书局初版为底本。为便于较全面把握刘麟生文学史研究情况，我们将刘麟生通论中国文学的两部著作一并整理。

　　《中国文学 ABC》由世界书局在 1929 年出版，此书含导言凡六章，以文体类别为经，以作家时代为纬，介绍了散文与韵文、诗、词、戏曲、小说等，每章末开列参考书目。该书的写作，目的是为初学者建立基本概念，以便深入学习。1934 年，世界书局策划了《中国文学讲座》丛书，《中国文学 ABC》易名为《中国文学泛论》，被收入其中再版。由曹辛华、钟振振主编的《民国诗词学文献珍本整理与研究》丛书中有《刘麟生文集》（马莎、张锦整理，河南文艺出版社 2016 年出版），其中含《中国文学泛论》。我们此次整理仍以世界书局 1929 年初版为底本，同时参校了《刘麟生文集》本。

　　《中国文学概论》初由世界书局于 1934 年出版，为作者主编之《中国文学丛书》八种之一，目的是"以中国文学大纲为对象，供读者对于中国文学有完整的知识和确切的了解"。作者分别从"文字与文学""文体的分析"和"作风底概观"三个方面专题探讨了中国文学的独特性，宏观性较强。中国书店于 1985 年、广西师大出版社于 2006 年都曾影印世界书局版《中国文学八论》，《刘麟生文集》中亦收有《中国文学概论》（整理排印）。我们此次整理，以世界书局 1936 年印本为底本，并参校《刘麟生文集》本。

　　此次整理，为如实呈现著作原貌，文字基本遵从底本。应该说明的几点：其一，对三书正文中少量明显的误字，我们一般径改，且不标注；对知识性错误，用脚注加以说明。其二，原书所征引的古代文学作品和文献，除排印错误之外，一般不改，悉从原貌。其三，底本原文的标点符号和分段习惯较为细碎，我们按照现行规范适当做了改动、合并。

　　由于水平有限，整理中的不当之处在所难免，还望读者批评指正与原谅。

周勇

2022 年 6 月

总目录

中国文学史

刘麟生 著　周勇　段伟 整理

叙　言

这本书的结构和论点，都是我三年来在金陵女子文理学院讲授的结果。可是当时并没有什么讲义的稿子。头一章是十八年冬在首都陶谷所写的，后来因为他事，于是搁了半年，未能握管。十九年夏，在上海，始继续的工作，将第一编写成。是年九月至二十年一月，我在杭州服务，赁居青年会，得暇辄编此书。因此将第二编至第六编编成。二十年一月尾来粤，逐渐编到第十编。于是此书始告完成，已经是春光渐老了。年来我的生活之无定，大可借此书为纪念品咧。

南北驰突，人地生疏，借书很感不便。这本书的缺陷，是无可讳言的。我以为文学史的作法，应注重代表的作品，尤其是讲给青年人听，非有作品在前，往往徒发空洞的议论，是很难收效的。参考的读物，固然可以随时写出，可是只能为勤学之士或中人以上说法咧。

本书以时代为经，以文学的种类为纬。对于每一时代之重要作品，比较的为积极之研究。其他文学，便叙述从简了。

二十，四，十四。广州白云楼

目　录

第一编　概说

第一章　研究文学的途径

文学是什么东西？要回答这句话，不得不分文学为广义的或狭义的两种。广义的文学，是指一切文字上的著述而言。狭义的文学，是指有美感的重情绪的纯文学。今请先引我国人士对于文学的观念于下，以资参考：

观乎天文，以察时变；观乎人文，以化成天下。（《易·贲卦·彖辞》）

孔子曰：焕乎其有文章。（《论语·泰伯》）

仲尼曰：志有之，言以足志，文以足言。不言，谁知其志？言之无文，行之不远。（《左传》）

文者，物象之本。（许慎《说文》）

文章，经国之大业，不朽之盛事。（魏文帝《典论》）

其为体也屡迁，其会意也尚巧，其遣言也贵妍。（陆机《文赋》）

文章之体，标举兴会，发引性灵。（《颜氏家

训》）

　　夫情动而言形，理发而文见。（刘勰《文心雕龙》）

　　文者惟须绮縠纷披，宫徵靡曼。（梁元帝《金楼子》）

　　文，所以载道也。（周敦颐《通书·文辞章》）

　　自汉以来，辞人代有。大则宪章典诰，小则申抒性灵。至于经礼乐而纬国家，通古今而述美恶，非斯则莫可也。（《南史·文学传》）

外国学者对于文学的定义，也有大同小异的说法，略举数例如下：

　　文学之别有二：一属于知，一属于情。属于知者，其职在教。属于情者，其职在感。（De Quincy 之语，谢无量译）

　　凡是用真实和华丽的字句表现人生者，皆为文学。（见 Long《英国文学史》）

　　狭义言之，文学作品在表述上或形式上，有关于思想永久普遍之兴趣而含有特性特色者，即所谓诗歌、传奇、历史传记、论文，乃与科学作品及发挥智识之作品适相反者也。（见 *Century Dictionary*，顾实译文）

　　读者品评以上的文学定义，不难得一折衷的文学概念。究竟文学有什么实用？我们为什么要研究他？很多朋友说：中国向来为右文之国，所以到今日文弱不振，现在不宜再注重文学。其实明末清初顾亭林先生已经说过："一做文人，便无足观。"但是在为文学而研究文学的声浪中，我们知道，中国文学虽然很发达，可是研究文学的方法，不是十二分高明，并且非觅新途径不可。所以我们不可为上说所误。不过我们研究中国文学，既然先要认清文学的意义，更须要明白文学的作用，然后方才可以谈新的途径呢。

我以为文学的作用有二：第一，是发挥民族的本性。说到民族的结合，语言文字，为其一大要素。文学为文字语言的结晶品，其重要不言可喻。所以魏文帝说："文章，经国之大业，不朽之盛事！"第二，文学是慰苦、表乐、移情、养性的绝妙东西。这一点又可分两层说：作者的苦乐性情，固然借文学可以表现出来；读者的苦乐性情，也借此可以表现出来。所谓借他人杯酒浇胸中块垒，我们又何乐而不为？在晚近的中国，音乐歌唱，士大夫都不屑躬亲其事，那么研究文学的重要，更可想而知了。

我们从前研究文学，只选几篇古文读读，几首唐诗背背；不管他们的时代背景如何，作品真伪怎样。这是缺乏研究的方法和态度所致。现在先论方法。

第一，是以时代为经，以种类为纬。焦理堂（循）在他的《易余籥录》说：

> 夫一代有一代之所胜。舍其所胜，以就其所不胜，皆寄人篱下者耳。余尝欲自《楚骚》以下至明八股，撰为一集。汉则专取其赋，魏晋六朝至隋，则专录其五言诗，唐则专录其律诗，宋专录其词，元专录其曲，明专录其八股。一代还其一代之所胜，然而未暇也。

这是纵的方法。作文学史者，多采用之。

第二，是以种类为经，以时代为纬。譬如先研究文，后讨论诗词，再叙述小说、戏曲。而论文之中，又分骈文、散文之别等等。这是横的方法。文学概论和文学读本的选本，往往用这种方法。

纵的研究，可以明了文学的潮流。横的研究，可以熟悉文体的变化。各有所长，学者似不可以偏废呢。

最后讨论研究文学时应取之态度：

一、**时代的精神**　浪漫派有浪漫派的精神，写实派有写实派的精神。须研究其前因后果，不可以时代不同，于是生了入主出奴之见。

二、**客观的欣赏**　各人对于文学的派别，嗜好不同，不可因为自己学唐诗，遂诋宋诗为浅薄。欣赏的时候，只问作品之美不美，不问他的味口与我合不合，宗派为我所喜与否。

三、**忠实的批评**　这就是杜少陵诗所谓："不薄今人爱古人，清词丽句必为邻。"我们批评文学，对于原则要忠实。不妄抨古今人，不诋毁何宗派，不拥护何宗派。

四、**科学的整理**　对于文学有统系的讨论归纳的考察，方才知道作品的真不真。譬如近人对于长篇小说的考证，是极合科学精神的。又如《墨子》经过孙诒让、梁任公诸先生的整理，方才易读，也是科学整理的功效。

第二章　文体概说

文学史是研究什么文学呢？当然是研究纯文学。然而纯文学的种类，也很不少。从何处说起呢？那就不能不就文学的外形立论。拿文学的种类，列举成一个表。自狭义方面言之，就是文体。对于文学的分类，各有各的主张，不是本书所能详论。现

在举近人"东亚病夫"所拟的一表，已可概见其余了。（表附前）①

现在论中国文学史中的分类：

最早的文学分类，要推梁昭明太子（萧统）所编《文选》的目录。这书是中国总集之祖，其目录当然值得我们注意的：

赋　诗　骚　七　诏　册　令　教　策　文　表　上书　启　弹事　笺　奏记　书　移　檄　难　对问　设论　辞　序　颂　赞　符命　史论　史述赞　论　连珠　箴　铭　诔　哀文　碑文　墓志　行状　吊文　祭文

《文选》六十卷，赋与诗占三十二卷。可见昭明太子所谓文是纯文学无疑了。

梁刘勰《文心雕龙》，是我国有名的文学批评。他上篇所论列的，共有二十五篇。大率关于文体的，试看下表（用范文澜《文心雕龙注》）：

---

① 原文如此，但此前未见有附表。

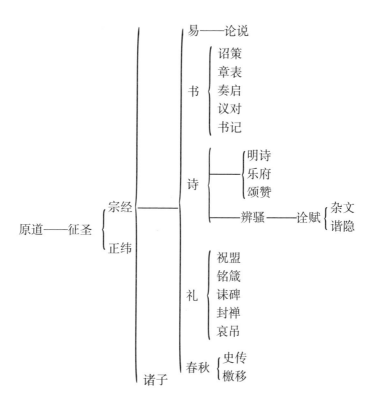

宋郑樵的《通志·艺文略》，分文之类为二十二：

　　　　楚词　别集　总集　诗总集　赋　赞颂　箴铭　碑
碣　制诰　表章　启事　四六　军书　案判　刀笔　俳
谐　奏议　论　策①　书　文史　诗评②

宋马端临《文献通考·经籍门》，共分四部，集部七类：

　　　　赋诗　别集　诗集　歌曲　章奏　总集　文史

《四库全书目录》集部分五大类：

---

① 底本作"论策"。
② 底本作"诗"。

　　楚词　别集　总集　诗文评　词曲

　　归纳起来，我们可以说古人未尝不注重文学的分类。可惜往往杂而不纯，且不承认小说、戏剧为文学。刘永济《文学论》说得甚妙，今引用如下：

　　由总集群书之目录，得下之结果：

　　一、隋唐以前，凡著作皆文事，而诗赋独归文学。

　　二、唐宋以来，始于诗赋之外，阑入他种著作。

　　由总集文章之门类，得下之结果：

　　一、梁以来，经史子不属文学，《文选》重在文采情思。

　　二、唐宋以来，重在论道经邦。诗词多别出选本。

　　所以我们研究中国文学，不但要注重散文，并且要研究骈体文；不但要研究诗词，并且要注重小说、戏曲。

第三章　中国文字的特质

　　文字是文学的工具，这是尽人皆知的。读者欲知我国文学的特质，不可不先知我国文字的特质。文字学是专门名家之学。不是这短短一章所能包括的。现在专就文学演进方面设想，论列中国文字特有的现象。

　　（甲）形式之美　很多人以为现在各国的文字，多半是注音的。而汉字是象形的孤立语，在语言发达史中，居最下级。我以为中国文字，语根不能变化，不合于科学上的应用，的确有它的短处。然而象形的文字，究竟也容易记忆，而且文章简洁，于文学上更不无多少益处。试看日本汉学家盐谷温的说话：

西洋化的学者，动辄视汉字为野蛮，以为是极不便利的东西。但实际如汉字那样的上品而且是实用的，却没有。……用冗长的拼音与假名，不但写读都费时，而且纷乱得难堪的，为甚不用写起来简单明快、读起一目了然的汉字呢？（孙俍工译《中国文学概论讲话》第八页）

古代的文字，多半起于象形。但是象形的文字，能够维持如此久长，产出如此多量的好文学，恐怕要推汉文为独步了。所以中国文学的美，确是一种图画的美。图为象形文字，一见就给我们种种印象或观念，全凭视官的作用，与拼音文字假借听官而造成文字上的幻象者不同。然而中国文字中所有形式之美，不尽由于象形，还有其他方法，这就是六书了。

班固《汉书·艺文志》说："古者八岁入小学，故《周官》保氏掌养国子，教之六书，谓象形、象事、象意、象声、转注、假借，造字之本也。"郑众《周官》保氏注云："六书：象形，会意，转注，处事，假借，谐声也。"许慎《说文解字叙》说：

《周礼》八岁入小学，保氏教国子，先以六书。一曰指事：指事者，视而可识，察而见意，上下是也。二曰象形：象形者，画成其物，随体诘曲，日月是也。三曰形声：形声者，以事为名，取譬相成，江河是也。四曰会意：会意者，比类合谊，以见指㧑，武信是也。五曰转注：转注者，建类一首，同意相受，考老是也。六曰假借：假借者，本无其字，依声托事，令长是也。（关于六书的先后次序问题，可参考蒋善国《中国文字之原始及其构造》第二编第三页）

六书是中国文字构造的原则，其中象形、指事、会意，完全属于形式，谐声、转注、假借，则属于声音训诂之事；可以令读者望文生义，生出种种的幻象。所以中国的文学，是有字的图画。

（乙）音调之美　没有说明音调之美以前，先要提起我国文字中缺乏语音的短处。据英国驻华公使威妥玛（Thomas Wade）所著《语言自迩集》说："北平话不过四百种音，而通用的字，大约有一万。其中有许多同音的字。此外通假的字也太多。"刘永济在他的《文学论》上说："'逶迤'二字，见于古书者，有三十三种不同的写法。这都是我们引为遗憾的。"

照这样说，中国文字难道没有音调之美吗？那又不然。因为单音孤立的关系，于是产生了平上去入的四声。四声之说，起于齐梁之际，《南史·沈约传》说：

> 约撰《四声谱》，以为在昔词人累千载而不悟，而独得胸襟，穷其妙旨，自谓入神之作。武帝雅好焉，尝谓周舍曰："何谓四声？"舍曰："天子圣哲是也。"然帝竟不遵用。

四声的解释，以《康熙字典》为很清晰的。录之于下：

> 平声——平道莫低昂　　上声——高呼猛烈强
> 去声——分明哀远道　　入声——短促急收藏

盐谷温说："平声是平坦的发声，以英语为例来说，是没有Accent的。上声是尾上的音，在语尾，有Accent的。去声是尾下的音，在语头，有Accent的。……入声是促音，即是忍着音底尾的，在声音上说来，是含着KPT语尾的一种发音。"

爱德金（Edkins）说："古代只有平与入。上声是周初时才有，去声是三国末，下平是元代才创始的。说到上声与去声的起源，虽不明白其本原于何书，但下平起于元代，实系定论。因到元代侵染胡语，中原的音韵，为此缺乏入声。同时平声中，至生出阴与阳的分别来了。"（《中国文学概论讲话》第十四页）

中国文学音调之美，第一在调平仄。简单言之，就是第一句末尾之字，如果是平，第二句末尾之字，必须用仄韵字以调之。在散文中亦常常见之，不过在骈文中，更其重要。譬如读《芜城赋》"孳货盐田，铲利铜山，财力雄富，士马精妍"四句，前二句音调不及后二句之美，便是这个关系。

因为平仄，便发生了平仄韵，又名百六韵。自从沈约著了《四声谱》，周颙著《四声切韵》，王斌著《四声论》，可惜都不传于今。到了隋朝，有陆法言的《切韵》，唐朝有孙愐的《唐韵》，宋有《广韵》《集韵》《礼部韵略》，而《广韵》最有名。金代平水人王文郁，改为百七韵。南宋刘渊重刻王文郁的书，叫做《壬子新刻礼部韵略》，就是现在通行的诗韵，名叫"平水韵"。元时阴时夫撰《韵府群玉》，删去"拯"韵，便是现代的百六韵了。

韵有舒畅的，有抑郁的，音调之美，便系在此处。唐钺的《国故新探》引韩昌黎《听颖师弹琴》诗说：

　　呢呢儿女语，恩怨相尔汝（用"语"韵，其音幽细）。划然变轩昂（此下变"阳唐"韵，诗意亦划然变轩昂也），勇士赴敌场。

总之同一平韵之中，疾徐高低，也有不同，读者非以意会不可呢。

最后说到重言、双声、叠韵与音调的关系。古诗中重言之

18

妙，莫过于"迢迢牵牛星，皎皎河汉女"。差不多句句有重言。双声是发音相同的字，叠韵是收音相同的字。（参看拙著《中国文学ABC》第五页）今引钱大昕《音韵问答》为例：

> 《卷耳》之次章，"崔嵬""虺隤"两叠韵。三章"高冈""玄黄"两双声。……"生死契阔""搔首踟蹰"一句而成双声。"赘力方刚""山川悠远"一句而一叠韵，一双声。其组织之工，虽七襄报章，无以过也。其音节之和，虽埙箎迭奏，莫能加也。

所以中国文人不但吟诗，还要常常哼文章调子，简直如同唱歌一般。谢无量说："中国文章形式之最美者，莫如骈文、律诗，此诸夏所独有者也。"（《中国大文学史》卷一，第四十页）骈文、律诗，所以如此之美，岂不是靠了以上两种特质吗？

第四章　文学书简目

研究中国文学，应读何种书籍？这是青年学子所喜欢问的，现在先引用两大学者的说话。

梁任公先生的主张：

> 散文之部——周秦诸子、《左传》、《国策》、"四史"、《通鉴》、《文选》、《韩集》、《柳集》、《王集》、《古文辞类纂》、《骈体文钞》（李兆洛）、《经史百家杂钞》（曾国藩）

> 韵文之部——《诗经》、《楚辞》、《文选》、《乐府诗集》、《曹子建集》、《阮嗣宗集》、《陶渊明集》、《谢康乐集》、《鲍明远集》、《谢玄晖

集》、《李太白集》、《杜工部集》、《王右丞集》、
《孟襄阳集》、《韦苏州集》、《高常侍集》、《韩
昌黎集》、《柳河东集》、《白香山集》、《李义山
集》、《王临川集》、《唐百家诗选》（王安石）、
《宋诗钞》、《清真词》、《醉翁琴趣》、《东坡乐
府》、《屯田集》、《淮海词》、《樵歌》、《稼轩
词》、《后村词》、《白石道人歌曲》、《碧山词》、
《梦窗词》、《西厢记》、《琵琶记》、《牡丹亭》、
《桃花扇》、《长生殿》

胡适之先生的主张：

　　《诗经集传》《诗经通论》《诗本谊》《诗经原
始》《诗毛氏传疏》《檀弓》《春秋左氏传》《战国
策》《楚辞集注》《全上古三代秦汉三国六朝文》《全
汉三国晋南北朝诗》《古文苑》《续古文苑》《文选》
《文心雕龙》《乐府诗集》《唐文粹》《唐文粹补遗》
《全唐诗》《宋文鉴》《南宋文范》《南宋文录》《宋
诗钞》《宋诗钞补》《宋六十名家词》《四印斋王氏所
刻宋元人词》《彊村所刻词》《太平乐府》《阳春白
雪》《董解元弦索西厢》《元曲选一百种》《金文最》
《元文类》《宋元戏曲史》《京本通俗小说》《宣和遗
事》《五代史平话残本》《明文存》《列朝诗集》《明
诗综》《六十种曲》《盛明杂剧》《暖红室汇刻传奇》
《笠翁十种曲》①《九种曲》《桃花扇》《长生殿》

---

① 底本作"《笠翁十二种曲》"。

《曲苑》《缀白裘》《曲录》《湖海文传》《湖海诗传》《鲒埼亭集》^①《惜抱轩文集》《大云山房文稿》《文史通义》《龚定庵全集》《曾文正公文集》《吴梅村诗》《瓯北诗钞》《两当轩诗钞》《巢经巢诗钞》《秋蟪吟馆诗钞》《人境庐诗钞》《水浒传》《西游记》《三国志》《儒林外史》《红楼梦》《今古奇观》《水浒后传》《镜花缘》《三侠五义》《儿女英雄传》《九命奇冤》《恨海》《老残游记》《五十年来之中国文学》

（以上摘录《梁胡审定研究国学书目》，书名过多，作者不录）

我以为"卑之无甚高论"，只能就学子的中等资质与最少时间设想。那么下列的门径书，怕已经不少了。（专集可以自由选读）

散文方面——《书经》、《孟子》、《庄子》、《左传》（选读）、《文选》（选读文）、《古文辞类纂》

诗的方面——《古诗源》《近体诗钞》《唐宋元明诗别裁集》

词的方面——《唐五代词选》《宋词三百首》

曲的方面——《西厢记》《琵琶记》《牡丹亭》《长生殿》《桃花扇》

小说方面——《水浒传》、《西游记》、《三国志》、《儒林外史》、《红楼梦》、《今古奇观》、《镜花缘》、《儿女英雄传》、《旧小说》（吴曾祺）

---

① 底本作"《鲒琦亭集》"。

文学史方面——《文心雕龙》《沧浪诗话》《词苑丛谈》
《剧说》

看了门径书以后，便可选看专集。因为看专集，最可以发现
作者的个性与作风。读者可以自由选择起来，无毫发遗憾了。

第二编　上古文学

第一章　诗经

庄子《天运篇》说："丘治《诗》《书》《易》《礼》《乐》《春秋》六经。"《诗》三百篇之称经，其来已久。无论如何，《诗》或《诗经》，是中国文学中最早最大的权威，是毋庸置议的。为什么呢？我想有以下的理由：

一、**材料之可恃**　文学的演进，大概韵文先于散文，已经多数人承认了。中国最早的韵文，人人都说是康衢《击壤》之歌，大舜《南风》之歌。我们姑且不说他们的真伪，究竟他们不是大宗文学作品。古代文学的结晶品，多在于"经"，然而"经书"到今日，除了《诗经》《春秋》之外，个个都被人疑古，以为不可靠了。最早可靠的上古文学，只有这部《诗经》。

二、**体裁之丰富**　《诗经》是四言诗的大成。后人做四言诗，没有人能比《诗经》再好。但是《诗经》也不限于四句。孔颖达疏云：

> 《诗》之见句，少不减二，即"祈父""肇禋"之
> 类是也。三字者，"绥万邦，屡丰年"之类也。四字

者，"关关雎鸠""窈窕淑女"之类也。五字者，"谁谓雀无角，何以穿我屋"之类也。六字者，"昔者先王受命，有如召公之臣"之类也。七字者，"如彼筑室于道谋""尚之以琼华乎而"之类也。八字者，"十月蟋蟀入我床下""我不敢效我友自逸"是也。

材料方面，或者咏恋爱（《桑中》），或者咏政治（《常武》），或者咏农事（《七月》），或者咏祭祀（《那》），真是包罗万象了。

至于用韵，有用于句首者，有用于句中者，有用于句末者，有转韵，有错韵，是美不胜收呢。（参看陈钟凡《中国韵文通论》第十八页至二十三页）

三、描写之入神 《文心雕龙》说："诗人感物，联类不穷。故灼灼状桃花之鲜，依依尽杨柳之貌，杲杲为日出之容，瀌瀌拟雨雪之状，喈喈逐黄鸟之声，喓喓学草虫之韵。"《渔洋诗话》说："《诗》三百篇，真如化工之肖物。如《燕燕》之伤别，《籊籊竹竿》之思归，《蒹葭苍苍》之怀人，《小戎》之典制。《硕人》次章，写美人之姚冶；《七月》次章，写春阳之明丽，而终以'女心伤悲，殆及公子同归'。《东山》之三章'我来自东，零雨其蒙。鹳鸣于垤，妇叹于室'，四章之'其新孔嘉，其旧如之何？'写闺阁之致，远归之情，遂为六朝、唐人之祖。《无羊》之'或降于阿，或饮于池，或寝或讹，尔牧来思，何蓑何笠，或负其糇，麾之以肱，毕来既升'，字字写生，恐史道硕、戴嵩画手，未能如此极妍尽态也。"现在本渔洋的遗意，录十首诗于下：

燕燕

燕燕于飞，差池其羽。之子于归，远送于野。瞻望弗及，泣涕如雨。

燕燕于飞，颉之颃之。之子于归，远于将之。瞻望弗及，伫立以泣。

燕燕于飞，下上其音。之子于归，远送于南。瞻望弗及，实劳我心。

仲氏任只，其心塞渊。终温且惠，淑慎其身。先君之思，以勖寡人。

蒹葭

蒹葭苍苍，白露为霜。所谓伊人，在水一方。溯洄从之，道阻且长。溯游从之，宛在水中央。

蒹葭萋萋，白露未晞。所谓伊人，在水之湄。溯洄从之，道阻且跻。溯游从之，宛在水中坻。

蒹葭采采，白露未已。所谓伊人，在水之涘。溯洄从之，道阻且右。溯游从之，宛在水中沚。

硕人

手如柔荑，肤如凝脂，领如蝤蛴，齿如瓠犀。螓首蛾眉，巧笑倩兮，美目盼兮。

七月

七月流火，九月授衣。春日载阳，有鸣仓庚。女执懿筐，遵彼微行，爰求柔桑。春日迟迟，采蘩祁祁。女心伤悲，殆及公子同归。

东山

我徂东山，慆慆不归。我来自东，零雨其蒙。仓庚于飞，熠耀其羽。之子于归，皇驳其马。亲结其缡，九十其仪。其新孔嘉，其旧如之何？

《诗》的权威，是我们信仰的。然则《诗》的来源何如呢？《史记》说："古者《诗》三千余篇，及至孔子，去其重，取可施于礼义。"《论语》说："子曰：吾自卫返鲁，然后乐正，雅颂各得其所。"固为古代有采诗之官，后来采集太多，当然有删定之必要。近人中虽然有很多不相信孔子是删《诗》的人，但是孔子对于《诗》有编辑的责任，是无可疑的。

《诗》的时与地 《诗》三百零六篇，除了《商颂》五篇，是商代的作品之外，其余三百零一篇，是周朝的作品。近代学者，有疑《商颂》为宋国的诗（参看胡小石《中国文学史讲稿》上编，四三至四五页）。那么《诗经》是周代的文学结晶品，是无疑的。

至于产生的地方，不外黄河流域。试看十五国所在地：

周、召——陕西西部

邶、鄘、卫——河北之南、河南之北一带的地方

王——河南洛阳一带　　郑——河南的中部

齐——山东中部、东部　　魏——山西南部

唐——山西中部　　　　　秦——陕西、甘肃交界处

陈——河南东南部　　　　桧——河南中部

曹——山东西南部　　　　豳——陕西北部

《诗》的分类　《毛诗》分类的次序，可观下表：

诗		
国风	雅	颂
周南、召南、邶、鄘、卫、王、郑、齐、魏、唐、秦、陈、桧、曹、豳①	大雅、小雅	周颂、鲁颂、商颂

《诗大序》说："《诗》有六义：一曰风，二曰赋，三曰比，四曰兴，五曰雅，六曰颂。"孔颖达说："赋、比、兴，是诗之作用；风、雅、颂，乃诗之成形。"六义的解释很多，今用朱子之说：

> 凡《诗》之所谓风者，多出于里巷歌谣之作。……若夫《雅》《颂》之篇，则皆成周之世朝廷郊庙乐歌之辞。（《诗经集注叙》）

> 兴者，先言他物以引起所咏之辞也。赋，敷陈其事而直言之者也。比者，以彼物比此物也。（《诗经集注》）

但是《雅》《颂》之中的诗，很多也可置诸《国风》内（参看郑振铎《文学大纲》第一册，二七四至二七七页）。且《雅》《颂》各自为类，亦不见得分得十分严密，所以有多人主张应重行分类。今举出郑振铎君的分类表：

---

① 底本无"豳"。

《诗经》	一、诗人的创作——《正月》《十月》《节南山》《嵩高》《烝民》等	
	二、民间歌谣	1.恋歌——《静女》《中谷》《将仲子》等
		2.结婚歌——《关雎》《桃夭》《鹊巢》等
		3.悼歌及颂贺歌——《蓼莪》《麟之趾》《螽斯》等
		4.农歌——《七月》《甫田》《大田》《行苇》《既醉》等
		5.其他
	三、贵族乐歌	1.宗庙乐歌——《下武》《文王》等
		2.颂神乐歌或祷歌——《思文》《云汉》《访落》等
		3.宴会歌——《庭燎》《鹿鸣》《伐木》等
		4.田猎歌——《车攻》《吉日》等
		5.战事歌——《常武》等
		6.其他

《诗》的应用　　《诗》在当时应用之广，真是后人所梦想不到。孔子说："不学《诗》，无以言。"又说"诵《诗》三百，授之以政，不达，使于四方，不能专对，虽多，亦奚以为？"《左传》纪外交上的言词，几于无有不引《诗》的。坛坫周旋，多互相唱《诗》。至于《诗经》在现在交际文学上，多半成为一种熟语，更不胜枚举了。

　　最后要说到孔子对于《诗经》的批评。《诗经》是纯文学，孔子对于《诗》的批评，是古人对于纯文学的一种观念，不可不知。孔子大约太注重功利方面，所以说《诗》有伦理上的功用。子曰："《诗》，可以兴，可以观，可以群，可以怨。迩之事父，远之事君。多识于鸟兽草木之名。"又说："《关雎》，乐而不淫，哀而不伤。"《礼记·经解》说："温柔敦厚，诗教也。"（这或者是假托孔子之言）在现在高谈为文学而作文学的时代，以上批评，不免有些人反对，然而我总觉得文学固应脱离伦理而独立，文学也不是常常"反伦理的"。至于乐而不淫，哀而不伤，是文章含蓄的妙用。文章固不必常常含蓄，但含蓄确是文学上的一种办法。

第二章　楚辞

　　《诗经》与《楚辞》，是古代文学界的两颗明星，也是中国美文之祖，所以不能不相提并论。《诗经》与《楚辞》的不同：前者是北方文学之大成，偏于实际的；后者是南方文学之导师，偏于理想的。（参观谢无量《楚辞新论》及陈钟凡《中国韵文通论》）至于《诗经》是四言诗，《楚辞》是参差不同的句子，更是人人知道的。

　　《楚辞》的组织　"楚辞"这个名词，在汉时已有。现在通行的《楚辞》，相传是西汉刘向所编定。东汉王逸的章句，共有二十五篇。内屈原所做的，为《离骚》《九歌》《天问》《九章》《远游》《卜居》《渔父》。宋玉所作，有《九辩》《招魂》，景差所作的有《大招》。此外还有汉人拟作的东西。近人以为《天问》《卜居》《渔父》，决不是屈原作的。无论如何，"诗""骚"之别，也就是作者问题了。《诗经》中大半没有作者，像周公、尹吉甫、庄姜等等，实在是极少数；《楚辞》的作者，差不多我们全知道了。

《楚辞》的文体　《楚辞》是文呢？还是诗呢？昭明太子列为骚体，后来古文家认为赋体，赋也是一种文呢。近代学者以为是一种新体诗，总之是一种韵文罢了。《楚辞》全用"兮"字，是《诗经》已有的成法，不过《楚辞》推而广之。至于句法参差不齐，极文章变幻之能事，那是《诗经》所不及了。《楚辞》实在是文学演进上一个重要关头。

屈原　古代最大的纯文学家，舍屈原还有谁人？他的历史，可看《史记·屈原列传》。后半批评《离骚》，也是很有卓识的文字：

> 屈原名平，楚之同姓也。为楚怀王左徒。博闻强志，明于治乱，娴于辞令。入则与王图议国事，以出号令；出则接遇宾客，应对诸侯。王甚任之。上官大夫与之同列，争宠，而心害其能。……因谗于王，王怒而疏屈平。屈平疾夫邪曲之害公而方正之不容也，忧愁幽思，而作《离骚》。离骚者，犹离忧也。……屈平之作《离骚》，盖自怨生也。《国风》好色而不淫，《小雅》怨诽而不乱，若《离骚》者，可谓兼之矣。……其文约，其旨微，其志洁，其行廉。……推此志也，虽与日月争光可也！……令尹子兰卒使上官大夫短屈原于顷襄王，顷襄王怒而迁之。……乃作《怀沙》之赋，于是怀石，遂自沉汨罗而死。

《离骚》　这是屈原的杰作，我们应当特别注重。《离骚》中的意思和句法的构造，尽管有重复之处。然修辞之美，毕竟是空前绝后。其成功的原因，可分三节解释之。

一、**用情真挚**　好文学无非是真性情的流露。《离骚》完全是屈原的悲愤之作，最能看出他是一个多情的人。他的爱国思想与超人世的观念（用谢无量先生语），没有浓厚的情感，是不能表出的。试看下列的摘句：

岂余身之惮殃兮？恐皇舆之败绩。

余固知謇謇之为患兮，忍而不能舍也。指九天以为正兮，夫惟灵修之故也。

亦余心之所善兮，虽九死其犹未悔！

宁溘死以流亡兮，予不忍为此态也！

二、**取材丰富**　《离骚》富于动植物的名词，这是一看便知的。还有二大方法，使文学材料丰富：一是善于用历史上的故实；一是应用神话，穿插得妙。前者开后世咏史诗之先声，后者为游仙诗导之先路。今摘录二段于下方：

依前圣以节中兮，喟凭心而历兹。济沅湘以南征兮，就重华而陈词。启《九辩》与《九歌》兮，夏康娱以自纵。不顾难以图后兮，五子用失乎家巷。羿淫游以佚田兮，又好射夫封狐。固乱流其鲜终兮，浞又贪夫厥家。浇身被服强圉兮，纵欲而不忍。日康娱而自忘兮，厥首用夫颠陨。夏桀之常违兮，乃遂焉而逢殃。后辛之菹醢兮，殷宗用而不长。汤、禹俨而祗敬兮，周论道而莫差。举贤才而授能兮，循绳墨而不颇。皇天无私阿兮，览民德焉错辅。夫维圣哲以茂行兮，苟得用此下土。瞻前而顾后兮，相观民之计极。夫孰非义而可用兮？孰非善而可服？阽余身而危死兮，览余初其犹未悔。不量凿而正枘兮，固前修以菹醢。曾歔欷余郁邑兮，哀朕时之不当。揽茹蕙以掩涕兮，沾余襟之浪浪！

跪敷衽以陈辞兮，耿吾既得此中正。驷玉虬以乘鹥兮，溘埃风余上征。朝发轫于苍梧兮，夕余至乎县圃。欲少留此灵琐兮，日忽忽其将暮。吾令羲和弭节兮，望崦嵫而勿迫。路曼曼其修远兮，吾将上下而求索。饮余马于咸池兮，总余辔乎扶桑。折若木以拂日兮，聊须臾以相羊。前望舒使先驱兮，后飞廉使奔属。鸾皇为余先戒兮，雷师告余以未具。吾令凤凰飞腾兮，继之以日夜。飘风屯其相离兮，率云霓而来御。纷总总其离合兮，斑陆离其上下。吾令帝阍开关兮，倚阊阖而望予。时暧暧其将罢兮，结幽兰而延伫。世溷浊而不分兮，好蔽美而嫉妒。朝吾将济于白水兮，登阆风而绁马。忽反顾以流涕兮，哀高丘之无女。溘吾游此春宫兮，折琼枝以继佩。及荣华之未落兮，相下女之可诒。吾令丰隆乘云兮，求宓妃之所在。解佩纕以结言兮，吾令蹇修以为理。纷总总其离合兮，忽纬繣其难迁。夕归次于穷石兮，朝濯发乎洧盘。保厥美以骄傲兮，日康娱以淫游。虽信美而无礼兮，来违弃而改求。览相观于四极兮，周流乎天余乃下。望瑶台之偃蹇兮，见有娀之佚女。吾令鸩为媒兮，鸩告余以不好。雄鸠之鸣逝兮，余犹恶其佻巧。心犹豫而狐疑兮，欲自适而不可。凤皇既受诒兮，恐高辛之先我。欲远集而无所止兮，聊浮游以逍遥。及

少康之未家兮，留有虞之二姚。理弱而媒拙兮，恐导言
之不固。世溷浊而嫉贤兮，好蔽美而称恶。闺中既已邃
远兮，哲王又不寤。怀朕情而不发兮，余焉能忍与此终
古？

三、工于寄托　王逸说："《离骚》之文，引类譬喻。故善
鸟香草，以配忠贞。恶禽臭物，以比谗佞。灵修美人，以媲于
君。宓妃佚女，以譬贤臣。"我以为《离骚》之妙，不在善用明
比喻（Simile），而在善用暗比喻（Metaphor）。

日月忽其不淹兮，春与秋其代序。惟草木之零落
兮，恐美人之迟暮！

众女嫉余之蛾眉兮，谣诼谓余以善淫。

制芰荷以为衣兮，集芙蓉以为裳。不吾知其亦已
兮，苟余情其信芳。

恐鹈鴂之先鸣兮，使夫百草为之不芳。

宋玉　这是《楚辞》中第二个大作家，可惜他的历史，更在
朦胧隐约之中。我们只知道他是楚襄王时代的人。王逸说他是楚
国的大夫，并且是屈原的弟子（陆侃如《屈原评传》证其没有这
回事）。

他的作品，有《九辩》《招魂》，见于《楚辞章句》；《风
赋》《高唐赋》《神女赋》《登徒子好色赋》《对楚王问》，见
于《文选》。还有《笛赋》等六篇，见于《古文苑》。据陆侃
如、刘大白诸先生研究（参看《中国文学研究》），以为除了
《九辩》《招魂》以外，其余都是伪作。要之《九辩》《招魂》
的笔法，与《风赋》等篇，大有出入，殊令人可疑。

宋玉固然是屈原的嫡派，但是他自己确有独到之处。《九

辩》最大的贡献，是悲秋的思想。原来秋天百谷播登，正是农夫作乐的时候，参看《七月》《大田》诸诗可以概见，所以悲秋不能不说是创造的思想了。至于《招魂》之妙处，则在描写。前段中叙述东方、南方、西方、北方、天、幽都的危险，可谓集神话之大成。后半述娱乐、陈设、饮食、歌舞等等，是古代文学中难得有的作品，也是后来祭文的楷模。

> 肴羞未通，女乐罗些。陈钟按鼓，造新歌些。《涉江》《采菱》，发《扬荷》些。美人既醉，朱颜酡些。娭光眇视，目曾波些。被文服纤，丽而不奇些。长发曼鬋，艳陆离些。二八齐容，起郑舞些。衽若交竽，抚案下些。竽瑟狂会，搷鸣鼓些。宫庭震惊，发激楚些。吴歈蔡讴，奏大吕些。士女杂坐，乱而不分些。放陈组缨，班其相纷些。郑卫妖玩，来杂陈些。激楚之结，独秀先些。

第三章　古代散文

说起古代散文，谁不推起《尚书》（即《书经》），可是提起《尚书》——上古之书，我们就不能不说到今文、古文之别。《尚书》篇目中有古文、今文皆有的，有古文有今文无的。说者以为今文是真的，古文是伪的。可是照时间性说起来，先有伏生的今文，孔安国的古文，河间献王的古文，后来有张霸的伪古文，梅赜的伪古文。有人主张孔安国无古文，有人主张伏、孔皆有古今文（参看陈柱《尚书论略》），这都太近于专门了。且看古文、今文皆有的一篇文字。

虞书·尧典

曰若稽古，帝尧曰放勋，钦明文思安安，允恭克让，光被四表，格于上下。克明俊德，以亲九族。九族既睦，平章百姓。百姓昭明，协和万邦。黎民于变时雍。

乃命羲和，钦若昊天，历象日月星辰，敬授人时。分命羲仲，宅嵎夷，曰旸谷。寅宾出日，平秩东作。日中，星鸟，以殷仲春。厥民析，鸟兽孳尾。申命羲叔，宅南交。曰明都，平秩南讹，敬致。日永，星火，以正仲夏。厥民因，鸟兽希革。分命和仲，宅西，曰昧谷。寅饯纳日，平秩西成。宵中，星虚，以殷仲秋。厥民夷，鸟兽毛毨。申命和叔，宅朔方，曰幽都。平在朔易。日短，星昴，以正仲冬。厥民隩，鸟兽氄毛。帝曰："咨！汝羲暨和。期三百有六旬有六日，以闰月定四时，成岁。允厘百工，庶绩咸熙。"

帝曰："畴咨若时登庸？"放齐曰："胤子朱启明。"帝曰："吁！嚚讼可乎？"

帝曰："畴咨若予采？"驩兜曰："都！共工方鸠僝功。"帝曰："吁！静言庸违，象恭滔天。"

帝曰："咨！四岳，汤汤洪水方割，荡荡怀山襄陵，浩浩滔天。下民其咨，有能俾乂？"佥曰："於！鲧哉。"帝曰："吁！咈哉，方命圮族。"岳曰："异哉！试可乃已。"

帝曰："往，钦哉！"九载，绩用弗成。

帝曰："咨！四岳。朕在位七十载，汝能庸命，

巽朕位？"岳曰："否德忝帝位。"曰："明明扬侧
陋。"师锡帝曰："有鳏在下，曰虞舜。"帝曰：
"俞，予闻，如何？"岳曰："瞽子，父顽，母嚚，象
傲。克谐以孝，烝烝乂，不格奸。"帝曰："我其试
哉！女于时，观厥刑于二女。"厘降二女于妫汭，嫔于
虞。帝曰："钦哉！"

《尚书》的文笔如何呢？韩退之在他的妙文《进学解》中
说："上规姚姒，浑浑无涯；周《诰》殷《盘》，佶屈聱牙。"
退之的文章，全得力于《尚书》。所以其文浑厚雄深，至于佶屈
聱牙，当然不是修辞上的好事。《尚书》的佶屈，是古代文法上
的现象，不是吾人所应模拟的。然而他的文章典重，足为后世公
文的模楷，这是不可不知。

春秋战国之时，是中国人才鼎盛的时代。哲学家如孔、孟，
游说家如苏、张，想宣传他们的主张，无不借重于语言文字。所
以他们的著作，或门弟子替他们做的记录，无一不有声有色，最
有影响于后世文章家者，莫如《左传》《孟子》《庄子》《战国
策》诸书。

先论《左传》。孔子因鲁史记而作《春秋》。《春秋》不过
是历史纲要。替《春秋》做传者有三人：一、左丘明，二、公羊
高，三、穀梁赤。公、穀的书，是专主释义，而以事实佐证。左
氏的书，注重铺陈事实，于历史最近。然而他在文学上的位置，
实在更大。《文心雕龙》说："纪传移檄，则《春秋》为根。"
《颜氏家训》说："书奏箴铭，生于《春秋》者也。"

左丘明与孔子的关系，说者亦不一样。杜预《左传序》说：
"丘明受经于孔子。"《论语》记孔子之言，有"左丘明耻之，

丘亦耻之"。是左氏为孔子之畏友了。近人且有疑传《左传》著者并非左丘明。

关于《左传》之批评，议论亦不一致。范武子说："左氏艳而富，其失也诬。"刘彦和说："传者转也，转受经旨，以授于后，实圣文之羽翮，记籍之冠冕也。"韩退之说："《春秋》谨严，左氏浮夸。"刘子玄说："其文简而要，其事详而博。"朱晦庵说："萎靡繁絮，真衰世之文也。"但是就史论史，《左传》不无缺点。就文论文，《左传》的文笔，实有委婉达意之妙用。其记晋文公出亡事，可以做例证：

晋公子重耳之及于难也，晋人伐诸蒲城，蒲城人欲战，重耳不可，曰："保君父之命而享其生禄，于是乎得人。有人而校，罪莫大焉。吾其奔也。"遂奔狄。从者狐偃、赵衰、颠颉、魏武子、司空季子。狄人伐廧咎如，获其二女叔隗、季隗，纳诸公子。公子娶季隗，生伯儵、叔刘；以叔隗妻赵衰，生盾。将适齐，谓季隗曰："待我二十五年，不来而后嫁。"对曰："我二十五年矣，又如是而嫁，则就木焉，请待子。"至狄十二年而行。过卫，卫文公不礼焉。出于五鹿，乞食于野人，野人与之块。公子怒，欲鞭之。子犯曰："天赐也。"稽首，受而载之。及齐，齐桓公妻之，有马二十乘，公子安之。从者以为不可，将行，谋于桑下。蚕妾在其上，以告姜氏。姜氏杀之，而谓公子曰："子有四方之志，其闻之者吾杀之矣。"公子曰："无之。"姜曰："行也！怀与安，实败名。"公子不可。姜与子犯谋，醉而遣之。醒，以戈逐子犯。

及曹，曹共公闻其骈胁，欲观其裸。浴，薄而观之。僖负羁之妻曰："吾观晋公子之从者，皆足以相国。若以相，夫子必反其国。反其国，必得志于诸侯。得志于诸侯而诛无礼，曹其首也。子盍蚤自贰焉？"乃馈盘飧，置璧焉。公子受飧反璧。

及宋，宋襄公赠之以马二十乘。及郑，郑文公亦不礼焉。叔詹谏曰："臣闻天之所启，人弗及也，晋公子有三焉，天其或者将建诸！君其礼焉。男女同姓，其生不蕃。晋公子，姬出也，而至于今，一也。离外之患，而天不靖晋国，殆将启之，二也。有三士足以上人而从之，三也。晋、郑同侪，其过子弟，固将礼焉，况天之所启乎？"弗听。

及楚，楚子飨之，曰："公子若反晋国，则何以报不穀？"对曰："子女玉帛，则君有之；羽、毛、齿、革，则君地生焉。其波及晋国者，君之余也。其何以报君？"曰："虽然，何以报我？"对曰："若以君之灵，得反晋国，晋楚治兵，遇于中原，其辟君三舍。若不获命，其左执鞭弭，右属櫜鞬，以与君周旋。"子玉请杀之。楚子曰："晋公子广而俭，文而有礼。其从者肃而宽，忠而能力。晋侯无亲，外内弃之。吾闻姬姓，唐叔之后，其后衰者也。其将由晋公子乎！天将兴之，谁能废之？违天，必有大咎。"乃送诸秦。秦伯纳女五人，怀嬴与焉。奉匜沃盥，既而挥之。怒，曰："秦、晋匹也，何以卑我？"公子惧，降服而囚。他日，公享之，子犯曰："吾不如衰之文也，请使衰从。"公子赋

《河水》，公赋《六月》。赵衰曰："重耳拜赐！"公子降，拜，稽首。公降一级而辞焉。衰曰："君称所以佐天子者命重耳，重耳敢不拜？"（僖公二十三年）

孟子的事迹，比较是清晰一点。《史记》说："孟轲，邹人也。受业子思之门人，道既通，游事齐宣王。宣王不能用。适梁，梁惠王以为迂阔而远于事情。……退而与万章之徒序诗书，述仲尼之意，作《孟子》七篇。"

孟子好辩，见之于公孙丑之言。所以《孟子》的文，异常犀利驰骋，宜于演说辩论。韩、柳的论辩文，已受其影响。苏老泉的文笔，得力于孟子者甚多。相传东坡、子由少时，一日趁老泉外出，偷看父亲枕下的秘书，不过一旧本《孟子》而已。今录孟子与许行之徒辩论的后一段：

"从许子之道，则市价不贰，国中无伪。虽使五尺之童适市，莫之或欺。布帛长短同，则价相若；麻缕丝絮轻重同，则价相若；五谷多寡同，则价相若；屦大小同，则价相若。"曰："夫物之不齐，物之情也。或相倍蓰，或相什百，或相千万，子比而同之，是乱天下也。巨屦小屦同价，人岂为之哉？从许子之道，相率而为伪者也。恶能治国家？"

庄子与孟子同为哲学家，然而他们的文笔完全异趣。《庄子》的笔法，富于理论与名学上的步骤，与《孟子》以痛快见长者不同。《孟子》富于比喻，《庄子》则富于寓言了。所以《庄子·天下篇》说："以谬悠之说，荒唐之言，无端崖之辞，时恣纵而不傥，不以觭见之也。以天下为沉浊不可与庄语，以卮言为曼衍，以重言为真，以寓言为广。独与天地往来，不敖倪于万物，不谴是非，以与世俗处。其书虽瑰玮，而连犿无伤也。其辞虽参差，而俶诡可观。"这真是绝妙的批评咧。

吾生也有涯而知也无涯，以有涯随无涯，殆矣！已而为知者，殆而已矣！为善无近名，为恶无近刑，缘督以为经。可以保身，可以全生，可以养亲，可以尽年。庖丁为文惠君解牛，手之所触，肩之所倚，足之所履，膝之所踦，砉然向然，奏刀騞然，莫不中音。合于《桑林》之舞，乃中《经首》之会。文惠君曰："嘻，善哉！技盖至此乎？"庖丁释刀对曰："臣之所好者，道也，进乎技矣。始臣之解牛之时，所见无非牛者。三年之后，未尝见全牛也。方今之时，臣以神遇而不以目视，官知止而神欲行。依乎天理，批大郤，导大窾，因其固然，技经肯綮之未尝，而况大軱乎！良庖岁更刀，割也；族庖月更刀，折也。今臣之刀十九年矣，所解数千牛矣，而刀刃若新发于硎。彼节者有间，而刀刃者无厚；以无厚入有间，恢恢乎其于游刃必有余地矣。是以十九年而刀刃若新发于硎。虽然，每至于族，吾见其难为，怵然为戒，视为止，行为迟。动刀甚微，謋然已解，如土委地。提刀而立，为之四顾，为之踌躇满志，善刀而藏之。"文惠君曰："善哉！吾闻庖丁之言，得养生焉。"

以上摘录有名的《养生主篇》文。《史记》说："庄子，蒙人也。名周。尝为蒙漆园吏。与梁惠王、齐宣王同时。"不过庄子的书，后人疑其有伪作者颇多。胡适之说："其中内篇七篇，大致都可信。但也有后人加入的话。外篇和杂篇，便更靠不住了。即如《胠箧篇》……决不是庄子自己做的。至于《让王》《说剑》《盗跖》《渔父》诸篇，文章极劣，全是假托。大抵《秋水》《庚桑楚》《寓言》三篇，最多可靠的材料。《天下篇》是一篇绝妙的后序，却决不是庄子自作的。"（参看《中国哲学史大纲》）

《战国策》是纵横家的著作，汉刘向编定为三十三篇，命名为《战国策》。刘向在他的序中说："皆高才秀士度时君之所能行，出奇策异智，转危为安，易亡为存，亦可喜，皆可观。"朱子称其有英伟气，真是的评。今引用鲁仲连说辛垣衍中的一段文：

> ……今秦万乘之国，梁亦万乘之国，俱据万乘之国，交有称王之名，睹其一战而胜，欲从而帝之，是使三晋之大臣，不如邹、鲁之仆妾也！且秦无已而帝，则且变易诸侯之大臣，彼将夺其所谓不肖，而予其所谓贤。夺其所憎，而予其所爱。彼又将使其子女谗妾，为诸侯妃姬，处梁之宫，梁王安得晏然而已乎？而将军又何以得故宠乎？"于是辛垣衍起，再拜谢曰："始以先生为庸人，吾乃今日而知先生为天下之士也！吾请去，不敢复言帝秦！"秦将闻之，为却军五十里。

第三编　两汉文学

第一章　汉赋

赋为何物　扬子云说："童子雕虫篆刻，壮夫不为也。"这是一位赋家兼哲学家对于赋的批评。可见看不起赋的一种观念，不始于近代，而始于往古了。但是汉代却为赋的黄金时代，焦循曾言："汉则专取其赋。"所以研究两汉文学，不可以不先研究赋为何物。

中国是个奇异的国家，中国的文学，也有他的畸形现象与产品。赋就是这一类东西。《汉书·艺文志》说："不歌而诵谓之赋。"《文心雕龙》说："赋者铺也，铺采摛文，体物写志也。"然关于赋的渊源，总不如班孟坚《两都赋序》说得好：

两都赋序（班固）

或曰："赋者，古诗之流也。"昔成、康没而颂声寝，王泽竭而诗不作。大汉初定，日不暇给。至于武宣之世，乃崇礼官，考文章，内设金马石渠之署，外兴乐府协律之事，以兴废继绝，润色鸿业。是以众庶悦豫，福应尤盛，《白麟》《赤雁》《芝房》《宝鼎》之歌，荐于郊庙。神雀、五凤、甘露、黄龙之瑞，以为年纪。故言语侍从之臣，若司马相如、虞丘寿王、东方朔、枚皋、王褒、刘向之属，朝夕论思，日月献纳；而公卿大臣，御史大夫倪宽、太常孔臧、太中大夫董仲舒、宗正刘德、太子太傅萧望之等，时时间作。或以抒下情而通讽谕，或以宣上德而尽忠孝，雍容揄扬，著于后嗣，抑亦雅颂之亚也。故孝成之世，论而录之，盖奏御者千有余篇，而后大汉之文章，炳焉与三代同风。

总之，赋是一种有韵的美文，谁也都应当承认咧。徐师曾《文体明辨》把赋分为四类：一、两汉的古赋；二、六朝的俳赋；三、唐代的律赋；四、宋代的文赋。不过在汉赋之先，已经有荀子的短赋，屈原等的骚赋。就赋的演进方面说起来，起初近于诗，往后便近于文了。

赋家与赋　《前汉书·艺文志》共录赋家七十八，赋有一千零四篇。今摘录若干于下：

屈原赋二十五篇　宋玉赋十六篇　陆贾赋三篇　贾谊赋七篇　枚乘赋九篇　司马相如赋二十九篇　淮南王赋八十二篇　朱买臣赋三篇　司马迁赋三篇　枚皋赋百二十篇　刘向赋三十三篇　扬雄赋十二篇

《后汉书》无艺文志，所以无可稽考。然而名赋家也为数不少。试想一个人做了一百多篇赋，当时赋学之发达，可以想见了！现在举出最能代表汉赋精神的作家，而讨论之。

贾谊　他是一个政治家。散文之名，远过词赋。所以他的生平，留待下文叙述。他所作的《吊屈原赋》《鹏鸟赋》《怀沙赋》，虽然是用骚体，却能英气勃勃，代表他的个性。所以读者很多。如"历九州而相其君兮，何必怀此都也""贪夫徇财，烈士殉名"都是不朽的名句。

枚乘　这是第一个专门赋家。乘字叔，淮阴人。曾为吴王濞、梁孝王武的上客。武帝久慕其名，即位后，以安车蒲轮征之，道死，以其子皋为郎。枚叔的《七发》，是词赋中杰作之一，昭明太子至列为"七"类之祖。李善注说："《七发》者，说七事以启发太子，犹《楚词·七谏》之流。"何义门曰："数千言之赋，读者厌倦，裁而为七，移行换步，处处足以移易耳目。此枚叔所以为文章宗也！"试读下之一段：

> 故曰：纵耳目之欲，恣支体之安者，伤血脉之和。且夫出舆入辇，命曰蹷痿之机。洞房清宫，命曰寒热之媒。皓齿蛾眉，命曰伐性之斧。甘脆肥脓，命曰腐肠之药。

《古诗十九首》中《行行重行行》《西北有高楼》等八首，有人以为枚乘作的。近来学者，都不以为然了。

司马相如　相如是个两汉最大的词赋家。他字长卿，蜀郡成都人。曾为梁孝王的宾客。孝王死，相如归临邛，与富人卓氏女文君为婚，因而成家。时武帝招揽文学之士，如吾丘寿王之徒。相如羡之，乃作《子虚》之赋。因蜀人杨得意（时为狗监）得见武帝。又作《上林赋》以进，武帝大悦。随又作《大人赋》，武帝读之，飘飘有凌云之意。后来相如病死茂陵，遗书有《封禅文》，也是一篇词赋。此外有《哀二世赋》，文甚短。《长门赋》为陈皇后作，何义门以为其词细丽，为后人所拟作：

> 于是乎乃使专诸之伦，手格此兽。楚王乃驾驯驳之驷，乘雕玉之舆。靡鱼须之桡旃，曳明月之珠旗。建干

将之雄戟，左乌号之雕弓，右夏服之劲箭。阳子骖乘，纤阿为御，案节未舒，即陵狡兽。蹵蛩蛩，辚距虚，轶野马，轊騊駼，乘遗风，射游骐。倏眒倩浰，雷动焱至，星流霆击。弓不虚发，中必决眦，洞胸达掖，绝乎心系。获若雨兽，掩草蔽地。于是楚王乃弭节俳徊，翱翔容与。览乎阴林，观壮士之暴怒，与猛兽之恐惧。徼衶受诎，殚睹众物之变态。

于是郑女曼姬，被阿緆，揄纻缟，杂纤罗，垂雾縠。襞积褰绉，纡徐委曲，郁桡溪谷，衯衯裶裶，扬袘戍削，蜚襳垂髾。扶舆猗靡，翕呷萃蔡。下摩兰蕙，上拂羽盖。错翡翠之葳蕤，缪绕玉绥。眇眇忽忽，若神仙之仿佛。

以上为《子虚赋》中之两小段，读之可见相如文词之丰缛。长卿过了浪漫的生活，他的文学，是当时奢侈生活的反映，不免堆砌太多。可是对于后来作赋的影响，的确是很大。

东方朔 字曼倩，平原厌次人。武帝征方正贤良文学材力之士，四方士多上书言得失。朔文辞不逊，高自称誉，上伟之。令待诏高车。久之，为常侍郎，欲求大官，因作《答客难》以自慰，又作《非有先生论》，都带滑稽的色彩。曼倩的词赋，是古代游戏文中之最有名者。后人模拟之者极多。

扬雄 雄字子云，蜀郡成都人。少时慕司马相如之为人。又哀屈原之命，所以致力于词赋。有《反离骚》《广骚》《畔牢愁》诸篇。成帝召雄待诏承明之庭，于是有《甘泉》《羽猎》《河东》《长杨》诸赋。又仿《易经》作《太玄》，仿《论语》作《法言》，仿仓颉作《训纂》，仿《答客难》作《解嘲》。

《解嘲》一篇，最为世人所传诵。吾人读其"炎炎者灭，隆隆者绝。观雷观火，为盈为实。天收其声，地藏其热。高明之家，鬼瞰其室"等妙句，可以相信他不但是文学家，也是大哲学家了。

王莽以符命惑人，即位之后，禁止人言符命。诛甄丰父子，辞连及雄，雄时校书天禄阁，惧祸，从阁上投下，几死。莽知其无罪，诏勿问。年七十一卒。子云一生的政治生活，极其坎坷，反因此而受了后世不好的批评。总而论之，他学问渊博，不是专以文学传世。然而他的文学上贡献，也不甚少。连珠的体裁，便是始于子云。

班固 东汉最大的赋家，要算张衡，可是《二京赋》虽然出名，究出于班孟坚《两都赋》之下。岂但《二京赋》呢，我以为《两都赋》是古今赋中的冠军，试读下列一段便知：

> 于是百姓涤瑕荡秽，而镜至清，形神寂漠，耳目不营。嗜欲之源灭，廉耻之心生。莫不优游而自得，玉润而金声。是以四海之内，学校如林，庠序盈门，献酬交错，俎豆莘莘。下舞上歌，蹈德咏仁。登降饫宴之礼既毕，因相与嗟叹玄德。谠言宏说，咸含和而吐气。颂曰：盛哉乎斯世！

上文之美，真是丽而不纤了。所以鲍觉生说："是赋超轶不如长卿，瑰奇未逮平子，沉博终让子云，典核且逊太冲。要其措意高，修词简，布局紧，结体完。兼作者之长，而无末流之失，永堪矜式士林！"班氏是个史家，假使没有史书，靠这一篇，已经可以不朽了。他的历史，留待后文。

张衡 字平子，南阳西鄂人。官太史令。时天下承平，风俗奢侈。衡乃作《二京赋》，因以讽谏，精思傅会，十年乃成。此外有《思玄赋》《髑髅赋》《七谏》《述问》等等。衡又造浑天仪，他的天文学，在当时最有名。平子的《二京赋》负了盛名，不过古人已有西京不及东京之说。我们看来，不免有些堆砌。所以郑振铎说："他永久不朽者，乃在他的《四愁诗》。"

此外东汉的名赋，有傅毅的《舞赋》，马融的《笛赋》，冯衍的《显志赋》，崔骃的《达旨》，王逸的《鲁灵光殿赋》，蔡邕的《述行》，王粲的《登楼赋》。

第二章　汉代散文

照两汉文学潮流而论，赋应居第一位。因为当时朝廷提倡，武帝自己便是一个赋家（《古文辞类纂》拿《秋风辞》排入词赋类）。其作风之盛，不言可喻了。可是照文学影响而论，汉代散文的势力，来得更大。何以言之？你看后来古文家，谁不以汉文为极致。又如明代"七子派"的文学家，谁不提倡"文必秦汉，诗必盛唐"呢？

然而说来奇怪，汉赋或者渊源于屈宋，汉文却是一无依傍自出机杼做出来的。后人喜言宗派，关于散文，有什么古文派、非古文派。汉人不立宗派，而文自入于"古"，这自然是因为时代的关系。却是两汉散文所以为人爱读者，是因为汉人据笔直书，不模仿什么殷《盘》周《诰》，所以其文朴茂雄浑。换句话说，汉代的散文，是完全创造的。

西汉文与东汉文　不过朴茂雄浑是两汉散文家所同，而由散入整，乃是西汉与东汉之别。试看《古文辞类纂》所选的诏令奏议，差不多全是西汉文，东汉文绝少见。姚姬传论诏令之文说

道："汉至文景，意与辞俱美矣。后世无以逮之。光武以降，人主虽有善意，而辞气何其衰薄也。"（见序目）

胡小石说："《史记》中十分之九，都用的是单笔，句调参差不齐，可以随意变化。《汉书》复笔最多，句调整齐，少有伸缩的余地。自从东汉以后，复笔盛行一时。"这种由散化整的趋势。起于西汉之末。匡衡、刘向的奏疏，已比贾谊、晁错的文，整齐得多了。

两汉散文家的种类，大别言之，可分为三：（一）政论家，如贾谊、刘向之类。（二）历史家，自然以司马迁、班固称巨擘了。（三）哲学家，如扬雄、王充之流，关于这点，我们应当注意的，就是汉代的散文，都是有为而作，很少吟风弄月的闲文字。请择其要而叙述之。

贾谊 说到他，我们不能欣羡汉初之有政治家。贾谊虽然没有做什么实际的政治工作，可是他的名著《治安策》，影响于汉代政治，不在小处。现在略述他的历史。谊，洛阳人。文帝以循吏吴公之荐，召以为廷尉。一岁之中，超迁至大中大夫。诸贵人忌之，毁之于文帝前。文帝以谊为长沙王太傅。谊过湘水，投书以吊屈原。后来文帝召见，谈论政治，至夜半，拜为梁怀王太傅。怀王堕马死，谊亦哭泣岁余而死。所著《贾子新书》，是后人编定之本，不是谊的原文。他的作品，以《过秦论》及《陈政事疏》为最有名，今录其后者之首段：

> 臣窃惟事势，可为痛哭者一，可为流涕者二，可为长太息者六，若其他背理而伤道者，难遍以疏举。进言者皆曰天下已安已治矣，臣窃以为未也。曰安且治者，非愚则谀，皆非事实知治乱之体者也。夫抱火厝之积薪

之下而寝其上，火未及燃，因谓之安，方今之势，何以异此！本末舛逆，首尾衡决，国制抢攘，非甚有纪，胡可谓治！陛下何不一令臣，得熟数之于前，因陈治安之策，试详择焉。

归震川说："《陈政事疏》，是千古书疏之冠。"方展卿说："贾生文最善转笔换气，忽而驰骤、忽而旋转，极其姿肆跌宕。"总之贾谊的散文，是最有才气的文章，文笔以雄伟见长。

晁错　颍川人。学申商刑名之术，以文学为太常掌故。为人峭直刻深。文帝时遣晁错受《尚书》于伏生，以其辩，得幸太子，太子家号曰"智囊"。景帝即位，迁御史大夫。请削吴楚诸侯地，吴楚反，指错为名，遂斩于东市。

错与贾谊行事行文，都很多相似之处。不过错的散文，更加峭拔一点。真西山曰："错三书——《言兵事书》《论守边备塞书》《论募民徙塞下书》，其论边备，皆古今不易之论，非直可施之于当时而已。"他的《重农贵粟疏》，尤为出名。中段写汉初商人的景象，很能有声有色：

> 而商贾大者，积贮倍息，小者坐列贩卖，操其奇赢，日游都市。乘上之急，所卖必倍。故其男不耕耘，女不蚕织；衣必文采，食必粱肉；无农夫之苦，有阡陌之得。因其富厚，交通王侯，力过吏势，以利相倾；千里游遨，冠盖相望，乘坚策肥，履丝曳缟。此商人所以兼并农人，农人所以流亡也。

董仲舒　广川人，少治《春秋》。武帝元光元年，以贤良对策，武帝大器重之，以为江都相。后为公孙宏所挤，出为胶西相。仲舒有《士不遇赋》，但不甚著名。有《春秋繁露》诸书，比较重要一点。他最有名的散文——《对贤良策》三篇，不矜才，不使气，纯粹是儒家之文，开西汉末年政论家文字的风气。所以在文学上，有相当的价值。

《淮南子》 淮南王安是高帝少子长之子，以谋反自刭死。今所传《淮南子》，亦名《鸿烈》，乃淮南王同诸游士所著，是一种杂家的文字。著名的一篇《招隐士》，是淮南小山所做的骚赋。小山是淮南王臣子。淮南王自己亦有赋，他实在也是一个文学家。

司马迁 字子长，左冯翊夏阳人，生于龙门。"年十岁，则诵古文。二十而南游江淮，上会稽，探禹穴，窥九疑，浮沅湘，北涉汶泗，讲业齐鲁之都，观夫子之遗风，乡射邹峄，阸困鄱、薛、彭城，过梁楚以归。于是迁仕为郎中。"（《史记·自序》）后继父谈为太史令，以营救李陵，武帝大怒，处以宫刑。发愤完成《史记》百三十卷。

《史记》是中国史书的祖宗。太史公是有历史眼光的人，如《货殖列传》《刺客列传》，都是创造的体裁。但是太史公是一个意气慷慨之人，又兼有文学的天才，如《伯夷列传》《管晏列传》《屈贾列传》，都不免空议论太多，不合于史的体裁。却是就文章而论，是值得后人的高声朗诵的。

古今人批判龙门史笔，不知道有多少。归纳起来说，不外以下几点：

（一）叙事有组织。试举荆轲的事一段为代表：

　　秦王闻之，大喜，乃朝服，设九宾，见燕使者咸阳宫。荆轲奉樊於期头函，而秦舞阳奉地图匣，以次进。至陛，秦舞阳色变振恐，群臣怪之。荆轲顾笑舞阳，前谢曰："北蕃蛮夷之鄙人，未尝见天子，故振慑。愿大王少假借之，使得毕使于前。"秦王谓轲曰："取舞阳所持地图。"轲既取图奏之，秦王发图，图穷而匕首见。因左手把秦王之袖，而右手持匕首揕之。未至身，秦王惊，自引而起，袖绝。拔剑，剑长，操其室。时惶急，剑坚，故不可立拔。荆轲逐秦王，秦王环柱而走。群臣皆愕，卒起不意，尽失其度。而秦法，群臣侍殿上者不得持尺寸之兵，诸郎中执兵皆陈殿下，非有诏召不得上。方急时，不及召下兵，以故荆轲乃逐秦王。而卒惶急，无以击轲，而以手共搏之。是时侍医夏无且以其所奉药囊提荆轲也。秦王方环柱走，卒惶急，不知所为，左右乃曰："王负剑！"负剑，遂拔以击荆轲，断其左股。荆轲废，乃引其匕首以擿秦王，不中，中铜柱。秦王复击轲，轲被八创。轲自知事不就，倚柱而笑，箕踞以骂曰："事所以不成者，以欲生劫之，必得约契以报太子也。"于是左右既前杀荆轲，秦王不怡者良久。

（二）文笔自然，能用俗语（参看胡适《白话文学史》三六至三九页），能写实。

（三）能发表个性。将胸中抑郁不平之气，随时借文字发泄出之。张廉卿说："《史记》诸表序，笔笔有唱叹，笔笔是竖的。"如《秦楚之际月表》后段云："乡秦之禁，适足以资贤者为驱除难耳。故发愤其所为天下雄，岂非天哉，岂非天哉！非大圣孰能当此受命而帝者乎？"其奇宕如太史公之为人。

（四）善于变化。吕祖谦《史记评林》说："若鱼龙之变化，不可得而踪迹。"凡读过《史记》者，当无不承认此语。

刘向 西汉末年，多湛深经术的政论家如匡衡、谷永之流，为文都有雍容浑厚之致，得董仲舒的遗风。这一派的散文，尤以刘向为极轨。向字子政，本名更生，是汉朝的宗室，以治"穀梁学"有名。元帝时，为散骑常侍。成帝时，为光禄大夫，数上书言事。他所著有《洪范五行传》《新序》《说苑》《列女传》等书。他是一个爱国家与经术家，他的儿子刘歆，虽然能著《七略》，可惜品行远不及他了。韩退之对于汉代文人，最佩服两司马、刘子政、扬子云（参看《古文辞类纂评注》卷十五所引姚姬传、吴挚甫评语）。大概因为刘向的文笔最醇厚遒逸，而深切著明之故。

> 夫遵衰调之轨迹，循诗人之所赐，而欲以成太平，致雅颂，犹却行而求及前也。（《条灾异封事》）

> 虽有尧舜之圣，不能化丹朱之子；虽有禹汤之德，不能训末孙之桀纣。自古及今，未有不亡之国也！
> （《论起昌陵疏》）

扬雄 扬子云是个多方面的文学家。他的经术哲理，无一不好。可惜他一切文章，皆出之于模仿。《太玄经》仿《易经》，《法言》仿《论语》，《州箴》仿《虞箴》，四赋仿相如，《反离骚》仿屈原，甚至于他的有名散文《谏不受单子朝书》，吴挚甫以为是模仿李斯《谏逐客书》，可是他的文笔，处处都条畅得很。

班固 假使我们是治遗传学，我们不能不拿班氏父子做例证了。班固的父亲班彪，做过《王命论》，是一个政治家。他的老弟班超，削平西域，其功绩更大了。他的妹子班昭（曹大家），是个女文学家。他的辞赋，前面已经说过。但是他所享的盛名，还在《汉书》（《前汉书》）上。中国文人，往往以《史》《汉》并称，原来历史不是文学，然而古史的用途，多属于文学方面。《史》《汉》对于散文的影响，是千古不灭的。先论班固的小史。

固字孟坚，扶风安陵人。明帝时为兰台令史。后以窦宪之党，下狱死。著《汉书》一百二十卷。《八表》及《天文志》，则由其妹补成。孟坚对于史的体裁，有《地志》及《艺文志》的创作。然在文字方面，颇受后人的讥评。总之不及子长的文笔简洁多含蓄了。（参看顾实《中国文学史大纲》一百三十八页，胡小石《中国文学史》一百十三页至一百十五页）

王充　字仲任，会稽上虞人。班彪的弟子。所著《论衡》八十五篇，在今日最有名。其中《问孔》《刺孟》攻击儒家，《论死》《订鬼》破除迷信，在当时不可不谓为勇于言事。其文字长于析理，是极好的批评文学。

崔瑗　崔骃之子。汉明帝曾告窦宪曰："公爱班固而忽崔骃，此叶公之好龙也。"瑗字子玉，安平人。从贾逵习经，又与马融、张衡善，为书记箴铭。尝为汲令及济北相。《文章流别论》①说："哀诔之文，亦起于崔瑗之徒。"

座右铭

无道人之短，无说己之长。施人慎勿念，受施慎勿忘。世誉不足慕，唯仁为纪纲。隐心而后动，谤议庸何伤？无使名过实，守愚圣所臧。在涅贵不缁，暧暧内含

---

① 底本作"《文章派别论》"。

光。柔弱生之徒，老氏戒刚强。行行鄙夫志，悠悠故
难量。慎言节饮食，知足胜不详。行之苟有恒，久久
自芬芳。

蔡邕 字伯喈，陈留圉人。通辞章、数术、天文、音律。灵
帝命书石经，立太学门，每日观摩者，车千余乘。董卓执政，拜
左中郎将。后以同情董卓，为王允所害。有女琰，字文姬，亦是
一个文学家。

蔡伯喈最长于碑版文字，此类文字，以典重为宜。东汉文
字，本来趋于整齐一路。蔡邕的文字，是时代的产儿。所以在当
时文名极大。《日知录》云："伯喈为时贵碑诔之作甚多。……
至于袁满来年十五，胡根年七岁，皆为之作碑。自非利其润笔，
不至为此。……文人受赇，岂独韩退之谀墓金哉！"伯喈自己亦
曰："吾为碑文多矣，皆有惭容。惟郭有道无愧于色。"可以想
见他的估价。姚姬传氏不选蔡文，正是因为太整赡一点。今录其
《郭有道碑文》：

> 先生讳泰，字林宗，太原界休人也。其先出自有周
> 王季之穆，有虢叔者，实有懿德，文王咨焉。建国命
> 氏，或谓之郭，即其后也。先生诞应天衷，聪睿明哲，
> 孝友温恭，仁笃慈惠。夫其气量弘深，姿度广大，浩浩
> 焉，汪汪焉，奥乎不可测已。若乃砥节厉行，直道正
> 辞，贞固足以干事，隐括足以矫时。遂考览六经，探综
> 图纬。周流华夏，随集帝学。收文武之将坠，拯微言之
> 未绝。于是缨緌之徒，绅佩之士，望形表而景附，聆嘉
> 声而响和者，犹百川之归巨海，鳞介之宗龟龙也。尔乃
> 潜隐衡门，收朋勤诲，童蒙赖焉，用祛其蔽。州郡闻

德，虚己备礼，莫之能致。群公休之，遂辟司徒掾，又举有道，皆以疾辞。将蹈洪崖之遐迹，绍巢许之绝轨，翔区外以舒翼，超天衢以高峙。禀命不融，享年四十有三，以建宁二年正月乙亥卒。

凡我四方同好之人，永怀哀悼，靡所置念。乃相与推先生之德，以图不朽之事。金以为先民既没，而德音犹存者，亦赖之于见述也。今其如何而阙斯礼！于是树碑表墓，昭铭景行，俾芳烈奋于百世，令闻显于无穷。其词曰：于休先生，明德通玄。纯懿淑灵，受之自天。崇壮幽浚，如山如渊。礼乐是悦，诗书是敦。匪惟摭华，乃寻厥根。宫墙重仞，允得其门。懿乎其纯，确乎其操。洋洋搢绅，言观其高。栖迟泌丘，善诱能教。赫赫三事，几行其招。委辞召贡，保此清妙。降年不永，民斯悲悼。爰勒兹铭，摛其光耀。嗟尔来世，是则是效。

第三章　五古诗与乐府诗

现在要论到中国诗了。四言诗充分发达之后，上古的诗界，便暂入于沉寂时代。后来虽有人做四言诗——如陶渊明的《停云诗》，可是四言诗的重要，已锐减了。四言诗总是模仿的古典式的，不足供文人做新领土。他的用处，在箴铭赞颂里，还可以见得。但是在诗国中的权威，终成过去了。

中国近代的诗体，占重要位置的，当然是五古、七古及近体诗。五古的发展，自汉至南北朝。七古及近体诗的发展，自南北朝至唐。乐府诗的发展，亦在汉至唐的时期中。此后虽有好诗，可是对于诗体的创造，差不多绝响了。现在先论五古诗与两汉。

关于五古的起源，传统的学说，都以为起于西汉。梁钟嵘说：

> 夏歌曰"郁陶乎予心"，《楚辞》曰"名予曰正则"，虽诗体未全，然是五言之滥觞也。逮汉李陵，始著五言之目矣。（《诗品》）

唐释皎然亦云：

> 昔仲尼所删《诗》三百篇……其五言周时已见滥觞，及乎成篇，则始于李陵、苏武二子。……又如"冉冉孤生竹""青青河畔草"，傅毅、蔡邕所作，以此而论，为汉明矣。（《诗式》）

《古诗十九首》无一不佳，其中如：

> 冉冉孤生竹，结根泰山阿。与君为新婚，兔丝附女萝。菟丝生有时，夫妇会有宜。千里远结婚，悠悠隔山陂。思君令人老，轩车来何迟！伤彼蕙兰花，含英扬光辉。过时而不采，将随秋草萎。君亮执高节，贱妾亦何为！

刘勰《文心雕龙》以为是傅毅之作品。毅字武仲，扶风人。与班固是同时的人，有《迪志诗》，是四言体。至如：

> 青青河畔草，郁郁园中柳。盈盈楼上女，皎皎当窗牖。娥娥红粉妆，纤纤出素手。昔为倡家女，今为荡子妇。荡子行不归，空床难独守。

等八首诗——《青青河畔草》《西北有高楼》《涉江采芙蓉》

《庭中有奇树》《迢迢牵牛星》《东城高且长》《明月何皎皎》《行行重行行》，徐陵《玉台新咏》以为是枚乘所作，那么五古是起于西汉了。

以上对于五古诗起源的传统学说，在清代学者中，如朱彝尊等，已经抱了怀疑的态度（参观陈钟凡《中国韵文通论》一四三至一四四页）。到了现代，怀疑者更多。今举胡适之的言论：

> 枚乘的诗九首，见于徐陵的《玉台新咏》。其中八首，收入萧统的《文选》。……萧统还不敢说是谁人作的，徐陵生于萧统之后，却敢武断是枚乘的诗。这不是很可疑的吗？

> 大概西汉只有民歌……到了东汉中叶以后，民间文学的影响，已深入了，已普遍了。方才有上流文人出来，公然仿效乐府歌辞，造作歌诗。文学史上，遂开一个新局面。（《白话文学史》五十六页）

日本学者铃木虎雄以为五古诗是发达于东汉章帝、和帝之际（《中国文学论集》，汪馥泉译），我们虽不能确定五古究竟起于东汉何时，比较地总可相信是东汉的时代。其理由有二：

一是历史的观察。《古诗十九首》及苏、李诗的疑业，已经说过。其他西汉的五古诗，如卓文君的《白头吟》，见于《西京杂记》（《乐府诗集》作《古辞》），班婕妤的《怨歌行》，见于《歌录》（今不传），都不见于正史。见于正史的，如《史记》所载司马相如《封禅颂》，《汉书》所载韦孟《讽谏诗》，都是四言诗。只有《汉书》所载李延年的《北方有佳人》歌，是短短的五言诗。至于东汉，则有蔡邕《饮马长城窟行》见于《玉台新咏》及《蔡邕集》(《文选》作《古辞》),秦嘉、徐淑赠答诗见于《玉台新咏》,蔡琰《悲愤诗》见于《后汉书》,都是五言的古诗。到了汉献帝末年,有建安七子和曹氏父子,方大做其五言诗了。文学演进的趋势,告诉我们是如此。

二是由推理上立论。假使苏、李诗是苏、李做的,西汉是五古发达的正式时期,那么东汉初年到建安时代,不应没有大批的好五古诗,不应当等到建安时代,才有五古诗的大作家。所以五古的发达,不会得很早唎(参阅胡小石《中国文学史》第九十八至九十九页)。

再说到七古的起源。传统的主张,以为汉武帝《柏梁诗》可以做代表。此诗已经过顾亭林的考据,知为伪作(《日知录》卷二十二)。陈钟凡说:"五、七言古体,并非东汉末叶建安初期新发生之创作。"(《中国韵文通论》一四七页)可谓得之了。

说到古诗的作家,西汉只有汉武帝、枚乘、苏武、李陵、班婕妤、卓文君。内中枚、苏、李三人之诗,已经是不甚可靠了。东汉有傅毅、张衡、蔡邕父女、秦嘉夫妇,而最重要者,莫如曹氏父子与建安七子。建安是汉献帝年号,建安文学,是以政治领袖曹操为盟主的,是古诗中第一次大放光明的时期,留待后论。先述几个东汉前期的诗家。

张衡是个多才的文学家,其所作《四愁诗》最有名,有人以为是最早七古之一。但是这种创造的体裁,实兼有《诗》《骚》之长,与后来的七古,当有出入唎。今录其一首:

> 我所思兮在泰山,欲往从之梁父艰,侧身东望涕沾翰。美人赠我金错刀,何以报之英琼瑶。路远莫致倚逍遥,何为怀忧心烦劳?

蔡邕著名的诗，为《饮马长城窟行》。《文选》中拟他的作品很多。他的女儿蔡琰，博学多才，先嫁卫氏，夫死父亡，没入于南匈奴，为左贤王妻，居胡十二年。曹操念邕无子，以金赎之归，嫁陈留董祀。所作有叙事体的《悲愤诗》，长五百四十字。今录其中一段于下：

> 有客从外来，闻之常欢喜。迎问其消息，辄复非乡
> 里。邂逅徼时愿，骨肉来迎己。己得自解免，当复弃儿
> 子。天属缀人心，念别无会期。存亡永乖隔，不忍与之
> 辞。儿前抱我颈，问母欲何之。人言母当去，岂复有还
> 时。阿母常仁恻，今何更不慈。我尚未成人，奈何不顾
> 思。见此崩五内，恍惚生狂痴。

秦嘉字士会，陇西人。为上郡掾。其妻徐淑寝疾还家，不获面别，赠诗三首。徐淑也答以诗，都极缠绵悱恻之能事咧。

可是五古诗——正宗的五古诗，虽不是西汉就有的。但是五言的乐府诗，是起于西汉。何以呢？武帝始立乐府，以李延年为协律都尉。乐府就是后世教坊的一类东西。李延年的妹子李夫人，是武帝的宠姬。延年曾在武帝前唱一首歌：

> 北方有佳人，绝世而独立。一顾倾人城，再顾倾人
> 国。宁不知倾城与倾国？佳人难再得！

《汉书·外戚传》：

> 李夫人卒，方士齐少翁言能致其神，如李夫人之
> 貌，不得就视。帝愈悲戚，为作一诗："是耶，非耶？
> 立而望之，翩何姗姗其来迟！"

以上是乐府的渊源。乐府诗与五古诗有何分别呢？依郎廷槐《诗友诗传录》说，有下列之差别（参观《中国韵文通论》

一百二十页）：

一、乐府可歌，古诗不能歌。

二、乐府多长短句，古诗多五、七言。

三、乐府多纪功述事，古诗主言情。

四、乐府诗贵道劲，古诗尚温雅。

乐府诗之命题，据吴讷《文章明辨》说，有十有二种：

（一）歌，（二）行，（三）歌行，（四）引，（五）曲，（六）吟，（七）辞，（八）篇，（九）唱，（十）调，（十一）怨，（十二）叹。

据宋郭茂倩《乐府诗集》，分乐府诗为十二类，名称如下：

郊庙歌辞　燕射歌辞　鼓吹歌辞　横吹歌辞　相和歌辞　清商曲辞　舞曲歌辞　琴曲歌辞　杂曲歌辞　近代曲辞　杂歌谣辞　新乐府辞

（参看《乐府诗集解题》）

乐府诗作者，多不可得而知。现在讨论古乐府诗的名篇，最短的以《枯鱼过河泣》等最脍炙人口：

枯鱼过河泣，何时悔复及。作书与鲂鲋，相教慎出入。

中等长的诗，以《董娇娆》（相传汉宋子侯作）、《上山采蘼芜》、《翩翩堂前燕》（亦题《艳歌行》），为最宛转动听。今录《上山采蘼芜》一首：

上山采蘼芜，下山逢故夫。长跪问故夫，新人复何如？新人虽言好，未若故人姝。颜色类相似，手爪不相如。新人从门入，故人从阁去。新人工织缣，故人工织素。织缣日一匹，织素五丈余。将缣来比素，

60

新人不如故。

长篇乐府诗，为人所喜诵的，如《羽林郎》（相传汉辛延年所作）、《陌上桑》、《古诗为焦仲卿妻作》，都是极其自然的叙事诗。叙事诗，尤其是长篇，在我国不甚发达，所以这几篇是非常的可宝贵咧。

陌上桑（汉·阙名）

日出东南隅，照我秦氏楼。秦氏有好女，自名为罗敷。罗敷善蚕桑，采桑城南隅。青丝为笼系，桂枝为笼钩。头上倭堕髻，耳中明月珠。缃绮为下裙，紫绮为上襦。行者见罗敷，下担捋髭须。少年见罗敷，脱帽着帩头。耕者忘其犁，锄者忘其锄。来归相怨怒，但坐观罗敷。使君从南来，五马立踟蹰。使君遣吏往，问是谁家姝？"秦氏有好女，自名为罗敷。""罗敷年几何？""二十尚不足，十五颇有余。"使君谢罗敷："宁可共载不？"罗敷前致辞："使君一何愚！使君自有妇，罗敷自有夫！"东方千余骑，夫婿居上头。何用识夫婿？白马从骊驹，青丝系马尾，黄金络马头；腰中鹿卢剑，可值千万余。十五府小吏，二十朝大夫，三十侍中郎，四十专城居。为人洁白皙，鬑鬑颇有须。盈盈公府步，冉冉府中趋。坐中数千人，皆言夫婿殊。

《古诗为焦仲卿妻作》，又名《孔雀东南飞》，共一千七百四十五字。沈归愚说："古今第一首长诗也。淋淋漓漓，反反复复，杂述数十人口中语，而各肖其声音面目，岂非画工之笔？"这篇诗的原注说：

汉末建安中，庐江府小吏焦仲卿妻刘氏，为仲卿母

所遣，自誓不嫁。其家逼之，乃投水而死。仲卿闻之，
亦自缢于庭。时人伤之，为诗云尔。

这首诗的背景，是东汉末年的事。诗大抵是当时所作，胡适之说：

> 《孔雀东南飞》创作，大概去那个故事本身的年代不远，大概在建安以后不远，约当三世纪的中叶。但我深信这篇故事诗，流传在民间，经过三百多年之久，方才收在《玉台新咏》里，方才有最后的写定。其中自然经过了无数民众的减增修削，添上了不少的本地风光，吸收了无名诗人的天才与风格，终于变成一篇不朽的杰作。（《白话文学史》一〇一页）

第四编　魏晋文学

第一章　魏诗

魏代的诗人，当以曹氏父子为巨擘，其次就到了"建安七子"的身上。可以说都是建安文学的中坚分子了。今分别论之。

曹氏父子，在当时真是天之骄子！曹孟德在政治上，奏伟大的功绩。曹子建在文学上，建不朽的事业。连曹子桓的甄后（即相传所谓洛神），也有《塘上行》的好诗，给我们读。真可谓一门风雅了！

曹操字孟德，谯人。少任侠机警，后掌兵柄，破灭群雄，封魏王。文帝立，追谥曰武皇帝。长子丕，字子桓，为五官中郎将。太祖薨，嗣位为丞相，受汉禅，即皇帝位。丕弟植，字子建，十岁读书十万言。性简易，不治威仪。文帝立，贬植之爵位，植悒悒不乐。明帝时，封陈，不久卒。年四十一，谥曰思。

关于曹氏父子及"建安七子"在文学上之地位，可先看《文心雕龙》的论调：

> 自献帝播迁，文学蓬转，建安之末，区宇方辑。魏
> 武以相王之尊，雅爱诗章；文帝以副君之重，妙善词

63

赋；陈思以公子之豪，下笔琳琅。并体貌英逸，故俊才云蒸。仲宣（王粲）委质于汉南，孔璋（陈琳）归命于河北，伟长（徐幹）从宦于青土，公幹（刘桢）徇质于海隅。德琏（应玚）综其斐然之思，元瑜（阮瑀）展其翩翩之乐。文蔚（路粹）、休伯（繁钦）之俦，于叔（邯郸淳）、德祖（杨修）之侣，傲雅觞豆之前，雍容衽席之上。（《时序篇》）

魏文之才，洋洋清绮。旧谈抑之，谓去植千里。然子建思捷而才俊，诗丽而表逸；子桓虑详而力缓，故不竞于先鸣。而乐府清越，《典论》辩要，迭用短长，亦无懵焉。但俗情抑扬，雷同一响，遂令文帝以位尊减才，思王以势窘益价，未为笃论也。仲宣溢才，捷而能密，文多兼善，辞少瑕累，摘其诗赋，则七子之冠冕乎！琳、瑀以符檄擅声，徐幹以赋论标美，刘桢情高以会采，应玚学优以得文，路粹、杨修颇怀笔记之工，丁仪、邯郸亦含论述之美，有足算焉。（《才略篇》）

现在先读曹氏父子的诗：

短歌行（曹操）

对酒当歌，人生几何！譬如朝露，去日苦多。慨当以慷，忧思难忘。何以解忧？惟有杜康。青青子衿，悠悠我心。但为君故，沉吟至今。呦呦鹿鸣，食野之苹。我有嘉宾，鼓瑟吹笙。明明如月，何时可掇？忧从中来，不可断绝。越陌度阡，枉用相存。契阔谈䜩，心念旧恩。月明星稀，乌鹊南飞。绕树三匝，何枝可依？山不厌高，海不厌深。周公吐哺，天下归心。

燕歌行（曹丕）

秋风萧瑟天气凉，草木摇落露为霜。群燕辞归雁南翔，念君客游思断肠。慊慊思归恋故乡，君何淹留寄他方。贱妾茕茕守空房，忧来思君不敢忘，不觉泪下沾衣裳。援琴鸣弦发清商，短歌微吟不能长。明月皎皎照我床，星汉西流夜未央。牵牛织女遥相望，尔独何辜限河梁？

七哀诗（曹植）

明月照高楼，流光正徘徊。上有愁思妇，悲叹有余哀。借问叹者谁？言是宕子妻。君行逾十年，孤妾常独栖。君若清路尘，妾若浊水泥。浮沉各异势，会合何时谐？愿为西南风，长逝入君怀。君怀良不开，贱妾当何依？

关于他们的诗笔之不同，古人言之甚好。摘录一二，以资比较：

孟德诗沉雄俊爽，时露霸气，犹是汉音。子桓以下，纯乎魏响。

子桓诗便娟婉约，能移人情。

子建诗五色相宣，八音朗畅，使才而不矜才，用博而不逞博。苏、李而下，故推大家。仲宣、公幹，乌可执金鼓而抗颜行也？（沈德潜《古诗源》）

魏武帝如幽燕老将，气韵沉雄。曹子建如三河少年，风流自赏。（敖陶孙《诗评》）

子桓优柔和美，读之齿有余芬。昔人谓其质如美媛，信然。（陆时雍《古诗镜》）

但是曹植之享盛名，远在父兄之上。试观下列二评：

魏陈思王植，其源出于国风。骨气奇高，词彩华茂，情兼雅怨，体被文质。粲溢今古，卓尔不群。嗟乎！陈思之于文章也，譬人伦之有周孔，鳞羽之有龙凤，音乐之有琴笙，女工之有黼黻。俾尔怀铅吮墨者，抱篇章而景慕，映余晖以自烛。故孔氏之门如用诗，则公干升堂，思王入室，景阳潘陆，自可坐于廊庑之间矣。（梁钟嵘《诗品》）

邺中七子，陈王最高。（唐皎然《诗式》）

这也不是无因而至的（参观上文引用刘彦和之说）。曹植在中国诗界上影响之大，是不可思议的。其原因有数端：

（一）诗体之独造　子建的诗，仍然是五古诗。但是谋篇之奇（如《赠白马王彪诗》），材料之宏阔变化（如《名都篇》《美女篇》等），皆是前无古人的。

（二）善于琢句　有注意用字的，如“凝霜依玉除，清风飘飞关”中之“依”字、“飘”字，皆有锤炉工夫。又注意对偶，过于古人，如“鰕䱇游潢潦，不知江海流。燕雀戏藩柴，安识鸿鹄游”等等，不可枚举。开六朝之风气，子建真是先锋了。

（三）音节铿锵　就是沈归愚所谓八音朗畅的意思。

（四）情感之流露　《七哀诗》《杂诗》《送应氏诗》《赠丁仪》诸诗，能将忧生之感，朋友爱好之情，尽量的泄出，使得他做的诗高华而又动人。因为他本是情感真挚的一个人，所以虽琢句琢字，而不流于六朝一派的诗，即是为此。总而言之，曹植是第一次为诗而作诗的大诗家，值得我们的研究咧。

次论“建安七子”。“七子”不全是纯粹的诗人，可读魏文帝《典论》的一段。《典论》是中国最早文学批评之一，我们应当注意。

今之文人，鲁国孔融文举、广陵陈琳孔璋、山阳王粲仲宣、北海徐幹伟长、陈留阮瑀元瑜、汝南应玚德琏、东平刘桢公幹，斯七子者，于学无所遗，于辞无所假。……王粲长于词赋，徐幹时有齐气，然粲之匹也。如粲之《初征》《登楼》《槐赋》《征思》，幹之《玄猿》《漏卮》《圆扇》《橘赋》，虽张、蔡不过也。……琳、瑀之章表书记，今之隽也。应玚和而不壮，刘桢壮而不密。孔融体气高妙，有过人者，然不能持论，理不胜辞。

七人中擅长诗的，有孔融、陈琳、王粲、应玚、徐幹、刘桢，而王粲最为重要。他的《七哀诗》：

西京乱无象，豺虎方遘患。复弃中国去，委身适荆蛮。亲戚对我悲，朋友相追攀。出门无所见，白骨蔽平原。路有饥妇人，抱子弃草间。顾闻号泣声，挥涕独不还。"未知身死处，何能两相完？"驱马弃之去，不忍听此言。南登霸陵岸，回首望长安。悟彼下泉人，喟然伤心肝。

沈归愚说："此杜少陵《无家别》《垂老别》之祖也。"可以见得他诗的影响了。粲"本秦川贵公子，遭乱流寓，自伤情多"（谢灵运《拟邺中集诗八首序》）。所以他的诗，不是空洞的，是有情感的，描写社会实情的。陈琳的《饮马长城窟行》，阮瑀的《驾出北郭门行》，也是如此，所以可贵。

魏末的诗人，也是晋初的诗人，当以阮籍为巨擘。籍字嗣宗，陈留尉氏人，瑀之子。博览群籍，尤好老庄，为散骑常侍。

大将军司马昭欲为子炎求婚，籍醉六十日，不得言而止。后为步兵校尉，纵酒昏睡，遗落世事。作《咏怀诗》八十余首，为世所重。

阮籍是最富有性情的人。他的表面上猖狂，是掩饰他忠于故国的形迹，以免惹祸。所以他《咏怀诗》，异常的有含蓄，不失温柔敦厚之旨。五古诗经了阮籍的渲染，地位更加巩固。今引用二大名人的批评，以见一斑。

嗣宗身仕乱朝，常恐罹谤遇祸。故每有忧生之讥。虽志在刺讥，而文多隐避。百代之下，难以情测也。（颜延年）

晋步兵阮籍，其源出于《小雅》。无雕虫之功，而咏怀之作，可以陶性灵，发幽思。言在耳目之内，情寄八荒之表。洋洋乎会于《风》《雅》，使人忘其鄙近。自致远大，颇多感慨之词。厥旨渊放，归趣难求。颜延年注解，怯言其志。（钟嵘）

以下是《咏怀诗》的一斑：

二妃游江滨，逍遥顺风翔。交甫怀环佩，婉娈有芬芳。猗靡情欢爱，千载不相忘。倾城迷下蔡，容好结中肠。感激生忧思，萱草树兰房。膏沐为谁施？其雨怨朝阳。如何金石交，一旦更离伤！

嘉树下成蹊，东园桃与李。秋风吹飞藿，零落从此始。繁华有憔悴，堂上生荆杞。驱马舍之去，去上西山趾。一身不自保，何况恋妻子。凝霜被野草，岁暮亦云已。

平生少年时，轻薄好弦歌。西游咸阳中，赵李相经过。娱乐未终极，白日忽蹉跎。驱马复来归，反顾望三河。黄金百镒尽，资用常苦多。北临太行道，失路将如何。

昔闻东陵瓜，近在青门外。连畛距阡陌，子母相钩带。五色耀朝日，嘉宾四面会。膏火自煎熬，多财为患害。布衣可终身，宠禄岂足赖。

灼灼西隤日，余光照我衣。回风吹四壁，寒鸟相因依。周周尚衔羽，蛩蛩亦念饥。如何当路子，磬折忘所归。岂为夸誉名，憔悴使心悲。宁与燕雀翔，不随黄鹄飞。黄鹄游四海，中路将安归？

胡小石说：“陶潜为学阮诗之第一人，后来唐代也有诗人模仿他的体裁。”（《中国文学史》一二五页）阮诗之地位，真是不凡！

魏晋之交，是玄学盛行的时期。所以诗人作品的内容，不免偏于老庄或佛家的玄想。这种“正始体”的文学（正始是魏废帝的年号），与“建安体”的文学，不免有些出入，即在于此。所以《文心雕龙》说：

正始明道，诗杂仙心。何晏之徒，率多浮浅。惟嵇志清峻，阮旨遥深，故能标焉。若乃应璩《百一》，独立不惧。辞谲义贞，亦魏之遗直也。

所以阮籍之外，作诗要推嵇康。康字叔夜，谯国铚人。以著《养生论》得名。与陈留阮籍、籍兄子咸、河内山涛、河南向秀、琅琊王戎、沛人刘伶相友善，号“竹林七贤”。嵇康的诗，以四言为最佳，不是完全摹仿《诗经》，很能自出心裁去做，是四言诗作家中最后的一个人。

第二章　晋诗

两汉文学，以浑厚雄壮见长。六朝文学，以绮靡繁缛见长。魏晋文学，便是两种文学的过渡时期。但是魏诗仍旧主造意，于两汉为近；晋诗主遣词，那就于六朝为近。这也是魏晋文学的差别了。

晋诗最盛的时代，有所谓"太康体"。太康是晋武帝年号，太康诗坛的健将，有所谓"二陆三张两潘一左"——陆机、陆云、张载、张协、张亢、潘岳、潘尼、左思，此外应当加一张华。陆机是最大的领袖，其次要数潘尼、左思了。

陆机字士衡，吴郡人，吴大司马抗之子。张华尝谓之曰："人之为文，常恨才少，而子更患其多。"仕至太子洗马。为成都王颖所害，年四十二。所著《辨亡论》《文赋》《连珠》，见重于时。钟记室评陆机诗说：

> 其源出于陈思，才高词赡，举体华美。气少于公幹，文劣于仲宣。尚规矩，不贵绮错，有伤直致之奇。然其咀嚼英华，厌饫膏泽，文章之渊泉也。（《诗品》）

沈归愚说：

> 士衡诗亦推大家，然意欲逞博，胸少慧珠。笔又不足以举之，遂开出排偶一家，西京以来空灵矫健之气不复存矣。降自齐、梁，专工对仗，边幅复狭，令阅者白日欲卧，未必非士衡为之滥觞也。（《古诗源》）

陆机又有《拟古诗》十二首，也开后来模拟之习。但是他在文学上的影响，实在是很大。

塘上行（陆机）

江蓠生幽渚，微芳不足宣。被蒙风雨会，移居华池边。发藻玉台下，垂影沧浪渊。霑润既已渥，结根奥且坚。四节逝不处，繁华难久鲜。淑气与时殒，余芳随风捐。天道有迁易，人理无常全。男欢智倾愚，女爱衰避妍。不惜微躯退，但惧苍蝇前。愿君广末光，照妾薄暮年。

潘岳字安仁，荥阳中牟人，美容观，妇人遇之，每投之以果。时张载甚丑，每行，小儿以瓦石掷之。所作《籍田》《闲居》等赋，为人传诵。惟党于贾后，人品终不见高。钟嵘说："陆才如海，潘才如江。"实则他的才不及士衡，而情感过之，试读他哀诔之文，便可知道。

悼亡诗（潘岳）

荏苒冬春谢，寒暑忽流易。之子归穷泉，重壤永幽隔。私怀谁克从，淹留亦何益。僶俛恭朝命，回心返初役。望庐思其人，入室想所历。帏屏无仿佛，翰墨有余迹。流芳未及歇，遗挂犹在壁。怅恍如或存，周遑忡惊惕。如彼翰林鸟，双栖一朝只。如彼游川鱼，比目中路析。春风缘隙来，晨溜承檐滴。寝息何时忘，沉忧日盈积。庶几有时衰，庄缶犹可击。

张载字孟阳，安平人。弟协字景阳，亢字季阳。载以《剑阁铭》出名，但是诗才要推张协。他们都是后来不入仕途的人。先录《诗品》的批评：

晋黄门郎张协，其源出于王粲。文体华净，少病

71

累。又巧构形似之言，雄于潘岳，靡于太冲。风流调达，实旷代之高手。调彩葱菁，音韵铿锵。使人味之，叠叠不倦。

杂诗（张协）

秋夜凉风起，清气荡暄浊。蜻蛚吟阶下，飞蛾拂明烛。君子从远役，佳人守茕独。离居几何时，钻燧忽改木。房栊无行迹，庭草萋以绿。青苔依空墙，蜘蛛网四屋。感物多所怀，沉忧结心曲。

左思字太冲，齐国临淄人。与妹棻①，都擅文采。造《三都赋》，十年乃成。洛阳为之纸贵！他的诗以《咏史》最有名，实则是《咏怀诗》的变相。其中偶句太多，幸而笔力足以贯彻之。他的《娇女诗》《招隐诗》，行乎自然，不落当时的窠臼。沈归愚批评他的诗，最得当：

太冲胸次高旷，而笔力又复雄迈。陶冶汉魏，自成伟词。故是一代作手，岂潘陆辈所能比埒？

咏史（左思）

济济京城内，赫赫王侯居。冠盖荫四术，朱轮竟长衢。朝集金张馆，暮宿许史庐。南邻击钟磬，北里吹笙竽。寂寂扬子宅，门无卿相舆。寥寥空宇中，所讲在玄虚。言论准宣尼，辞赋拟相如。悠悠百世后，英名擅八区。

东晋初年国家多故，出了两个大诗人，能够写乱离之感。一是刘越石，以悲壮见长；一是郭景纯，以清刚见长。都能挽回风

---

① 底本作"芬"。

气，有创造的诗才。

刘琨字越石，中山魏昌人。永嘉中为并州刺史。愍帝即位，都督并州诸军事。与祖逖俱有澄清中原之志，后为段匹碑所害。

郭璞字景纯，河东闻喜人。长于阴阳卜筮之学。后为王敦所害。《诗品》谓其"变永嘉平淡之体，故称中兴第一"。他的《游仙诗》是《咏怀诗》的变相，可以称为创格。

重赠卢谌 (刘琨)

握中有悬璧，本自荆山璆。惟彼太公望，昔在渭滨叟。邓生何感激，千里来相求。白登幸曲逆，鸿门赖留侯。重耳任五贤，小白相射钩。苟能隆二伯，安问党与仇？中夜抚枕叹，想与数子游。吾衰久矣夫，何其不梦周？谁云圣达节，知命故不忧。宣尼悲获麟，西狩涕孔丘。功业未及建，夕阳忽西流。时哉不我与，去乎若云浮。未实陨劲风，繁英落素秋。狭路倾华盖，骇驷摧双辀。何意百炼钢，化为绕指柔。

游仙诗 (郭璞)

杂县寓鲁门，风暖将为灾。吞舟涌海底，高浪驾蓬莱。神仙排云出，但见金银台。陵阳挹丹溜，容成挥玉杯。姮娥扬妙音，洪崖领其颐。升降随长烟，飘飘戏九垓。奇龄迈五龙，千岁方婴孩。燕昭无灵气，汉武非仙才。

照这样看来，两晋的诗，也并非完全一派。刘申叔论此甚精，兹特录之于下：

案晋代之诗，如张华、张载之属，均与士衡体近。然左思、刘琨、郭璞所作，浑雄壮丽，出于嗣宗。东晋之诗，其清峻之篇，大抵出自叔夜。惟许询、支遁所作，虽多玄言，其体仍近士衡。自渊明继起，乃和嵇阮之长。此晋诗迁变之大略也。（刘师培《中古文学史》第三十五页）

王渔洋说："左太冲、刘越石、郭景纯，为晋代三诗杰。"可谓推崇备至了。这三杰死后，到义熙时代（晋安帝时代），中间足有七八十年，士大夫沉醉于清谈与玄理。所做的诗，大都为说理的诗，毫无美感。于是后来产生了一个陶渊明。所以渊明在晋末反抗两种诗的势力：（一）陆机派的雕琢诗，（二）支遁派的说理诗。

中国诗人影响后来最大的，莫过于陶渊明与杜子美。所以我们不能不先温温陶公之历史。

陶潜字渊明，浔阳柴桑人。晋大司马侃之曾孙。少怀高尚，著《五柳先生传》以自况。初为建威参军，未几为彭泽令。晋遣督邮至县，吏白应束带见之。潜叹曰："吾不能为五斗米折腰，向乡里小儿！"即日解印绶去，乃赋《归去来辞》。及宋受禅，自以晋世宰辅之后，耻复屈身异代。居浔阳柴桑，与周续之、刘遗民并不应辟命，世号"浔阳三隐"。尝言夏五六月，高卧北窗之下，清风飒至，自谓羲皇上人。宋元嘉四年卒，世号靖节先生。

渊明诗名太大，我们不要忘记他也是个文章家。他的散文，如《归去来辞》《桃花源记》，固然五尺童子皆知道的。就是他的《闲情赋》，昭明太子所谓"白璧微瑕"，也是很流动而不板滞的美文。譬如"愿在衣而为领，承华首之余芳。悲罗襟之宵离，怨秋夜之未央！愿在裳而为带，束窈窕之纤身。嗟温凉之异气，或脱故而服新！"等句子，可以想见其风怀了。

批评陶诗最早的，有梁昭明太子及钟嵘。昭明太子为陶集作序，说：

> 有疑陶渊明诗篇篇有酒，吾观其意不在酒，亦寄酒为迹者也。其文章不群，辞彩精拔。跌宕昭彰，独超众类。抑扬爽朗，莫与之京。

钟记室的批评，后人指摘其两点：（一）不应列陶诗为中品。这或者因为当时潮流的关系，胡小石引《太平御览》说："钟嵘原来是把陶公置于上品的。"（二）说陶诗出于应璩，"成何议论"（沈德潜《古诗源》）。胡适之以为应璩是做白话谐诗的，故与渊明《责子》《挽歌》诸诗为近（《白话文学史》一三一页）。且看钟氏的言论：

> 其源出于应璩，又协左思风力，文体省静，殆无长语。笃意真古，辞兴惋惬。每观其文，想其人德，世叹其质直。致如"欢言醉春酒""日暮天无云"，风华清靡，岂直为田家语邪？古人隐逸诗人之宗也！

我最爱东坡"质而实绮，癯而实腴"八个字（《陶靖节集》卷端），可谓独具只眼了。

归园田居（陶潜）

> 少无适俗韵，性本爱丘山。误落尘网中，一去三十年。羁鸟恋旧林，池鱼思故渊。开荒南野际，守拙归园田。方宅十余亩，草屋八九间。榆柳荫后檐，桃李罗堂前。暧暧远人村，依依墟里烟。狗吠深巷中，鸡鸣桑树颠。户庭无尘杂，虚室有余闲。久在樊笼里，复得返自然。

野外罕人事，穷巷寡轮鞅。白日掩荆扉，虚室绝尘想。时复墟曲中，披草共来往。相见无杂言，但道桑麻长。桑麻日已长，我土日已广。常恐霜霰至，零落同草莽。

种豆南山下，草盛豆苗稀。晨兴理荒秽，带月荷锄归。道狭草木长，夕露沾我衣。衣沾不足惜，但使愿无违。

饮酒（陶潜）

余闲居寡欢，兼比夜已长，偶有名酒，无夕不饮，顾影独尽。忽焉复醉。既醉之后，辄题数句自娱，纸墨遂多。辞无诠次，聊命故人书之，以为欢笑尔。

结庐在人境，而无车马喧。问君何能尔？心远地自偏。采菊东篱下，悠然见南山。山气日夕佳，飞鸟相与还。此中有真意，欲辨已忘言。

秋菊有佳色，裛露掇其英。泛此忘忧物，远我遗世情。一觞虽独进，杯尽壶自倾。日入群动息，归鸟趋林鸣。啸傲东轩下，聊复得此生。

所以冲淡闲远，是陶诗的表面，内容更有所进，绝不是淡而无味。这就是观察深刻、意境丰富了。因为意境好，所以能淡而雅，清而靡，否则必蹈干枯庸熟之路了。

陶公的性情，也是他作诗的背景之一。陶公诚然有高洁的生活，但是他的性情是积极，不是消极，《拟古》诗说："少时壮且厉，抚剑独行游。"《咏荆轲》诗说："其人虽已没，千载有余情。"可以想见其一斑。所以他诗笔是非常的健举（参看梁启超《陶渊明》）。

陶诗的影响，是千古不灭的。姑就唐代而论："王维得其清腴，孟郊得其闲远，储光羲得其真朴，韦应物得其冲和，柳宗元得其峻洁。"（用沈德潜《唐诗别裁集》）可以看出他的诗才与创造力之伟大了。

第三章　魏晋文

魏晋文之发达，远不如诗，作家也较少。晋以后至南北朝文笔之分渐显。刘彦和说："今之常言有文有笔。以为无韵者笔也，有韵者文也。"（《文心雕龙·总术篇》）所以我们读魏晋文，亦可以此为入手方法。

文的方面，就是美文。一方面赋是极其发达。《文心雕龙》说：

> 及仲宣（王粲）靡密，发端必遒。伟长（徐幹）博通，时逢壮采。太冲（左思）、安仁（潘岳），策勋于鸿规。士衡（陆机）、子安（成公绥），底绩于流制。景纯（郭璞）绮巧，缛理有余。彦伯（袁宏）梗概，情韵不匮：亦魏晋之赋首也。（《诠赋篇》）

魏代有名之赋，自推王粲的《登楼赋》，曹植的《洛神赋》；至于晋代名赋，有张华的《鹪鹩赋》，孙绰的《天台山赋》，何晏的《景福殿赋》，陆机的《文赋》，潘岳的《闲居赋》《射雉赋》，郭璞的《江赋》，左思的《三都赋》，陶潜的《归去来辞》。以上诸赋除《登楼》《洛神》《归去来辞》之外，大都流于板重一派。开俳赋之风气，失去古意不少。而且赋题也渐渐注重小巧。如咏物之赋，逐渐增多，即其一例。比较的魄力大些，文章自然些，当推《洛神赋》了。今录其最精采的两段：

> 于是忽焉纵体，以遨以嬉。左倚采旄，右荫桂旗。攘皓腕于神浒兮，采湍濑之玄芝。余情悦其淑美兮，心振荡而不怡。无良媒以接欢兮，托微波而通辞。愿诚素之先达，解玉佩以要之。嗟佳人之信修，羌习礼而明诗。抗琼珶以和予兮，指潜渊而为期。执眷眷之款实兮，惧斯灵之我欺。感交甫之弃言兮，怅犹豫而狐疑。收和颜而静志兮，申礼防以自持。

> 于是洛灵感焉，徙倚彷徨，神光离合，乍阴乍阳。竦轻躯以鹤立，若将飞而未翔。践椒涂之郁烈，步蘅薄而流芳。超长吟以永慕兮，声哀厉而弥长。尔乃众灵杂沓，命俦啸侣，或戏清流，或翔神渚，或采明珠，或拾翠羽。从南湘之二妃，携汉滨之游女。叹匏瓜之无匹兮，咏牵牛之独处。扬轻袿之绮靡兮，翳修袖以延伫。体迅飞凫，飘忽若神。凌波微步，罗袜生尘。动无常则，若危若安。进止难期，若往若还。转眄流精，光润玉颜。含辞未吐，气若幽兰。华容婀娜，令我忘餐。

连珠一体，实骈俪文之先锋，《文选》独取陆机所作的。当时美文的极轨，自当推潘、陆二人。"安仁轻敏，故锋发而韵流。士衡矜重，故情繁而词隐。"（《文心雕龙·体性篇》）这是他们的异点。

演连珠五十首（陆机）

> 臣闻日薄星回，穹天所以纪物；山盈川冲，后土所以播气。五行错而致用，四时违而成岁。是以百官恪

居，以赴八音之离；明君执契，以要克谐之会。

臣闻任重于力，才尽则困；用广其器，应博则凶。
是以物胜权而衡殆，行过镜则照穷。故明主程才以效
业，贞臣底力而辞丰。

魏晋的散文——就是后人所谓的古文，实在是不散，实在是
不合于应用，试举论为例。论不散行，还可以言论自由吗？却是
当时的论，都是平行的语气。

弃礼乐之教，任苛刻之政，子弟无尺寸之封，功臣
无立锥之土。（曹元首《六代论》）

知名位之伤德，故忽而不营，非欲而强禁也。识厚
味之害性，故弃而弗顾，非贪而复抑也。（嵇康《养生
论》）

巨象逸骏，扰于外闲，明珠玮宝，耀于内府。珍瑰
重迹而至，奇玩应响而赴。（陆机《辨亡论》）

其他的文章，如陈琳之檄，阮瑀之书，曹植之表，潘岳之
诔，都带着排偶气息为多。自骈文方面说起，魏晋文是可以树之
风声，可是照散文眼光看起来，那就令人失色了。然而脍炙人口
的真正散文，也不是绝对无有，试观下表：

李密——《陈情表》

阮籍——《大人先生传》

嵇康——《与山巨源绝交书》

王羲之——《兰亭集序》等等

陶潜——《桃花源记》等等

但是以上的文，究竟居极少数。散文的不振，是无可讳言咧。

然而魏晋的文章，不是绝无贡献的。他们的贡献，是在小品

文字。小品文字的定义，是很难下的。但是可以说小品文字，必定包括以下各点：（一）短而有风趣，（二）诙谐而不伤雅。现在分别论之。

（一）短篇书札 《文选》中"笺"和"书"二类，所收多建安七子与正始文学家的作品。以人而论，曹丕、吴质、阮瑀、王羲之，是此中的健将。以文体而论，骈文与散文都有的。

与朝歌令吴质书（曹丕）

五月二十八日，丕白。季重无恙。途路虽局，官守有限，愿言之怀，良不可任。足下所治僻左，书问致简，益用增劳。每念昔日南皮之游，诚不可忘。既妙思六经，逍遥百氏，弹棋间设，终以六博，高谈娱心，哀筝顺耳。驰骋北场，旅食南馆，浮甘瓜于清泉，沉朱李于寒水。白日既匿，继以朗月，同乘并载，以游后园。舆轮徐动，参从无声，清风夜起，悲笳微吟，乐往哀来，怆然伤怀，余顾而言，斯乐难常，足下之徒，咸以为然。今果分别，各在一方。元瑜长逝，化为异物，每一念至，何时可言？方今蕤宾纪时，景风扇物，天意和暖，众果具繁。时驾而游，北遵河曲，从者鸣笳以启路，文学托乘于后车，节同时异，物是人非，我劳如何！今遣骑到邺，故使枉道相过。行矣自爱。丕白。

与谢万书（王羲之）

以君迈往不屑之韵，而俯同群僚，诚难为意也。然所谓通识，正自当随事行藏，乃为远耳。愿君每与士卒之下者同，则尽善矣！食不二味，居不重席，此复何有？而古人以为美谈，济否所望，实在积小以致高大，君其存之。

（二）**谐文**　魏晋之世，是崇尚老庄与清谈时代。名士多不修边幅，所以有时作文，竟用滑稽的口吻。大散文家陶渊明所做《五柳先生传》亦不能免此。

大人先生传（阮籍）

世之所谓君子，惟法是修，惟礼是克。手执圭璧，足履绳墨，行欲为目前检，言欲为无穷则。少称乡党，长闻邻国，上欲图三公，下不失九州牧。独不见群虱之于裈中，逃乎深缝，匿乎坏絮，自以为吉宅也。行不敢离缝际，动不敢出裈裆，自以为得绳墨也。然炎丘火流，焦邑灭都，群虱死于裈中而不能出也！君子之处域内，何异夫虱之处裈中乎？

酒德颂（刘伶）

有大人先生，以天地为一朝，万期为须臾，日月为扃牖，八荒为庭衢。行无辙迹，居无室庐，幕天席地，纵意所如。止则操卮执觚，动则挈榼提壶，惟酒是务，焉知其余？有贵介公子，搢绅处士，闻吾风声，议其所以。乃奋袂攘襟，怒目切齿，陈说礼法，是非蜂起。先生于是方捧甖承槽、衔杯漱醪；奋髯踑踞，枕曲藉糟；无思无虑，其乐陶陶。兀然而醉，豁尔而醒。静听不闻雷霆之声，熟视不睹泰山之形。不觉寒暑之切肌，利欲之感情。俯观万物，扰扰焉，如江汉之载浮萍；二豪侍侧焉，如螺蠃之与蛉螟。

（三）**短篇小说即笔记**　留待下章讨论。

81

第四章　小说及文学批评

班固《汉书·艺文志》说："小说者流，盖出于稗官。街谈巷语，道听途说者之所造也。"《艺文志》所举的小说十五家一千三百八十篇，可惜书多不传。张衡《西京赋》说："小说九百，本自虞初。"虞初亦见于《艺文志》，是古代大小说家无疑了。

可是最初的小说，虽导源于汉以前（《艺文志》所举的，有伊尹、鬻子的著作），然大抵不出于神话、童话或寓言。观于子书中所有的故事，可以窥见一斑。现代通行的《汉魏丛书》，有东方朔的《神异经》《海内十洲记》，班固的《汉武故事》《汉武内传》，郭宪的《洞冥记》，伶玄的《飞燕外传》，刘歆的《西京杂记》，无名氏的《杂事秘辛》，等等。好像两汉是小说初盛的时期，其实这些书，都是伪书。《四库全书提要》指为多系六朝人拟作，《杂事秘辛》是明杨慎所撰，所以我们研究独立的小说，必以晋为第一个重要时期。

以下是见于载籍的晋人小说：

干宝《搜神记》　陶潜《搜神后记》　常璩《华阳国志》　张华《博物志》　王嘉《拾遗记》　皇甫谧《高士传》　裴启《裴子语林》　葛洪《神仙传》　无名氏《莲社高贤传》　法显《佛国记》

内中也有伪托之书，如《搜神后记》，后人多指为伪书。以上的书中，干宝《搜神记》，要算最出名了。

大概晋人小说，可分为两派：（一）神怪小说，受当时释道两教的影响，所以作家中有何晏、葛洪诸人。（二）遗闻轶事派的小说，这是受史学的影响。《三国志》著者陈寿，有《益都耆旧传》之作，后来晋代的《裴子语林》、《魏晋世语》（郭颁），刘宋时代的《世说新语》（临川王义庆），便接踵而起了。

陈寿，巴西安汉人。入晋，除著作郎。撰《魏吴蜀三国志》，时人称其叙事有良史之才，又撰《益都耆旧传》十篇，全书今不传。

益都耆旧传·张松（陈寿）

张松，为人短小，放荡不治节操，然识达精果，有才干。刘璋遣诣曹公，不甚礼。公主簿杨修深器之，白公辟松，公不纳。修以公所撰兵书示松。松宴饮之间，一看便暗诵，修以此益奇之。

干宝，新蔡人，东晋时以著作郎领国史，官至散骑常侍。先是，宝父有宠婢，母甚妒忌，及父亡，母乃生推婢于墓中。宝兄弟年小，不之审也。后十余年，母丧开墓，而婢伏棺如生，载还经日乃苏。言其父常取饮食与之，恩情如旧。既而嫁之，生子。又宝兄尝病气绝，后遂寤，云见天地间鬼神事，不自知死。宝因此撰集古今神祇灵异人物变化，名为《搜神记》，凡二十卷，刘惔见之曰："卿可谓鬼之董狐。"

搜神记·羊祜（干宝）

羊祜年五岁时，令乳母取所弄金环。乳母曰："汝先无此物。"祜即诣邻人李氏东垣桑树中探得之。主人惊曰："此吾亡儿所失物也。云何持去？"乳母具言之，李氏悲惋。时人异之。

王嘉字子年，安阳人。凿崖穴居，弟子数百人。苻坚累征不起，言未然之事，皆验。后为姚苌所杀。著《拾遗记》，梁萧绮删存之为十卷。

拾遗记·蜀甘后（王嘉）

蜀先主甘后，沛人。生于贱微，里中相者云，此女后贵，位极宫掖。及后生而体貌特异。年至十八，玉质柔肌，态媚容冶。先主致后于白绡帐中，于户外望者，如月下聚雪。河南献玉人，高三尺，乃取玉人置后侧，昼则讲说军谋，夕则拥后而玩玉人。常称玉之贵，比德君子，况为人形，而可不玩乎？甘后与玉人洁白齐润，观者殆相乱惑。嬖宠者非唯嫉甘后，而亦妒玉人。后常欲琢毁坏之，乃戒先主曰："昔子罕不以玉为宝，《春秋》美之，今吴、魏未灭，安以妖玩经怀。凡诬惑生疑。勿复进焉。"先主乃撤玉人像，嬖者皆退。当时君子，以甘后为神智妇人。

皇甫谧，嵩曾孙。年二十余，有高尚之志。以著述为务，自号玄晏先生。后得风痹疾，犹手不释卷。武帝征之不起，著有《帝王世纪年历》，《高士》《逸士》《列女》等传，《甲乙经》《玄晏春秋》皆野史之类。

高士传·荣启期（皇甫谧）

荣启期者，不知何许人也。鹿裘带索，鼓琴而歌。孔子游于泰山，见而问之曰："先生何乐也？"对曰："吾乐甚多。天生万物，惟人为贵，吾得为人矣，是一乐也。男女之别，男尊女卑，故以男为贵，吾既得为男矣，是二乐也。人生有不见日月，不免襁褓者，吾既已行年九十矣，是三乐也。贫者，士之常也；死者，民之终也。居常以待终，何不乐也。"

葛洪字稚川，别号抱朴子，句容人，从祖玄，吴时成仙，号葛仙公。洪曾为散骑常侍，辞不就，闻交趾出丹砂，求为句漏令。后往罗浮山炼丹，丹成尸解，年八十一。著有《抱朴子内外篇》《神仙传》《集异传》《肘后方》等等。《神仙传》十卷，今存。

神仙传·董仲君（葛洪）

董仲君者，临淮人也。少行气炼形，年百余岁不老。常见诬系狱，佯死，臭烂生虫，狱家举出，而后复生，尸解而去。

晋以来佛经翻译渐多，又出了几个大译家，如法护、鸠摩罗什等。佛经本来有很多很好的寓言和比喻，贩到中国来，大大的增加中国文学界里的领域。就同英国文学中经过诺曼人克服之后，带进了不少的法国字一样。譬如法显的《佛国记》，鸠摩罗什所译的《维摩诘经》《法华经》，处处可以看出小说的风趣咧（参看胡适之《白话文学史》一六三至一六八页、一七二至一八二页，范烟桥《中国小说史》三二至三三页）。而且他们都是用直译法译书，很能为白话文字树之先声。

现在要谈到文学批评。以前的文学批评，是东鳞西爪的性质。建安以来，文学家接踵而起，渐有专著，为文学批评之研究。试观下表：

魏	曹丕《典论》
	曹植《与杨德祖书》
	杨德祖《答临淄侯笺》
	应场《文论》
晋	陆机《文赋》
	挚虞《文章流别志论》
	李充《翰林论》
	葛洪《抱朴子》

所以日本汉学家铃木虎雄说：

> 自孔子以来至汉末，都是不能离开道德以观文学的，而且一般的文学者，单是以鼓吹道德底思想做为手段而承认其价值的。但到魏以后，却不然。文学底自身是有价值底思想，已经在这时期发生了。（《中国古代文艺论史》第四十七页，孙俍工译）

可惜挚虞、李充的文章，不能见其全豹（严可均《全晋文》有他们别种的文章）。最重要的，要推魏文帝《典论》和陆士衡《文赋》了。

《典论》论文学有永久的价值，是能独具只眼的论调。较之《文赋》专从修词方面着想，其气象自不同了。

> 盖文章，经国之大业，不朽之盛事。年寿有时而尽，荣乐止乎其身，二者必至之常期，未若文章之无穷。（《典论》）

关于修辞上的基本原理，二人所论，也有点出入：

> 文以气为主，气之清浊有体，不可力强而致。（《典论》）

理扶质以立干，文垂条而结繁。

辞程才以效技，意司契而为匠。（以上《文赋》）

至关于各种文体的修辞，两篇都有美妙的议论，录之以资比较：

奏议宜雅，书论宜理，铭诔尚实，诗赋欲丽。

（《典论》）

诗缘情而绮靡，赋体物而浏亮。碑披文以相质，诔缠绵而凄怆。铭博约而温润，箴顿挫而清壮。颂优游以彬蔚，论精微而朗畅。奏平彻以闲雅，说炜晔而谲诳。

（《文赋》）

第五编　南北朝文学

第一章　古诗的嬗变

　　说到南北朝文学，我们不免带几分鄙视之心，以为当时的文学，全是些绮丽颓靡之风，了无足观。在今日白话文学时代，应该打倒。其实南北朝文学大部分，固然是不脱绮靡之习。然而当时的民歌、佛典与小品文字，也有很自然的作品，不能一笔抹杀。进而言之，绮靡的文学，在相当范围内，未尝不无保存的价值。试问绮丽的文字与模仿的鄙俗的文字比较，"孰得孰失？必有能辨之者"。文学以美为归，绮丽也是一种美，只要不太雕砌便好了。

　　没有讨论特种文学以前，有两种名词，不可不先辨别的：（一）"南北朝"一个名词，有时与"六朝"一个名词混用。"六朝"是指吴、东晋、宋、齐、梁、陈，都城在南京的南朝。可见与"南北朝"这个名词，显有出入。但是因为北朝文学不如南朝之发达，且派别不同，不为南方所重视，后来竟为南朝文学所同化。所以普通人说起南北朝文学，总以六朝文学为代表了。（二）"选体"一个名词。六朝的诗文，又有选体诗、选体文之称。因为当时的好文学，都收罗在《文选》之中，但是昭明太子《文选》有汉、魏的文学，又缺乏陈、隋的文学。所以这个名词的应用，在狭义的意义中，不甚确切咧。

先论南北朝诗。当时的古诗，也不是单纯的走入轻靡一途，完全没有变化。我以为由宋到齐，诗注重藻绘；由齐经过梁、陈，诗注重冶艳。还有一个大变化，就是声律之说。沈约以前，格调较古，沈约以后，向调平仄一条路上走，走的没有成熟，所以诗的音调不振——因为既不像古诗，又不像近体诗。此外还有各家作风的不同，留待下文。

刘宋时代的大诗人，有谢灵运、颜延之、鲍照。此外还有谢庄、谢惠连等。

谢灵运，陈留阳夏人。晋车骑将军玄之孙。幼颖悟，少好学。文章之美，与颜延之为江左第一。纵横俊发，过于延之，深密则不如也。袭封康乐公。性豪侈。宋文帝时为永嘉太守，性好山水，尝伐木开径，直至临海，从者数百，临海太守王琇谓为山贼，末知灵运乃安。后为临川内史，为有司所纠，遂兴兵叛逆。因降死，徙广州。后为赵钦所陷，文帝诏于广州弃市，年四十九。

登池上楼（谢灵运）

潜虬媚幽姿，飞鸿响远音。薄霄愧云浮，栖川怍渊沉。进德智所拙，退耕力不任。徇禄反穷海，卧疴对空林。衾枕昧节候，褰开暂窥临。倾耳聆波澜，举目眺岖嵚。初景革绪风，新阳改故阴。池塘生春草，园柳变鸣禽。祁祁伤豳歌，萋萋感楚吟。索居易永久，离群难处心。持操岂独古，无闷征在今。

游赤石进帆海（谢灵运）

首夏犹清和，芳草亦未歇。水宿淹晨暮，阴霞屡兴没。周览倦瀛壖，况乃陵穷发。川后时安流，天吴静不发。扬帆采石华，挂席拾海月。溟涨无端倪，虚舟有超越。仲连轻齐组，子牟眷魏阙。矜名道不足，适己物可忽。请附任公言，终然谢天伐。

石壁精舍还湖中作（谢灵运）

昏旦变气候，山水含清晖。清晖能娱人，游子憺忘归。出谷日尚早，入舟阳已微。林壑敛暝色，云霞收夕霏。芰荷迭映蔚，蒲稗相因依。披拂趋南径，愉悦偃东扉。虑澹物自轻，意惬理无违。寄言摄生客，试用此道推。

灵运又称"大谢"，谢朓称"小谢"。"大谢"诗"音响作涩，为杜、韩所自出"（姚姜坞语，见方东树植之《昭昧詹言》）。他的影响，远及于"明七子"。所以我们研究他的诗，应当多看古人的评语：

其源出于陈思，杂有景阳之体，故尚巧似，而逸荡过之，颇以繁芜为累。……然名章迥句，处处间起，丽典新声，络绎奔会，譬犹青松之拔灌木，白玉之映尘沙，未足贬其高洁也。（钟嵘《诗品》）

康乐公早岁能文，性颖神澈。及通内典，心地更精。故所作诗，发皆造极，得非空王之道助邪？（唐释皎然《诗式》）

曹洞禅不犯正位，切忌死语。康乐貌似犯此，其实意体空灵迈往，曲折顿挫。（方东树《昭昧詹言》）

康乐无一字轻率滑易，此黄山谷所以可法。（《昭昧詹言》）

总之"大谢"诗以深密道炼见长，虽雕缛辞句，然而久读之，自有惨淡经营之妙趣。康乐诗，为古代山水诗之大成，关于这点，与陶诗相似。但陶渊明不用典，纯任自然，康乐恰与之相反了。

颜延之字延年，琅邪临沂人，曾随刘裕北伐，文辞藻丽，好酒疏诞，官至永嘉太守、秘书监、太常。卒年八十余。

颜、谢在当时齐名，但延年太过于雕绘。鲍明远当面告诉他说："谢诗如初发芙蓉，自然可爱。颜诗如铺锦列绣，雕绘满眼。"钟记室亦说："喜用古事，弥见拘束。"但是延年才思敏捷，远过于谢。他又自负他的诔文。

鲍照字明远，以文辞瞻逸，见知于临川王义庆，以为卫军谘议参军。元嘉中，上《河清颂》，甚工。妹令晖，亦有文名。明远是个天才的文学家，读他的《芜城赋》，可以知他的美文。读他的《登大雷岸与妹书》，可以知他的散文何如。然而他在文学上的贡献，还是诗的影响最大。（一）他的乐府长短句，为李杜之先声；（二）他不受当时绮靡文学之支配，做出一种俊逸奇警的诗笔；（三）他是七古诗的大成功人。

拟行路难（鲍照）

奉君金卮之美酒，瑇瑁玉匣之雕琴。七彩芙蓉之羽帐，九华葡萄之锦衾。红颜零落岁将暮，寒光宛转时欲沉。愿君裁悲且减思，听我抵节行路吟。不见柏梁铜雀上，宁闻古时清吹音？

璇闺玉墀上椒阁，文窗绣户垂罗幕。中有一人字金兰，被服纤罗采芳蘼。春燕参差风散梅，开帏对景弄春爵。含歌览涕恒抱愁，人生几时得为乐。宁作野中之双凫，不愿云间之别鹤。

泻水置平地，各自东西南北流。人生亦有命，安能行叹复坐愁？酌酒以自宽，举杯断绝歌路难。心非木石岂无感，吞声踯躅不敢言。

对案不能食，拔剑击柱长叹息。丈夫生世会几时，安能蹀躞垂羽翼？弃置罢官去，还家自休息。朝出与亲辞，暮还在亲侧。弄儿床前戏，看妇机中织。自古圣贤尽贫贱，何况我辈孤且直！

再看几个重要的古人批评：

其源出于二张，善制形状写物之词，得景阳之诙诡，含茂先之靡嫚。骨节强于谢混，驱迈疾于颜延。总四家而擅美，跨两代而孤出。嗟其才秀人微，故取湮当代。然贵尚巧似，不避危仄，颇伤清雅之调。故言险俗者，多以附照。（钟嵘《诗品》）

清新庾开府，俊逸鲍参军。（杜甫）

明远虽以俊逸有气为独妙，而字字炼，步步留，以涩为厚，无一步滑。……又时出奇警，所以独步千秋。（方东树《昭昧詹言》）

齐是很短的一个时代，齐的文学家——"竟陵八友"，都是梁朝的君臣。内中谢朓、王融，比较是完全属于齐朝的人。这时代的文学，又叫做"永明文学"。永明是齐武帝的年号。武帝第二子竟陵王子良提倡文学，天下文士多归之。而萧衍（梁武帝）、沈约、谢朓、王融、萧琛、范云、任昉、陆倕八人，尤见敬异，号称"八友"。八人之中，谢朓、梁武帝都是大诗家。

永明体中最重要的发现，是声律说。且看《南齐书·陆厥传》：

> 永明末盛为文章，吴兴沈约，陈郡谢朓，琅邪王融，以气类相推毂。汝南周颙，善识声韵。约等文皆用宫商，以平上去入为四声。以此制韵，不可增减。世呼为"永明体"。

声律说应用以来，于是古体诗渐进而为近体诗。诗的音调，失去了古体中雄迈之气，又没有完全达近体诗中铿锵之调。这是过渡时代应有的现象，不足为病。无论如何，却是文学中一个极大的嬗变。不是诗受了影响，连骈文也变为平仄的骈文（四六文）了。试观以下的断句或短诗，岂非唐人律绝么？

> 夕殿下珠帘，流萤飞复息。长夜缝罗衣，思君此何极。（谢朓）

> 衿袖三春隔，江山千里长。寸心无远近，边地有风霜。（王融）

> 风声动密竹，水影漾长桥。（何逊）

> 网虫垂户织，夕鸟傍檐飞。（沈约）

> 沅水桃花色，湘流杜若香。（阴铿）

宣传声律最力的人，是梁朝政治家、史学家、文章家沈约。他的八病之说——平头、上尾、蜂腰、鹤膝、大韵、小韵、旁纽、正纽，太近专门，兹不复赘（参阅谢无量《中国大文学史》卷五，二十二页至二十三页；胡小石《文学史》一百五十页至一百五十九页）。到了陈代江总、阴铿诸人，更大做其声律派的诗。所以杜少陵说："欲知二谢将能事，颇学阴何苦用心。"

现在再研究齐梁的大诗人，我以为影响最大的，只有谢朓与梁武帝。

谢朓字玄晖，陈郡阳夏人。少有美名，文章清丽。尝官随王镇西功曹，转文学。子隆在荆州，好辞赋，朓以文才，尤被赏爱。高宗辅政，以朓为骠骑谘议，旋为宣城太守。东昏侯废立之际，为江祏所陷，下狱死。年三十六。

小谢的诗，在当时已极为人所重。沈约说："二百年来无此诗也！"梁武帝谓："三日不读，便觉口臭！"小谢诗的长处，究在什么地方呢？

> 其源出于谢混，微伤细密，颇在不伦。一章之中，自有玉石。然奇章秀句，往往警遒。足使叔源失步，明远变色。善自发诗端，而末篇多踬，此意锐而才弱也。（《诗品》）

> 蓬莱文章建安骨，中间小谢又清发。（李白）

> 灵运语俳而气古，玄晖调俳而气今（王世贞《艺苑卮言》）

> 元晖别具一副笔墨……不独独步齐梁，真是独步千古。本传以清丽称之，休文以奇响推之……太白称其清发警人，元晖自云圆美流转如弹丸。以此数者求之，其于谢诗思过半矣。（《昭昧詹言》）

"清发"二字，是谢诗中最重要的批评。丽而能清，思而能发，开唐诗不少的法门，不但在当时可以转移风气咧。

游东田（谢朓）

> 戚戚苦无悰，携手共行乐。寻云陟累榭，随山望菌

阁。远树暖阡阡，生烟纷漠漠。鱼戏新荷动，鸟散余花落。不对芳春酒，还望青山郭。

暂使下都夜发新林至京邑赠西府同僚（谢朓）

大江流日夜，客心悲未央。徒念关山近，终知返路长。秋河曙耿耿，寒渚夜苍苍。引领见京室，宫雉正相望。金波丽鳷鹊，玉绳低建章。驱车鼎门外，思见昭丘阳。驰晖不可接，何况隔两乡？风云有鸟路，江汉限无梁。常恐鹰隼击，时菊委严霜。寄言蹑罗者，寥廓已高翔。

晚登三山还望京邑（谢朓）

灞涘望长安，河阳视京县。白日丽飞甍，参差皆可见。余霞散成绮，澄江静如练。喧鸟覆春洲，杂英满芳甸。去矣方滞淫，怀哉罢欢宴。佳期怅何许，泪下如流霰。有情知望乡，谁能鬒不变？

萧衍字叔达，南兰陵中都里人。少淳孝，及长，博学多道，有文武才干。既成帝业，虽万几多务，犹卷不辍手。著经学书二百余卷，文集又一百二十卷。末年遭侯景之乱，饿死台城，年八十六。

武帝的诗，以宛转含蓄见长，不受当时声律的拘束。对于七古，尤有独到处。初唐张若虚辈，颇受他的影响。

西洲曲（萧衍）

忆梅下西洲，折梅寄江北。单衫杏子红，双鬓鸦雏色。西洲在何处？两桨桥头渡。日暮伯劳飞，风吹乌白树。树下即门前，门中露翠钿。开门郎不至，出门采红莲。采莲南塘秋，莲花过人头。低头弄莲子，

95

莲子清如水。置莲怀袖中，莲心彻底红。忆郎郎不
至，仰首望飞鸿。鸿飞满西洲，望郎上青楼。楼高望
不见，尽日阑干头。阑干十二曲，垂手明如玉。卷帘
天自高，海水摇空绿。海水梦悠悠，君愁我亦愁。南
风知我意，吹梦到西洲。

河中之水歌（萧衍）

河中之水向东流，洛阳女儿名莫愁。莫愁十三能织
绮，十四采桑南陌头。十五嫁为卢家妇，十六生儿字阿
侯。卢家兰室桂为梁，中有郁金苏合香。头上金钗十二
行，足下丝履五文章。珊瑚挂镜烂生光，平头奴子擎履
箱。人生富贵何所望？恨不早嫁东家王！

梁是南北朝中文学最盛时代。武帝的儿子萧统（昭明太
子）、萧纲（简文帝）、萧绎（元帝），都能诗。所作的诗，
多系轻艳一派，当时号为"宫体"。此外江淹、范云、柳恽、
何逊、庾肩吾及其子信①、徐摛及其子陵、吴均诸人，都是些
诗家。

陈诗有陈后主（叔宝）、徐陵、江总、阴铿、张正见诸人。
阴铿、何逊，是律体的开山祖。徐陵是当时诗人的领袖。他们的
诗，多偏于艳体。后主的诗，多模仿乐府诗。

北朝是不大倾向于软文学的，到了后来，也受南方声律派之
影响。可是诗家究竟不多。温子昇、邢邵，是最有名的。却是庾
信、王褒北来之后，文学界大有生气。庾信的诗赋，到了北方
后，另辟新蹊径，甚至于使南朝文学，也为之失色！

---

① 底本作"陵"。

庾信字子山，南阳新野人，肩吾之子。少与徐陵父子出入禁闼，恩礼隆重，文并绮艳，世号"徐庾体"。江陵既陷，梁元帝遣之出使北周。梁亡，遂留长安。屡膺显秩，官至开府仪同三司，有文集二十一卷。信在北方，颇能变北方粗豪之气。但是他自己常有乡国之思，又加以北方刚劲之气，于是他的绮丽文字，变为一种悲壮苍凉的文字。杜甫最佩服子山者，有"清新庾开府""庾信文章老更成"及"庾信生平最萧瑟，暮年诗赋动江关"诸名句，可以说是的评了。今录其《拟咏怀诗》中一首。他的最大贡献，还在赋咧。

> 摇落秋为气，凄凉多怨情。啼枯湘水竹，哭坏杞梁城。天亡遭愤战，日蹙值愁兵。直虹朝映垒，长星夜落营。楚歌饶恨曲，南风多死声。眼前一杯酒，谁论身后名。

庾信是南北朝文学的统一者。但是政治统一的隋朝，气候不长，只出了几个诗人——隋炀帝、杨素、薛道衡、王胄、虞世基、孙万寿，其中以薛道衡声名为最大，炀帝忌其才，终遭缢杀之祸，只因他做了"空梁落燕泥"等佳句罢了！

人日思归（薛道衡）

> 入春才七日，离家已二年。人归落雁后，思发在花前。

第二章　乐府诗

我们读绮丽的诗，或者嫌太多了。但是不要忘记与古诗平行发展的，还有那乐府诗。这种直抒性情、不假雕琢的民众文学，如春笋怒发，不因为当时山水诗声律论，而阻止其生机。不但如此，到了后来，且大大的影响于五七古咧。

乐府诗的起源，已见前编，到晋时更大发达。譬如最多的《子夜歌》《子夜四时歌》《大子夜歌》，均起于晋时。

　　《子夜歌》者，有女子名子夜，造此声。晋孝武太
　　元中，琅琊王轲之家，有鬼歌《子夜》。（《宋书》卷
　　十九）

此外《懊侬歌》，石崇绿珠所作。《团扇歌》，王珉恋爱嫂婢时所作。《桃叶歌》，王子敬咏其妾所作。《陇上歌》，咏刘曜围攻陈安事。故事的背景，都在晋代。到了南北朝，此风并未衰歇，试列举乐府诗的本事若干条。（参阅陆侃如《乐府古辞考》）

　　《华山畿》　宋少帝时南徐一士子，从华山畿往云
　　阳。见客舍有女子年十八九，悦之无因，遂感心疾。母
　　问其故，具以启母。母为至华山寻访，见女，具说闻感
　　之因。脱蔽膝令母密置其席下卧之，当已。少日果差。
　　遂吞食蔽膝而死。葬时，车从华山度。比至女门，牛不
　　肯前。女妆点沐浴，既而歌曰："华山畿，君既为侬
　　死，独活为谁施？欢若见怜时，棺木为侬开。"棺应
　　声开，女透入棺。乃合葬，呼曰神女冢。（《古今乐

录》）

《乌夜啼》 宋临川王义庆所作。（《旧唐书》）

《襄阳乐》 宋随王诞所作。（《古今乐录》）

《碧玉歌》 宋汝南王所作。碧玉，汝南王宠妾名。（《乐苑》）

《估客乐》 齐武帝所制。（《古今乐录》）

《杨叛儿》 齐隆昌时，女巫之子曰杨旻，随母入内，及长为后宠童，谣云："杨婆儿，共戏来。"

《襄阳踏铜蹄》 梁武帝西下所制。（《古今乐录》）

《春江花月夜》《玉树后庭花》等等 并为陈后主所作，其略云："璧月夜夜满，琼树朝朝新。"大抵皆美张贵妃、孔贵嫔之颜色。（《陈书》）

《高阳王乐人歌》 魏高阳王乐人所作。（《古今乐录》）

《杨白花》 杨华多有勇力，容貌雄伟。魏太后逼通之。华惧及祸，乃率其部曲降梁。太后思之，为作歌曰："阳春二三月，杨柳齐作花。春风一夜入闺闼，杨花飘荡落南家。含情出户觉无力，拾得杨花泪沾臆。春去秋来双燕子，愿衔杨花入窠里。"（《梁书》）

《咸阳王歌》 后魏咸阳王禧谋逆，伏诛。后宫人为之歌云："可怜咸阳王，奈何作事误？金床玉几不能眠，夜踏霜与露。洛水湛湛弥岸长，行人那得渡？"（《北史》）

《敕勒歌》 北齐神武帝使斛律金唱《敕勒歌》，

自和之。原辞曰:"敕勒川,阴山下。天似穹庐,笼盖四野。天苍苍,野茫茫,风吹草低现牛羊。"(《北史》)

《送别诗》 "杨柳青青着地垂,杨花漫漫搅天飞。柳条折尽花飞尽,借问行人归不归?"《东虚记》云:"此诗作于大业末年。指炀帝巡游无度,民穷财尽,望其返国,'五子'作歌之意也。"

《木兰辞》《乐府诗集》 载入横吹曲中,不知撰者姓名,且不知其时代为何。沈归愚说:"事奇诗奇,卑靡时得此,如凤皇鸣,如庆云见,为之快绝!……杜少陵《草堂》一篇,后半全用此诗章法,断以梁人作为允。"近来姚大荣研究,以为地点为河套以内地方,可汗天子均指梁师都。那么是唐初作品了。(参阅《东方杂志》二十二卷二号、十四号、二十二号,又二十三卷十一号)

木兰诗

唧唧复唧唧,木兰当户织。不闻机杼声,惟闻女叹息。问女何所思,问女何所忆。女亦无所思,女亦无所忆。昨夜见军帖,可汗大点兵,军书十二卷,卷卷有爷名。阿爷无大儿,木兰无长兄,愿为市鞍马,从此替爷征。东市买骏马,西市买鞍鞯,南市买辔头,北市买长鞭。朝辞爷娘去,暮宿黄河边,不闻爷娘唤女声,但闻黄河流水鸣溅溅。旦辞黄河去,暮至黑山头,不闻爷娘唤女声,但闻燕山胡骑鸣啾啾。万里赴戎机,关山度若飞。朔气传金柝,寒光照铁衣。将军百战死,壮士十年

归。归来见天子，天子坐明堂。策勋十二转，赏赐百千
强。可汗问所欲，木兰不用尚书郎，愿借明驼千里足，
送儿还故乡。爷娘闻女来，出郭相扶将；阿姊闻妹来，
当户理红妆；小弟闻姊来，磨刀霍霍向猪羊。开我东阁
门，坐我西阁床，脱我战时袍，着我旧时裳。当窗理云
鬓，对镜帖花黄。出门看火伴，火伴皆惊惶：同行十二
年，不知木兰是女郎。雄兔脚扑朔，雌兔眼迷离。两兔
傍地走，安能辨我是雄雌？

以上所言，似乎偏于南北朝乐府之渊源。今尝论其影响，在
当时模仿乐府诗的人数目极多，数量亦不少。据宋郭茂倩《乐府
诗集》所载，《三妇艳词》共有二十一首，陈后主所作占十一
首，陈后主可谓是乐府诗的大作家了。兹录其三首：

三妇艳词（陈叔宝）

大妇西北楼，中妇南陌头。小妇初妆点，回眉对月
钩。可怜还自觉，人看反更羞。

大妇爱恒偏，中妇意常坚。小妇独娇笑，新来华烛
前。新来诚可惑，为许得新怜。

大妇正当垆，中妇裁罗襦。小妇独无事，淇上待吴
姝。鸟归花复落，欲去却踟蹰。

又《日出东南隅行》共有十首，六朝人作者八首。《长安有狭
行》共十一首，六朝人拟作者九首。《子夜歌》共一百五十八
首，六朝人拟作一百四十一首。《江南弄》十六首内，梁武帝七
首，昭明太子三首，沈约四首。《采菱歌》及其类似的诗，共
四十七首，鲍照所作有七首，可以想见其盛了。到了后来唐人制
诗题，仍多仿效乐府。如李太白的《蜀道难》《将进酒》，杜少

陵的《哀江头》《哀王孙》《骏马行》，韩昌黎的《刘生诗》，其例更不胜枚举咧。然而乐府诗与古诗的混淆，也无非因为模仿人太多罢了。今录陆侃如《乐府古辞考》所制一表，以见一斑：

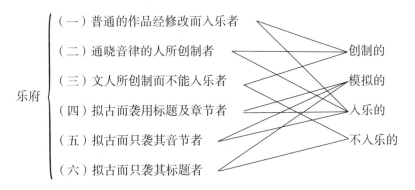

乐府 ⎰
（一）普通的作品经修改而入乐者
（二）通晓音律的人所创制者 —— 创制的
（三）文人所创制而不能入乐者 —— 模拟的
（四）拟古而袭用标题及章节者 —— 入乐的
（五）拟古而只袭其音节者 —— 不入乐的
（六）拟古而只袭其标题者

第三章　文与笔

要明了南北朝文章之贡献，非了解文与笔之区别不可。刘申叔说："偶语丽词谓之文，凡非偶语韵词，概谓之笔。盖文以韵词为主，无韵而偶，亦得称文。《金楼》所诠，至为昭晰。"又说："非偶词丽语，不足言文。"（以上均见刘编《中古文学史》第一页、第三页）这些议论，虽似乎有偏宕之处，然而美文以美为归宿，是无可疑的。美文虽也注重立意，却是遣词也非常要紧。六朝的贡献，自然以美文居首。散文（笔）有如凤毛麟角了。但是文与笔的区别，当时是很严，不如后来之不讲究了。今分论之：

（甲）美文　一意阿谀骈四丽六的文章，与狂呼打倒六朝绮靡文学的人，都是偏于极端。文学是多方面的，以真善美为归。只要文笔自然，能描写事物，能抒发性情，便是真善美的好文学。我们研究六朝美文，也宜具此种目光。

六朝的文，是骈文的大成时期。东汉以来，文章日趋于整赡，然而句法终嫌板滞。六朝人作文，渐渐于板滞之中，发生变化，夹用些四六句子。但是不像唐宋以后的四六文（即骈体文之变体），刻板的用四六句子，发生单调的现象。所以六朝人的骈文是骈文的极轨。六朝人作的赋，也是赋的大成。读了庾子山的《哀江南赋》，真有后无来者之慨了。

六朝骈文鼎盛的时代，要算永明时代。《南齐书·陆厥传》曰："永明末盛为文章，吴兴沈约，陈郡谢朓，琅邪王融，以气类相推毂。汝南周颙，善识声韵。约等文皆用宫商，以平上去入为四声。以此制韵，不可增减。世呼为'永明体'。"到了梁武帝受禅后，竟陵八友多为佐命元勋。沈约、范云、江淹等，并工诗文。江淹字文通，济阳考城人。历宋、齐以至梁朝，属辞尤善雕缋，所作《恨赋》《别赋》，尤为有名。《北周书·庾信传》曰："时肩吾为梁太子中庶子，东海徐摛为左卫率，摛子陵及信，并为抄撰学士。父子在东宫，恩礼莫与比，既有盛才，文并绮艳。故世号为'徐庾体'焉。"子山有《小园》《枯树》《哀江南》等赋，至今传诵。今录庾信文一篇，以见骈文之极点：

小园赋（庾信）

若夫一枝之上，巢父得安巢之所；一壶之中，壶公有容身之地。况乎管宁藜床，虽穿而可坐；嵇康锻灶，既暖而堪眠。岂必连闼洞房，南阳樊重之第；赤墀青琐，西汉王根之宅。余有数亩敝庐，寂寞人外，聊以拟伏腊，聊以避风霜。虽复晏婴近市，不求朝夕之利；潘岳面城，且适闲居之乐。况乃黄鹤戒露，非有意于轮

103

轩；爰居避风，本无情于钟鼓。陆机则兄弟同居，韩康则甥舅不别，蜗角蚊睫，又足相容者也。

尔乃窟室徘徊，聊同凿坯。桐间露落，柳下风来。琴号珠柱，书名玉杯。有棠梨而无馆，足酸枣而无台。犹得欹侧八九丈，纵横数十步，榆柳两三行，梨桃百余树。拔蒙密兮见窗，行欹斜兮得路。蝉有翳兮不惊，雉无罗兮何惧！草树混淆，枝格相交。山为篑覆，地有堂坳。藏狸并窟，乳鹊同巢。连珠细菌，长柄寒匏。可以疗饥，可以栖迟。崎岖兮狭室，穿漏兮茅茨。檐直倚而妨帽，户平行而碍眉。坐帐无鹤，支床有龟。鸟多闲散，花随四时。心则历陵枯木，发则睢阳乱丝。非夏日而可畏，异秋天而可悲。

一寸二寸之鱼，三竿两竿之竹。云气荫于丛蓍，金精养于秋菊。枣酸梨酢，桃榹李薁。落叶半床，狂花满屋。名为野人之家，是谓愚公之谷。试偃息于茂林，乃久美于抽簪。虽有门而长闭，实无水而恒沉。三春负锄相识，五月披裘见寻。问葛洪之药性，访京房之卜林。草无忘忧之意，花无长乐之心。鸟何事而逐酒？鱼何情而听琴？加以寒暑异令，乖违德性。崔骃以不乐损年，吴质以长愁养病。镇宅神以薶石，厌山精而照镜。屡动庄舄之吟，几行魏颗之命。薄晚闲闺，老幼相携。蓬头王霸之子，椎髻梁鸿之妻。焦麦两瓮，寒菜一畦。风骚骚而树急，天惨惨而云低。聚空仓而雀噪，惊懒妇而蝉嘶。昔草滥于吹嘘，藉文言之庆余。门有通德，家承赐书。或陪玄武之观，时参凤凰之墟。观受厘于宣室，赋

长杨于直庐。遂乃山崩川竭，冰碎瓦裂，大盗潜移，长
离永灭。摧直辔于三危，碎平途于九折。荆轲有寒水之
悲，苏武有秋风之别。关山则风月凄怆，陇水则肝肠断
绝。龟言此地之寒，鹤讶今年之雪。百灵兮倏忽，光
华兮已晚。不雪雁门之踦，先念鸿陆之远。非淮海兮可
变，非金丹兮能转。不暴骨于龙门，终低头于马坂。谅
天造兮昧昧，嗟生民兮浑浑！

六朝的骈文，何以如此之美呢？其要素可以在下文说明。

（一）句法更参差

当昔全盛之时，车挂辖，人驾肩。廛闬扑地，歌吹
沸天。孳货盐田，铲利铜山，财力雄富，士马精妍。
（宋鲍照《芜城赋》）

黯然销魂者，惟别而已矣！况秦吴兮绝国，复燕赵
兮千里。或春苔兮始生，乍秋风兮暂起。（梁江淹《别
赋》）

宜春苑中春已归，披香殿里作春衣。新年鸟声千种
啭，二月杨花满路飞。（北周庾信《春赋》）

楚王宫里，无不推其细腰；卫国佳人，俱言讶其纤
手。阅诗敦礼，非直东邻之自媒；婉约风流，无异西施
之被教。（陈徐陵《玉台新咏序》）

（二）平仄渐协调

昔承明既厌，严助东归；驷马可乘，长卿西返。
恭闻故实，窃有愚心。（陈沈炯《经通天台奏汉武帝
表》）

张敞画眉之暇，直走章台；王济饮酒之欢，长驱金

埒。（北周庾信《谢滕王赉马启》）

（三）刻画细腻

心如膏火，独夜自煎；思等流波，终朝不息。（梁何逊《为衡山侯与妇书》）

蛾飘则碎花乱下，风起则流星细落。（庾信《灯赋》）

（四）炼字清新

秋桂遗风，春萝罢月。（齐孔稚珪《北山移文》）

鼋碎春红，霜凋夏绿。（梁刘令娴《祭夫徐敬业文》）

（乙）散文——笔　南北朝不是没有散文家，可是较少些罢了。比较言之，北朝较长于笔，而郦道元《水经注》，杨衒之《洛阳伽蓝记》，尤为出名。

溪水下流，历峡南出，是峡谓之贞女峡。峡西岸高岩，名贞女山。山下际有石，如人形，高七尺，状如女子，故名贞女峡。古来相传，有数女取螺于此，遇风雨昼晦，忽化为石。斯诚巨异，难以闻信。但启生石中，挈呱空桑，抑斯类矣。物之变化，宁以理求乎？（《水经注》卷三十九洭水）

石桥南有景兴尼寺，亦阉官等所共立也。有金像辇，去地三尺，施宝盖，四面垂金铃、七宝珠，飞天伎乐，望之云表。作工甚精，难可扬榷。像出之日，常诏羽林一百人举此像，丝竹杂伎，皆由旨给。（《洛阳伽蓝记》，《四库全书》本第四页）

郦道元，范阳人，官至河南尹。《北周书》列入《酷吏传》

中。撰《水经注》四十卷，本志十三篇。他的文字曲折隽永，为柳子厚山水记所自来。杨衒之的文章，《四库全书书目提要》称其"秾丽秀逸，繁而不厌，可与《水经注》并传"[1]。

北齐颜之推的《家训》二十篇，纯系散文。北周度支尚书苏绰，颇想改革六朝文体，作《大诰》以模仿《书经》。可惜太着痕迹，倒不如他的《六条诏书》流传通畅咧。

南朝也不是没有散文家。宋有临川王义庆撰《世说新语》，大有功于小品文字。做《后汉书》的宋范晔，做《宋书》的梁沈约，也常常于其历史中，为散文的撰述。最有名的散文家，要推梁任昉。昉字彦升，八岁能属文。梁代文诰，多昉所作。《南史》称其长于载笔。《昭明文选》录其文十六篇，亦非纯粹的散文。他所作的《文章缘起》，想系纯粹的散文，可惜不存于世了。鲍照《登大雷岸与妹书》（宋），陶弘景《答谢中书书》（梁），邱迟《与陈伯之书》（梁），都是脍炙人口的文章。都是介乎文与笔之间的作品，但不是纯粹的美文。

最后应该说到佛典的翻译。这显然是笔不是文。胡适之说："五世纪是佛经翻译的最重要的时期。"像北方所译的，有昙无谶的《佛所行赞》，宝云的《佛本行经》。南方所译的，自然以《华严经》居首。这都发生于五世纪，即宋代，不能说他于散文方面无影响咧。（参阅《白话文学史》第十章及《六朝文絜》）

---

[1] （清）永瑢《四库全书总目》卷七○《洛阳伽蓝记》提要云："其文秾丽秀逸，烦而不厌，可与郦道元《水经注》肩随。"中华书局1965年版，第619页。

第四章　总集与文学批评

美文到了永明时代，可谓达于极点。所以齐梁之时，也是研究文学之时。最初的总集，最完备的文学批评书，都出现于此时。

昭明太子名萧统，梁武帝长子。筑文选楼，引刘孝威、庾肩吾等，讨论典籍，成《文选》三十卷，是古今来最早的一部总集。他选文的标准，可以代表他对于文学的概念，是值得我们注意的。

余监抚余闲，居多暇日。历观文囿，泛览辞林。未尝不心游目想，移晷忘倦。自姬汉以来，眇焉悠邈。时更七代，数逾千祀。词人才子，则名溢于缥囊；飞文染翰，则卷盈乎缃帙。自非略其芜秽，集其清英，盖欲兼功，太半难矣！若夫姬公之籍，孔父之书，与日月俱悬，鬼神争奥，孝敬之准式，人伦之师友，岂可重以芟夷，加之剪截？老、庄之作，管、孟之流，盖以立意为宗，不以能文为本，今之所撰，又以略诸。若贤人之美辞，忠臣之抗直，谋夫之话，辩士之端，冰释泉涌，金相玉振。所谓坐狙丘，议稷下，仲连之却秦军，食其之下齐国，留侯之发八难，曲逆之吐六奇。盖乃事美一时，语流千载，概见坟籍，旁出子史。若斯之流，又亦繁博。虽传之简牍，而事异篇章，今之所集，亦所不取。至于记事之史，系年之书，所以襃贬是非，纪别异同，方之篇翰，亦已不同。若其赞论之综缉辞采，序述

之错比文华，事出于深思，义归乎翰藻，故与夫篇什，

杂而集之。（《文选序》）

观此可知，昭明太子是抱一个纯文学的观念，他在序文中又说："踵其事而增华，变其本而加厉。物既有之，文亦宜然。"他所选的总集三十卷，内三十一卷倒是赋与诗，可见得他所谓文是文学，不是散文。《文选》分类有三十六种，虽不必尽合于我们的脾胃，而对于文学研究之精，可以说是最早的一个人。

昭明太子的兄弟萧纲（简文帝），也是主张纯文学的一个人。他告诉他的儿子当阳公大心说："立身之道，与文章异。立身先须谨重，文章且须放荡。"简文帝雅好宫体，敕徐陵编《玉台新咏》一书。这虽然也是一种总集，可是与《文选》大大不同。不但是有诗无文，并且是专选香艳诗，开后来这一派文字之风气不少。徐陵自己说：

选录艳歌，凡为十卷。曾无参于风雅，亦靡滥于风人。泾渭之间，若斯而已。（《玉台新咏序》）

以上论总集。

文学批评的发达，也在齐梁时代。试观下表：

宋——王微《鸿宝》（佚） 范晔《狱中与诸甥书》 颜延之《庭诰》

齐梁——刘勰《文心雕龙》 钟嵘《诗品》 梁元帝《金楼子》 任昉《文章缘起》（佚） 萧子显《文学传论》 裴子野《雕虫论》

北齐——颜之推《家训·文章篇》

隋——李谔《上文帝论文体轻薄书》

现在择几种最重要者论之。

刘勰字彦和，东莞莒人。昭明太子好文章，深爱接之。撰《文心雕龙》五十篇，自重其文，欲取定于沈约，无由自达。乃负其书，候约出，干之于车前。约便命取读，大重之，谓为深得文理，常陈诸几案。勰为文，长于佛理，后为僧，改名慧地。

《文心雕龙》体大思精，是中国空前绝后的文学批评。所以对于他的组织，不可不先有一种鸟瞰。

卷一	原道	征圣	宗经	正纬	辨骚
卷二	明诗	乐府	诠赋	颂赞	祝盟
卷三	铭箴	诔碑	哀吊	杂文	谐隐
卷四	史传	诸子	论说	诏策	檄移
卷五	封禅	章表	奏启	议对	书记

以上论文章的体裁。

卷六	神思	体性	风骨	通变	定势
卷七	情采	镕裁	声律	章句	丽辞
卷八	比兴	夸饰	事类	练字	隐秀
卷九	指瑕	养气	附会	总术	时序
卷十	物色	才略	知音	程器	序志

以上论修辞的原理与方法。

刘彦和可谓对于文学的批评，有通盘的筹画了。他的中心思想，究竟如何呢？今择要而分论之。

（一）注重自然

人秉七情，应物斯感，感物吟志，莫非自然。（《明诗》）

势者，乘利而为制也。如机发矢直，涧曲湍回，自然之趣也。……文章体势，如斯而已。（《定势》）

110

（二）注重情感

　　夫情动而言形，理发而文见。（《体性》）

　　情者，文之经。辞者，理之纬。（《情采》）

（三）注重修辞

　　圣贤书辞，总称文章，非采而何？（《情采》）

　　缀字属篇，必须练择。（《练字》）

　　其他如《养气篇》之注重文人修养，《才略篇》之论个性，《声律篇》之提倡声律，《丽辞篇》之主张奇偶迭用，都可看出刘氏之折衷态度。一方面对于时代潮流，加以针砭；一方面又不违背文学中之正当趋势。他的批评态度，是很可注意的。（参阅范文澜《文心雕龙注》、梁绳袆《刘彦和评传》，皆可观）

　　钟嵘字仲伟，颍川长社人。永明中为国子生，入梁为晋安王记室。所著《诗品》，是古今最早的诗话，或诗学研究。他主张诗贵抒情不贵用典，亦不宜重声律。今摘录其语若干于下：

　　气之动物，物之感人，故摇荡性情，形诸舞咏。照烛三才，晖丽万有，灵祇待之以致飨，幽微藉之以昭告。动天地，感鬼神，莫近于诗。

　　夫属词比事，乃为通谈。若乃经国文符，应资博古。撰德驳奏，宜穷往烈。至乎吟咏情性，亦何贵于用事？"思君如流水"，既是即目。"高台多悲风"，亦惟所见。"清晨登陇首"，羌无故实。"明月照积雪"，讵出经史？观古今胜语，多非补假，皆由直寻。

　　四声之论……王元长创其首，谢朓、沈约扬其波。三贤或贵公子孙，幼有文辩。于是士流景慕，务为精密。襞积细微，专相陵架。故使文多拘忌，伤其真美。

111

> 余谓文制，本须讽读，不可蹇碍，但令清浊通流，口吻
> 调利，斯为足矣。至平、上、去、入，则余病未能。

《诗品》曾举一百二十个诗人，分为三品。上品十一人，中品三十九人，下品三十七人。陶渊明列入中等，颇遭后人之不满（胡小石《中国文学史》谓据《太平御览》引《诗品》的地方，陶渊明正在上品）。然而《诗品》评论大诗人的作风，颇多中肯之处，前文已经引用不少了。并且对于诗体的渊源，诗人的派别，都有所论列。不可谓非中国文学批评中的一种创作。

因为文学发达，所以文学批评之风也发达。因为文学批评之风发达，所以当时文学潮流之反动也愈烈。裴子野、苏绰、李谔，都是攻击绮靡文学最力的人。李谔《上文帝书》中有数语，尤为古今人所传诵：

> 竞一字之奇，争一字之巧。通篇累牍，不出月露之
> 形。积案盈箱，惟是风云之状。

可见得风气已经要转变了！

第六编　唐五代文学

第一章　初唐诗

除了两汉不论外，唐代可算得我国最光荣的历史。政治清明，武功显著，是不必说了。就是文化远播，文学昌明，也是后世莫及。现在只论文学。唐朝的文学，何以如此之伟大？其伟大何在呢？

文学贵能创造，创造多于是文学方才伟大。唐朝不但多文学家，且能创造文体：（一）各种诗体，如七古，五七律，五七绝，均完成于唐时。（二）古文的运动，也起于唐之韩柳。古文实在是一种散文，留待后文讨论。（三）词是起于唐之中叶，虽然李太白的词，有人疑为伪作，但是白乐天、温飞卿，都是大词家，相传已久。（四）唐代短篇小说，更有章法，开后来小说家无数法门。（五）律赋也盛于唐，可是在文学上，价值不甚高明。

唐代文学的发达，有什么原因呢？归纳起来说：（一）物质上的享乐。唐朝政治统一，东西交通渐渐展开，人民安居乐业，可以踵事增华。（二）国家的提倡。唐朝的帝王，很多是诗家。

113

太宗、玄宗，尤其杰出的人物了。而太宗即位之后，任用"十八学士"，开办文学馆、宏文馆等等，更能树之风声。选举方法，如明经、进士诸科，都注重文学。（三）思想的自由。儒释道及景教，都有平行的发达。宗教如此，其他可知。读《长恨歌》《连昌宫词》等诗，知唐人对于政治上的忌讳，不如后此之甚。思想为文学的背景，思想自由，文学自然易于发达了！

俗话说得好，"读过唐诗三百首，不会吟诗也会吟"。可见得诗是唐代文学中最重要的贡献。唐诗的伟大地方，可分为两层叙述：

一曰量　唐代诗学之普遍，是一件骇人听闻的事。上自王公卿相，下至方外伎女，无一不能吟几句诗，这看唐人笔记可以证出的。所以宋计有功《唐诗纪事》有唐朝诗人一千零五十家，清康熙时代编定《全唐诗》，计选诗人二千二百家，诗四万八千余首，仍不失为一部很精选的书。这真是古今未有的文学界趣闻！

二曰质　唐人诗真是又多又好，好在他的派别，真可谓五花八门，现在简单的制成二表，已可概见一斑了：

（甲）作风方面——豪放派（李白）　苍老派（杜甫）　淡雅派（王维）　险峻派（韩愈）　平易派（白居易）　绮丽派（温飞卿）　隐僻派（李商隐）

（乙）实质方面——社会诗（杜甫、白居易）　田园诗（王维、孟浩然）　边塞诗（高适、岑参）　恋爱诗（李商隐、温飞卿）

向来研究唐诗的人，都分唐诗为初、盛、中、晚四时期，其说如下：

　　　初唐——高祖武德元年至玄宗开元初

　　盛唐——玄宗开元初至代宗大历初

　　中唐——代宗大历初至文宗太和九年

　　晚唐——文宗开成元年至昭宣帝天祐三年

　　近代史学家如（Robinson）等，都反对历史上区分年代，文学史当然不是例外。严沧浪《诗话》曾说："盛唐人诗，亦有一二滥觞晚唐者。晚唐诗人，亦有一二可入盛唐者。……然则盛唐、中唐、晚唐，亦止以大判而论，不能划然区分。"不过为叙述便利起见，我们也未能免俗了。

　　初唐的诗人，可别为三大类：（一）"初唐四杰"；（二）"沈宋体"；（三）陈子昂。研究诸人之后，便可以知道初唐是个六朝诗与盛唐诗的枢纽。

　　王勃字子安，绛州人，通之孙。高宗时对策授朝散郎，年未冠，为沛王府修撰，戏为诸王《斗鸡檄》，高宗怒，斥出府。父福畤因勃故，左迁交趾令。勃往省，渡海溺死，年二十九。勃过南昌，阎都督宴客于滕王阁，命其婿作序以夸客，出纸笔遍请，客莫敢当。至勃，抗然不辞。都督遣吏伺其文，一再报语，益奇公，曰："天才也！"

　　滕王高阁临江渚，佩玉鸣鸾罢歌舞。画栋朝飞南浦
云，珠帘暮卷西山雨。闲云潭影日悠悠，物换星移几度
秋。阁中帝子今何在？槛外长江空自流。

　　杨炯，华阴人。年十一，举神童。武后时，为盈川令，卒于官。尝曰："吾愧在卢前，耻居王后。"炯为文，喜用古人姓名作对，世号为"点鬼簿"。

　　卢照邻字昇之，范阳人。曾为新都尉，染风疾去官。居阳翟具茨山，疾愈甚，投颍水死。他的诗以《长安古意》为最有名，

其中名句，如"晚霞百丈争绕树，一群娇鸟共啼花""得成比目何辞死，愿作鸳鸯不羡仙""寂寂寥寥扬子居，年年岁岁一床书。独有南山桂花发，飞来飞去袭人裾"，读之可想见其作风。

骆宾王，义乌人。七岁能赋诗。后作《帝京篇》，当时以为绝唱。武后时为临海丞。徐敬业举兵，署为府属，令其传檄天下。武后读至"一抔之土未干，六尺之孤安在"，矍然曰："宰相安得失此人？"徐败，宾王亡命，不知所终。宾王好以数目字作对，如《帝京篇》中之"秦塞重关一百二，汉家离宫三十六""且论三万六钱是，宁知四十九年非"皆是，时号"算博士"。

"初唐四杰"的诗富于才气，不免沿袭六朝纤丽之习。然而他们自有其相当的地位。杜少陵说："王杨卢骆当时体，轻薄为文哂未休。尔曹身与名俱灭，不废江河万古流。"明王世贞《艺苑卮言》说："四杰词旨华丽，固是陈、隋之遗。骨气翩翩，意象老境，超然胜之。"这都是平允之论。

沈佺期字云卿，相州内黄人。武后时预修《三教珠英》，转考功员外郎。坐事配流岭表，后历太子詹事、修文馆直学士。开元初始卒。

宋之问字延清，弘农人。武后时，召与杨炯分值习艺馆。之问与阎朝隐、沈佺期倾心媚附张易之，为之作诗。睿宗时，徙钦州，赐死。之问、佺期是律诗完成的人。《唐书》称其"回忌声病，约句准篇，如锦绣成文。学者宗之。号为'沈宋'"。律诗的发展，有利有弊。君子不以人废言，沈宋对于诗学，不能谓无贡献了。

途中寒食（宋之问）

马上逢寒食，途中属暮春。可怜江浦望，不见洛阳人。北极怀明主，南溟作逐臣。故园肠断处，日夜柳条新。

独不见（沈佺期）

卢家少妇郁金堂，海燕双栖玳瑁梁。九月寒砧催木叶，十年征戍忆辽阳。白狼河北音书断，丹凤城南秋夜长。谁为含愁独不见，更教明月照流黄。

然而诗学上的大贡献，仍旧归到陈子昂。韩昌黎说："国朝盛文章，子昂始高蹈。"沈归愚说："追建安之风骨，变齐梁之绮靡。寄兴无端，别有天地。"换句话说，子昂有高超的意思，雅洁的笔法，洗尽六朝的余习。替唐人创造一个真面目。他的复古，是手段不是目的，与韩柳做古文，事同一律咧！

陈子昂字伯玉，梓州射洪人，武后时为左拾遗，及麟台正字。后为县令段简诬系狱中，忧愤而死。子昂初至京师，不为人知。有卖胡琴者，价值百万，无肯购者。子昂以千缗购之，众惊问，子昂曰："余善此乐，明日可集宣阳里。"如期皆往，则酒肴毕具，捧琴语曰："蜀人陈子昂，有文百轴，不为人知。此乐贱工之役，岂宜留心？"举而碎之，以其文遍赠会者，一日之内，声华溢都。

子昂诗以《感遇诗》三十八首最有名。唐皎然说："《感遇诗》出自阮公《咏怀》。《咏怀》之作，难以为俦。"清董东亭（湖）评《全唐诗》云："自古文章当将盛之候，必出一极古读者，为之领袖。……诗至隋末，气骨柔曼。汉魏之风渺矣。至子昂则以古淡高洁之音，力追选体，于是李杜相继勃兴。李杜一

117

生，得力全在《文选》，而启其端者，子昂也！"

感遇诗（陈子昂）

兰若生春夏，芊蔚何青青。幽独空林色，朱蕤冒紫茎。迟迟白日晚，袅袅秋风生。岁华尽摇落，芳意竟何成？

林居病时久，水木淡孤清。闲卧观物化，悠悠念无生。青春始萌达，朱火已满盈。徂落方自此，感叹何时平！

此外诗人有名者，如刘希夷、张若虚，则以七古诗出名（刘之《代悲白头翁》《公子行》，张之《春江花月夜》），杜审言则以五律名。杜为少陵之祖，与李峤、崔融、苏味道，号称"文章四友"。

第二章　盛唐诗

文学到了盛唐，可谓登峰造极了。诗学发达，为其极大原因，自不待论。推其所以然之故，不外下列诸端：（一）明皇的提倡。即位之初，所用的大臣，如苏颋、张说雄于文，号称"燕许大手笔"。张九龄长于诗，所作的《感遇诗》，能继续陈子昂的使命，而加以蕴藉。而且明皇自己便是一个大诗人，如《早度蒲关》的诗，王荆公《百家诗选》以此为开卷第一。"唐诸帝诗，太宗及明皇擅场，然太宗尤承六朝余习。明皇则气骨高迈，远胜乃祖，故能成盛唐之胜。"（董东湖评《全唐诗》）（二）机会的造成。初唐的诗，已经替唐诗开了一个先锋，诗体渐趋成熟，作风渐趋醇正。到了盛唐，又出了无数天才的诗人。诗人之中，又产生两大诗界的明星——李杜。然使李杜不生在开元、天宝之世，目睹治乱的反比较，他们的诗也许变化较少。尤其是号称"诗史"的杜工部，怎么来了许多乱离的诗料呢？至于高岑的边塞诗，也是当时环境所造成。

盛唐诗所以伟大，因为意境扩大与作风多变化。以前的诗，不过咏山水，咏宫闱，咏情感，此时大咏其政治与社会了。从前的诗，不外浑厚与艳丽，此时则豪放、深刻等等，各立一派，为后人树之楷模了。甚至同一咏田园诗，如此时之王孟，亦各异其趣了。总而言之，创造的诗人太多了，所以可贵咧。

现在先论李杜。最好用比较的方法，庶可以明了此中国诗界上的双星。

太白之生平 李白字太白，梁武昭王九世孙，蜀人，亦云山东人。天才奇特，游长安，贺知章见其文，曰："子，谪仙人也！"言于明皇，召对金銮殿，诏供奉翰林。帝在沉香亭赏花，召赋《清平调》三章。帝爱其才。因醉命高力士脱靴，力士耻之，摘诗中语，激杨贵妃。妃谮于帝，赐金放还。安禄山反，永王李璘辟为府僚，璘败当诛。先是，白尝救郭子仪，至是子仪请解官以赎，诏长流夜郎。遇赦还，客当涂令李阳冰所。代宗立，以左拾遗召，而白已卒。葬当涂之青山。

子美之生平 杜甫字子美，襄阳人。审言之孙。举进士，不第。天宝末，献《三大礼赋》，授京兆府岳曹参军。禄山乱，肃宗即位灵武，甫谒行在，拜右拾遗。房琯兵败，贬官，甫救之，出为华州司功参军。流落剑南，严武表为参谋，工部员外郎。武卒，游东蜀，往依高适，适旅卒。自是数遭寇乱，以舟为居。耒阳聂令返归署中，一夕而卒，年五十九。葬于偃师县首阳山之

前。（以上摘录《唐诗别裁集》）

二人在政治上之生活，可谓相似。其好酒亦复相似（相传二人皆死于醉），两人又都是爱国者（参观《蜀道难》及《北征》诸诗）。然太白性情放荡，子美性情褊狭；太白生活浪漫，子美多经乱离。这都是些小区别了。此二大诗人，在当时都为好友。往还之诗甚多。太白寄杜甫诗，有"思君若汶水，浩荡寄南征"之句。子美《梦李白》诗，有"冠盖满京华，斯人独憔悴"之句。真是千古文坛的佳话咧。

太白之诗笔 一言蔽之，李诗以缥缈空灵胜，杜诗以沉郁顿挫胜。今引古人之语言，以批评李翰林：

> 李诗之不可及处，在乎神识超迈，飘然而来，忽然而去。不屑屑于雕章琢句，亦不劳劳于镂心刻骨。有天马行空，不可羁勒之势。（《瓯北诗话》）

> 太白纵横驰骋，独《古风》二卷，不矜才，不使气。原本阮公，风格俊上。……读李诗者，于雄快之中，得其深远宕逸之神，才是"谪仙人"面目。（《唐诗别裁集》）

> 太白胸襟超旷，其诗体极宏放，文法高妙。（《昭昧詹言》）

子美之诗笔

> 其思力沉厚，他人不过说到七八分，少陵必说到十分，甚至有十二三分者。……故深人无浅语。（《瓯北诗话》）

> 少陵诗阳开阴合，雷动风飞。……唐人诗原本《离骚》《文选》，老杜独能驱策经史。……太白以高胜，

少陵以大胜。(《唐诗别裁集》)

　　诗至工部，集古今之大成。……七言大篇，尤为前所未有，后所莫及。(《渔洋古诗选》)

　　杜公所以冠绝古今诸家，只是沉郁顿挫，奇横恣肆。起结转承，曲折变化。(《昭昧詹言》)

李杜优劣论　因为李杜声名太大，在唐代已发生争执。中唐大诗人元微之论曰："李尚不能历其藩篱，况堂奥乎？"韩退之说："李杜文章在，光焰万丈长。不知群儿愚，那用故谤伤！"明王元美《艺苑卮言》曰："五言古选体及七言歌行，太白以气为主，子美以意为主。……咏之使人飘扬欲仙者，太白也。使人慷慨激烈唏嘘欲绝者，子美也。五言律、七言歌行，子美神矣；七言律，圣矣。五七言绝，太白神矣；七言歌行，圣矣；五言次之。太白之七言律，子美之七言绝，皆变体。间为之可耳，不足多法也。"这是平允之论调了。(参看曾毅《中国文学史》一百五十四页，顾实《中国文学史大纲》一百九十六页至一百九十七页，胡小石《中国文学史》二一九至二二六页)

　　李杜诗宜各随所好，未易轩轾。可是在诗学上的影响，李不如杜。孙仅叙杜诗曰："公之诗支而为六家：孟郊得其气焰，张籍得其简丽，姚合得其清雅，贾岛得其奇僻，杜牧、薛能得其豪健，陆龟蒙得其赡博。"(《全唐诗》卷二十四，第四页)不但如此，唐代大诗家，如韩退之专学杜之奇险，白乐天专学杜之平易，李义山专学杜之感叹时事法，皆能自成一家。宋诗得力于散文化，而做散文化的诗，不能不以杜为鼻祖。黄山谷学杜，更是众口一词了。

　　李杜诗笔的差别，已见上文，尚有一个大差别，便是诗的背景或思想。李出世，杜入世。前者超自然，故多神仙之语；后者偏实际，故有诗史之名。这也是不能轩轾的。

古风（李白）

大雅久不作，吾衰竟谁陈？王风委蔓草，战国多荆榛。龙虎相啖食，兵戈逮狂秦。正声何微茫，哀怨起骚人。扬马激颓波，开流荡无垠。废兴虽万变，宪章亦已沦。自从建安来，绮丽不足珍。圣代复元古，垂衣贵清真。群才属休明，乘运共跃鳞。文质相炳焕，众星罗秋旻。我志在删述，垂晖映千春。希圣如有立，绝笔于获麟。

新婚别（杜甫）

兔丝附蓬麻，引蔓故不长。嫁女与征夫，不如弃路旁。结发为妻子，席不暖君床。暮婚晨告别，无乃太匆忙。君行虽不远，守边赴河阳。妾身未分明，何以拜姑嫜。父母养我时，日夜令我藏。生女有所归，鸡狗亦得将。君今往死地，沉痛迫中肠。誓欲随君去，形势反苍黄。勿为新婚念，努力事戎行。妇人在军中，兵气恐不扬。自嗟贫家女，久致罗襦裳。罗襦不复施，对君洗红妆。仰视百鸟飞，大小必双翔。人事多错迕，与君永相望。

蜀道难（李白）

噫吁嚱，危乎高哉！蜀道之难，难于上青天！蚕丛及鱼凫，开国何茫然！尔来四万八千岁，不与秦塞通人烟。西当太白有鸟道，可以横绝峨眉巅。地崩山摧壮士死，然后天梯石栈相钩连。上有六龙回日之高标，下有冲波逆折之回川。黄鹤之飞尚不得过，猿猱欲度愁攀援。青泥何盘盘，百步九折萦岩峦。扪参历井仰胁息，以手抚膺坐长叹。问君西游何时还？畏途巉岩不可攀。但见悲鸟号古木，雄飞雌从绕林间。又闻子规啼夜月，愁空山。蜀道之难，难于上青天，使人听此凋朱颜！连峰去天不盈尺，枯松倒挂倚绝壁。飞湍瀑流争喧豗，砯崖转石万壑雷。其险也如此，嗟尔远道之人胡为乎来哉！剑阁峥嵘而崔嵬，一夫当关，万夫莫开。所守或匪亲，化为狼与豺。朝避猛虎，夕避长蛇。磨牙吮血，杀人如麻。锦城虽云乐，不如早还家。蜀道之难，难于上青天，侧身西望长咨嗟！

哀江头（杜甫）

少陵野老吞声哭，春日潜行曲江曲。江头宫殿锁千门，细柳新蒲为谁绿？忆昔霓旌下南苑，苑中万物生颜色。昭阳殿里第一人，同辇随君侍君侧。辇前才人带弓箭，白马嚼啮黄金勒。翻身向天仰射云，一笑正坠双飞翼。明眸皓齿今何在？血污游魂归不得。清渭东流剑阁深，去住彼此无消息。人生有情泪沾臆，江水江花岂终极！黄昏胡骑尘满城，欲往城南望城北。

塞下曲（李白）

五月天山雪，无花只有寒。笛中闻折柳，春色未曾看。晓战随金鼓，宵眠抱玉鞍。愿将腰下剑，直为斩楼兰。

春望（杜甫）

国破山河在，城春草木深。感时花溅泪，恨别鸟

惊心。烽火连三月，家书抵万金。白头搔更短，浑欲
不胜簪。

下江陵（李白）

朝辞白帝彩云间，千里江陵一日还。两岸猿声啼不
住，轻舟已过万重山。

闻官军收河南河北（杜甫）

剑外忽传收蓟北，初闻涕泪满衣裳。却看妻子愁何
在，漫卷诗书喜欲狂。白日放歌须纵酒，青春作伴好还
乡。即从巴峡穿巫峡，便下襄阳向洛阳。

除了李杜，盛唐的诗人，要算王维，能享大名了。王渔洋以
李杜为二圣，王摩诘为一贤。又比三人为仙、圣、佛。渔洋撰
《唐贤三昧集》，以王维诗为压卷。今略录一二评语于下：

味摩诘之诗，诗中有画；观摩诘之画，画中有诗。
（苏子瞻）

维诗词秀调雅，意新理惬。在泉成珠，着壁成绘。
一句一字，皆出常境。（殷璠）

右丞诗，每从不着力处得之。（沈归愚）

王维字摩诘，太原人。开元九年，擢进士第一。与弟缙齐
名。天宝中，官给事中。禄山陷两都，为贼所得，服药佯喑。贼
平定罪，以《凝碧诗》闻于行在，特宥之。官至尚书右丞。尤长
五言诗，书画俱臻其妙，兄弟俱好佛。

摩诘的诗，是唐人学陶诗的一大家（参观本书论晋诗最后一
段）。陶只有五古，摩诘应用到各体诗上，无不工致。沈归愚
说："五言绝右丞、供奉，七言绝龙标、供奉，妙绝古今，别有
天地！"今仅录其律诗若干：

酬张少府（王维）

晚年惟好静，万事不关心。自顾无长策，空知返旧林。松风吹解带，山月照弹琴。君问穷通理，渔歌入浦深。

鹿柴（王维）

空山不见人，但闻人语响。返景入深林，复照青苔上。

田园乐（王维）

桃红复含宿雨，柳绿更带朝烟。花落家童未扫，莺啼山客犹眠。

与王摩诘同派的大诗人，为孟浩然。襄阳人，隐居鹿门山。王维邀浩然入内署，俄而明皇至。浩然匿床下，维取实对，帝喜曰："朕闻其人，而不见也。"诏使出。帝问其诗，浩然再拜，诵《岁暮归南山》诗：

北阙休上书，南山归敝庐。不才明主弃，多病故人疏。白发催年老，青阳逼岁除。永怀愁不寐，松月夜窗虚。

帝曰："卿不求仕，奈何诬我？"因放还。

高适字达夫，沧州蓨人。年五十，始学诗。每吟一篇，为好事者称颂。官至剑南西川节度使，盛唐诗人中之最达者。岑参，南阳人。文本之孙。历官侍御史、嘉州刺史。二人多边塞之诗，都是杜少陵的朋友。沈归愚说："李杜外高岑王李，七言古中最矫健者。"又言："嘉州五言，多激壮之音。"王、孟、高、岑，在当时齐名，并称"四子"。

白雪夜（岑参）

北风卷地白草折，胡天八月即飞雪。忽如一夜春风来，千树万树梨花开。散入珠帘湿罗幕，狐裘不暖锦衾薄。将军角弓不得控，都护铁衣冷难着。瀚海阑干百丈冰，愁云惨淡万里凝。中军置酒饮归客，胡琴琵琶与羌笛。纷纷暮雪下辕门，风掣红旗冻不翻。轮台东门送君去，去时雪满天山路。山回路转不见君，雪上空留马行处。

盛唐中诗人，以七绝与太白齐名的，有王昌龄。江宁人，第进士，后贬龙标。沈归愚称其绝句，有深情幽怨、意旨微茫之妙。

闺怨（王昌龄）

闺中少妇不知愁，春日凝妆上翠楼。忽见陌头杨柳色，悔教夫婿觅封侯。

长信秋词（王昌龄）

奉帚承明金殿开，且将团扇共徘徊。玉颜不及寒鸦色，犹带昭阳日影来。

从军行（王昌龄）

秦时明月汉时关，万里长征人未还。但使龙城飞将在，不教胡马度阴山。

最后要说到元结。结字次山，濮州人。肃宗时举制科，为山南西道参谋。代宗时为道州刺史，流亡归者万余。自号漫郎，又号聱叟。曾撰《箧中集》，为唐人选唐诗之惟一著作。结诗注重救济社会，戛戛独造，以古淡朴茂见长。在唐人集中，能自出一格。韩昌黎《送孟东野序》，于李杜之前，不数"四杰"，惟数陈子昂、元结。元次山不但善诗，而且文章也有古朴之气，所作《新乐府》十二首，是白乐天的先锋队了。今录其一首：

寿翁兴（元结）

借问多寿翁，何方自修育。惟云顺所然，忘情学草木。始知世上术，劳苦化金玉。不见充所求，空闻恣耽欲。清和存王母，潜漠无乱黩。谁正好长生，此言堪佩服。

第三章　中唐诗

《沧浪诗话》曰："论诗如论禅。汉魏晋与盛唐之诗，则第一义也。大历以还之诗，则小乘禅也，已落第二义矣。晚唐之诗，则声闻、辟支果也。"诚然诚然，我们由盛唐入中唐、晚唐，真如由峻坂直下，一览无余。然而中唐之中，幸而出了两大创造的诗人，一韩昌黎，二白乐天，否则真平淡无奇了。请分三期述之：

代宗大历时代——所谓"大历十才子"（李端、卢纶、吉中孚、韩翃、钱起、司空曙、苗发、崔峒、耿沣、夏侯审），充其极不过做到雅畅而已，并无甚推陈出新之功。中唐之初的大诗人，要推韦应物、刘长卿。

应物，京兆长安人。少以三卫郎事明皇，后折节读书，屡仕为滁州刺史、苏州刺史。性高洁，所居焚香扫地而坐。

高雅闲淡，自成一家。（白居易）

韦应物、柳子厚，发纤秾于简古，寄至味于澹泊（苏轼）

其诗无一字造作，直是自在，气象近道。（朱熹）

寄全椒山中道士 （韦应物）

今朝郡斋冷，忽念山中客。涧底束荆薪，归来煮白石。欲持一瓢酒，远慰风雨夕。落叶满空山，何处寻行迹。（参看胡小石《中国文学史》二二七至二二八页）

刘长卿，字文房，河间人。开元末登进士第，终随州刺史。权德舆称为"五言长城"。他的诗，"工于铸意，巧不伤雅"。而当时体格之平，是无可讳言了。（用沈归愚语）

碧涧别墅喜皇甫侍御见访 （刘长卿）

荒村带返照，落叶乱纷纷。古路无行客，寒山独见君。野桥经雨断，涧水向田分。不为怜同病，何人到白云？

宪宗元和之际——最伟大的诗人，要算韩愈。他以散文法入诗，七古专从杜少陵拗体出来，替作诗者生出无数法门。惟不免流于奇险一途，不便诵读。与他诗相似者，有孟郊、卢仝诸大家。他的至友柳宗元，与他相同，均长于诗文，不过从陶诗化出来，自成一家。

我们认识韩文公，以为他是中国一个大文豪，古文运动的领袖。但是同时我们不应当忘记，他是一个大诗豪，是杜诗运动的先锋。韩愈字退之，昌黎人。三岁而孤，嫂郑氏抚之成人。擢进士第，历官监察御史，上疏论宫市，德宗怒，贬阳山令。元和中，以行军司马随裴度宣慰淮西，淮西平，迁刑部侍郎。宪宗迎佛骨入禁内，上表力谏。帝怒，将抵以死，大臣皆为愈言，乃贬潮州刺史。寻改袁州，拜国子祭酒，转兵部侍郎。王廷凑乱，召愈宣谕，极论顺逆利害，廷凑畏服之，归转吏部侍郎。卒年五十七，赠吏部尚书，谥曰文。

韩退之是好像有两重人格的。读他《上宰相书》谀墓的文，他是个无气节的人。至观他谏迎佛骨，面折王庭凑，他又是极有气节的人。无论如何，他学问极其渊博，不问作诗作文，他的原则，便是"惟陈言之务去，戛戛乎其难哉！"他以做散文法做诗，打破声律（王渔洋有《古诗声律说》），多用僻字，一味避去庸熟，造成古奥生硬的句子。虽节奏不免有时牺牲，而宣传散文化的诗之力量，功不在小。而且间架宏阔，造意新颖，实在是一大诗家。

> 韩退之诗，乃押韵之文耳。虽健美富赡，而格不近诗。（《苕溪渔隐丛话》）
>
> 韩七言，千古标准。自钱、刘、元、白以来，无能步趋者。贞元、元和间，学杜者，惟韩文公一人耳。（《渔洋古诗选》）
>
> 少陵奇险处……昌黎注意所及也。然奇险处亦自有得失。盖少陵才思所到，偶一为之。昌黎则专以此取胜，故时见斧凿痕迹。（《瓯北诗话》）

昌黎诗之有名者，如《元和圣德诗》《平淮西碑诗》，都是四言。《南山》诗是五古中最著者，嫌赋体太甚，反不如《调张籍》诸诗之自然。七古佳者甚多，今录其一首。律绝佳者，远不如古体之多了。

山石（韩愈）

山石荦确行径微，黄昏到寺蝙蝠飞。升堂坐阶新雨足，芭蕉叶大支子肥。僧言古壁佛画好，以火来照所见稀。铺床拂席置羹饭，疏粝亦足饱我饥。夜深静卧百虫绝，清月出岭光入扉。天明独去无道路，出入高下穷烟霏。山红涧碧纷烂熳，时见松枥皆十围。当流赤足踏涧石，水声激激风吹衣。人生如此自可乐，岂必局束为人靰。嗟哉吾党二三子，安得至老不更归。

昌黎所最佩服的同时诗人，为孟郊、贾岛，世所谓"郊寒岛瘦"者是也。孟郊字东野，武康人。贾岛字浪仙，范阳人。韩退之诗曰："孟郊死葬北邙山，日月星辰顿觉闲。天恐文章中断绝，再生贾岛在人间。"又批评孟东野诗说："横空盘硬语。"可知道他是昌黎嫡派。

游子吟（孟郊）

慈母手中线，游子身上衣。临行密密缝，意恐迟迟归。谁言寸草心，报得三春晖。

寻隐者不遇（贾岛）

松下问童子，言师采药去。只在此山中，云深不知处。

卢仝又号玉川子，范阳人。是中国提倡吃茶的先辈。他的诗不但散文化，并且白话化，杂以诙谐，其结果流于怪诞。如《月蚀诗》，很可以代表咧。

走笔谢孟谏议寄新茶（卢仝）

……一碗喉吻润，两碗破孤闷。三碗搜枯肠，唯有文字五千卷。四碗发轻汗，平生不平事，尽向毛孔散。五碗肌骨清，六碗通仙灵。七碗吃不得也，惟觉两腋习习清风生。蓬莱山，在何处。玉川子，乘此欲归去。……

柳宗元字子厚，河东人。中博学宏词科。顺宗即位，王叔文等用事，擢礼部员外郎。叔文败，贬永州司马。元和中授柳州刺史，有善政。年四十七卒。柳子厚以散文名，但是他的诗境很高，也从陶诗出来，不过多加哀怨之感。又工于制题，如《中夜起望西园值月上》之类。苏东坡说："子厚诗在渊明下，韦苏州上。退之豪放奇险则过之，而温丽清深不及也。"虽说得稍过，颇能道得柳州之长。

渔翁（柳宗元）

渔翁夜傍西岩宿，晓汲清湘燃楚竹。烟销日出不见人，欸乃一声山水绿。回看天际下中流，岩上无心云相逐。

江雪（柳宗元）

千山鸟飞绝，万径人踪灭。孤舟蓑笠翁，独钓寒江雪。

于奇险之中而杂以艳丽者，为李贺。贺字长吉，唐宗室。七岁能辞章，韩愈、皇甫湜未信，过其家，贺赋《高轩过》一篇，二人大惊，自此有名。为人纤瘦，通眉，长指爪。每出，从小奚奴，背古锦囊，遇所得，书投囊中。以父名晋肃，不举进士。年二十七卒。

将进酒（李贺）

琉璃钟，琥珀浓，小槽酒滴真珠红。烹龙炮凤玉脂泣，罗帏绣幕围香风。皓齿歌，细腰舞。况是青春日将暮，桃花乱落如红雨。劝君终日酩酊醉，酒不到刘伶坟上土。

此外，张籍、王建则以平丽之笔，做乐府诗出名。姚合《赠籍》诗："妙绝江南曲，凄凉《怨女诗》。古风无敌手，新语是人知。"建有《宫词》百首，亦有名。

节妇吟寄东平李司空师道（张籍）

君知妾有夫，赠妾双明珠。感君缠绵意，系在红罗襦。妾家高楼连苑起，良人执戟明光里。知君用心如日月，事夫誓拟同生死。还君明珠双泪垂，恨不相逢未嫁时。

宫词（王建）

家常爱着旧衣裳，空插红梳不作妆。忽地下阶裙带解，非时应得见君王。

穆宗长庆之际——元白诗以平易见长，与韩孟立于反对地位。他们的诗集，都叫《长庆集》。白居易字乐天，下邽人。贞元中进士，入为翰林学士。以言事贬江州司马。后迁杭州刺史、苏州刺史。文宗立，迁刑部侍郎。后以刑部尚书致仕，卒年七十五。晚年号香山居士。他的诗名最盛，鸡林行贾，售其国相，篇易一金。其伪者，相辄能辨之。他诗的特点，可如下述：

（一）平易近白话　《墨客挥犀》说："乐天每作诗，令一老妪解之。解则录之，不解则又易。"沈归愚以为此说不可为据。无论如何，白诗是走平坦的大道，不是走崎岖的山谷，是无可疑的。

（二）注重写实，不为无病之呻吟　《乐天赠唐衢诗》说："惟歌生民病，愿得天子知。"他的《秦中吟》《新乐府》，真是绝好的社会诗。这种忧世爱民之情，流露于篇什中，是老杜的法子。今录《新乐府》二首：

卖炭翁（白居易）

卖炭翁，伐薪烧炭南山中。满面尘灰烟火色，两鬓苍苍十指黑。卖炭得钱何所营？身上衣裳口中食。可怜身上衣正单，心忧炭贱愿天寒。夜来城外一尺雪，晓驾炭车辗冰辙。牛困人饥日已高，市南门外泥中歇。翩翩两骑来是谁？黄衣使者白衫儿。手把文书口称敕，回车叱牛牵向北。一车炭重千余斤，宫使驱将惜不得。半匹红纱一丈绫，系向牛头充炭直。

上阳人（白居易）

上阳人，上阳人，红颜暗老白发新。绿衣监使守宫门，一闭上阳多少春。玄宗末岁初选入，入时十六今六十。同时采择百余人，零落年深残此身。忆昔吞悲别亲族，扶入车中不教哭。皆云入内便承恩，脸似芙蓉胸似玉。未容君王得见面，已被杨妃遥侧目。妒令潜配上阳宫，一生遂向空房宿。宿空房，秋夜长，夜长无寐天不明。耿耿残灯背壁影，萧萧暗雨打窗声。春日迟，日迟独坐天难暮。宫莺百啭愁厌闻，梁燕双栖老休妒。莺归燕去长悄然，春往秋来不记年。唯向深宫望明月，东西四五百回圆。今日宫中年最老，大家遥赐尚书号。小头鞋履窄衣裳，青黛点眉眉细长。外人不见见应笑，天宝末年时世妆。上阳人，苦最多。少亦苦，老亦苦，少苦老苦两如何！君不见昔时吕向《美人赋》，又不见今日上阳白发歌！

（三）叙事诗　我国缺少长篇叙事诗，是无可讳言的，元白始重新努力于是。白氏的《长恨歌》《琵琶行》，元氏的《连昌宫词》，都是家弦户诵的长篇作品，不烦介绍的。

（四）歌行体　歌行是古时已有的，但是流利的句法，转韵

的风格，是元白诗所特具。清代吴梅村的七古，专于此用力，自足名家。（参看胡适之《白话文学史》四二六至四六〇页）

元稹字微之，河南人。元和初对策第一，官左拾遗。以忤中人仇士良，贬江陵士曹参军，长庆初，监军崔潭浚（亦中人），以稹歌辞进，帝大悦，擢祠部郎中知制诰。俄迁翰林学士，旋进同中书门下平章事。太和中，为武昌节度使，卒。赵瓯北说："元白二人才力本相敌，然香山自归洛以后，益觉老干无枝，称心而出。……视少年时与微之各以才情二力竞胜者，更进一筹。"这句话比苏东坡所谓"元轻白俗"的批评，公允多了。二人也是极好的朋友，但人格则元不如白。

遣悲怀（三首录一）（元稹）

谢公最小偏怜女，自嫁黔娄百事乖。顾我无衣搜荩篋，泥他沽酒拔金钗。野蔬充膳甘长藿，落叶添薪仰古槐。今日俸钱过十万，与君营奠复营斋。

此外有刘禹锡，字梦得，彭城人。始附王叔文，擢度支员外郎。宪宗立，贬建州，后出刺苏州。会昌时，检校礼部尚书。他长于做怀古诗，有悲歌之妙。如《西塞怀古》《金陵五题》，皆是。

石头城（刘禹锡）

山围故国周遭在，潮打空城寂寞回。淮水东边旧时月，夜深还过女墙来。

第四章　晚唐诗

晚唐诗的趋势，可别为三点：

（一）艳体　晚唐诗人的领袖，人人称道温李（温飞卿、李义山）。李义山始创为无题诗，专咏恋爱隐微之事。韩致尧也喜做此种诗，有《香奁集》。于是后来此种艳诗，多称为无题诗，或香奁诗。

（二）俚俗　白乐天的影响，到了唐末，有了两个大信徒，便是杜荀鹤、罗隐。杜有"逢人不说人间事，便是人间无事人"诸句。罗有"今宵有酒今宵醉，明日愁来明日愁"诸句，已经变成我们的格言了。世人说晚唐诗体格卑下俚俗，是其一斑。（参观谢编《中国大文学史》卷七，五十六页至五十七页一段）

（三）纤巧　晚唐诗的确有一个共同的大弊端，便是纤巧。曾毅在他的《中国文学史》说："许浑、赵嘏，专工琢句。日休、龟蒙（又称皮陆），只讲咏物。以及刘驾之叠字，韩偓之香奁，纤巧淫猥，去风人远矣！"（原书一百六十二页）可以概见了。纤巧的方法很多，而在作对时，更易看见。试举几种例子：

支干字属对——回日楼台非甲帐，去时冠剑是丁年。（温庭筠《苏武庙诗》）

双声叠韵对——正穿屈曲崎岖路，更听钩辀格磔声。（李群玉《九子坡闻鹧鸪》）

数目字属对——有时三点两点雨，到处十枝五枝花。（李山甫《寒食诗》）

晚唐诗惟一的大领袖，要推李义山了。温李并称，其实温不如李。《四库全书提要》说："庭筠多绮罗脂粉之词，而商隐感时伤事，尚颇得风人之旨。"王荆公说"义山诗出于老杜"，即是根据于义山诗的背景而说咧。

李商隐字义山，河内人。开成中进士，官弘农尉。会昌中，王茂元镇河阳，辟为掌书记。王茂元以子妻之，李德裕柄政，厚遇之，后令狐绹作相，商隐陈绹父楚相厚之情，绹不之省。会河南尹柳仲郢镇东蜀，辟为节度判官。大中末，仲郢左迁，商隐罢。未几卒。

无题 (李商隐)

含情春晼晚，暂见夜阑干。楼响将登怯，帘烘欲过难。多羞钗上燕，真愧镜中鸾。归去横塘晓，华星送宝鞍。

无题 (李商隐)

相见时难别亦难，东风无力百花残。春蚕到死丝方尽，蜡炬成灰泪始干。晓镜但愁云鬓改，夜吟应觉月光寒。蓬山此去无多路，青鸟殷勤为探看。

马嵬 (李商隐)

海外徒闻更九州，他生未卜此生休。空闻虎旅传宵柝，无复鸡人报晓筹。此日六军同驻马，当时七夕笑牵牛。如何四纪为天子，不及卢家有莫愁。

义山诗，古人批评很多，归纳言之，大概可如下述：

　　长处——绮丽、典赡、沉着

　　短处——隐僻、堆砌

我以为评义山诗，应就他诗的材料分类，比较易于观察咧。

无题诗　香艳诗贵有含蓄，然后不落庸熟与俗套。像清代王次回《疑雨疑云集》的诗，授人以口实，便是义山何以能为无题诗的祖宗了。义山艳体诗，有深刻的思想，闪避的笔法，所以为佳。《碧城》《锦瑟》诸诗，难觅解人，不免有过于隐僻之弊。然香艳诗本来不要太明显，义山所以为可法咧。（参看苏雪林

《李义山的恋爱事迹考》）

感时诗或咏史诗　最有名者，如《韩碑》之咏《平淮西碑》
故事，《重有感》咏甘露之变，以及《隋宫》《筹笔驿》等诗，
都有悲感苍凉、顿挫沉着之妙。步武少陵，在晚唐中殊为仅见
了。可是学义山的人，便容易犯着堆砌的毛病。宋初杨亿等倡为
"西昆体"，伶人讥其挦撦，是千古的龟鉴了。

温庭筠字飞卿，太原人。薄于行，工侧艳词曲。数举进士不
第，大中末，以上书授方山尉。与令狐绹不协，寻废。相传庭筠
入试诗，押官韵，八叉手而赋成，名温八叉。沈归愚说："温诗
风秀工整，俱在七言。"晚唐诗人，工于近体，飞卿也不能为例
外了。可是飞卿又为一个大词人。唐人词存于今最多的，要算飞
卿一人。

池塘七夕（温庭筠）

月出西南露气秋，绮罗河汉在针楼。杨家绣作鸳鸯
慢，张氏金为翡翠钩。香烛有花妨宿燕，画屏无睡待牵
牛。万家砧杵三篙水，一夕横塘是旧游。

与李商隐齐名者，还有小杜，时人亦称李杜。杜牧字牧之，
京兆万年人。太和二年进士，又举方正贤良，官至中书舍人。有
《樊川集》二十卷。他的行为，与飞卿不同的地方，是他性情刚
直，欢喜论政治，他的《罪言》一篇，在今日仍为有名的文章。
他对于当时的诗学，是反对元白一派的诗。（见范摅《云溪友
议》）这是诗笔不同的见解。所以古人批评他的诗，以为豪纵而
带些拗峭。

醉后题僧院（杜牧）

觥船一棹百分空，十载青春不负公。今日鬓丝禅榻

畔，茶烟轻扬落花风。

泊秦淮（杜牧）

烟笼寒水月笼沙，夜泊秦淮近酒家。商女不知亡国恨，隔江犹唱《后庭花》。

晚唐末年负诗坛盛名的，要算罗隐。他与杜荀鹤一派，以俚俗句子入诗。他如韩偓之香奁诗，许浑之七律诗，司空图之《诗品》二十四则，都是很有名的著作。

第五章　韩柳的古文运动

中国文学史中有一个名实不符的名词，便是"古文"二字。何以中古文人沈约的文章，不能算古文；而近代文人吴汝纶的文章，倒是"古文"呢？可见得古文是专指一类的文章，简单言之，我以为古文是一种以复古为手段的散文。

清朝古文家方望溪说："自南宋以来，古文义法不讲久矣。古文中不可入语录中语，魏晋六朝人藻丽俳语，汉赋中板重字法，诗歌中隽语，南北史佻巧语。"（参观顾编《中国文学史大纲》三一六至三一七页）这是后来旗帜鲜明的古文家语。在韩柳的时代，古文尚不至于此。然而古文是一种纯粹的散文，可是无疑义了的。

明白了方氏论调，方可以进溯韩柳的古文运动，就是散文运动。原来以复古为革新的一种方法，是古今中外所同的。欧洲的文艺复兴，是文化方面以复古为革新。读唐人的诗，都佩服陈子昂能开风气，其实读了子昂《感遇诗》，他又何尝不以复古为革新咧。进一步说，陈子昂不但在诗中如此，在文中也能如此。所以韩退之说："国朝盛文章，子昂始高蹈。"文章就是近世所谓文学咧。

以复古为革新，究竟作何解释？我以为此处复古，是恢复古人治文学的精神，就是在文体上，也只少袭其神，不是徒袭其貌。譬如我们习字一样，先由模仿，后来方自成一派。古文家从复古入手，以创造一派，所以可贵。否则何以苏绰的《大诰》，也是模仿古代的散文，我们何以不承认它是好古文咧？

申言之，韩退之的《平淮西碑》，有人说他叙似《书经》，颂似《诗经》，为什么可以算得好古文咧？就是因为他有创造性，有个性在内。虽然袭取《诗》《书》的神，总不失为韩退之的文章，雄浑厚重的韩退之的文章。有人说：柳子厚的杂记，从《水经注》化出来。固然是不错，但是《水经注》没有那样首尾毕具的短文。《水经注》的文，也不是处处都有诗意，像柳文一样，而且变化亦不如柳文之多。所以我们可以说：韩柳的古文运动，是有创造性的散文运动，不是后来死守古文家法的一种运动！

大事业之告成，必有其先导者。哥伦布没有发现美洲之前，已经有很多人去试探，不过哥伦布收其全功。韩柳之前，未尝没有散文家。陈子昂是最早的一个人。到了开元、天宝时代，领会风气者更多，有萧颖士、李华、元结、独孤及、梁肃诸人。今录元次山的《中兴颂》，以见一斑。李华的《吊古战场文》，是五尺童子都能道着了。（参阅谢编《大文学史》卷七十页至十二页）

大唐中兴颂（元结）

天宝十四年，安禄山陷洛阳。明年，陷长安。天子幸蜀，太子即位于灵武。明年，皇帝移军凤翔，其年复两京，上皇还京师。於戏！前代帝王有盛德大业者，必见于歌颂大业，刻之金石。非老于文学，其谁宜为？颂曰：

> 噫嘻前朝，孽臣奸骄，为昏为妖。边将骋兵，毒乱国经，群生失宁。大驾南巡，百僚窜身，奉贼称臣。天将昌唐，繄睨我皇，匹马北方。独立一呼，千麾万旟，戎卒前驱。我师其东，储皇抚戎，荡攘群凶。复复指期，曾不逾时，有国无之。事有至难，宗庙再安，二圣重欢。地辟天开，蠲除妖灾，瑞庆大来。凶徒逆俦，涵濡天休，死生堪羞。功劳位尊，忠烈名存，泽流子孙。盛德之兴，山高日升，万福是膺。能令大臣，声容浛浛，不在斯文。湘江东西，中直浯溪，石崖天齐。可磨可镌，刊此颂焉，何千万年！

其次要说到他们文章的渊源。批评韩的人说："与孟轲、扬雄相表里。"（本传）又说："退之著论，取于《六经》《孟子》，子厚取于韩非、贾生。"（《古文辞类纂序目》）批评柳的人说："雄深雅健，似司马子长。"（韩退之）"精西汉诗骚，下笔创思，与古为伴。"（本传）这都不是最重要的论点，不必多引。我以为最要的论点，是他们对于作文的观念。

> 惟陈言之务去，戛戛乎其难哉！……其皆醇也，然后肆焉。（韩愈《答李翊书》）

> 不袭蹈前人一言一句，何其难也！（韩愈《樊绍述墓志铭》）

> 苟文益日新，则若巫见矣。（柳宗元《答吴秀才

书》）

可见二人文笔虽有异同，而其主张清新则一。换一句话说，就是
读古人书，是手段而非目的。目的在于创造一种散文的体裁，韩
柳的成就，又如何呢？他们对于散文的贡献，一在文体，一在
文笔。

文体方面 韩柳各体文皆精，无暇深论。大别言之，韩于墓
志铭及祭文，柳于序跋（书后）及游记，更有独到之处。韩退之
蹈蔡伯喈的覆辙，就是谀墓。在道德方面言，固然不甚好。在文
学方面言，可以知其声价之高了。姚姬传说："茅顺甫讥韩文公
碑序异史迁，此非知言。金石之文，自与史家异体。如文公作
文，岂必以效司马氏为工耶？"（《古文辞类纂序目》）墓碑
的文，容易做得枯燥。退之的文章，无论大小长短，无不简古
清峻，纵横如意。至于铭文及祭文，于四字中变化驰骋，尤为
独未曾有，四言诗早已无望，韩退之以散文之法御之，独树一
帜。《平淮西碑》后面的颂，沈归愚认为是绝好的四言诗，殊有
见地。

柳子厚墓志铭（韩愈）

子厚，讳宗元。七世祖庆，为拓跋魏侍中，封济阴
公。曾伯祖奭，为唐宰相，与褚遂良、韩瑗俱得罪武
后，死高宗朝。皇考讳镇，以事母弃太常博士，求为
县令江南。其后以不能媚权贵，失御史。权贵人死，
乃复拜侍御史。号为刚直，所与游皆当世名人。子厚
少精敏，无不通达。逮其父时，虽少年，已自成人，能
取进士第，崭然见头角。众谓柳氏有子矣。其后以博
学宏词，授集贤殿正字。俊杰廉悍，议论证据今古，出

入经史百子，踔厉风发，率常屈其座人。名声大振，一时皆慕与之交。诸公要人，争欲令出我门下，交口荐誉之。贞元十九年，由蓝田尉拜监察御史。顺宗即位，拜礼部员外郎。遇用事者得罪，例出为刺史。未至，又例贬永州司马。居闲，益自刻苦，务记览，为词章，泛滥停蓄，为深博无涯涘，而自肆于山水间。元和中，尝例召至京师，又偕出为刺史，而子厚得柳州。既至，叹曰："是岂不足为政邪？"因其土俗，为设教禁，州人顺赖。其俗以男女质钱，约不时赎，子本相侔，则没为奴婢。子厚与设方计，悉令赎归。其尤贫力不能者，令书其佣，足相当，则使归其质。观察使下其法于他州，比一岁，免而归者且千人。衡湘以南为进士者，皆以子厚为师，其经承子厚口讲指画为文词者，悉有法度可观。其召至京师而复为刺史也，中山刘梦得禹锡亦在遣中，当诣播州。子厚泣曰："播州非人所居，而梦得亲在堂，吾不忍梦得之穷，无辞以白其大人，且万无母子偕往理。"请于朝，将拜疏，愿以柳易播，虽重得罪，死不恨。遇有以梦得事白上者，梦得于是改刺连州。呜呼！士穷乃见节义。今夫平居里巷相慕悦，酒食游戏相征逐，诩诩强笑语以相取下，握手出肺肝相示，指天日涕泣，誓生死不相背负，真若可信。一旦临小利害，仅如毛发比，反眼若不相识。落陷阱，不一引手救，反挤之，又下石焉者，皆是也。此宜禽兽夷狄所不忍为，而其人自视以为得计。闻子厚之风，亦可以少愧矣。子厚前时少年，勇于为人，不自贵重顾藉，谓功业可立就，

故坐废退。既退，又无相知有气力得位者推挽，故卒死
于穷裔。材不为世用，道不行于时也。使子厚在台省
时，自持其身，已能如司马刺史时，亦自不斥。斥时，
有人力能举之，且必复用不穷。然子厚斥不久，穷不
极，虽有出于人，其文学辞章，必不能自力，以致必传
于世如今，无疑也。虽使子厚得所愿，为将相于一时，
以彼易此，孰得孰失，必有能辨之者。子厚以元和十四
年十一月八日卒，年四十七。以十五年七月十日，归葬
万年先人墓侧。子厚有子男二人：长曰周六，始四岁；
季曰周七，子厚卒乃生。女子二人，皆幼。其得归葬
也，费皆出观察使河东裴君行立。行立有节概，重然
诺，与子厚结交，子厚亦为之尽，竟赖其力。葬子厚于
万年墓者，舅弟卢遵。遵，涿人，性谨慎，学问不厌。
自子厚之斥，遵从而家焉，逮其死不去。既往葬子厚，
又将经纪其家，庶几有始终者。

　　铭曰：是惟子厚之室，既固既安，以利其嗣人。

　　方望溪极称赞柳子厚的序跋，说他古雅澹荡（见《古文辞类
纂》卷二）。实则柳子厚的序跋，所以能见长者，以其言之有
物，再加以峻洁的笔法，所以觉得他不浪费笔墨。但是子厚在文
章中占卓越的地位，还是靠他的山水游记。柳文虽从《山海经》
《水经注》变化而来，而精致则过之。《山海》《水经》之文，
又不能如柳文之多情感，这是柳氏抑郁的环境所造成的，当然为
识者所公认了。

至小丘西小石潭记（柳宗元）

　　从小丘西行百二十步，隔篁竹，闻水声，如鸣佩

环，心乐之。伐竹取道，下见小潭，水尤清冽。泉，石以为底。近岸，卷石底以出，为坻、为屿、为嵁、为岩。青树翠蔓，蒙络摇缀，参差披拂。潭中鱼可百许头，皆若空游无所依。日光下澈，影布石上，怡然不动。俶尔远逝，往来翕忽，似与游者相乐。潭西南而望，斗折蛇行，明灭可见。其岸势犬牙差互，不可知其源。坐潭上，四面竹树环合，寂寥无人，凄神寒骨，悄怆幽邃。以其境过清，不可久居，乃记之而去。同游者吴武陵、龚古、余弟宗玄。隶而从者，崔氏二小生，曰恕己，曰奉壹。

文笔方面 韩柳是至友，是同志，但是文笔大相径庭。退之的文，以雄浑胜；子厚的文，以峻洁胜。顾实说："韩纵横，柳变化。盖一可谓之大，一可谓之高。"真是中肯之言了。

韩柳的影响 二大散文明星的影响，在后世为大，在唐代似乎较小。试看欧、曾、苏、王，下至于桐城派，谁不以韩、柳为圭臬啊？可是二人在唐代，也不是全无影响。退之自己说："从吾游者，李翱、张籍其尤也。"（《送孟东野序》）李翱是昌黎的侄婿，他的文章在北宋时很受人崇拜。此外皇甫湜、李观、李翊都是韩门的健将。至于与韩、柳商榷文章的人甚多，可以看二公的文集，也可以见得一时的风气了。

于此附带说及四六文。四六文就是骈体文的演进，李义山《樊南甲集》序说："四六之名，六博格五，四数六甲之取也。"无非以其四字句、六字句更迭多用罢了。骈体多用四六句，盛于唐朝。在音调方面，可以增加美感，可是四六文的体气就日卑了。

　　唐人笺奏，多用偶句。所以笺奏名家，如张说、陆贽、令狐楚、李德裕、李商隐，都是四六名家。义山与温庭筠、段成式三人，号三十六体，因为都是行十六咧。关于这一类的文章，要以陆贽的影响最大。他的文章，实在高过于王勃的《滕王阁序》一流文章。何以呢？因为四六文本来是美文，只可谈风月光景，不能言政事。像骆宾王的《讨武后檄》，也不是敷陈政治之作。陆贽拿他做一切的政治文章，这是前无古人的。可是《陆宣公奏议》，虽全用俪体，而明白晓畅，几于比古典的散文还容易懂。这种散文化的四六，对于宋朝的四六文、清人的奏章，影响是极大咧。

　　陆贽字敬舆，吴郡苏人。德宗时宰相，以直谏著名。东坡批评他说：“才本王佐，学为帝师。论深切于事情，言不离乎道德。智如子房，而文则过；辩如贾谊，而术不疏。”可谓推崇备至了。茅顺甫批评东坡《上皇帝书》说：“指陈利害似贾谊，明切事情似陆贽。”实则东坡的奏议文字，也多用偶句，是陆宣公能融合散文、骈文为一体了。宣公佳文甚多，所拟《奉天改元大赦制》，军士读之，无不感泣，真是艺林佳话了。

奉天改元大赦制（陆贽）

　　致理兴化，必在推诚；忘己济人，不吝改过。朕嗣守丕构，君临万方，失守宗祧，越在草莽。不念率德，诚莫追于既往；永言思咎，期有复于将来。明征厥初，以示天下。惟我烈祖，迈德庇人，致俗化于和平，拯生灵于涂炭，重熙积庆，垂二百年。伊尔卿尹庶官，洎亿兆之众，代受亭育，以迄于今，功存于人，泽垂于后。肆予小子，获缵鸿业，惧德不嗣，罔敢怠荒。然以长于深宫之中，暗于经国之务，积习易溺，居安忘危，不知稼穑之艰难，不察征戍之劳苦，泽靡下究，情不上通，事既壅隔，人怀疑阻，犹昧省己，遂用兴戎。征师四方，转饷千里，赋车籍马，远近骚然，行赍居送，众庶劳止。或一日屡交锋刃，或连年不解甲胄，祀奠乏主，室家靡依。生死流离，怨气凝结，力役不息，田莱多荒。暴命峻于诛求，疲氓空于杼轴，转死沟壑，离去乡闾，邑里邱墟，人烟断绝。天谴于上，而朕不悟，人怨于下，而朕不知，驯致乱阶，变兴都邑。贼臣乘衅，肆逆滔天，曾莫愧畏，敢行凌逼。万品失序，九庙震惊，上辱于祖宗，下负于黎庶。痛心靦貌，罪实在予，永言愧悼，若坠深谷。赖天地降祐，神人叶谋，将相竭诚，爪牙宣力，屏逐大盗，载张皇维。将弘永图，必布新令，朕晨兴夕惕，惟念前非。乃者公卿百寮，累抗章疏，猥以徽号，加于朕躬。固辞不获，俯遂舆议。昨因内省，良用瞿然。体阴阳不测之谓神，与天地合德之谓圣，顾惟浅昧，非所宜当。文者所以成化，武者所以定乱，今化之不被，乱是用兴，岂可更徇群情，苟膺虚美，重余不德，只益怀惭。自今以后，中外所上书奏，不得更称圣神文武之号。（后略）

第六章　唐人小说

　　中国的短篇小说——笔记小说，到了唐时，方才告成。因为这时候的小说，渐渐有结构，有章法。换言之，就是有好的布局。所以胡应麟说："变异之谈，盛于六朝……至唐人乃作意好奇，假小说以寄笔端。"（《少室山房笔丛》卷三十六）鲁迅说："小说亦如诗，至唐代而一变。虽尚不离于搜奇记逸，然叙述宛转，文辞华艳，与六朝之粗陈梗概者较，演进之迹甚明。而尤显者，乃在是时则始有意为小说。"（《中国小说史略》卷八篇）譬如《虬髯客传》以李靖、虬髯客为线索，叙述各人个性，历历如绘。《聂隐娘传》叙述女侠故事，以功成身退为教训，《南柯传》以发现蚁穴为焦点，都有很好的章法。

其次则唐人的小说，以文笔见长。洪容斋说："唐人小说，不可不熟。小小事情，凄婉欲绝。洵有神遇而不自知者，与诗律可称一代之奇！"（《容斋随笔》）申言之，就是文笔简练而有情趣，所以其味隽永，今录若干条于下：

我为女子，命薄如斯！君是丈夫，负心如此！（《霍小玉传》）

及明，靓妆在臂，香在衣，泪光莹莹然，独荧于茵席而已！（《会真记》）

公方刷马，忽有一人，中形。赤髯而虬，乘蹇驴而来。投革囊于炉前，取枕欹卧，看张梳头。公怒甚，未决，犹亲刷马。张熟视其面，一手握发，一手映身摇示公，令勿怒，急急梳头毕。（《虬髯客传》）

唐代小说之分类，今举郑振铎及盐谷温的方法于下：

恋爱故事——《霍小玉传》《会真记》

豪侠故事——《红线传》《刘无双传》《虬髯客传》

神怪故事——《玄怪录》《枕中记》《南柯太守

传》

以上用《文学大纲》。

（一）别传：《海山记》《迷楼记》《开河记》《李卫公别传》《李林甫别传》《东城父老传》《高力士传》《梅妃传》《长恨歌传》《太真外传》

（二）剑侠：《虬髯客传》《红线传》《刘无双传》《剑侠传》

（三）艳情：《霍小玉传》《李娃传》《章台柳传》《会真记》《游仙窟》

（四）神怪：《柳毅传》《杜子春传》《南柯记》《枕中记》《非烟传》《离魂记》

以上用《中国文学概论讲话》。

上文所列，都是有名的长篇。尚有极短的小说，汇入笔记中的，也很多。如段成式的《酉阳杂俎》，苏鹗的《杜阳杂编》，范摅的《云溪友议》，孟棨的《本事诗》，不胜枚举了。

名著不能多录，且布局较佳者，仍为长篇。《虬髯客传》《红线传》等，都不可不熟读，录其一篇于下：

红线传（杨巨源）

潞州节度使薛嵩家，有青衣红线者。善弹阮咸，又通经史。嵩召俾其掌牒表，号曰内记室。时军中大宴，红线谓嵩曰："羯鼓之声，颇甚悲切，其击者必有事也。"嵩素晓音律，曰："如汝所言。"乃召而问之，云："某妻昨夜身亡，不敢求假。"嵩遽令归。是时至德之后，两河未宁，以滏阳为镇，命嵩固守，控压山东。杀伤之余，军府草创。朝廷命嵩遣女嫁魏博节度使田承嗣男，又遣嵩男娶滑台节度使令狐章女，三镇缔交为姻娅，使盖日浃往来。而田承嗣常患肺气，遇暑增剧，每曰："我若移镇山东，纳其凉冷，可以延数年之命。"乃募军中武勇十倍者，得三千人，号外宅男，而厚其廪给。常令三百人夜直州宅。卜选良日，将并潞州。嵩闻之，日夜忧闷，咄咄自语，计无所出。

时夜漏将传，辕门已闭。杖策庭除间，惟红线从焉。红线曰："主自一月不遑寝食，竟有所属，岂非邻境乎！"嵩曰："事系安危，非尔能料。"红线曰："某诚贱品，亦能解主忧者。"嵩闻其语异，乃曰："我不知汝是异人，我暗昧也。"遂具告其事，曰："我承祖父遗业，受国家重恩，一日失其疆土，数百年勋伐尽矣。"红线曰："此易与耳，不足劳主忧焉。暂放某一到魏城，观其形势，觇其有无。今一更首途，五更可以复命。请先定一走马使，具寒暄书，其他则待某却回也。"嵩曰："倘事或不济，反速其祸，又如之何？"红线曰："某之此行，无不济也。"乃入闺房，饬其行具。梳乌蛮髻，贯金雀钗，衣紫绣短袍，系青丝绚履。胸前佩龙纹匕首，额上书太一神名。再拜而行，倏忽不见。

嵩乃返身闭户，背烛危坐。常时饮酒，不过数合，是夕举觞十余不醉。忽闻晓角吟风，一叶坠落，惊而起问，即红线回矣！嵩喜而慰劳，问事谐否。红线曰："不敢辱命。"又问曰："无杀伤否？"曰："不至是，但取床头金合为信耳。"红线曰："某子夜前三刻，即达魏城，凡历数门，遂及寝所。闻外宅儿止于房廊，睡声雷动，见中军卒步于庭下，传叫风生。某乃发其左扉，抵其寝帐。田亲家翁止于帐内，鼓跌酣眠。头枕文犀，髻包黄縠。枕前露七星剑，剑前仰开一金合，合内书生身甲子与北斗神名。复以名香美珠，压镇其上。然则扬威玉帐，坦其心豁于生前；熟寝兰堂，不觉命悬于手下。宁劳擒纵，只益伤嗟。时则蜡炬烟微，炉香烬委。侍人四布，兵仗交罗。或头触屏风，鼾而韛者；或手持巾拂，寝而伸者。某乃拔其簪珥，縻其襦裳，如病如酲，皆不能寤。遂持金合以归。出魏城西门，将行二百里，见铜台高揭，漳水东流。晨鸡动野，斜月在林。忿往喜还，顿忘于行役；感知酬德，聊副于咨谋。当夜漏三时，往返七百里；入危邦一道，经过五六城。冀减主忧，敢言其苦！"

嵩乃发使入魏，遗田承嗣书曰："昨夜有客从魏中来，云自元帅床头获一金合，不敢留驻，谨却封纳。"专使星驰，夜半方到。见搜捕金合，一军忧疑。使者以马捶挝门，非时请见，承嗣遽出。使者乃以金合授之，奉承之时，惊怛绝倒。遂留使者止于宅中，狎以宴私，多其锡赉。明日专遣使赍帛三万匹，名马二百匹，杂珍异等，以献于嵩曰："某之首领，系在恩私。便宜知过自新，不复更贻伊戚。专膺指使，敢议亲姻。往当捧毂后车，来在麾鞭前马。所置纪纲外宅儿者，本防他盗，亦非异图。今并脱其甲裳，放归田亩矣。"由是一两个月内，河北、河南，信使交至。

忽一日，红线辞去。嵩曰："汝生我家，今将安往？又方赖于汝，岂可议行？"红线曰："某前本男子，游学江湖。间读神农药书，而救世人灾患。时里有妇孕，忽患蛊症，某以芫花酒下之，妇人与腹中二子俱毙。是某一举杀其三人，阴力见诛，陷为女子。使身居贱隶，气禀凡俚。幸生于公家，今十九年矣。身厌罗绮，口穷甘鲜，宠待有加，荣亦甚矣！况国家建极，庆且无疆。此即违天，理当尽弭。昨至魏邦，以是报恩。今两地保其城池，万人全其性命。使乱臣知惧，列士谋安。在某一妇人，功亦不小，固可赎其前罪，还遂其本形。便当遁迹尘中，栖心物外，澄清一气，生死长存。"嵩曰："不然，以千金为居山之所。"红线曰："事关来世，安可预谋？"嵩知不可留，乃广为饯别，悉集宾僚，夜宴中堂。嵩以歌送红线酒，请座客冷朝阳为词，词曰："采菱歌怨木兰舟，送客魂消百尺楼。还似洛妃乘雾去，碧天无际水空流。"歌竟，嵩不胜其悲。红线拜且泣，因伪醉离席，遂亡所在。

还有一件有趣的事情，便是作者的姓名，大都可以知道。（伪托的究居少数）并且有很多是大政治家、大散文家和名诗人及贵公子：

褚遂良——《鬼冢志》

张说——《虬髯客传》

韩愈——《蚍蜉传》

柳宗元——《龙城录》《李赤传》《种树郭橐驼传》《河间妇传》

段成式——《酉阳杂俎》

柳公权——《小说旧闻记》

元稹——《会真记》

白行简——《李娃传》《三梦记》

李公佐——《南柯记》《谢小娥传》《古岳渎经》

沈既济——《枕中记》《任氏传》

沈亚之——《湘中怨》《异梦录》

陈鸿——《长恨歌传》《东城老父传》

蒋防——《霍小玉传》

牛僧孺——《玄怪录》《周秦行记》

杨巨源——《红线传》

观以上的表，可以知道不但文人喜欢做小说，并且有几位是有名的小说家。（参阅《中国小说史略》）至于影响方面，可以说是两层：（一）体裁；（二）事实。体裁方面，演义传奇之名，自此发生。（参看范编《中国小说史》四十五页）事实方面，则元明清的戏曲，都以唐人小说为蓝本，现代改编的京剧，又何尝不是如此呢？（鲁迅《中国小说史略》以为传奇托古者很多，如《海山记》《大业拾遗记》《梅妃传》《太真外传》等等）。

第七章　唐五代词

词的起源　词与诗的分别，很容易认识，可以无论。论他的起源，也有二大不同的学说（参阅刘毓盘《词史》第一章，《中国韵文通论》及胡适《词选》附录）。

（甲）诗余说　主张此说较早者为徐师曾《文体明辨》和徐釚《词苑丛谈》。他们的意思，以为词是长短句，长短句在《诗经》《楚辞》已见之。

（乙）乐府说　宋人胡德方序《花庵词选》说："古乐府不作，而后长短句出焉。"成肇麐《七家词选》叙说："十五国风息而乐府兴，乐府微而歌词作。……诗余名词，盖非其朔也。唐人之诗，未能胥被弦管，而词无不可歌者。"这些话解释词的起源，很有力量。所以《文体明辨》也说："诗余者，古乐府之流别，而后世歌曲之滥觞。"后一句话，未免有倒因为果之嫌。因为有新的旋律（Melody），而后有新的歌曲。有新的歌曲，而后文人始纷纷依曲填词，便产生一种新文学了。再举欧阳炯《花间集序》为证：

> 则有绮筵公子，绣幌佳人。递叶叶之花笺，文抽丽锦；举纤纤之素手，拍案香檀。不无清绝之辞，用助娇娆之态。

但是古代诗歌的句法，对于词的发展，有不少的帮助，是无可疑的。

词的演进　有人以为最早的词体，在六朝时，乐府中已有，而举梁武帝《江南弄》和沈约《六忆诗》为例。

江南弄　录一（梁武帝）

> 众花杂色满上林，舒芳耀绿垂轻阴。连手躞蹀舞春心。舞春心，临岁腴，中人望，独踟蹰。

六忆　录一（沈约）

> 忆眠时，人眠独未眠。解罗不待劝，就枕更须牵。复恐旁人见，娇羞在烛前。

古代诗体中尽多长短句之作，不能便指为词。于是诗人以太白的《忆秦娥》《菩萨蛮》为"百代词曲之祖"（郑樵《通志》）。

忆秦娥（李白）

箫声咽，秦娥梦断秦楼月。秦楼月，年年柳色，灞陵伤别。　乐游原上清秋节，咸阳古道音尘绝。音尘绝，西风残照，汉家陵阙。

菩萨蛮（李白）

平林漠漠烟如织，寒山一带伤心碧。暝色入高楼，有人楼上愁。　玉阶空伫立，宿鸟归飞急。何处是归程？长亭连短亭。

胡应麟《笔丛》和《庄岳委谈》，都以为不是太白作的。无论如何，唐人作词的人，已经是不少了。

渔歌子（张志和）

西塞山前白鹭飞，桃花流水鳜鱼肥。青箬笠，绿蓑衣，斜风细雨不须归。

调笑令（王建）

团扇，团扇，美人病来遮面。玉颜憔悴三年，谁复商量管弦。弦管，弦管，春草昭阳路断。

长相思（白居易）

泗水流，汴水流，流到瓜州古渡头。吴山点点愁。

思悠悠，恨悠悠，恨到归时方始休。月明人倚楼。

从上文观察，词是起于盛唐、中唐时代，毫无可疑。到了晚唐，作者便格外的多起来了。

晚唐第一大词家，也就是唐代第一大词家，便是温庭筠了。

飞卿的诗体，以绮丽见长，当时号称"温李"。可是在"词"坛上，温就独步江东了。黄花庵说："飞卿词极流丽，宜为《花间集》之冠。"唐人词在《花间集》最多的，当然是飞卿（共六十六首）。飞卿词所以见重于时，不是因为他能艳丽，乃是因为他能流动，读词者不可不知。

南歌子（温庭筠）

手里金鹦鹉，胸前绣凤凰。偷眼暗形相，不如从嫁

与，作鸳鸯！

温词还有一个特点，便是含蓄。张炎《词源》[①]说："词之难于令曲，如诗之难于绝句。……末句最当留意，有有余不尽之意始佳。温氏得之矣。"周济《介存斋论词》也说："《花间集》极有浑厚气象，如飞卿则神理超越，不复可以迹象求矣。"

韩偓与飞卿一样，以诗人而善填词。此外有张曙、皇甫松（湜之子），都是唐末的词人。欧阳永叔《五代史·一行传叙》说："呜呼！五代之乱极矣！"乱世人民，多偏于享乐一途。所以五代没有什么文学，只有词曲发达。因为当时的词，与音乐歌舞相表里，最易于受人欢迎。大诗人陆务观说："诗在晚唐五季，气格卑陋，千人一律。而长短句独精巧高丽，后世莫及，此事之不可晓者。"

五代词比唐词更加发达。这是翻开《花间集》的目录便可知道。当然作家增加不少，词牌亦增加很多。便是作风，也更加轻倩。轻倩本来是词的真面目咧。人才的分配，可如下表：

后唐——庄宗

---

① 底本作《词原》。

后晋——和凝

南唐——中主　后主　冯延巳　张泌

蜀——后主　韦庄　薛昭蕴　牛峤　毛文锡

牛希济　欧阳炯　顾夐　鹿虔扆　毛熙震　李珣

荆南——孙光宪

五代的大词家，当然要推李后主。其次要推冯延巳、韦庄了。现在研究他们三位的词。

韦庄字端己，杜陵人。乾宁元年进士。入蜀，王建辟掌书记。后为蜀散骑常侍，判中书门下事，累官吏部尚书，卒谥文靖。有《浣花集》。端己流寓蜀中，不免有乡国之思。作《菩萨蛮》数首以寄感，读之可以看见他词笔流动的一斑：

红楼别夜堪惆怅，香灯半卷流苏帐。残月出门时，美人和泪辞。　琵琶金翠羽，弦上黄莺语。劝我早归家，绿窗人似花。

如今却忆江南乐，当时年少春衫薄。骑马倚斜桥，满楼红袖招。　翠屏金屈曲，醉入花丛宿。此度见花枝，白头誓不归。

王静安《人间词话》说："'画屏金鹧鸪'，飞卿语也，其词品似之。'弦上黄莺语'，端己语也，其词品亦似之。"胡适之《词选》说："韦庄词，一扫温庭筠一派纤丽浮文的习气。"这都是比较上对于温韦的公正评语，也可以见得端己的词笔，是有创造性了。

冯延巳字正中，其先彭城人。唐末徙家新安，又徙广陵。事南唐，累官中书侍郎、左仆射同平章事，后改太子太傅。有《阳春集》一卷。以下是冯词的重要评语：

冯公乐府，思深词丽，韵逸调新，真清奇飘逸之才。（陈世修）

延巳为人，专蔽固嫉，而其言忠爱缠绵，此其君所以深信而不疑也。（张惠言）

正中词虽不失五代风格，而堂庑特大。开北宋一代风气，与中、后二主词，皆在《花间》范围之外。（王国维）

所以延巳的词，在能创造词的境界，所以能称为大家咧。

蝶恋花（冯延巳）

几日行云何处去？忘却归来，不道春将暮。百草千花寒食路，香车系在谁家树？　　泪眼倚楼频独语。双燕来时，陌上相逢否？撩乱春愁如柳絮，依依梦里无寻处。

谒金门（冯延巳）

风乍起，吹皱一池春水。闲引鸳鸯香径里，手挼红杏蕊。　　斗鸭阑干独倚，碧玉搔头斜坠。终日望君君不至，举头闻鹊喜。

南唐后主李煜，字重光，嗣主李璟第六子。封吴王，继嗣位于金陵。在位十五年，降于宋，封违命侯。太宗登极，封陇西公。太平兴国三年薨，追封吴王。以王礼葬北邙山。陆游《避暑漫录》说："煜归朝后，郁郁不乐。在赐第，七夕命故妓作乐，声闻于外，太宗怒，又传'小楼昨夜又东风'及'一江春水向东流'之句，遂被祸。"《乐府纪闻》说："煜赋《浪淘沙》《虞美人》诸词，旧臣闻之，有泣下者。七夕作乐，太宗怒，更得其词，故有赐牵机药之事。"且读他贾祸的词：

浪淘沙（李煜）

　　帘外雨潺潺，春意阑珊。罗衾不耐五更寒。梦里不知身是客，一晌贪欢。　　独自莫凭栏，无限江山。别时容易见时难。流水落花春去也，天上人间。

虞美人（李煜）

　　春花秋月何时了？往事知多少。小楼昨夜又东风，故国不堪回首月明中。雕栏玉砌应犹在，只是朱颜改。问君还有几多愁？恰似一江春水向东流。

批评后主的词，我喜欢以下诸人的言论：

　　凄凉怨慕，真亡国之音也。（苏辙）

　　后主词如生马驹，不受控勒。（周济）

　　飞卿，严妆也。端己，淡妆也。后主则粗服乱头矣。（王国维）

　　词至后主而眼界始大，感慨遂深。（同上）

　　后主的词境，所以如此高妙，其原因甚多：第一，当是出于天才。后主既善属文，又工书画，又长于音乐。他是一个多才多艺富于情感的文学家。第二，是家学。他父亲李璟，便是一个大词家，最传诵的词，为《山花子》一阕：

　　菡萏香销翠叶残，西风愁起绿波间。还与韶光共憔悴，不堪看。　　细雨梦回鸡塞远，小楼吹彻玉笙寒。多少泪珠何限恨，倚阑干。

　　最后要说到环境。我们研究杜少陵的诗，已经说过环境与文学的密切关系。后主未亡国之先，词句偏于侧艳。国破家亡，始有哀艳的句子。试拿"划袜下香阶，手提金缕鞋""归时休放烛花红，待踏马蹄清夜月"等句子，与下两首比较，真"大小不俘"了。

忆江南（李煜）

多少恨，昨夜梦魂中。还似旧时游上苑，车如流水马如龙。花月正春风。

相见欢（李煜）

无言独上西楼，月如钩。寂寞梧桐深院锁清秋。　　剪不断，理还乱，是离愁。别是一般滋味在心头。

第七编　宋代文学

第一章　北宋词

宋代是我国民族衰弱的时代——始困于辽和西夏，继辱于金元，这是与唐代不同的地方。然文化之盛，有过之无不及。就文学上言，实在可以相提并论咧。文学鼎盛的宋代，有几个特点，不可不知。

（一）有许多多才多艺的文学家　试列一表叙述之：

人　名	专　长
范仲淹	政治，词
欧阳修	政治，文，诗，词，书，金石学
苏　轼	政治，文，诗，词，书，画
司马光	政治，文，词，史学
王安石	政治，文，诗，词
黄庭坚	文，诗，词，书法
周邦彦	音乐，词
岳　飞	军事，文，词，书法

人　名	专　长
辛弃疾	政治，词
陆　游	文，诗，词
姜　夔	文，诗，词，音乐，书法
周　密	文，诗，词
朱　熹	哲学，政治，文学

（二）文学的散文化　古文到宋，方大发达，前已言过。宋朝又有史学上的巨著——《资治通鉴》《通鉴纲目》《通鉴纪事本末》，都足以证散文的发展。推之其他文体，也莫不多少受些散文的影响。

　　晁子知囊，可以括四海。张子笔端，可以回万牛。
自我得二士，意气倾九州。（黄庭坚的诗）

　　杯，汝前来，老子今朝，检点形骸。（辛弃疾的词）

　　知者稀，则我贵矣，何嫌流俗之见排。欲加之罪，
其无辞乎，至以虚名而被劾。（陆游的四六）

（三）白话文的应用　平话和语录，完全是白话，不消说了，便是诗词中也常常看得见白话文的影响。

　　恨渠生来不得书，江山如此一句无。（陆游的诗）

　　梧桐更兼细雨，到黄昏点点滴滴，者次第怎一个愁
字了得！（李易安的词）

　　然而无论如何，宋代文学，毕竟以词居第一位置，何以呢？
（一）宋词的普遍，有如唐诗。上至帝王政治家（如徽宗、寇準），下至妓女侍妾（如聂胜琼、陆氏侍儿），无不有很好的

词，供我们吟诵。（二）词牌之增多。长调差不多全出于宋
（《尊前集》载后唐庄宗歌一首，为字一百三十六）。宋词家如
柳屯田、周美成、姜白石，都能自制新调。就是小令，宋人也增
加不少。（三）派别之多。唐五代词仅有婉约一派，到宋则有豪
放一派，而婉约之中，派别又不一律。可以想见其盛了！

其次要论及宋词的派别，普通分宋词为南北二派。南派婉
约，以柳永、周邦彦、李易安、姜夔、吴文英为主。北派豪放，
以苏轼、辛弃疾等为主。在大体言之，这是很好的分法。可是细
说起来，也难一一洽意。譬如柳屯田与吴梦窗同属于婉约一派，
而柳词俚俗，吴词生涩，都是各走极端。假是以婉约指温柔蕴藉
言，那么苏、辛也有婉约的词了。况且婉约的词，在南北宋也不
能无别：北宋的欧、晏，语简意赅，近于"花间"一派。南宋的
姜、张，走入生新一路，以蕴藉为重了。此外又有专写田园闲居
之兴，笔致趋于雅淡自然的，可以叫做"闲适派"。北宋的晁补
之，南宋的朱敦儒，可以做代表咧。今特制一表，以申明此义：

宋词	婉约派	浑厚——张先、欧阳修、晏殊、晏几道
		秀媚——秦观、周邦彦
		俚俗——柳永
		秾丽——贺铸、史达祖
		哀艳——李清照、朱淑真
		清空——姜夔、张炎、高观国、王沂孙
		生硬——吴文英、周密
		纤巧——蒋捷
	豪放派	苏轼、辛弃疾、刘过、刘克庄
	闲适派	晁补之、朱敦儒、陆游

张先字子野，湖州人。天圣八年进士，尝知吴江县。有《安陆集》词一集。他是欧阳文忠公和苏文忠公的朋友。在词中，他有"张三影"的绰号。因为他三个名句，都有"影"字在内。

天仙子（张先）

水调数声持酒听，午醉醒来愁未醒。送春春去几时回，临晚镜，伤流景，往事后期空记省。　　沙上并禽池上暝，云破月来花弄影。重重帘幕密遮灯，风不定，人初静，明日落红应满径。

晁无咎说："子野韵高，是耆卿所乏处。"但是"子野才不足而情有余"，终嫌笔力太弱咧。

晏殊字同叔，临川人。七岁能属文，后以神童召试，赐进士出身，擢翰林学士。仁宗时，为同中书门下平章事，兼枢密院使，出知永兴军，徙河南。以疾归京师，留侍经筵。卒谥元献。有《珠玉词》。刘贡父说："元献喜延巳歌词，其所自作，亦不减延巳。"究竟《珠玉词》虽佳，不及《阳春录》的高妙。老晏一生处在绮罗享乐的环境中，所以不及小晏的词更能抒情。所谓欢娱之词难工，愁苦之言易好，也同中主与后主之比了。

踏莎行（晏殊）

小径红稀，芳郊绿遍。高台树色阴阴见。春风不解禁杨花，蒙蒙乱扑行人面。　　翠叶藏莺，朱帘隔燕。炉香静逐游丝转。一场愁梦酒醒时，斜阳却在深深院。

欧阳修字永叔，庐陵人。天圣八年中进士甲科，累擢知制诰、翰林学士，历枢密副事、参知政事。神宗朝，以太子少师致仕。卒谥文忠。晚号"六一居士"。词名《醉翁琴趣》，亦称《六一词》。他是婉约派的大家，词意香艳，而情感甚深，有爽朗的妙处。所以冯梦华叙《六十一家词选》说："与元献同出，而深致则过之……疏隽开子瞻，深婉开少游。"周济说："永叔词只如无意，而沉着在和平中见。"

浪淘沙（欧阳修）

今日北池游，漾漾轻舟。波光潋滟柳条柔。如此春来春又去，白了人头。　　好妓好歌喉，不醉难休。劝君满满酌金瓯。纵使花时常病酒，也是风流。

玉楼春（欧阳修）

别后不知君远近，触目凄凉多少闷。渐行渐远渐无书，水阔鱼沉何处问。　　夜深风竹敲秋韵，万叶千声皆是恨。故欹单枕梦中寻，梦又不成灯又烬。

柳永字耆卿，崇安人。景祐元年进士，官至屯田员外郎。有《乐章集》一卷。他在北宋词人中，有特殊的地位：（一）他是北宋初年中词人，懂音律的第一人。（二）他的词受人普遍的欢迎。叶梦得《避暑录话》说："凡有井水处，即能歌柳词。"（三）他一生的坎坷。宋朝是一个词学世界，宋仁宗、晏殊都是爱文学的。但是柳屯田为了做词反碰些钉子（参观谢编《中国大文学史》）。真可谓不幸了！他对于词的贡献很大：1.创了很多的长调（即慢词）；2.长于纤艳之词，多近俚俗（黄花庵语）；3.工于羁旅行役（陈质斋语）；4.对于后来的影响，可阅二位词人的评语：

清真词，多从耆卿脱胎。（周济）

《乐章集》为金元以还乐语所自出。（况周颐）

雨霖铃（柳永）

寒蝉凄切，对长亭晚，骤雨初歇。都门帐饮无绪，

164

留恋处，兰舟催发。执手相看泪眼，竟无语凝噎。念去
去千里烟波，暮霭沉沉楚天阔。　　多情自古伤离别，
更那堪冷落清秋节！今宵酒醒何处？杨柳岸、晓风残
月。此去经年，应是良辰好景虚设。便纵有千种风情，
更与何人说？

晏几道字小山，殊幼子。监颍昌许田镇。有《小山词》。他
是宰相的儿子，但是读了他的词，好像他是一个多愁多病的名
士。黄山谷批评最好："叔原乐府，精壮顿挫，能动摇人心。"

鹧鸪天（晏几道）

彩袖殷勤捧玉钟。当年拚却醉颜红。舞低杨柳楼心
月，歌尽桃花扇底风。　　从别后，忆相逢。几回魂梦
与君同。今宵剩把银釭照，犹恐相逢似梦中。

词到了这个时代，已经不能再好了。所以东坡的词，另外走
一条路——用笔豪放，扩充境界，开了词界的新纪元。苏轼字子
瞻，洵长子，眉山人。嘉祐二年进士乙科，累除翰林学士、端明
殿学士、礼部尚书。绍圣初，坐讪谤，安置惠州，徙昌化。徽宗
立，提举玉局观。建中靖国元年，卒于常州。高宗朝，赠太师。
谥文忠。有《东坡乐府》。东坡是吾国文学界的怪杰。诗、文、
词，无不自成一体，书法亦然。直到今日，还是受人热烈的欢
迎。单就词论，他的创造力也很大。《吹剑录》说：

东坡在玉堂日，有幕士善歌，因问我词何如柳七？
对曰："柳郎中词，只合十七八女子，执红牙板，歌
'杨柳岸晓风残月'。学士词，须关西大汉，铜琵琶，
铁绰板，唱'大江东去'。"东坡为之绝倒。

这些话少嫌太过。东坡的词，也有很细腻香艳的，小词也有很闲

适的。还有一层，是东坡词的大贡献，便是扩充境界，试看下文的批评：

眉山苏氏，一洗绮罗香泽之态，摆脱绸缪宛转之度，使人登高望远，举首高歌，而逸怀浩气，超乎尘垢之外。（胡寅）

人赏东坡粗豪，吾赏东坡韶秀。韶秀是东坡佳处，粗豪则病也。（周保绪）

卜算子（苏轼①）

水是眼波横，山是眉峰聚。欲问行人去那边？眉眼盈盈处。　才始送春归，又送君归去。若到江南赶上春，千万和春住。

蝶恋花（苏轼）

花褪残红青杏小。燕子飞时，绿水人家绕。枝上柳绵吹又少，天涯何处无芳草。　架上秋千墙外道。墙外行人，墙里佳人笑。笑渐不闻声渐杳，多情却被无情恼。

秦观字少游，高邮人。举进士。元祐中，苏轼荐除秘书省正字，兼国史院编修官。绍圣初，坐党籍削秩，监处州酒税。徙郴州，又徙雷州。放还，至滕州，卒。有《淮海集》词。

踏莎行（秦观）

雾失楼台，月迷津渡。桃源望断无寻处。可堪孤馆闭春寒，杜鹃声里斜阳暮。　驿寄梅花，鱼传尺素。砌成此恨无重数。郴江幸自绕郴山，为谁流下潇湘去？

---

① 此词一般题为王观作。

他是"苏门四学士"之一，但是他的词，完全与东坡立于反对地步。他是于婉约之中，发出哀怨的情感。故能秀媚。冯煦说："淮海、小山，古之伤心人也。其淡语皆有味，浅语皆有致。"

晁补之字无咎，巨野人。为著作郎，亦"苏门四学士"之一，坐党籍流放，有《鸡肋集》《琴趣外编》。世人多以为他词笔豪放，近于东坡。其实他的词，都是写自然界的可乐，可以说是闲适派的词。

摸鱼儿·东皋寓居（晁无咎）

买陂塘、旋栽杨柳，依稀淮岸湘浦。东皋雨足新痕涨，沙觜鹭来鸥聚。堪爱处，最好是一川夜月光流渚。无人自舞。任翠幕张天，柔茵藉地，酒尽未能去。　　青绫被，休忆金闺故步。儒冠曾把身误。弓刀千骑成何事，荒了邵平瓜圃。君试觑，满青镜星星鬓影今如许。功名浪语。便做得班超，封侯万里，归计恐迟暮。

贺铸字方回，卫州人。通判泗州。晚年退居吴下，自号"庆湖遗老"。有《东山寓声乐府》三卷。张文潜说："方回乐府，盛丽如游金、张之堂，妖冶如揽嫱、施之祛，幽索如屈、宋，悲壮如苏、李。"可见他是秾丽一派的词人。

青玉案（贺铸）

凌波不过横塘路，但目送芳尘去。锦瑟华年谁与度？月桥花榭，琐窗朱户，只有春知处。　　碧云冉冉蘅皋暮，彩笔新题断肠句。试问闲愁都几许？一川烟草，满城风絮，梅子黄时雨。

到了周美成，北宋的词学——尤其是婉约派的词，可以说得是登峰造极了。（一）他是一个音乐家，创了很多的新调。（二）他的词善于铺叙。铺叙中以钩勒见长，所以不讨厌。（三）他的词笔，浑厚流转，兼而有之，所以无庸熟俗艳之病。（参观《中国韵文通论》二九六页至二九七页）

周邦彦字美成，钱塘人。徽宗朝仕至徽猷阁待制，提举大晟府，自号"清真居士"。有《片玉词》。节录《贵耳录》一段故事，以见他词的一斑：

> 道君（宋徽宗）幸李师师家，偶周邦彦在焉。知道君至，遂匿床下。道君与师师语，邦彦悉闻之。檃括成《少年游》词：
>
> > 并刀似水，吴盐胜雪，纤指破新橙。锦幄初温，兽烟不断，相对坐调笙。低声问："向谁行宿？城上已三更。马滑霜浓，不如休去，直是少人行。"
>
> 师师因歌此词，道君大怒，宣谕蔡京："邦彦职事废弛，可押出国门。"隔一二日，道君复幸师师家。坐久，师师始归，道君大怒。云："尔往那里去？"李奏："周邦彦得罪，略致一杯相别，不知官家来。"道君问："曾有词否？"李奏云："有《兰陵王》词。"道君云："唱一遍看。"曲终，道君大喜，复召为大晟乐正。

兰陵王（周邦彦）

> 柳阴直，烟里丝丝弄碧。隋堤上，曾见几番，拂水飘绵送行色。登临望故国，谁识京华倦客？长亭路，年去岁来，应折柔条过千尺。　　闲寻旧踪迹，又酒趁哀弦，灯照离席。梨花榆火催寒食。愁一箭风快，半篙

波暖，回头迢递便数驿，望人在天北。　　凄恻，恨堆
积！渐别浦萦回，津堠岑寂，斜阳冉冉春无极。念月榭
携手，露桥闻笛。沉思前事，似梦里，泪暗滴。

第二章　南宋词

南宋词继续北宋词，为努力的发展。（一）豪放派的词，在
北宋只有东坡是大家，到了南宋，便有辛稼轩、刘改之、刘后村
了。（二）闲适派的词，也添了朱希真、陆放翁，可称大家。
（三）婉约派的词，大家更多，支派也更多。但是北宋以浑融
胜，南宋以生新胜，未免有雕琢字句之嫌了。

南宋初年大词人，实在是北宋的词人。最著的为李清照、朱
敦儒。

李清照号易安居士，济南人。格非之女，金石家赵明诚之
妻。有《漱玉集》。她的长处，在以白话的字句，充分表写哀怨
的情感，所以非常动人。

声声慢（李清照）

寻寻觅觅，冷冷清清，凄凄惨惨戚戚。乍暖还寒时
候，最难将息。三杯两盏淡酒，怎敌他、晚来风急？雁
过也，最伤心、却是旧时相识。　　满地黄花堆积，憔
悴损、如今有谁堪摘？守着窗儿，独自怎生得黑？梧桐
更兼细雨，到黄昏、点点滴滴。者次第，怎一个愁字了
得！

在我国文学史中，女诗人都不能算大家。惟有女词人如李清
照、朱淑真、魏夫人，实在很有创造的风格。朱淑真，钱塘人。

嫁为市井人妻。有《断肠词》。《历代词余》说她与曾布妻魏氏为友，是北宋人了。《四朝诗集》说她是南宋人朱文公的侄女。

谒金门（朱淑真）

春已半。触目此情无限。十二阑干闲倚遍。愁来天不管。　好是风和日暖。输与莺莺燕燕。满院落花帘不卷。断肠芳草远。

朱敦儒字希真，洛阳人。高宗时做过秘书省正字、兵部郎官。上疏乞归，居嘉兴。他的词名《樵歌》，可以想见他的风致了。希真的词，是完全以闲适见长。词笔很近白话。

好事近·渔父（朱敦儒）

摇首出红尘，醒醉更无时节。生计绿蓑青笠，惯披霜冲雪。　晚来风定钓丝闲，上下是新月。千里水天一色，看孤鸿明灭。

辛弃疾字幼安，号稼轩，济南人。耿京聚兵山东，留掌书记。绍兴三十二年，奉表南归，授承务郎。宁宗朝，累官浙东安抚使、枢密都承旨。德祐初，追谥忠敏。有《稼轩长短句》十二卷。苏、辛同为豪放派的领袖，但是苏不如辛。这并非因为天才不同，实因为时势不同。稼轩的词，以豪放之笔，达忠爱之情，所以读起来令人起敬。此外他与东坡一样，小词多闲适可爱，也有近于艳情的。今录若干词评于下，以资参考：

公所作大声镗鞳，小声铿鍧，横绝六合，扫空万古。其秾丽绵密者，亦不在小晏、秦郎之下。（刘克庄）

稼轩多抚时感事之作，磊砢英多，绝不作妮子态。（毛晋）

北宋多就景叙情，至稼轩、白石，一变而为即事叙景。稼轩郁勃，故情深；白石放旷，故情浅。稼轩纵横，故才大；白石局促，故才小。（周济）

东坡天趣独到处，殆成绝诣。而苦不经意，完璧甚少。稼轩则沉着痛快，有辙可寻。（同上）

贺新郎·别茂嘉十二弟（辛弃疾）

绿树听鹈鴂。更那堪、鹧鸪声住，杜鹃声切。啼到春归无啼处，苦恨芳菲都歇。算未抵、人间离别。马上琵琶关塞黑，更长门、翠辇辞金阙。看燕燕，送归妾。　　将军百战身名裂，向河梁、回头万里，故人长绝。易水萧萧西风冷，满座衣冠似雪。正壮士、悲歌未彻。啼鸟还知如许恨，料不啼清泪长啼血。谁共我，醉明月。

祝英台近（辛弃疾）

宝钗分，桃叶渡。烟柳暗南浦。怕上层楼，十日九风雨。断肠片片飞红，都无人管，倩谁唤、流莺声住。　　鬓边觑。试把花卜归期，才簪又重数。罗帐灯昏，哽咽梦中语。是他春带愁来，春归何处。却不解带将愁去。

现在要说到南宋最大的诗人陆放翁了。陆游字务观，号放翁，山阴人。王安石的朋友陆佃之孙。试礼部前列，秦桧嫉之，桧死，为宁德主簿。孝宗时，随范成大入蜀为参议，知夔、严二州。进宝章阁待制。有《渭南文集》五十卷，《剑南诗集》八十五卷。此外有《老学庵笔记》《入蜀记》《南唐书》。他是一个爱国的文学家。放翁的词，也是闲适派的健将，不过多些慷慨之气。因为他还是有志于政治的人，不像朱希真了。邹程村《远志斋词衷》说："诗家有王、孟、韦、储一派，词流惟务观、仙伦、次山、少鲁诸家近似，与辛、刘徒作壮语者有别。"

鹊桥仙（陆游）

华灯纵博，雕鞍驰射，谁记当年豪举？酒徒一半取封侯，独去作、江边渔父。　　轻舟八尺，低蓬三扇，占断蘋洲烟雨。镜湖元自属闲人，又何必、官家赐与？

刘过字改之，吉州太和人，稼轩之客。有《龙州集》词一卷，也是豪放一派。

醉太平（刘过）

情深意真，眉长鬓青。小楼明月调筝。写春风数声。　　思君忆君，魂牵梦萦。翠绡香暖云屏。更那堪酒醒。

姜夔字尧章，鄱阳人。寓居吴兴之武康，与白石洞天为邻，自号"白石道人"。庆元中，上书乞正雅乐。有《白石诗》一卷，词一卷。以下是古人对于他词的批评一斑。

姜白石如野云孤飞，去留无迹。（张炎）

白石清劲知音，亦未免有生硬处。（沈伯时）

白石脱胎稼轩，变雄健为清刚，变驰骋为流宕。（周济）

石帚所作，超脱蹊径，天籁人力，两臻绝顶。……读姜词者，必欲求下手处，则先自俗处能雅、滑处能涩始。（冯煦）

古今词人格调之高，无如白石，惜不于意境上用

力，故觉无言外之味，弦外之响，终不能与于第一流之作者也。（王国维）

白石是南渡后词坛上第一个权威。他的长处，是清空，短处是晦涩，好像诗中有韩昌黎、李义山了。

齐天乐·蟋蟀（姜夔）

> 庾郎先自吟愁赋，凄凄更闻私语。露湿铜铺，苔侵石井，都是曾听伊处。哀音似诉。正思妇无眠，起寻机杼。曲曲屏山，夜凉独自甚情绪。　　西窗又吹暗雨。为谁频断续，相和砧杵。候馆吟秋，离宫吊月，别有伤心无数。豳诗漫与。笑篱落呼灯，世间儿女。写入琴丝，一声声更苦。

史达祖字邦卿，汴人。韩侂胄为平章，专倚史达祖奉行文字。有《梅溪词》一卷。他的最有名的词，是那几首咏物词，如《双双燕》咏燕，很博得姜白石的赞赏：

> 过春社了，度帘幕中间，去年尘冷。差池欲往，试入旧巢相并。还相雕梁藻井。又软语、商量不定。飘然快拂花梢，翠尾分开红影。　　芳径。芹泥雨润。爱贴地争飞，竞夸轻俊。红楼归晚，看足柳昏花暝。应自栖香正稳。便忘了、天涯芳信。愁损翠黛双蛾，日日画栏独凭。

同时词人张功甫说："史生词，织绡泉底，去尘眼中，妥帖轻圆，词情俱到。"可见梅溪词如何的秾丽了。这种词不善学之，便成俗艳。

刘克庄字潜夫，号后村，莆田人。官龙图阁直学士，谥文定。有《后村集别调》一卷，他是稼轩嫡派。

木兰花（刘克庄）

年年跃马长安市，客舍似家家似寄。青钱换酒日无何，红烛呼卢宵不寐。　　易挑锦妇机中字，难得玉人心下事。男儿西北有神州，莫滴水西桥畔泪。

吴文英字君特，号梦窗，四明人。从吴履斋诸公游，有《梦窗甲乙丙丁稿》四卷。自从张叔夏说"梦窗如七宝楼台，拆碎下来，不成片段"，于是关于梦窗的词，推崇者与攻击者，往往言之过当。现在摘录较公平的几家批评：

梦窗深得清真之妙，其失在用事下语太晦处，人不可晓。（沈伯时）

梦窗足医滑易之病，不善学之，便流于晦。（孙清瑞）

梦窗之词以则，幽邃而绵密，脉络井井而卒焉不能得其端倪。（冯煦）

齐天乐（吴文英）

烟波桃叶西陵路，十年断魂潮尾。古柳重攀，轻鸥聚别，陈迹危亭独倚。凉飔乍起。渺烟碛飞帆，暮山横翠。但有江花，共临秋镜照憔悴。　　华堂烛暗送客，眼波回盼处，芳艳流水。素骨凝冰，柔葱蘸雪，犹忆分瓜深意。清尊未洗。梦不湿行云，漫沾残泪。可惜秋宵，乱蛩疏雨里。

周密字公谨，号草窗，济南人，流寓吴兴。淳祐中为义乌令，有《草堂词》二卷，一名《蘋州渔笛谱》。所著笔记甚多，《齐东野语》《癸辛杂识》《武林旧事》最有名。草窗词琢句清新，与梦窗并称。周止庵说："梦窗思沉力厚，草窗则貌合耳。

若其镂新斗冶，固自绝伦。"可以见"二窗"的分别了。

曲游春（周密）

　　禁苑东风外，扬暖丝晴絮，春思如织。燕约莺期，恼芳情，偏在翠深红隙。漠漠香尘隔，沸十里乱弦丛笛。看画船尽入西泠，闲却半湖春色。　　柳陌新烟凝碧，映帘底宫眉，堤上游勒。轻暝笼寒，怕梨云梦冷，杏香愁幂。歌管愁寒食，奈蝶怨良宵岑寂。正满湖碎月摇花，怎生去得？

　　蒋捷自号竹山，阳羡人。遁迹不仕。有《竹山词》。毛子晋批评他为"语语纤巧，字字妍倩"，可称的评。

一剪梅（蒋捷）

　　一片春愁带酒浇。江上舟摇，楼上帘招。秋娘容与泰娘娇，风又飘飘，雨又潇潇。　　何日云帆卸浦桥？银字笙调，心字香烧。流光容易把人抛，红了樱桃，绿了芭蕉。

　　张炎字叔夏，号玉田。循王诸孙，家临安。宋亡，落魄纵游，有《山中白云词》《乐府指迷》等等。玉田词以空灵为主，与白石为近。虽然雕琢字句，但是能得雅正的精神，并且意思哀婉，有亡国之音。

绮罗香·红叶（张炎）

　　万里飞霜，千山落叶，寒艳不招春妒。枫冷吴江，独客又吟愁句。正船舣、流水孤村，似花绕、斜阳芳树。甚荒沟、一片凄凉，载情不去载愁去？　　长安谁问倦旅。羞见衰颜借酒，飘零如许。谩倚新妆，不入洛阳花谱。为回风、起舞樽前，尽画作、断霞千缕。记阴阴、绿遍江南，夜窗听暗雨。

最后的大词人，又算王沂孙了。他字圣与，号碧山，会稽人。曾任庆元路学正，有《碧山乐府》二卷。周止庵说："中仙最近叔夏一派，然玉田自逊其深远。"为什么呢？因为亡国之感，他表现得更深刻了。所以他的词，能以哀怨见长，拿他的《齐天乐》咏蝉词与白石的词一比，可以看出他的成功了：

> 一襟余恨宫魂断，年年翠阴庭树。乍咽凉柯，还移暗叶，重把离愁深诉。西窗过雨。怪瑶佩流空，玉筝调柱。镜暗妆残，为谁娇鬓尚如许。　铜仙铅泪似洗，叹移盘去远，难贮零露。病翼惊秋，枯形阅世，消得斜阳几度？余音更苦。甚独抱清高，顿成凄楚？谩想熏风，柳丝千万缕。

第三章　散文与四六文

宋代的文学是散文化，前已言过。所以宋代的散文，不能算不发达了。明茅坤所称为"唐宋八大家"（韩、柳、欧、曾、王、三苏）古文，还是宋占多数呢。其实宋代散文家很多，像石介、尹洙、柳开、穆修，是欧阳文忠公的导师。哲学家周（敦颐）、程（颐）、张（载）、朱（熹），政治家如司马光、陈亮、叶适，诗家如黄庭坚、陆游，无不长于文咧。

宋代的散文（广义的古文），究有若何贡献？有什么特点呢？这是很少的人曾经回答过，普通人以为无非拿韩、柳的古文发扬而光大之罢了。这固然不错，不过宋文自有其特长。

我以为宋朝的文，在能解放。不像明人过于摹拟，有心学古。也不像清人死守家法，一味谨严。宋人虽然派别不同，而能以疏畅纡徐之笔，显出各别的个性，其法则一。欧、曾讲究丰韵，纡徐为妍，自不必说了。"三苏"纵横驰骤，更非有点解放不可。所以东坡说："行文如行云流水，初无定意。"岂不是解放吗？王荆公峭拔的文章，也曾上过万言书。他的解放，在变化体格与局势，看他所撰的墓志便可见了。

欧阳文忠公的文，注重丰韵，在当时的人，已经如此说了。

> 执事之文，纡徐委备，往复百折，而条达疏畅，无所间断。气尽语极，急言竭论，而容与闲易，无艰难劳苦之态。（苏洵《上欧阳内翰书》）

> 其清音幽韵，凄如飘风急雨之骤至；其雄辞宏辩，快如轻车疾马之奔驰。（王安石《祭欧阳文忠公文》）

永叔在文学上的态度，是取革命式的。无论为文为诗，他与刘筠[①]、杨大年所倡的"西昆体"，立于反对地位，以摧陷廓清为任务。

释秘演诗集序（欧阳修）

予少以进士游京师，因得尽交当世之贤豪。然犹以谓国家臣一四海，休兵革，养息天下以无事者四十年，而智谋雄伟非常之士，无所用其能者，往往伏而不出，山林屠贩，必有老死而世莫见者，欲从而求之不可得。其后得吾亡友石曼卿。曼卿为人，廓然有大志，时人不能用其材，曼卿亦不屈以求合。无所放其意，则往往从布衣野老酣嬉，淋漓颠倒而不厌。予疑所谓伏而不见

---

① 底本作"刘亿"。

者，庶几狎而得之，故尝喜从曼卿游，欲因以阴求天下奇士。浮屠秘演者，与曼卿交最久，亦能遗外世俗，以气节相高，二人欢然无所间。曼卿隐于酒，秘演隐于浮图，皆奇男子也。然喜为歌诗以自娱，当其极饮大醉，歌吟笑呼，以适天下之乐，何其壮也！一时贤士，皆愿从其游，予亦时至其室。十年之间，秘演北渡河，东之济、郓，无所合。困而归，曼卿已死，秘演亦老病。嗟夫！二人者，予乃见其盛衰，则予亦将老矣！夫曼卿诗辞清绝，尤称秘演之作，以为雅健有诗人之意。秘演状貌雄杰，其胸中浩然。既习于佛，无所用，独其诗可行于世。而懒不自惜，已老，胠其橐，尚得三四百篇，皆可喜者。曼卿死，秘演漠然无所向。闻东南多山水，其巅崖崛峍，江涛汹涌，甚可壮也，遂欲往游焉，足以知其老而志在也。于其将行，为叙其诗，因道其盛时以悲其衰！

曾巩字子固，建昌南丰人。少颖悟，后为欧阳文忠公所知。以反对新法，不为神宗所喜。他的文，是近于永叔。笔致秀雅，微嫌力弱。清朝的桐城派多学之。姚姬传说："目录之序，子固独优。"

"三苏"的散文，也各有不同之处。苏老泉近于纵横家言，长于议论。东坡文驰骋飘逸，长于奏议。子由少弱，以雅秀胜。就文章体格论，老泉文笔古劲，格调最高了。苏洵字明允，号老泉，眉山人。二十七岁始发愤为学。至和、嘉祐[①]间，携二子至

---

① 底本作"嘉靖"。

京。得欧阳修的称赞，名声大震。他的文，多论兵谋权变之道。他自己说："洵著书无他长，及言兵事，至自比贾谊。"（《上韩魏公书》）"数年来退居山野，得大肆其力于文章。诗人之优柔，骚人之清深，孟韩之温醇，迁、固之雄刚，孙、吴之简切，投之所向，无不如意！"（《上田枢密书》）可见他的自负了。

明论（苏洵）

天下有大知，有小知。人之智虑有所及，有所不及。圣人以其大知而兼其小知之功，贤人以其所及而济其所不及，愚者不知大知，而以其所不及丧其所及。故圣人之治天下也以常，而贤人之治天下也以时。既不能常又不能时，悲夫殆哉！夫惟大知而后可以常，以其所及济其所不及，而后可以时。常也者，无治而不治者也；时也者，无乱而不治者也。日月经乎中天，大可以被四海，而小或不能入一室之下，彼固无用此区区小明也。故天下视日月之光，俨然其若君父之威。故自有天地而有日月，以至于今而未尝可以一日无焉。天下尝有言曰：叛父母，亵神明，则雷霆下击之。雷霆固不能为天下尽击此等辈也，而天下之所以兢兢然不敢犯者，有时而不测也。使雷霆日轰轰焉，绕天下以求夫叛父母、亵神明之人而击之，则其人未必能尽，而雷霆之威无乃亵乎！故夫知日月雷霆之分者，可以用其明矣。圣人之明，吾不得而知也。吾独爱夫贤者之用其心约而成功博也，吾独怪夫愚者之用其心，劳而功不成也。是无他也，专于其所及而及之，则其及必精；兼于其所不及而及之，则及必粗。及之而精，人将曰是惟无及，及则

179

精矣。不然，吾惧奸雄之窃笑也。齐威王即位，大乱三载，威王一奋而诸侯震惧二十年。是何修何营邪？夫齐国之贤者，非独一即墨大夫，明矣。乱齐国者，非独一阿大夫与左右誉阿而毁即墨者几人，亦明矣。一即墨大夫易知也，一阿大夫易知也，左右誉阿而毁即墨者几人易知也，从其易知而精之，故用心约而成功博也。天下之事，譬如有物十焉，吾举其一，而人不知吾之不知其九也。历数之至于九，而不知其一，不如举一之不可测也，而况乎不止于九也。

东坡的文学与字，无不以豪放见长。但是一味豪放，便落于粗疏。东坡的文学与字，因为有秀逸以济之，所以豪放而不粗。他的散文，也是如此。大概得力于《孟子》最多。最可代表他的文字，是散文化的《赤壁赋》，今不必录。录他的一篇短文——《祭欧阳文忠公文》。

呜呼哀哉！公之生于世，六十有六年。民有父母，国有蓍龟。斯文有传，学者有师。君子有所恃而不恐，小人有所畏而不为。譬如大川乔岳，不见其运动，而功利之及于物者，盖不可以数计而周知。今公之没也，赤子无所仰庇，朝廷无所稽疑，斯文化为异端，而学者至于用夷。君子以为无与为善，而小人沛然自以为得时。譬如深山大泽，龙亡而虎逝，则变怪杂出，舞鲋鳝而号狐狸。昔其未用也，天下以为病。而其既用也，则又以为迟。及其释位而去也，莫不冀其复用。至其请老而归也，莫不惆怅失望，而犹庶几于万一者，幸公之未衰。孰谓公无复有意于斯世也，奄一去而莫予追。岂厌世溷浊，洁身而逝乎？将民之无禄而天莫之遗？昔我先君，怀宝遁世，非公则莫能致，而不肖无状，因缘出入，受教于门下者，十有六年于兹。闻公之丧，义当匍匐往吊，而怀禄不去，愧古人以忸怩。缄词千里，以寓一哀而已矣。盖上以为天下恸，而下以哭其私。呜呼哀哉！

东坡自己说："吾文如万斛泉源，不择地皆可出。在平地滔滔汩汩，虽一日千里无难。及其遇山石曲折，随物附形，而不可知也，所可知者，常行于所当行，常止于不可不止，如是而已矣。"这是一个很好的文学批评。可见他的文章，能自然，能变化，而不屑于摹仿了。

王安石字介甫，抚州临川人。读书过目不忘。属文运笔如飞，初若不经意，及成，见者莫不服其精妙。神宗召为翰林学士，以主张新法，得神宗眷遇。熙宁三年，拜中书门下平章事。七年罢，明年再入相，九年罢。卒谥文①。以大政治家兼大文学家，是历史上不多见的。荆公的散文，得力于《荀子》，其长处为简练峭拔。把他的执拗性情，完全露于字里行间。他又是一个极有学识的人，所以文章多新奇的议论，辅以名学的剪裁。史称其"能以辩博济其说"，所以文章有如此佳妙咧。

泰州海陵县主簿许君墓志铭（王安石）

君讳平，字秉之，姓许氏。余尝谱其世家，所谓今海陵县主簿者也。君既与兄元相友爱，称天下，而自少卓荦不羁，善辩说，与其兄俱以智略为当世大人所器。宝元时，朝廷开方略之选，以招天下异能之士。而陕西

① 底本作"文公"。

大帅范文正公、郑文肃公争以君所为书以荐，于是得召试，为太庙斋郎，已而选泰州海陵县主簿。贵人多荐君有大才，可试以事，不宜弃之州县。君亦常慨然自许，欲有所为，终不得一用其智能以卒。噫！其可哀也已。士固有离世异俗，独行其意，骂讥笑侮，困辱而不悔，彼皆无众人之求而有所待于后世者也，其龃龉固宜。若夫智谋功名之士，窥时俯仰以赴势物之会，而辄不遇者，乃亦不可胜数。辩足以移万物，而穷于用说之时；谋足以夺三军，而辱于右武之国。此又何说哉？嗟乎，彼有所待而不悔者，其知之矣。君年五十九，以嘉祐某年某月某甲子葬真州之扬子县甘露乡某所之原。夫人李氏。子男瓛，不仕；璋，真州司户参军；琦，太庙斋郎；琳，进士。女子五人，已嫁二人，进士周奉先、泰州泰兴令陶舜元。铭曰：

有拔而起之，莫挤而止之。呜呼！许君而已于斯，谁或使之？

南宋做古文者尚多，不过气格日卑，失之缓漫。所以朱子说："今人文字，全无骨气。"比较言之，专做古文的，要推王十朋。高宗时做过吏部侍郎，有《梅溪集》。我以为南宋的散文，要以朱熹、陆游与叶适为最好，今略述之。

朱熹字元晦，号晦庵，新安人。年十九，登进士第。光宗时，除江东转运使。宁宗时，以与韩侂胄不善，谪永州。他是宋代大哲学家，虽然擅长诗文，可是为"理学"之名所掩了。他的散文，以醇雅明畅见长。

大学章句序（朱熹）

《大学》之书，古之大学所以教人之法也。盖自天降生民，则既莫不与之以仁义礼智之性矣。然其气质之禀或不能齐，是以不能皆有以知其性之所有而全之也。一有聪明睿知能尽其性者，出于其间，则天必命之以为亿兆之君师，使之治而教之，以复其性。伏羲、神农、黄帝、尧、舜所以继天立极，而司徒之职、典乐之官，所由设也。三代之隆，其法浸备，然后王宫、国都以及闾巷，莫不有学。

人生八岁，则自王公以下，至于庶人之子弟，皆入小学，而教之以洒扫、应对、进退之节，礼乐、射御、书数之文。及其十有五年，则自天子之元子、众子，以至公卿、大夫、元士之适子，与凡民之俊秀，皆入大学，而教之以穷理、正心、修己、治人之道。此又学校之教、大小之节所以分也。夫以学校之设，其广如此；教之之术，其次第、节目之详又如此。而其所以为教，则又皆本之人君躬行心得之余，不待求之民生日用彝伦之外，是以当世之人无不学。其学焉者，无不有以知其性分之所固有，职分之所当为，而各俛焉以尽其力。此古昔盛时所以治隆于上，俗美于下，而非后世之所能及也！及周之衰，贤圣之君不作，学校之政不修，教化陵夷，风俗颓败，时则有若孔子之圣，而不得君师之位以行其政教。于是独取先王之法，诵而传之以诏后世。若《曲礼》《少仪》《内则》《弟子职》诸篇，固小学之支流余裔，而此篇者，则因小学之成功，以著大学之明法。外有以极其规模之大，而内有以尽其节目之详者也。三千之徒，盖莫不闻其说，而曾氏之传独得其宗，于是作为传义，以发其意。及孟子没而其传泯焉，则其书虽存，而知者鲜矣。自是以来，俗儒记诵词章之习，其功倍于小学而无用；异端虚无寂灭之教，其高过于大学而无实。其他权谋术数，一切以就功名之说，与夫百家众技之流，所以惑世诬民、充塞仁义者，又纷然杂出乎其间。使其君子不幸而不得闻大道之要，其小人不幸而不得蒙至治之泽，晦盲否塞，反覆沉痼，以及五季之衰，而坏乱极矣！

天运循环，无往不复。宋德隆盛，治教休明。于是河南程氏两夫子出，而有以接乎孟氏之传。实始尊信此篇而表章之，既又为之次其简编，发其归趣，然后古者大学教人之法、圣经贤传之指，粲然复明于世。虽以熹之不敏，亦幸私淑而与有闻焉。顾其为书犹颇放失，是以忘其固陋，采而辑之，间亦窃附己意，补其阙略，以俟后之君子。极知僭逾，无所逃罪，然于国家化民成俗之意、学者修己治人之方，则未必无小补云。

陆游的事迹，留待后论。他的散文，是没有多人注意的。近代古文家吴曾祺很推重之。他说："先生为南渡以来第一作手，其风格在庐陵、南丰间。苏子由、秦少游辈，皆当引席避之。乃明人茅鹿门选八家文，竟不之及，而近人亦无有称之者，可为怪事！"（吴选《中学国文教科书》第二册，此书商务印书馆印行，今已绝版）

陈亮字同甫，永康人。绍熙四年，擢进士第一。有《龙川文集》三十卷。才气雄迈，本与朱子友善。后以热心事功，与朱子意见不合。他与永嘉陈傅良、叶适是同志，有功利派文学之称。

叶适字正则，淳熙五年历权兵、工、吏三部侍郎，知建康府兼沿江制置史。谥忠定。有《水心文集》二十九卷。他的散文，以奏议出名，文笔雄赡奔逸，常主张文必己出。

上孝宗皇帝札子（叶适）

臣窃以今日人臣之义，所当为陛下建明者，一大事而已。二陵之仇未报，故疆之半未复，此一大事者，天下之公愤，臣子之深责也。或不知所言，或言而不尽，皆非人臣之义也。虏并兼强大而难攻，故言者皆曰当乘其机。积久坚固而不可动，故言者又曰，当待其时。夫究极本末，审定计虑，而识所施为之后先。然后知机自我发，非彼之乘，时自我为，何彼之待。今日之率易苟且，习闻卑论，而无复振起之实意，则固以为必当乘机待时，以缓岁月而误大事，是必然矣。（后略）

宋朝考试，常用四六文，公文用之更广，所以能四六文的人极多。四六文以散文之法行之，始于欧阳永叔。后来苏东坡、王介甫都仿效之。南宋以后，工四六者有汪藻、洪迈、周必大、綦崇礼、孙觌诸人。后来贪用成语，句子就往往过于冗长。

隆祐皇后告天下诏（汪藻）

比以敌国兴师，都城失守。祸缠宫阙，既二帝之蒙尘；祸及宗祊，谓三灵之改卜。众恐中原之无统，姑令旧弼以临朝。扶九庙之倾危，救一城之惨酷。乃以衰癃之质，起于闲废之中。迎置宫闱，进加位号。举钦圣已还之典，成靖康欲复之心。永言运数之屯，坐视邦家之

覆。抚躬独在，流涕何从？缅惟艺祖之开基，实自高穹
之眷命。历年二百，人不知兵。传序九君，世无失德。
虽举族有北辕之衅，而敷天同左袒之心。乃眷贤王，
越居近服。已徇群臣之请，俾膺神器之归。繇康邸之旧
藩，嗣我朝之大统。汉家之厄十世，宜光武之中兴；献
公之子九人，惟重耳之尚在。兹为天意，夫岂人谋？尚
期中外之协心，共定安危之至计。庶臻小愒，同底丕
平。用敷告于多方，其深明于吾意！

第四章　宋诗之派别

中国诗坛上有二大对垒的派别，便是唐诗与宋诗。汉、魏、
六朝诗，虽然独立成派，可是只称雄于五古。就诗的全体而论，
我们不能不认唐宋诗为对垒了。有人说："唐诗是正宗，宋诗是
别派。"又有人说："唐诗雅正，宋诗支离。"无论如何，宋诗
值得与唐诗对称，便可以看出宋人在诗学上的创造力了。

宋诗与唐诗的分别，在何处？这是研究文学史者基本观念，
不可不知。

宋人作诗之方法　第一为散文化，第二以议论入诗。这自然
是因为唐诗发达至于极点，不得不以偏锋取胜。其实也从少陵、
昌黎诸家变化而出，所以能承唐人之绪，而不为其所拘咧。

宋人诗笔的短长　宋诗惟一的教训，便是运笔清新。清新当
然是以好的意境为背景，作诗本来应以意境为先，所以这是有创
造精神的。但是宋诗欢喜立异，虽然不雕琢字句，使之绮丽，可
是雕琢字句，使之生硬，也未免走极端了。此外宋诗也有牺牲韵

味的地方。

宋诗的影响 曹学佺序吴之振的《宋诗钞》说："宋诗取材广而命意新，不剿袭前人一字。"又说："宋人最善学唐，所谓'皮毛落尽，精神独存'。"（吴之振《宋诗钞序》）评语可谓至当。所以宋诗的影响，不是坏的影响。这种影响，在清末至今日，始大见。（参看庄蔚心《宋诗研究》、胡云翼《宋诗研究》）

西昆体 可是宋初的诗，完全是模仿，不是革新。杨亿、刘筠、钱惟演等十七人互相唱和，号其诗为《西昆酬唱集》，专学李义山的七律，以对仗工丽为主。亿字大年，建州浦城人，仁宗时追谥曰文。他挥翰如飞，文不加点，是个有才气的人。当时已有人反对，如石介作《怪说》，优人讥其挦撦，都不免言之太过。

（原书第297页缺）

> 汉计已成拙，女色难自夸。明妃去时泪，洒向枝上花。狂风日暮起，飘泊落谁家。红颜胜人多薄命，莫怨春风当自嗟。

苏东坡的诗 散文化的诗，到东坡可谓大成了，先看古人的批评：

> 其笔之超旷，等于天马脱羁，穷极变幻，而适如意中所欲出。韩文公后，又开辟一境界。（沈德潜）

> 坡公之诗，每于篇外，恒有远境，匪人所测。（方植之）

> 天生健笔一枝，爽如哀梨，快如并剪。有必达之隐，无难显之情。（赵翼）

187

所以东坡的诗，于豪放之外能够健举，能够秀逸，能够散文化，而自成一家，与太白之豪放高超者不同。他的五古，由陶、杜化出来，七古由李、韩化出来。黄节《诗学》说："东坡诸体皆工，而七古为最。"

辛丑十一月十九日既与子由别于郑州西门之外，
马上赋诗一篇寄之（苏轼）

不饮胡为醉兀兀，此心已逐归鞍发。居人犹自念庭闱，今我何以慰寂寞。登高回首陂陇隔，惟见乌帽出复没。苦寒念尔衣裘薄，独骑瘦马踏残月。路人行歌居人乐，僮仆怪我苦凄恻。亦知人生要有别，但恐岁月去飘忽。寒灯相对记畴昔，夜雨何时听萧瑟。君知此意不可忘，慎勿苦爱高官职。

饮湖上初晴复雨（苏轼）

水光潋滟晴方好，山色空蒙雨亦奇。欲把西湖比西子，淡妆浓抹总相宜。

王荆公（安石）的诗　各体皆好，他的长处：（一）有笔力；（二）多议论；（三）闲适有山林气。黄山谷说："荆公暮年作小诗，雅丽精绝，脱去流俗。"叶石林说："荆公晚年诗律尤精，造语用字，间不容发。然意与言会，言随意遣，浑然天成，殆不见有牵率排比处。如'风含鸭绿鳞鳞起，日弄鹅黄袅袅垂'，初不觉有对偶，至'细数落花因坐久，缓寻芳草得归迟'，但见舒闲容与之态耳。"方植之说："向谓欧公思深，今读半山，其思深妙，更过于欧。"

明妃曲（王安石）

明妃初嫁与胡儿，毡车百两皆胡姬。含情欲语独无处，传与琵琶心自知。黄金捍拨春风长，弹看飞鸿劝胡酒。汉宫侍女暗垂泪，沙上行人却回首。汉恩自浅胡自深，人生乐在相知心。可怜青冢已芜没，尚有哀弦留至今。

黄山谷与江西派　黄庭坚字鲁直，洪州分宁人。举进士，历官起居舍人。绍圣初，贬涪州别驾，黔州安置。建中靖国初，召还，知太平州，复编管宜州。自号山谷老人。有《豫章集》三十卷。他的文与字体，亦有名。山谷为"苏门六君子"之一，但创为新奇拗崛之局格，与苏诗不同道。他的诗，可以救油滑庸熟之病，其贡献不能算小。可是生涩难读，虽从老杜出来，未免太过了。《昭昧詹言》说："涪翁于音节，尤别创一种兀傲奇崛之响。其气即随此以见。"可是他的音节，实在不能受多人的欣赏。

题竹石牧牛（黄庭坚）

野次小峥嵘，幽篁相倚绿。阿童三尺棰，御此老觳觫。石吾甚爱之，勿遣牛砺角。牛砺角尚可，牛斗残我竹。

追和东坡题李亮功归来图（黄庭坚）

今人常恨古人少，今得见之谁谓无。欲学渊明归作赋，先烦摩诘画成图。小池已筑鱼千里，隙地仍栽芋百区。朝市山林俱有累，不居京洛不江湖。

"江西派"的名词，始于宋吕居仁。他作一个宗派图，从山谷以下，数了二十五人，陈师道居首。其余不都是大家。后来方回撰《瀛奎律髓》一书，倡为"一祖三宗"之说。一祖者，杜甫；三宗者，黄庭坚、陈师道、陈与义。虽然是门户之见，可是二陈确是大家。

陈师道字无己，彭城人。反对王安石经学等说，绝意仕进。有《后山集》二十四卷。山谷曾经说过："闭门觅句陈无己，对客挥毫秦少游。"可以想见他作诗的状况了。他少为曾南丰所知，东坡欲牢笼之，他不肯屈，有《妾薄命》诗一首。他诗笔健举，意思深邃，能以清新见长。（参看黄节《诗学》第一十五页）

妾薄命（陈师道）

主家十二楼，一身当三千。古来妾薄命，事主不尽年。起舞为主寿，相送南阳阡。忍着主衣裳，为人作春妍。有声当彻天，有泪当彻泉。死者恐无知，妾身长自怜。

陈与义字去非，号简斋，洛阳人。官至参知政事。有《简斋集》十六卷。他是南宋初年的大诗家，风格遒上，思力沉挚，专在深刻的意境上用工夫。南宋时诗人刘后村说："元祐后诗人，不出苏、黄二体。及简斋始以老杜为师，以简严扫繁缛，以雄浑代尖巧。第其品格，当在诸家之上。"

秋夜（陈与义）

中庭淡月照三更，白露洗空河汉明。莫遣西风吹叶尽，却愁无处着秋声。

陆放翁的诗 南渡后大诗人，世称尤（袤）杨（万里）范（成大）陆（游）四大家。其实陆放翁是南宋惟一的大诗人。他的诗，尤其是七律诗，太出名了。我们要有一个公平的估价，不能不推重《四库全书提要》，现在节录若干：

游诗清新刻露，而出以圆润，实能自辟一宗，不袭

黄、陈之旧格。……后人选诗者，略其感激豪宕、沈
郁深婉之作，徒取其流连光景可以剽窃移掇者，转相贩
鬻。放翁诗派，遂为论者口实。

放翁是个忠爱流露的人，所以他的诗，能得杜甫的精神。但是诗
笔圆润，能以创造见长了。

长歌行（陆游）

人生不作安期生，醉入东海骑长鲸。犹当出作李西
平，手枭逆贼清旧京。金印煌煌未入手，白发种种来无
情。成都古寺卧秋晚，落日偏傍僧窗明。岂其马上破贼
手，哦诗长作寒螀鸣。兴来买尽市桥酒，大车磊落堆长
瓶。哀丝豪竹助剧饮，如巨野受黄河倾。平时一滴不入
口，意气顿使千人惊。国仇未报壮士老，匣中宝剑夜有
声。何当凯旋宴将士，三更夜压飞狐城。

临安春雨初霁（陆游）

世味年来薄似纱，谁令骑马驻京华。小楼一夜听春
雨，深巷明朝卖杏花。矮纸斜行闲作草，晴窗细乳试分
茶。素衣莫起风尘叹，犹及清明可到家。

石湖与诚斋　范成大字致能，号石湖居士，吴县人。官至资
政殿大学士。杨万里字廷秀，号诚斋，官至秘书监。他们的诗，
是从江西派变化出来，喜写田园之趣，以闲澹清远胜。范偏于清
婉，杨偏于豪健。

四时田园杂兴之一（范成大）

柳花深巷午鸡声，桑叶尖新绿未成。坐睡觉来无一
事，满窗晓日看蚕生。

小雨（杨万里）

雨来细细复疏疏，纵不能多不肯无。似妒诗人山入
眼，千峰故隔一帘珠。

姜白石的诗 白石诗名，为词所掩。但是诗笔淡雅，辞意超
妙，不愧为大家。《砚北杂志》说："姜尧章归吴兴，范石湖以
青衣小红赠之。其夕大雪，过垂虹。赋诗曰：'自琢新词韵最
娇，小红低唱我吹箫。曲终过尽松陵路，回首烟波十四桥。'"

四灵的诗体 这是江西诗派的反动，亦称"永嘉四灵"。因
为徐照、徐玑、翁卷、赵师秀，都是永嘉人。他们本为叶水心的
弟子，以白话体作诗，可惜不免破碎和纤巧之病。他们都长于近
体诗。如"有约不来过夜半，闲敲棋子落灯花""野水多于地，
春山半是云"皆是他们的佳句。

宋遗民的诗 以谢翱（皋羽）的《晞发集》为最有名。余如
文天祥、汪元量、谢枋得、郑所南，都有不同的诗笔，以发挥他
们国家的思想。

《沧浪诗话》 这是严羽所著。也是江西诗派的反动。首诗
辨，次诗法，次诗评，次诗证。主张以禅理说诗，注重妙悟。这
是我国极有统系的一部诗学或文学批评书。

第五章　笔记与诨词小说

宋代对于小说的演进，比唐代更进一步，就是多了诨词小
说，或白话小说。在笔记小说一方面，宋代的出品更多。明郎瑛
《七修类稿》说："小说起宋仁宗时。国家闲暇，日欲进奇怪之
事以娱之。故小说得胜头回之后，即云话说赵宋某年。"这竟与

《天方夜谭》所说很相似，也可以见得宋朝小说发达的情形了。

小说的分类　可先比较近代学者的讨论情形：

宋之志怪及传奇文——洪迈《夷坚志》　　乐史
《绿珠传》

宋之话本——《五代史平话》《京本通俗小说》

宋元之拟话本——《大宋宣和遗事》

（鲁迅《中国小说史略》）

小说汇编——《太平广记》

杂记小说——欧阳修《归田录》

话本——《大唐三藏取经诗话》

小说音律化——赵德麟《蝶恋花词》

（范烟桥《中国小说史》）

笔记小说　笔记小说，当以宋初李昉等奉诏撰述之《太平广记》为巨擘。书五百卷，目录十卷，共采书三百四十四种。晋唐小说，皆在其中。李昉是太宗朝的宰相，谥文正，所撰有《太平御览》《文苑英华》等书。同他编修的人，如徐铉有《稽神录》，吴淑有《江淮异人传》，都是开宋朝笔记小说之先声。（笔记小说选本可参观郑振铎《中国短篇小说集》）

第二个巨著，是洪迈的《夷坚志》。迈字景庐，南宋忠臣洪皓之子，官至吏部侍郎，谥文敏。共四百二十卷，现存者三十卷。都是志怪之文为多。此外又有《容斋随笔》《续笔》《三笔》《四笔》《五笔》，七十四卷。

夷坚志·猪精（洪迈）

绍兴十年春，乐平人马元益，赴大理寺监门。与婢意奴俱行。至上饶道中，同谒一神祠丐福。是岁六月，

193

婢梦与马至所，谒祠下，有亲事官数辈传呼曰："大卿请。"指前高楼云："大卿在彼宰猪，为庆会，召僚属。"明日，马以语寺卿周三畏，意建亥之月，当有迁陟。明年冬，寺中作寺院鞠岳飞。遇夜，周卿往往间行至鞠所。一夕，月微明。见古木一物，似豕而角。周疑骇却步。此物徐行往狱旁小祠而隐。经数夕复往，月甚明，又见前怪。首上有片纸，书发字。周谓狱成，当有恩渥。既而闻岳之门僧惠清言，岳微时居相台，为市游徼。有善翁者，善相人，见岳必烹茶设馔。尝密谓之曰："君乃猪精也。精灵在人间，必有异事。它日当为朝廷握十万之师，建功立业，位在三公。然猪之为物，未有善终，必为人屠宰。君如得志，宜早退步也。"岳笑不以为然，至是方验。

以上是志怪为多。关于遗闻轶事的，有欧阳修的《归田录》，司马光的《涑水纪闻》，孙光宪的《北梦琐言》，苏轼的《志林》，乐史的《杨太真外传》，蔡絛的《铁围山丛谈》，无名氏的《李师师外传》，周密的《癸辛杂识》，等等。今录《李师师外传》的结局于下：

未几，金人破汴，主帅闼懒索师师云："金主知其名，必欲生得。"乃索累日不得，张邦昌等为纵迹之，以献金营。师师骂曰："吾以贱妓蒙皇帝眷，宁一死无他志。若辈高爵厚禄，朝廷何负于汝，乃事事为斩灭宗社计？今又北面事魏虏，冀得一当，为身呈之地。吾岂作若辈羔雁赞耶！"乃脱金簪，自刺其喉不死，折而吞之，乃死。道君帝在五国城，知师师死状，犹不自禁其泣涕之汎澜也。

诨词小说　白话小说的发达，是起于说书。说书是平民一种娱乐，到今日仍旧盛行。请看宋朝的当日状况：

> 斜阳古柳赵家庄，负鼓盲翁正作场。死后是非谁管得？满村听说蔡中郎。（陆放翁《赵家庄诗》）

> 陌头盲女无愁恨，能拨琵琶说赵家。（明瞿存斋《过汴诗》）

> 说话有四家，一曰小说，谓之银字儿。如烟粉、灵怪、传奇，说公案，皆是搏拳、提刀、赶棒及发迹变态之事。说铁骑儿，谓士马金鼓之事。说经，谓演说佛书。说参，谓参禅。说史，谓说前代兴废战争之事。（耐得翁《古杭梦游录》）

讲史书的话本，叫做平话。今所传者，为《五代史平话》，共十卷。现在已有残缺，每卷先以一诗起，再入正文，最后以一诗终。这是历史演义小说的先锋了。

《京本通俗小说》，是比较最新的发见。原卷多少，今已不知，现存者有七卷（卷十至卷十六）。每卷皆说一故事，篇名为《碾玉观音》《菩萨蛮》《西山一窟鬼》《志诚张主管》《拗相公》《错斩崔宁》及《冯玉梅团圆》。今录《碾玉观音》若干句于下：

> 当下崔宁和秀秀出府门，沿着河，走到石灰桥。秀秀道："崔大夫！我脚疼走不得。"崔宁指着前面道："更行几步，那里便是崔宁住处。小娘子到家中歇脚，却也不妨。"到得家中坐定，秀秀道："我肚里饥，崔大夫与我买些点心来吃。我受了些惊，得杯酒吃更

好。"当时崔宁买将酒来，三杯两盏，正是：三杯竹叶
穿心过，两朵桃花上脸来。

《大唐大三藏取经诗话》和《大宋宣和遗事》，文言为多。
鲁迅称之为拟话本，前者为《西游记》的蓝本，后者有《水浒
传》的材料，所以非常的宝贵咧！

《三藏取经诗话》，每章必有诗，故名诗话，三藏法师是
唐太宗时名僧玄奘，他到天竺取经，在西域十七年，经过百余
国（《旧唐书》），是世界文化上一大事业，是很艰险的一桩
事情。所以后来生出许多神话（参观盐谷温《中国文学概论》
四四二页至四四三页），在唐代已渐渐有了。这本书藏在日本人
家，拿它与《西游记》一比，很可以看出小说演进的痕迹。这本
书又是章回小说的先声。

过长坑大蛇领处第六

当时，白虎精吼哮近前相敌，被猴行者战退半时。
遂问虎精："甘伏未伏？"虎精曰："未伏。"猴行
者曰："汝若未伏，看你肚中有一个老猕猴。"虎精闻
说，当下未伏。一叫猕猴，猕猴在白虎精肚内应。遂教
虎开口吐出一个猕猴，顿在面前，身长丈二，两眼火
光。白虎精又云："我未伏。"猴行者曰："汝肚内更
有一个。"再行开口，又吐出一个，顿在面前。白虎精
曰："未伏。"猴行者曰："你肚中有无千无万个老猕
猴。今日吐至来日，今月吐至来月，今年吐至来年，今
生吐至来生，也不尽。"白虎精闻语，心生愤怒。被猴
行者化一团大石，在肚内渐渐会大。教虎精吐出，开口
吐之不得，只见肚皮裂破，七孔流血。喝起夜叉，浑

门大杀。虎精大小粉骨尘碎，绝灭除踪。僧行者收法歇
息，一时欲进前尘，乃留诗曰：火类坳头白虎精，浑群
除灭永安宁。此时行者神通显，保全僧行过大坑。

《大宋宣和遗事》，《七修类稿》以为当时人所著。《中国
小说史略》以为或出于元人或宋人。旧本到元时，又有增益。其
内容如下表：

前集	第一节——历代帝王之荒淫
	第二节——王安石变法之祸
	第三节——蔡京、童贯、蔡攸之祸国
	第四节——梁山泊聚义本末
	第五节——徽宗与李师师之故事
后集	第六节——林灵素之进用
	第七节——庆赏元宵之盛
	第八节——金兵陷京师
	第九节——徽、钦二帝蒙尘
	第十节——高宗定都临安

今摘录宋江入寨后的故事，以见一斑：

宋江统率三十六将，往朝廷东岳，赛取金炉心愿。
朝廷不奈何，只得略榜招谕宋江等。有那元帅，姓张
名叔夜的，是世代将门之子，前来招诱宋江和那三十六
人，归顺宋朝。各受大夫诰敕，分注诸路巡检使去也。
因此三路之寇，悉得平定。后遣宋江收方腊有功，封节
度使。

第八编　元代文学

第一章　杂剧

没有研究元代文学以前，我们对于辽金文学，要有一个鸟瞰。比较起来，辽远不如金。金代文学，经过世宗、章宗的提倡，文物称盛。大概言之，金代文学长于两种：（一）院本；（二）诗。

院本就是杂剧，据王国维《宋元戏曲史》说："《辍耕录》所著录之院本，六百九十种。都是金人之作。"作者之中，要以董解元为巨擘了。他的名字，已不可考，毛西河《词话》以为是金章宗时代的学士。他所做的《西厢挡弹词》，又称《弦索西厢》，真是词情艳丽。吴瞿安说："董词文章，就是平铺直叙，却不全用词藻。方言俗语，随手拈来，另有一种幽爽清朗的风致。"（《元剧研究 ABC》）今录其原文若干：

【双调豆叶黄】薄薄春阴，酿花天气。雨儿廉纤，风儿渐沥。药栏儿边，水窗儿外。又妆点新晴，花染深红，柳拖轻翠。采蕊的游蜂，两两相携；弄巧的黄鹂，双双作对。对景对怀，是病里逢春，四海无家，一身客寄。

顾实说："宋诗失之散文化，元诗不免词曲化，而金诗乃纯然之诗也。"（《中国文学史大纲》）金诗要以元遗山为第一，也是古今一大诗人。元好问字裕之，太原秀容人。官至行尚书省左司员外郎，金亡不仕。有《遗山集》。他是北方人，当乱亡之际，其诗有慷慨悲歌之妙，真是时地所造成的。

西楼曲（元好问）

游丝落，絮春漫，西楼晓晴花作团。楼中少妇弄瑶瑟，一曲未终坐长叹。去年与郎西入关，春风浩荡随金鞍。今年匹马妾东还，零落芙蓉秋水寒。并刀不剪东流水，湘竹年年露痕紫。只合双飞便双死。重城车马红尘起，乾鹊无端为谁喜？镜中独语人不知，欲插花枝泪如洗。

壬辰十二月半驾东狩后即事（五首之一）（元好问）

惨淡龙蛇日斗争，干戈直欲尽生灵。高原水出山河改，战地风来草木腥。精卫有冤填瀚海，包胥无泪哭秦庭。并州豪杰知谁在，莫拟分军下井陉。

元剧何以为元朝最好的文学呢？这因为他重自然重创造，就体裁与质量言，都是开前人未有之奇局。

体裁方面　元剧的渊源，直接是金人院本的变相，间接是受宋人大曲的影响。但是与他们都有不同的地方。宋人的杂剧，有转踏、大曲、诸宫调等等，然大都有曲而无白，如有名的赵德麟《商调蝶恋花》十二首，咏《会真记》的故事，可以选一首做代表：

数夕孤眠如度岁，将谓今生，会合终无计。正是断

肠凝望际，云心捧得嫦娥至。玉困花柔羞揾泪，端丽妖

娆，不与前时比。人去月斜疑梦寐，衣香犹在妆留臂。

赵德麟是东坡的好友，他是一个大词人。所作的鼓子词，后来演
为金朝董解元的《西厢》，便成了"拗弹词"。有曲有白，但仍
是坐唱。到了元朝，便有扮演的新剧了。

元剧之组织，最重要的部分，名"科""白""曲"。
"科"是代表演者的动作，"白"是说白，"曲"是唱辞。这种
分法，在现在人做昆曲编京戏，仍旧如此。第二是每剧四折，
折就是西方所谓 Act 的意思。大抵每折一调一韵，有时候四折之
前，加一个楔子。楔子所用的曲，多半是《仙吕·赏花时》或
《仙吕·端正好》。最奇怪的，就是唱者只有一人，不是正末，
就是正旦，都是剧中的主角，其余的角色，有白而无唱。剧本的
末尾，有七言八言诗二句或四句，名叫"题目正名"。

量的方面　选元曲最早者，有元末人钟嗣成《录鬼簿》，
共四百五十八种。后来明太祖第十七子[①]宁献王权有《太和正音
谱》之作，计选五百六十六种。万历时臧晋叔《元曲选》计选
百种，有六种明初人所作，这是最通行的本子了。据吴瞿安调
查，现在世上所存的元剧，实在不过一百十九种。（《元剧研究
ABC》第十五页）人数方面，《录鬼簿》所载，有一百十七人。
《太和正音谱》所载，有一百八十七人。吴瞿安所排的四十四人
及无名氏若干人，当然是大作家了。

质的方面　在材料一方面说起来，元人的创造力较小。他们
多取材于古人小说，尤其是唐人小说，如《倩女离魂》《玉箫

---

① 底本作"第十六子"。下同。

女》之类。但是他们组织，也煞费苦心。譬如《窦娥冤》叙述窦娥斩后六月降雪，比较京剧的《六月雪》说六月降雪窦娥获赦，更加悲恸了。

元代杂剧的贡献，实在乎文词。王静安说："元剧的文章，妙在自然。"这是一语道破的。试取无名氏《鸳鸯被》的一段看看，可以知道大作家的手段了：

【后庭花】则我的瘦形骸削了四肢，小腰身争了半指。宽掩过罗折，全松了我这搂带儿，他一去几多时，杳没个音书来至。撇得我冷清清泪似丝，闷恹恹过日子。学刺绣一首诗，索对那两句词。空展开花样纸，折成个简帖儿，又不是请亲邻会酒卮，只把小梅香胡乱使！

就是说白，也多很自然的文章。今录石君宝《秋胡戏妻》内几句：

（秋胡云）母亲，梅英不肯认我哩！（卜儿云）媳妇儿，你为甚么不认秋胡那？（正旦云）秋胡，你听者：贞心一片似冰清，郎赠黄金妾不应。假使当时陪笑语，半生谁信守孤灯？秋胡，将休书来，将休书来！（秋胡云）梅英，你差矣，我将着五花官诰、驷马高车，你便是夫人县君，怎忍的便索休离去了也！

杂剧的作者，最著名的要推关汉卿、马致远、白朴、王实甫、郑光祖、乔吉符，世所称为"六大家"，就是他们。

关汉卿号已斋叟，大都人，金末官太医院尹。金亡不仕。他共做六十三种，乃元人作曲最多的一个人。现存的还有十三种，以《窦娥冤》《续西厢》《拜月亭》为最有名。《正音谱》批评他"如琼筵醉客"。陈钟凡说:"其词汪洋恣肆,感慨苍凉。"

窦娥冤(第一折)

【寄生草】你道他匆匆喜,我替你倒细细愁。愁则愁,兴阑珊,咽不下交欢酒。愁则愁,眼昏腾,扭不上同心扣。愁则愁,意朦胧,睡不稳芙蓉褥。你待要笙歌引至画堂前,我道这姻缘敢落在他人后!

马致远是元代作家中最有名的,他字东篱,大都人,江浙行省务官。他有杂剧十四种,今存者还有六种,以《汉宫秋》为最好,叙述汉元帝与王嫱事,《元曲选》置于第一篇,《正音谱》说:"其词典雅清丽……如朝阳鸣凤。"实则他的妙造自然,在诸人之上,他的散套,好者也甚多,如《天净沙》云:"枯藤老树昏鸦,小桥流水人家,古道西风瘦马。夕阳西下,断肠人在天涯。"早已传诵一时了。

汉宫秋(第三折)

【梅花酒】呀!俺向着这回野悲凉。草已添黄,色早迎霜。犬褪得毛苍,人搣起缨枪,马负着行装,车运着糇粮,打猎起围场。他他他,伤心辞汉主;我我我,携手上河梁。他部从入穷荒,我銮舆返咸阳。返咸阳,过宫墙;过宫墙,绕回廊;绕回廊,近椒房;近椒房,月昏黄;月昏黄,夜生凉;夜生凉,泣寒螀;泣寒螀,绿纱窗;绿纱窗,不思量!

【收江南】呀!不思量,除便是铁心肠。铁心肠,也愁泪滴千行。美人图今夜挂昭阳,我那里供养,便是我高烧银烛照红妆。

(尚书云)陛下,回銮罢,娘娘去远了也。(驾唱)

【鸳鸯煞】我煞大臣行，说一个推辞谎，又则怕笔尖儿那火编修讲。不见那花朵儿精神，怎趁那草地里风光？（唱道）伫立多时，徘徊半晌。猛听的塞雁南翔，呀呀的声嘹亮。却原来满目牛羊，是兀那载离恨的毡车，半坡里响！

白朴字仁甫，又字太素，号兰谷，隩州人，后寓金陵（他书均作真定人，此从《元剧研究》），元遗山的弟子。遗山曾赠他的诗说："元白通家旧，诸郎汝独贤。"中统初，开府史公将荐于朝，再三逊谢而罢。著有《天籁集杂剧》十七种。今存者惟《墙头马上》及《梧桐雨》二种。《正音谱》说："风骨磊魄，词源滂沛，若大鹏之起北溟，奋翼凌乎九霄。"《梧桐雨》叙明皇、贵妃事，是一篇哀艳的悲剧，后来《长生殿》脱胎于此。但《长生殿》以天上的团圆终，反不如此的悲痛了。

梧桐雨（第四折）

【芙蓉花】淡氤氲，串烟袅；昏惨剌，银灯照。玉漏迢迢，才是初更报。暗觑清宵，是梦里他来到。却不道口是心苗，不住的频频叫！

【笑和尚】原来是滴滴溜绕闲阶败叶飘，疏剌剌刷落叶被西风扫，忽鲁鲁风闪得银灯爆。厮琅琅鸣殿铎，扑簌簌动朱箔，吉丁当玉马儿向檐间闹。

王实甫名无考，大都人。所作杂剧十三种，今存者惟《西厢记》及《丽春堂》二种。他的文章，以妍冶著，所以《正音谱》评其词"如花间美人"。

《西厢记》是我国戏剧中最著名的一种，不仅是元剧的冠军了。有人说他是北曲的传奇，有人说他是北曲的杂剧，因为他共有五本，每本四折，就是五本杂剧并和而成咧。关于著者，亦颇有问题。有人说前四本是王实甫编，后一本是关汉卿续的（《续西厢》），又有人说，全部是王作或关作的。大抵信前说者较多。

《西厢》的渊源，当然是根据于元稹《会真记》，赵德麟《商调蝶恋花》，董解元《西厢抟弹词》，但是焦循《易余篇录》拿他同董解元两两比较，说实甫不及解元。（参阅《中国大文学史》卷九，五页至十页；又《中国文学概论讲话》二四八页至二五一页）关汉卿《续西厢》，明王弇州说他"俊语亦不减前人"。清金圣叹排击不遗余力，未免太过了。

《西厢》太出名了，后来经过两种变化：（一）明代南曲盛行，改北曲《西厢》为二十一出，去掉楔子，合在各出中，脚色的名称，也改过若干。但是曲白宫调，没有改过，叫做《南西厢》。有李日华本子，有陆采本子。（二）清朝大批评家金圣叹（人瑞），拿《西厢》《水浒》与《庄》《骚》《马史》《杜诗》相配，号称"第五才子书"，这是很有文学眼光的。可惜他割裂宫调，改正曲白，失了原来面目不少。

西厢记（第四本第三折）

（旦唱）【一煞】青山隔送行，疏林不做美，淡烟暮霭相遮蔽。夕阳古道无人语，禾黍秋风听马嘶。我为甚么懒上车儿内？来时甚急，去时何迟？

（红云）夫人去好一会，姐姐，咱家去！

（旦唱）【收尾】四围山色中，一鞭残照里。遍人间烦恼填胸臆，量这些大小车儿，如何载得起？

西厢记（第四本第四折）

【雁儿落】绿依依墙高柳半遮，静悄悄门掩清秋夜，疏剌剌林梢落叶风，昏惨惨云际穿窗月。

【得胜令】惊觉我的，是颤巍巍竹影走龙蛇，虚飘飘庄周梦蝴蝶，絮叨叨促织儿无休歇，韵悠悠砧声儿不断绝。痛煞煞伤别，急煎煎好梦儿应难舍；冷清清的咨嗟，娇滴滴玉人儿何处也！

郑光祖字德辉，平阳襄陵人，以儒补杭州路吏，为人方直而多情。《正音谱》评其词"如九天珠玉"，有杂剧十九种，存者四种，《㑇梅香》与《倩女离魂》最有名。

倩女离魂（第三折）

【迎仙客】日长也愁更长，红稀也信尤稀。春归也，奄然人未归。我则道相别也数十年，我则道相隔着几万里。为数归期，则那竹院里，刻遍琅玕翠！

乔吉字梦符，太原人。有《惺惺道人乐府》，他说作乐府之法云："起要美丽，中要浩荡，结要响亮。尤贵在首尾贯串，意思清新。"作杂剧十一种，今存三种：《金钱记》《扬州梦》及《玉箫女》。《正音谱》评他说："如神鳌鼓浪。"《扬州梦》是叙杜牧之的故事，今录其第一折中若干曲：

【那吒令】倒金瓶玉头，捧琼浆玉瓯。蹴金莲凤头，并凌波玉钩。整金钗凤头，露春纤玉手。天有情天亦老，春有意春须瘦，云无心云也生愁。

【鹊踏枝】花比他，不风流；玉比他，不温柔。端的是莺也消魂，燕也含羞。蜂与蝶，花间四友，呆打颏，都歇在豆蔻梢头。

元代的戏曲何以如此发达呢？臧晋叔说："元以曲取士，设十有二科。"这话不见正史，不知可靠与否。要之，元人以漠北之人，不能领悟中国的贵族文化，因而偏重这平民化的文化。且可利用之为他们的享乐之用，所以戏剧便特别的发达了。

第二章　传奇

杂剧与传奇之别　以上所说的杂剧，又名北曲，南曲又名传奇。现在略说南曲与北曲之异点，以《艺苑卮言》为根据。

北　曲	南　曲
劲切雄丽	清峭柔远
字多而调促	字少而调缓
辞情多而声情少	辞情少而声情多
吹乐	弹奏
宜和歌	宜独奏
易粗	易弱
无入声	有入声

但是传奇与杂剧之分，还不止此，尚有组织上的异点：（一）杂剧每种四折，传奇有多至六十余折者，每折有二字的标题。（二）杂剧用一宫调，一韵到底，传奇则不拘，而且可以换韵。（三）北戏一人独唱，传奇则多人共唱。（四）杂剧的楔子，到传奇里面没有了，往往销纳在第一折"开场"中，或家门中。（五）传奇没有题目正名，而代以下场诗。前者由司唱者唱，后者由演者唱。

南剧的演进，的确是戏中一大进步，可是这到明代方才显著，元代只有二大传奇：一为高则诚的《琵琶记》；一为施君美的《拜月亭》，亦称《幽闺记》。

《琵琶记》　这本名著，引起古今的争论，计有二点，一为作者问题，一为背景问题。作者方面，有人以为是燕山高拭所著，有人以为是永嘉高明所著，两人都字则诚，因而容易弄错。可是近代学者研究，都以为是高明所著。高明，元末明初的人，曾为处州录事，辟丞相掾，有《柔克斋集》。方国珍据有庆元，知道他谙习海事，请他随行，他与之论事不合，竟逃至鄞县之栎社，以词曲自娱。

《琵琶记》有四十二出，叙述蔡邕（伯喈）入京，取牛相僧孺女为妻，抛弃赵五娘在家。五娘于是一人探夫，抱琵琶弹之，沿途乞食，与蔡邕相遇，和好如初。牛夫人亦有贤德，相处都无间言。焦循以为这蔡邕就是东汉蔡中郎，根据放翁诗"满村都说蔡中郎"，以为此事流传民间已久；第二，是王弇州说，以为这是唐朝的小说中蔡邕；第三说，是毛声山所主张的，以为高则诚做这本书，是讥讽王四的。大约信从第二说的人，比较为多。

《琵琶记》在当时已负有盛名。明太祖告人说："五经四书如五谷，家家不可缺。高明《琵琶记》如珍馐百味，富贵家其可缺耶？"《琵琶记》的文章，以白描雅淡胜人，所以陈眉公的批评最好："《西厢》是一幅着色牡丹，《琵琶》是一幅水墨梅花。"

琵琶记·规奴（依吴梅《曲选》）

【祝英台近】绿成阴，红似雨，春事已无有。闻说西郊，车马尚驰骤。怎如柳絮帘栊，梨花庭院，好天气清明时候!

【本序】把几分春,三月景,分付与东流。啼老杜鹃,飞尽红英,端不为春闲愁。休休,妇人家不出闺门,怎去寻花问柳?我花貌,谁肯因春消瘦?

【前腔】春尽,只见燕成双,蝶引队,莺语似求友。那更柳外画轮,花底雕鞍,都是少年闲游,难守。绣房清冷无人,我待寻一个佳偶。这般说,我终身休配鸾俦!

【前腔】知否,我为何不卷珠帘,独坐爱清幽?纵有千斛闷怀,百种春愁,难上我的眉头!休忧,任他春色年年,我的芳心依旧。这文君,可不担阁了相如琴奏。

【前腔】今后,方信你彻底澄清,我好没来由。想像暮云,分付东流,情到不堪回首。听剖,你是蕊宫琼苑神仙,不比尘凡相诱。我谨随侍娘行,拈针挑绣。

《拜月亭》 又名《幽闺记》,施惠著。惠字君美,一云姓沈,杭州人。王静安说:"这本书是明初所作,他是脱胎于关汉卿《闺怨佳人拜月亭》的杂剧,也有四十出。"

拜月亭(第十三出)

【剔银灯】(老旦)迢迢路不知,是那里前途去,安身在何处?(旦)一点点雨间着一行行凄惶泪,一阵阵风对着一声声愁和气!(合)云低,天色向晚,子母命存亡兀自尚未知。

【摊破地锦花】(旦)绣鞋儿分不得帮和底,一步步提,百忙里褪了跟儿。(老旦)冒雨冲风,带水拖泥。（合）步迟迟，全没些气和力！

第三章　长篇小说之演进

元代最有价值的文学，其次要推长篇白话小说，宋人虽有讲史，但是没有长篇的章回小说，宋人虽有白话文，可是白话文没有成为一种文学。这是元人的贡献了。元代两大小说，当推施耐庵的《水浒传》，罗贯中的《三国演义》，施、罗也是中国的开天辟地小说家。现在用比较法研究之。

作者的研究　施耐庵，钱塘人，事迹不详。《水浒传序》说："东都施耐庵叙。"但是这篇序，有人以为是金圣叹伪造，所以不甚可靠了。说《水浒》是施作的，见于胡应麟的《庄岳委谈》，郎瑛的《七修类稿》以为是罗贯中作的。金圣叹、李卓吾等，则以为施作罗续。普通的信仰，以为七十回以前是耐庵作的。罗贯中名本，庐陵人，又以为是钱塘人。王圻《续文献通考》以为他名贯字本中，他是元末明初的人。他所著有《三国演义》《汉晋隋唐以来演义》《北宋三遂平妖传》。

本子的问题　这是二书的不幸。据鲁迅研究，《水浒》共有六本，一曰一百十五回《忠义水浒传》（明末与《三国》合刻为《英雄传》），二曰一百回本《忠义水浒传》（郭勋本），三曰一百二十回《忠义水浒全书》（李卓吾本），四曰一百十回之《忠义水浒传》（亦称《英雄谱》本），五曰一百二十四回之《水浒传》，六曰七十回本《水浒传》（金圣叹本、通行本）。《三国演义》一百二十回，经清朝毛宗岗改窜，也与本来面目有些不同。鲁迅说："改窜之迹，约有三端——一曰改，二曰增，

209

三曰削。"（参阅《中国小说史略》一百五十六页）

背景的问题　二书相同之点，就是历史上的背景，有一半是真的。《三国演义》当然其中很多的是根据于陈寿《三国志》及裴松之《补注》。就是《水浒》，也很多有根据。宋江见于《宋史》，梁山泊见于《夷坚志》，龚圣与作三十六人赞见于《癸辛杂识》，高俅见于《挥麈余话》[①]。《三国》的事实，比较《水浒》更真。谢肇淛《五杂组》说的最好："事太实则近腐，可以悦里巷小儿，而不足为士君子道也。"

两书的个性　《水浒传》叙述一百零八人，个个活跃纸上。《三国》叙述的重要人物，也不在少处。历代批评家如胡应麟等，颇以为《三国》不如《水浒》。因为曹孟德变成一个恶德的代表，为人所唾弃（鲁迅《小说旧闻钞》引《小说小话》）；孔明变成一个可恶的策士。但是两书均能将人的个性，写得很深刻，影响于后世不少。《水浒》海盗一句话，言之虽未免过甚，也可以想见其势力了。（参阅《小说旧闻钞》二十六页二十八页）

两书的使命　世人很多以为《水浒》有二重使命：（一）为偏安南方的中国人吐气；（二）平民反抗政治之先声。书中一首七绝："赤日炎炎似火烧，田中禾黍十枯焦。农夫心内如汤煮，公子王孙把扇摇。"真是劳工的呼声了。《三国》为蜀汉争正统，宣传君臣朋友间应有的忠义之气，也是很好的。二书家弦户诵，不必繁引，也不能繁引，姑录出一二段：

---

① 底本作"《挥麈余谈》"。

武松打虎（《水浒传》）

武松见那大虫，便翻身回来，双手抢起哨棒，尽平生气力，只一棒，从半空劈将下来。只听得一声响，簌簌地将那树连枝带叶劈脸打将下来。定睛看时，一棒劈不着大虫，原来打急了，正打在枯树上，把那条哨棒折做两段，只拿得一半在手。那大虫咆哮起来，翻身又只一扑，扑将来。武松又只一跳，却退了十步远。那大虫却好把两只前爪搭在武松面前。武松将半段棒丢在一边，两只手就势把大虫顶花皮胳胎地揪住按，按将下来。那只大虫急要挣扎，被武松尽气力捺定，那里肯放半点儿松。武松把只脚望大虫面门上、眼睛里只顾乱踢。那大虫又咆哮起来，把身底下爬起两堆黄泥，做了一个土坑。武松把那大虫嘴直按下黄泥坑里去。那大虫吃武松奈何没得了气力。武松把左手紧紧地揪住顶花皮，偷出右手来，提起铁锤般大拳头，尽平生之力只顾打。打到五七十拳，那大虫眼里、口里、鼻子里、耳朵里都迸出鲜血来，更动弹不得，只剩口里兀自气喘。武松放了手，来松树边寻那打折的哨棒，拿在手里，只怕大虫不死，又打了一回。眼见气都没了，方才丢了棒。

孔明借箭（《三国演义》）

当夜五更时候，船已近曹操水寨。孔明教把船只头西尾东，一带摆开，就船上擂鼓呐喊。鲁肃惊曰："倘曹兵齐出，如之奈何？"孔明笑曰："吾料曹操于重雾中必不敢出。吾等只顾酌酒取乐，待雾散便回。"却说曹操寨中听得擂鼓呐喊，毛玠、于禁二人慌忙飞报曹操。操传令曰："重雾迷江，彼军忽至，必有埋伏，切不可轻动。可拨水军弓弩手乱箭射之。"又差人往旱寨内唤张辽、徐晃各带弓弩军二千，火速到江边助射。比及号令到时，毛玠、于禁怕南军抢入水寨，已差弓弩手在寨前放箭。少顷，旱寨内弓弩手亦到，约一万余人，尽皆向江中放箭，箭如雨发。孔明教把船吊回，头东尾西，逼近水寨受箭，一面擂鼓呐喊。待至日高雾散，孔明令收船急回。二十只船两边束草上，排满箭枝。孔明令各船上军士齐声叫曰："谢丞相箭。"比及曹操寨内报知曹操时，这里船轻水急，已放回二十余里，追之不及。曹操懊悔不已。

其他元人小说以《隋唐演义》《北宋三遂平妖传》为最著，杨维桢（铁崖）之《四维记》，为后世弹词导之先路，元代亦有笔记小说，可惜有名者甚少。

第四章 诗词及散文

元代以胡人入主中国，对于文学上之提倡，自不如前人。所以诗、文、词没有特殊的进展，而且文人怕伤时忌，握笔也不敢放言高论。散文家多半为理学家，更是雍容和雅，无甚精采。诗词长于流利闲适一途而已。

元初的散文家，以虞集为大宗。此外讲求性理之人，如许衡、吴澄、刘因、姚燧都长于古文。后来有马祖常、黄溍、柳贯、吴莱诸人，对于明初古文，颇有影响。明初文人，如王祎、宋濂，都出于黄、柳、吴之门。

诗的魄力较大，最初有赵子昂。子昂名孟𫖯，归安人，宋宗室，书画尤为有名。入元，为翰林学士承旨，兵部侍郎。谥文敏。他的诗，以清逸擅场。

岳鄂王墓（赵子昂）

鄂王坟上草离离，秋日荒凉石兽危。南渡君臣轻社稷，中原父老望旌旗。英雄已死嗟何及，天下中分遂不支。莫向西湖歌此曲，水光山色不胜悲。

东城（赵子昂）

野店桃花红粉姿，陌头杨柳绿丝丝。不因送客东城去，过却春光总不知。

虞集曾从赵子昂受诗，与杨载（仲弘）、范梈（德机）、揭徯斯（曼硕）称元朝四大家——虞、杨、范、揭。其中以虞集为特出，他批评四家诗最有名：

仲弘诗如百战健儿，德机诗如唐临晋帖，曼硕诗如美女簪花，虞集乃汉廷老吏。

集字伯生，号道园，蜀都人，宋名臣允文五世孙，徙临川之崇仁。官至侍讲学士、国子祭酒。卒谥文靖。著有《道园学古录》五十卷。他的诗文清健流利，法律谨严。

家兄孟修输赋南还（虞集）

大兄五月来作客，八年不见头总白。五人兄弟四人在，每忆中郎泪沾臆。我家蜀西忠孝门，无田无宅惟书存。兄虽管库实父荫，弟窃微禄承君恩。文章不如仲氏好，叔氏最好今亦老。五郎十岁未知学，嗟我何为长远道？诸儿读书俱不多，又不力耕知奈何！忧来每得二三友，看花把酒临风哦。蜀山嵯峨归未得，盘盘先陇临川

213

侧。碧梧翠竹手所移，应与千松各千尺。南风吹雪河始冰，兄归乌帽何累累！明年乞身向天子，共读父书歌太平。

杨载字仲弘，浦城人；范梈字亨文，清江人；揭傒斯字曼硕，富州人，谥文安。

此后大诗人有萨都剌、倪瓒、张雨、杨维桢、吴莱，而杨维桢尤负盛名。萨都剌字天锡，雁门人。本为蒙古族，曾为御史，以弹劾权贵左迁。有《雁门集》，以清丽著。倪瓒字元镇，号云林，无锡人。诗词皆清俊拔俗，画尤负盛名，有《清閟阁稿》。张雨字伯雨，钱塘人，为道士，有《句曲外史集》。杨维桢字廉夫，号铁崖，山阴人。以古拙排奡胜。所著《铁崖乐府》，有青莲、昌谷之长，然反对之者亦多。吴莱字立夫，浦江人。有《渊颖集》。王渔洋批评他们说："铁崖乐府气淋漓，渊颖歌行格尽奇。耳食纷纷说开宝，几人眼见宋元诗。"

杀虎行（杨维桢）

夫从军，妾从主。梦魂犹痛刀箭瘢，况乃全躯饲豺虎。拔刀誓天天为怒，眼中於菟小于鼠。血号虎鬼冤魂语，精光夜贯新阡土。可怜三世不复仇，泰山之妇何足数？

元人的词，也嫌魄力较小，大抵豪放闲适之词为多，婉丽绵密之词为少。著名的词人，有刘因、仇远、萨都剌、张雨、张翥、倪瓒、赵雍诸人。

百字令·登石头城（萨都剌）

石头城上，望天低吴楚，眼空无物。指点六朝形胜地，惟有青山如壁。蔽日旌旗，连云樯橹，白骨纷如雪。一江南北，消磨多少豪杰！ 寂寞避暑离宫，东风辇路，芳草年年发。落日无人松径里，鬼火高低明灭。歌舞樽前，繁华境里，暗换青青发。伤心千古，秦淮一片明月！

行香子（天目中峰禅师）

短短横墙，矮矮疏窗，一方儿小小池塘。高低叠嶂，曲水边旁，也有些风、有些月、有些香。 日用家常，竹几藤床，尽眼前水色山光。客来无酒，清话何妨，但细烘茶、净洗盏、滚烧汤。

第九编　明代文学

第一章　戏曲

从量的方面说，明代文学甚为繁富，各种文学似有平行的发展。可是从质的方面说，明代的文学，有二重障碍：（一）模仿太过，缺乏创作的精神；（二）明代士习不佳，文学上也多党同伐异之见，不能有纯正不偏的客观批评。顾实说："明代文学，有如铸型。直唐诗、宋文、元曲之残山剩水，中国文学中最无佳趣之时代也！"这话说得甚妙。然而我们不必如此悲观，就传奇小说而论，明代确有他的贡献，功也不可没呢。

南曲在元代未大发达，到明代大作传奇，方才起步。明代传奇还有一点与元朝戏曲不同之处，就是文章化。文章化的结果，就是传奇渐渐能歌唱者很少，只可以供文人学士的诵读。但是这种现象，在清代方才实现，明代的戏曲，大都还可以歌唱咧。可是明代传奇，文言与典故用得渐多，远非元人白话化之可比。白话化有时间性，元剧虽好，在今日非普通人所能诵读。那么明人传奇之文章化，为功为过，也正难说了。

明初最盛行的传奇，为《荆》《刘》《拜》《杀》。《荆钗

216

记》叙述王十朋与女子钱玉莲的事，为宁献王权所作，宁献王是明太祖第十七子。《刘知远》又名《白兔记》，为无名氏作，叙刘知远与妻子李三娘的故事。《拜月亭》为施君美作，已见前文。《杀狗记》为明初徐畈作，叙述孙大的妻子杀狗劝夫的故事。

<h3 align="center">荆钗记·赴任</h3>

【临江梅】客梦悠悠鸡唤醒，窗前尚有残灯。揽衣披枕自评论，今日飘零，何日安宁？

【朝元歌】腾腾晓行，露湿衣襟冷。徐徐晚行，月照遥天暝。只为功名，离乡背井。渡水登山蓦岭，带月披星。车尘马足不暂停。晴岚障人形，西风吹鬓云。

明初的贵族，很欢喜提倡传奇。这也是传奇发达的一个原因。第二个原因，要算文人的讽刺了（如徐复祚的《东郭记》）。宁献王权自号臞仙、涵虚子、丹丘先生，著有《荆钗记》《太和正音谱》《琼林雅韵》，而《太和正音谱》一书，更有功于戏曲。周宪王有燉，是明太祖孙子，制《诚斋乐府传奇》数种，李梦阳诗："中山孺子依新妆，赵女燕姬总擅场。齐唱宪王新乐府，金梁桥外月如霜。"可以想见当时传奇之盛了。

中叶以后，有陈大声（铎）、王敬夫（九思）、康对山（海）、唐伯虎（寅）、祝枝山（允明）、王凤洲（世贞）、屠赤水（隆）等等。而徐文长（渭）的《四声猿》（杂剧），梁伯龙（辰鱼）的《浣纱记》，王凤洲（世贞）的《鸣凤记》，陆天池（采）的《明珠记》，尤为盛行。

梁辰鱼，昆山人。他的《浣纱记》叙《吴越春秋》故事，在当时演唱，颇负盛名。同时昆山人魏良辅善度音律，改弋阳、海盐之调，为昆腔。辰鱼同他商订音律，便把《浣纱记》付之，弋阳子弟可以改调歌之。（吴瞿安《曲选》三十页）这是昆曲立足的地点，所以特别重要咧。

浣纱记·迎施

【虞美人】连年江海空奔走，往事休回首。桃园深处结同心，一别匆匆，三载到如今。

【虞美人】秋来春去眉常琐，愁病何年可？灯花昨夜似多情，晨起檐前，鹊噪更无凭。

【一江风】问他家独自穿山径，趁几曲溪流净。未开门一带疏篱，见花竹相遮映。沿门嗽一声，沿门嗽一声，待敲还住停，急忙里，未可便通名姓。

明朝传奇最大的成功，要算汤显祖的《牡丹亭》了。他字义仍，号若士，江西临川人。万历十一年进士，官礼部主事，以劾宰相申时行，谪广州徐闻典史，迁遂昌县知县。钱牧斋《列朝诗集》说："义仍居玉茗堂，文史狼藉，宾朋杂坐。鸡埘豕圈，接迹庭户。萧闲咏歌，俯仰自得。"他是个富于情感的文学家了。他所作的传奇，共五种。《牡丹亭》（又名《还魂记》）、《南柯记》、《邯郸记》、《紫钗记》，共名"玉茗堂四梦"。此外又有《紫箫记》，据吴瞿安说是《紫钗记》的原本。

《南柯记》根据于李公佐的《南柯太守传》，《邯郸记》根据于沈既济的《枕中记》，《紫钗记》根据于蒋防的《霍小玉传》。可是《牡丹亭》的结构，是出于幻想（创造的），叙述青年柳梦梅与少女杜丽娘的恋爱事迹。说丽娘能死而复活，事迹近于荒唐。然用象征眼光观之，也未尝不可咧。

《牡丹亭》所以能动人的道理，是因为作者用情真挚。朱竹垞《静志居诗话》已经说过。郑振铎《文学大纲》说："数千年来中国少女之情感，总是郁秘而不宣。若士大胆的把他们的情意抒写出来。"所以相传当日娄江女子俞二娘酷嗜其词，至断肠而死。薄幸女子冯小青的诗："冷雨幽窗不可听，挑灯闲读《牡丹亭》。人间亦有痴于我，岂独伤心是小青？"更是人人传诵了。总之《牡丹亭》能与《西厢记》传唱至今，义仍的伟力，可以见了。

《牡丹亭》文辞的长处，在能以艳丽之笔出之自然，今录其著名的《游园》一段：

牡丹亭·游园

【绕地游】（旦）梦回莺啭，乱煞年光遍。人立小庭深院。（贴）注尽沉烟，抛残绣线，恁今春关情似去年？（旦）春香！（贴）小姐。

【乌鸦啼】（旦）晓来望断梅关，宿妆残。（贴）小姐，你侧着宜春髻子恰凭栏。（旦）剪不断，理还乱，闷无端。（贴）已吩咐催花莺燕借春看。（旦）春香，可曾吩咐花郎，扫除花径么？（贴）小姐，已吩咐过了。（旦）取镜台衣服过来。（贴）晓得。（旦照镜掠鬓更衣介）（贴）云髻罢梳还对镜，罗衣欲换更添香。（旦）好天气吓！

【步步娇】袅晴丝，吹来闲庭院，摇漾春如线。停半晌，整花钿。没揣的菱花，偷人半面，迤逗的彩云偏。（贴）小姐，请行一步。（旦）我步香闺，怎便把全身现！

【醉扶归】（贴）你道翠生生出落的裙衫儿茜，

艳晶晶花簪八宝填。（旦）可知我一身爱好似天然。
（贴）小姐，恰三春好处无人见。不堤防沉鱼落雁鸟惊
喧，则怕的羞花闭月花愁颤。

（贴）来此已是花园门首，请小姐进去吧。（旦）
你看画廊金粉半零星。（贴）小姐，你看好金鱼池吓！
（旦）池馆苍苔一片青。（贴）踏草怕泥新绣袜，惜花
痛煞小金莲。（旦）不到园林，怎知春色如许！（贴）
便是。

【皂罗袍】（旦贴合）原来姹紫嫣红开遍，似这等
都付与断井颓垣。良辰美景奈何天，便赏心乐事谁家
院。朝飞暮卷，云霞翠轩，雨丝风片，烟波画船。锦屏
人忒看得这韶光贱！（贴）小姐，杜鹃花开的好盛吓！

【好姐姐】（旦）遍青山啼红了杜鹃。（贴）这是
荼蘼架。（旦）荼蘼外烟丝醉软。（贴）是花都开，牡
丹还早哩。（旦）牡丹虽好，他春归怎占得先！（内莺
叫介）（贴）小姐，你看那莺燕成对儿，叫得好听吓。
（旦）闲凝眄，生生燕语明如翦，呖呖莺歌溜的圆。

（贴）小姐，留些余兴，明日再来耍子罢。（旦）
有理。（贴）小姐，这园子委实观之不足也。

【尾声】（旦）观之不足由他遣，便赏遍了十二亭
台是惆然。到不如兴尽回家闲过遣。（贴）小姐，你
且歇息片时，我去看看老夫人再来。（旦）你去去就来
吓。（贴）晓得。（贴下）

明末的传奇，以阮大铖的《燕子笺》和袁韫玉（后改名于
令）的《西楼记》演唱最盛。阮大铖字集之，号圆海，又号百子

山樵，安徽怀宁人。官至兵部尚书。曾阿附魏忠贤，杀死很多正人君子了。但是君子不以人废言，他的《燕子笺》，真有一读的价值咧。圆海所著传奇五种，除《燕子笺》外，以《春灯谜》为最有名。《燕子笺》的故事，叙述霍都梁与二女子华行云、郦飞云恋爱的故事。文笔"秀逸隽永，仍存本色"（《中国文学通论》的评语），能传汤义仍的神采。

燕子笺·骇像

【一剪梅】春来何事最关情，花护金铃，绣刺金针。小楼睡起倚云屏，眉点檀心，香蒸檀林。

【前腔】春光九十过将零，半为花嗔，半为花疼。梁间双燕语惺惺，道是无情，却似多情。

【不是路】瞥见丹青，那里是宝月珠璎坐紫竹林？端详审，玉题金躞，又把吴绫帧。点缀湘江幅幅裙。娇娆甚，乔装诈扮多风韵，好似平康卖笑人。又有郎君俊，红衫翠袖肩相并。那有这般行径，这般行径？

【前腔】水墨精神，也不像杨枝水月人。女儿身，与毫端纸上相厮映。要与你差别些些没半星。分明甚，安黄点翠般般称，那里有没稿的庞儿信笔成？秋波稔，图书一抹珊瑚晕。上有霍生名姓，又为云娘图赠。

【红衲袄】你看他点眉峰罗黛匀，你看他露春纤约斜领，你看他满腮涡红晕生，你看他立苍苔莲步稳。要包弹一样儿没半星。逞风流倒有十分的可憎。可喜那寻花蛱蝶深深也，又一对黄鹂儿穿柳鸣。

【前腔】莫不是赚阳台行雨云？莫不是谎天台刘阮情？莫不是暂离了倩女魂？莫不是颦效了东家逞？怎生

生的打合上卓女琴。教我暗煎煎难将这哑迷儿忖。自不曾在马上墙头也，露了红扮些儿一线春。

【尾声】东风暗与传春信，好撩拨心情难忍，且细向小阁窗纱勘笑靥。

第二章　小说

明代的小说，其贡献如何呢？各种小说，都一齐发达。所有的出品，对于民间，有莫大的影响。中国民族中百分之九十九，谁不知有孙行者、潘金莲、杨六郎呢？我们所扮演的戏剧，哪一天可以离开他们呢？这就是明代小说的势力所在了。

怪异小说　《水浒》《三国》《西游》《金瓶梅》，为中国小说中四大奇书。后两者是明代的出品，《西游记》是怪异小说之大成，《金瓶梅》是社会小说的先声咧。

《西游记》有数种。据现代学者调查，有元长春真人丘处机的本子，有齐云杨致和编的四十一回本子。现在所通行的，是吴承恩的一百回本子。吴承恩字汝忠，号射阳山人，山阳县人。嘉靖中岁贡生，官长兴县丞。事迹见《淮安府志》《山阳县志》。《明诗综》曾录过他的诗。

《西游记》的背景，当然根据于宋代《大唐三藏取经诗话》，金院本《唐三藏》，元吴昌龄《唐三藏西天取经》。但是作者的手段，能拿原有的事迹，发展得许许多多。就是杨致和本与吴承恩本，也差得很远。（参观鲁迅《中国小说史略》一七六至一七七页，赵景深《中国文学小史》一六九页至一七二页）

《西游记》文笔恣肆，处处可以看得见。最有名的，如孙行者三调芭蕉扇，与牛魔王斗法的故事，可以见其一斑：

　　好魔王也有七十二变，只是身子狼犺，欠钻疾些。
他把宝剑藏了，念个咒语，摇身一变，即变作八戒一
般脸嘴。抄下路，当面迎着大圣，叫道："师兄，我来
也！师傅见你许久不回，恐牛魔王手段大，难得他的宝
贝，教我来帮你的。"行者笑道："不必费心，我已得
了手了。"牛王问道："你怎么得的？"行者道："那
老牛与我战经百十合，不分胜负。他就撇了我，去那乱
石山碧波潭底，与一伙龙精饮酒。是我暗跟他去。偷了
他所骑的金睛兽，变做老牛的模样。径至芭蕉洞，哄那
罗刹女。那妇人与老孙结了一场干夫妻，是老孙设法骗
将来的。"牛王道："却是生受了，哥哥劳碌太甚，
可把扇子我拿。"孙大圣那知真假，遂将扇子递与他。
原来他知那扇子收放的根本，接过手，不知捻过什么
诀儿。依然小似一片杏叶，现出本像。开言骂道："泼
猕猴！认得我么？"行者见了，心中自悔道："是我
的不是了。"恨了一声，狠得他爆躁如雷，掣铁棒劈头
便打。那魔王就使扇子扇他一下，不知那大圣先前变蟭
蟟虫，入罗刹女腹中之时，将定风丹噙在口里，不觉的
咽下肚里，所以五脏皆牢，皮骨皆固，凭他怎样扇，再
也扇他不动。牛王慌了，把宝贝丢入口中。双手轮剑就
砍，他两个在那半空中，一场相斗，难解难分！（《西
游记》第六十一回）

　　《西游记》的寓意，有人说是说道，有人说是谈禅。其实他
不是宗教小说。虽然说道谈禅，也夹着诙谐玩世之意。他实在是

个怪魔小说，引人入胜罢了。谢肇淛《五杂组》说："以猿为心之神，以猪为意之驰。其始之施纵，上天下地，莫能禁制，而归于紧箍一咒，能使心猿驯伏，至死靡他。盖亦求放心之喻，非浪作也。"也可以备一说了。

《封神记》与《三宝太监西洋记演义》，一叙武王克商的故事，一叙明永乐时太监郑和（云南人）下西洋的故事。好像是历史小说，其实荒诞不经，也是怪魔小说。两书都是一百回。《封神》是无名氏所作，《三宝太监西洋记》是二南里人罗懋登著的。

历史小说 有《开辟演义》（钟惺）、《东周列国志》（以下无名氏）、《前后汉演义》、《两晋演义》、《说唐前传》、《说唐后传》、《北宋志传》、《南宋志传》，其中以《列国志》为最有名。说一人的事迹而铺叙为演义者，有武定侯郭勋所著之《英烈传》，一名《云合奇纵》，叙述其始祖郭英之功烈。吉水邹元标之《精忠全传》，叙述岳飞的事迹。

历史小说后来愈出愈多，甚至有《二十四史通俗演义》。但是拘于事实，很难讨好。我们要知道，历史不是小说，小说不是历史，便可以知道两者成功的乐趣。《三国志演义》尚且不能违此公例，遑论其他呢？

社会小说 最大的成功，要算《金瓶梅》了。此书为著名的淫书，往往为士大夫所不道。然除却描写淫媟的地方，确是好书。鲁迅说："作者之于世情，盖诚极洞达。凡所形容，或条畅，或曲折，或刻露而尽相，或幽伏而含讥，或一时并写两面，使之相形。变幻之情，随在显见，同时说部，无以上之。"这是《金瓶梅》最好的估价了。

他的取材，是很有趣的。以《水浒》中西门庆为线索，叙述潘金莲、李瓶儿及春梅等故事。作者是拿《水浒》中一件事情，而加以放大，便成为一部大书。而且描写妇女的性情，比《水浒》强了十倍。这都是作者的成功处。但是作者为谁呢？相传以为是大文学家王凤洲（世贞）做的。严世蕃陷害凤洲的父亲（王忬），凤洲所以做这部书，把他看，而渍砒于纸中，欲将世蕃毒死。又有说害凤洲的父亲，是唐荆川（顺之），故欲毒死的是唐荆川。议论纷纭，莫衷一是了。（参观蒋瑞藻《小说考证》）

其他社会小说者较有名者，为《玉娇李》及《隔帘花影》，都是《金瓶梅》的后编。尚有《玉娇梨》《好逑传》《平山冷燕》等书，在欧洲都有译本，不过叙述些才子佳人故事，不免有陈陈相因之病。

短篇小说　以《三言》为最重要，编者为冯梦龙。梦龙字犹龙，吴县人。崇祯中由贡生官寿宁县知县。《三言》为《喻世明言》《警世通言》《醒世恒言》，鲁迅说前二种今皆未见。据盐谷温调查，日本内阁文库有《喻世明言》，长泽文学士有《通言》的目录。《三言》是采取古今短篇小说而成的，并不是一朝一人的作品。后来空观主人的《拍案惊奇》，抱瓮老人的《今古奇观》，都是脱胎于此咧。

与《三言》类似的作品，尚有东壁山房主人的《今古奇闻》，东鲁古狂生的《醒醉石》及周清原的《西湖二集》。个人创作的笔记，以祝允明的《九朝野记》及瞿宗吉的《剪灯新话》为最好。明人又好伪造汉魏人的小说，如著名艳丽的《杂事秘辛》，相传是明杨慎所作。

明代喜汇刻短篇小说，也可见当时人对于小说的崇拜了。今日通行的陶宗仪《说郛》、陆楫《古今说海》、顾文庆《顾氏文房小说》，都是明人的产品咧。

弹词 合诗歌与纪传为一的弹词小说，始于杨铁崖的《四游记》（参阅谢无量《中国大文学史》）。到明代作者更多，杨慎的《二十一史弹词》，是最大的一部著作了。此外《天雨花》《玉钏缘》《再生缘》，久已为我国闺阁中消遣品了。（参阅范编《中国小说史》一五五页至一六〇页）

第三章　复古派之诗文

我们批评古人的作品，是抱着《春秋》责备贤者之义，就是希望他们是创造的，不是模仿的。模仿的作品，未尝没有好的供我们的讽诵。但是希望文学家是由模仿而创造，自成一个宗派，不要以模仿很好而自足。明代的诗文，不是没有好的，也不是可以一笔抹煞。但是缺乏创作的风格，总不能居于最上乘，这是读史者引为遗憾的。

明初的古文 明初大散文家，有宋濂、刘基、方孝孺、王祎，而宋濂的文章，最醇正有名。

宋濂字景濂，金华人。学于吴莱、柳贯、黄溍。入龙门山著书十余年，太祖征为元史总裁官。宰相胡惟庸伏诛，濂坐党贬茂州，至夔州卒。著有《潜溪集》《潜溪后集》。他的文"雍容浑穆，自中节度"（《四库全书提要》评语）。今录其《答章秀才论诗书》后一段：

> 诗之格律崇卑，固若随世而变迁。然谓其皆不相师
> 可乎？第所谓相师者，或有异焉。其上焉者，师其意，

辞固不似，而气象无不同。其下焉者，师其辞，辞则似矣，求其精神之所寓，固未尝近也。然惟深于比兴者，乃能察知之耳。虽然，为诗当自名家，然后可传于不朽。若体规画圆，准方作矩，终为人之臣仆，尚乌得谓之诗哉？是何者？诗乃吟咏情性之具，而所谓《风》《雅》《颂》者，皆出于吾之一心。特因事感触而成，非智力之所能增损也。古之人，其初虽有所沿袭，末复自成一家言，又岂规规然必于相师者哉？呜乎！此未易为初学道也！

刘基字伯温，青田人。以佐命功封诚意伯，卒谥文成。著有《覆瓿集》《写情集》等等。文章权奇豪放，神锋四出。

方孝孺字希道，宁海侯城人。建文帝时为翰林侍讲，燕王棣篡位，孝孺不屈，磔于市。有《逊志斋集》。文章以豪快胜。

王袆字子充[①]，义乌人。与宋濂同修《元史》，文章以醇朴胜。

明初的诗　高启不但是这时候的大诗人，且为明代惟一的大诗人。他字季迪，长洲人，自号青丘子。洪武初，召拜翰林院国史编修。尝题宫女图及画犬诗，有"小犬隔花空吠影，夜深宫禁有谁来？"得罪于太祖。会启为知府魏观作上梁文，观坐罪获遣，太祖见启文，腰斩之，时年三十九。有《缶鸣集》等等。关于他的诗，清人批评最好。录二条于下：

李青莲诗，从未有能学之者。惟青邱与之相上下。

非惟形似，而且神似。（赵翼）

---

① 底本作"子允"。

其于诗，拟汉魏似汉魏，拟六朝似六朝，拟唐似唐，拟宋似宋。然行世太早，殒折太速，未能熔铸变化，自为一家。（纪昀）

梅花（高启）

琼枝只合在瑶台，谁向江南处处栽？雪满山中高士卧，月明林下美人来。寒依疏影萧萧竹，春掩残香漠漠苔。自去何郎无好咏，东风愁寂几回开。

高青丘与杨基、张雨、徐贲，号为"吴中四杰"。此外有袁凯，以《白燕诗》著名。

台阁体 永乐（成祖）到成化（宪宗）八十年间，是明代承平时代。这时候著名的宰相有"三杨"——杨士奇、杨荣、杨溥，提倡一种雍容华贵的文章，名为台阁体，其中以杨士奇为最佳。但是这种诗文，被人摹仿得千篇一律，缺乏情感。于是何、李便主张复古，以为反动的张本了。

李东阳与"前七子" 李东阳是"前七子"的先驱。他字宾之，号西涯，茶陵人。武宗时的贤相，卒谥文正。他的诗胜于文，宗法老杜，格律严整。

南囿秋风（李东阳）

别苑临城辇路开，大风昨夜起空槐。秋随万马嘶空至，晓送千旟拂地来。征雁远惊云外浦，飞鹰欲下水边台。宸游睿藻年年事，况有长杨侍从来。

"七子"的领袖，名李梦阳，其次又算何景明。李、何二人，加上徐祯卿、边贡、康海、王九思、王廷相，便称"七子"。李、何、边、徐，又称"弘正四杰"。徐祯卿与文徵明、唐寅、祝允明，又称"吴中四子"。明代文人名目的繁多，书不胜书，亦可以见得当时文士的陋习了。

李梦阳字献吉，庆阳人。弘正七年进士，授户部主事，迁郎中，代尚书。又劾刘瑾，致仕。有《空同子集》。他在文学上的主张，是"文必秦汉，诗必盛唐"，此下者都无足观。他的诗文，摹仿甚工，然不免失之粗豪。

灵武台（李梦阳）

环县城边灵武台，肃宗曾此辟蒿莱。二仪高下皇舆建，三极西南玉玺来。衣白山人经国计，朔方孤将出群才。可怜一代风云际，不劝君王驾鹤回。

何景明字仲默，号大复山人，信阳人。弘治十五年进士，授中书舍人。初与梦阳甚相得，成名之后，互相诋諆。但是梦阳傲岸，景明耿介，说者多以为大复人格较好。他的诗文，比较创造的意义为多。《四库全书提要》说："平心而论，摹拟蹊径，二人之所短略同。至梦阳雄迈之气，与景明谐雅之音，亦各有所长。"这是平允之论了。

鲥鱼（何景明）

五月鲥鱼已至燕，荔枝卢橘未能先。赐鲜遍及中珰第，荐熟应开寝庙筵。白日风尘驰驿骑，炎天冰雪护江船。银鳞细骨堪怜汝，玉筋金盘敢望传。

王守仁　在这个复古旗帜鲜明的时代，最伟大的人物，只有阳明先生了。他的哲学，主张知行合一、致良知，属于创造无疑。政治方面，削平宸濠之难，亦是创造的功业。文学方面，雅健流利，不尚奇巧，不矜才气，也是有创造性的散文家。守仁字伯安，余姚人。弘治十二年进士，为刑部主事。以忤刘瑾谪贵州龙场驿驿丞。刘瑾诛，官至太仆寺少卿，兵部尚书。以平宸濠，

229

封新建伯。嘉靖八年年五十八，卒于安南。谥文成。尝于阳明洞讲学，故称阳明先生。

瘗旅文（王守仁）

维正德四年秋月三日，有吏目云自京来者，不知其姓氏，携一子一仆，将之任，过龙场，投宿土苗家。予从篱落间望见之，阴雨昏黑，欲就问讯北来事，不果。明早，遣人觇之，已行矣。薄午，有人自蜈蚣坡来，云："一老人死坡下，傍两人哭之哀。"余曰："此必吏目死矣。伤哉！"薄暮，复有人来，云："坡下死者二人，傍一人坐哭。"询其状，则其子又死矣。明日，复有人来，云："见坡下积尸三焉。"则其仆又死矣。呜呼伤哉！念其暴骨无主，将二童子持畚、锸往瘗之，二童子有难色然。余曰："嘻！吾与尔犹彼也！"二童闵然涕下，请往。就其傍山麓为三坎，埋之。又以只鸡、饭三盂，嗟吁涕洟而告之，曰：呜呼伤哉！繄何人？繄何人？吾龙场驿丞余姚王守仁也。吾与尔皆中土之产，吾不知尔郡邑，尔乌为乎来为兹山之鬼乎？古者重去其乡，游宦不逾千里。吾以窜逐而来此，宜也。尔亦何辜乎？闻尔官吏目耳，俸不能五斗，尔率尔妻子躬耕可有也。胡为乎以五斗而易尔七尺之躯？又不足，而益以尔子与仆乎？呜呼伤哉！尔诚恋兹五斗而来，则宜欣然就道，胡为乎吾昨望见尔容，蹙然盖不任其忧者。夫冲冒霜露，攀援崖壁，行万峰之顶，饥渴劳顿，筋骨疲惫，而又瘴疠侵其外，忧郁攻其中，其能以无死乎？吾固知尔之必死，然不谓若是其速，又不谓尔子尔

仆亦遽然奄忽也！皆尔自取，谓之何哉！吾念尔三骨之
无依而来瘗耳，乃使吾有无穷之怆也。呜呼伤哉！纵不
尔瘗，幽崖之狐成群，阴壑之虺如车轮，亦必能葬尔于
腹，不致久暴露尔。尔既已无知，然吾何能为心乎？自
吾去父母乡国而来此，三年矣，历瘴毒而苟能自全，以
吾未尝一日之戚戚也。今悲伤若此，是吾为尔者重，而
自为者轻也。吾不宜复为尔悲矣。吾为尔歌，尔听之。

歌曰："连峰际天兮，飞鸟不通。游子怀乡兮，莫
知西东。莫知西东兮，惟天则同。异域殊方兮，环海之
中。达观随遇兮，莫必余宫。魂兮魂兮，无悲以恫。"
又歌以慰之曰："与尔皆乡土之离兮，蛮之人言语不相
知兮。性命不可期，吾苟死于兹兮，率尔子仆，来从余
兮，吾与尔傲以嬉兮。参紫彪而乘文螭兮，登望故乡而
唏嘘兮。吾苟获生归兮，尔子尔仆，尚尔随兮。道路之
冢累累兮，多中土之流离兮。相与呼啸而徘徊兮，餐
风饮露，无尔饥兮。朝友麋鹿，暮猿与栖兮，尔安尔居
兮！无为厉于兹墟兮！"

后七子　"后七子"是嘉靖（世宗）时代的人。李攀龙、王
世贞为之领袖。谢榛、宗臣、梁有誉、徐中行、吴国伦附之。
他们继续"前七子"的主张，文必秦汉，诗必盛唐，声气仍旧
不小。

李攀龙字于麟，历城人。嘉靖三年进士，历任刑部郎中、顺
德知府、陕西提学副使，称病归里，筑白雪楼居之。隆庆①中，

---

① 底本作"庆隆"。

231

擢河南按察使。遭母丧，哀毁至疾。年五十七卒。著有《沧溟集》。沈归愚在《明诗别裁集》批评他说："历下诗，元美诸家推奖过盛，而受之（钱牧斋）掊击，欢呼叫呶，几至身无完肤，皆党同伐异之见也。分而观之，古乐府及五言古体，临摹太过，痕迹宛然。七言律及七言绝句，高华矜贵，脱去凡庸。去短取长，不存意见，历下之真面目出矣。"

初春元美席上赠谢茂秦（李攀龙）

凤城杨柳又堪攀，谢朓西园未拟还。客久高吟生白发，春来归梦满青山。明时抱病风尘下，短褐论交天地间。闻道鹿门妻子在，只今词赋且燕关。

王世贞字元美，号凤洲，又号弇州山人，王忬之子，太仓人。嘉靖二十六年进士，曾官刑部郎中，以救杨继盛，获罪严嵩，出为青州兵备副使。嵩诛，历任太仆寺卿、兵部右侍郎、刑部尚书。万历十八年卒，年六十五。著有《弇州山人四部稿》三百八十一卷。其所著《艺苑卮言》，是批评文学的名著。凤洲的文学才能，在明代可居第一，可惜误于"七子"学说，堕入邪道。他晚年也自悔其非，《题归熙甫画像》说："千载有公，继韩欧阳。予岂异趋，久而自伤！"临终时犹手执苏文忠公的集子。沈归愚批评他说："弇州天分既高，学殖亦富。……华赡之余，时露浅率。"

乱后初入吴与舍弟小酌（王世贞）

与尔同兹难，重逢恐未真。一身初属我，万里欲输人。天意宁群盗，时艰更老亲。不堪追往昔，醉语亦伤神。

"七子"的反动——文　在嘉靖的初年，已经有几个散文家，掀起反动的旗帜。最有名的，为王慎中、唐顺之，其后有茅坤、归有光。他们的散文，自欧、曾入手，以纡徐委曲见长。成功最大的，要算归熙甫了。王慎中字道思，号遵岩居士，有《遵岩集》。唐顺之字应德，武进人，历官兵部、吏部，颇著武功，有《荆川集》。茅坤字顺甫，号鹿门，归安人。所选《八大家文钞》，当时最为盛行。归有光字熙甫，昆山人。居安亭江上，讲学著书二十余年，后为长兴知县，有治绩。隆庆五年卒，年六十六。有《震川先生文集》。王凤洲的批评说："风行水上，涣为文章，风定波息，与水相忘。"可见他的古文能得欧、曾之神髓了。后来桐城派得力于震川者至多，这是值得我们注意的。

项脊轩志（归有光）

项脊轩，旧南阁子也。室仅方丈，可容一人居。百年老屋，尘泥渗漉，雨泽下注，每移案，顾视无可置者。又北向，不能得日，日过午已昏。余稍为修葺，使不上漏。前辟四窗，垣墙周庭，以当南日，日影反照，室始洞然。又杂植兰桂竹木于庭，旧时栏楯，亦遂增胜。借书满架，偃仰啸歌，冥然兀坐，万籁有声，而庭阶寂寂，小鸟时来啄食，人至不去。三五之夜，月明半墙，桂影斑驳，风移影动，珊珊可爱。

然余居于此，多可喜，亦多可悲。先是庭中通南北为一。迨诸父异爨，内外多置小门，墙往往而是。东犬西吠，客逾庖而宴，鸡栖于厅。庭中始为篱，已为墙，凡再变矣。家有老妪，尝居于此。妪，先大母婢也，乳二世，先妣抚之甚厚。室西连于中闺，先妣尝一至。妪每谓予曰："某所，而母立于兹。"妪又曰："汝姊在吾怀，呱呱而泣，娘以指叩门扉曰：'儿寒乎？欲食乎？'吾从板外相为应答。"语未毕，余泣，妪亦泣。余自束发，读书轩中，一日，大母过余曰："吾儿，久不见若影，何竟日默默在此，大类女郎也？"比去，以手阖扉，自语曰："吾家读书久不效，儿之成，则可待乎！"顷之，持一象笏至，曰："此吾祖太常公宣德间执此以朝，他日汝当用之！"瞻顾遗迹，如在昨日，令人长号不自禁。轩东，故尝为厨，人往，从轩前过。余扃牖而居，久之，能以足音辨人。轩凡四遭火，得不焚，殆有神护者。项脊生曰："蜀清守丹穴，利甲天下，其后秦皇帝筑女怀清台。刘玄德与曹操争天下，诸葛孔明起陇中。方二人之昧昧于一隅也，世何足以知之，余区区处败屋中，方扬眉瞬目，谓有奇景。人知之者，其谓与坎井之蛙何异？"

余既为此志，后五年，余妻来归，时至轩中，从余问古事，或凭几学书。吾妻归宁，述诸小妹语曰："闻姊家有阁子，且何谓阁子也？"其后六年，吾妻死，室坏不修。其后二年，余久卧病无聊，乃使人复葺南阁子，其制稍异于前。然自后余多在外，不常居。庭有枇杷树，吾妻死之年所手植也，今已亭亭如盖矣。

"七子"之反动——诗 一为公安体，一为竟陵体，都是万历时代的事情。公安体为公安人袁宏道（袁中郎）弟兄三人所创，以清新轻俊为主，而失之于诙谐。竟陵体为竟陵人钟惺、谭元春所创，以幽深孤峭为主，而失之于僻涩。他们的用意，未尝不善，可惜破坏多而建设少了。

横塘渡（袁宏道）

横塘渡，郎西来，妾东去。感郎千金顾。妾家住红
桥，朱门十字路。认取辛夷花，莫过杨柳树。

明末的文学家，有复社的张溥，几社的陈子龙，都是源于七
子的。陈子龙字卧子，华亭人。诗词骈体皆工，在明代实为不可
多见咧。其后负诗坛盛名的，有学陶、谢的阮大铖，反动派的钱
谦益，散文家有顾炎武诸人。可惜明朝将亡，他们的著作，已入
了清代文学史中了。最后引曾毅的言论，以为明代文学的结论：

有明一代文学，盖颠倒于门户抢攘之中，攻何李，
伐欧曾，喜声调，尚性灵。入者主之，出者奴之。入者
附之，出者污之。施及末流，其争益激，其学益非，而
其国亦已不振。然而薪尽火传，前清文学之盛，要亦于
此而发其端也。（《中国文学史》二七八页）

第十编　清代文学

第一章　小说

清代的文学与明代的文学，作何比较呢？我以为顾实先生之言最妙："清朝文学……无风骨气韵之高，而有声调词藻之丽。……对于明人之弊，早已十分观破。故虽同是造花，而遥较工巧，几可作原物观也。"（《中国文学史大纲》）换言之，就是清代文学是比不上唐宋的，也嫌创作太少，但是清新纯正，比明代较为自然。清代文学所以不能有十分大的创造性，其原因与明代一样：（一）八股之束缚；（二）思想之专制，如文字之狱等类。此外还有一个原因，就是清人学术上的最大贡献，为考据学，以及整理国故诸事，所以学者的工夫移到此间不少。明代没有这个现象，但是明代门户之见，也足以妨碍文学上的发展。

以下要说清人的长处了。前面曾经说过，以量而论，明代文学，不能说不发达。这就是明人对于文学欣赏的结果。清人则更进一步，对于文学，有相当的认识。如王渔洋的神韵说，袁子才的性灵说，都能着力于文学上一种主义，比较纯粹的摹仿，自高得多了。明代文学，摹仿过甚，所以失之粗厉重浊。清人则于摹仿之中，出以清新自然。清新自然，是文学上的天经地义，不可磨灭的。有了清新自然为基础，方才可以言文学上的改革。清代文学，实在是过渡文学中的好文学。

词与骈文，在明代文学中，最为不振。到了清代，可以说是复兴。我们虽然不能说哪一种文学，在清代有特殊的贡献（有人以为是小说），但是我们可以说各种的文学，都有平行的发展呢。

鲁迅的《中国小说史略》，将清代小说，分类讨论。试列表如下：

一、拟晋唐小说——蒲松龄《聊斋志异》 纪昀《阅微草堂笔记》 王韬《淞滨琐话》

二、讽刺小说——吴敬梓《儒林外史》

三、人情小说——曹雪《红楼梦》

四、才气小说——夏敬渠《野叟曝言》 李汝珍《镜花缘》

五、狭邪小说——魏子安《花月痕》

六、侠义小说——文康《儿女英雄传》 石玉昆《三侠五义》 俞樾《重编七侠五义》

七、谴责小说——李宝嘉《官场现形记》 吴沃尧《二十年目睹之怪现状》 刘鹗《老残游记》 曾朴《孽海花》

假使在上表中再添一种翻译小说，那么不但更加完备，并且可以见得清代小说的潮流了。试再为一表，以资比较：

顺治		道光	《镜花缘》 《儿女英雄传》
康熙	《红楼梦》 《聊斋》 《觚賸》 《野叟曝言》	咸丰	《花月痕》
雍正		同治	《七侠五义》 （？）
乾隆	《儒林外史》 《子不语》 《阅微草堂笔记》 《蟫史》	光绪	《淞滨琐话》 《官场现形记》 《老残游记》 《二十年目睹之怪现状》
嘉庆			《孽海花》 林译小说

观上表，可以知道小说发达的时期，只有康熙、乾隆、光绪三朝。前二朝是因为承平无事，所以文学发达。后一朝则因为政治社会不良，又受西方文明所震荡，小说便是心理上不安的现象所反映了。最要的趋势，则是小说入于写实一派。《红楼梦》所以能为清代第一种小说，便是因为能曲尽人情之妙。明清小说之不同，即在于此。总之，清代小说之发达，可以概见了。

现在举几个最重要的小说，加以讨论。

《红楼梦》的作者，经各学者的研究，以为前八十回是曹霑作的，后四十回是高鹗续的。曹霑字雪芹，镶蓝旗汉军人。祖寅，字子清，号楝亭，康熙中为江宁织造。好刻古书。康熙五次南巡，皆以织造署为行宫，有四次寅皆在任。霑生于南京，家世豪华。后此家忽中落，贫居北京西郊，至食饘粥。《红楼梦》即成于此时。乾隆二十九年卒，年四十余。高鹗字兰墅，镶黄旗汉军人。乾隆乙卯进士，官至翰林院侍读。张船山赠高兰墅同年诗，有"艳情人自说《红楼》"之句。世人的欣赏《红楼》，完全是因为他是言情小说。其实《红楼》的长处，不止于善言情，乃在于写社会心理、个人性格，历历如绘。描写的人物，计男子三百二十五人，女子二百十三人，其伟大可以想见了。今节录"刘姥姥游大观园"一段如下：

> 贾母少歇一回，自己领着刘老老，都见识见识。先到了潇湘馆。一进门，只见两边翠竹夹路，土地下苔藓布满，中间羊肠一条石子漫的路。刘老老让出路来，与贾母众人走，自己却走土地。琥珀拉他道："老老，你上来走，子细青苔滑倒了。"刘老老道："不相干的，我们走熟了的，姑娘们只管走罢。可惜你们的绣鞋，别沾了泥。"他只顾上头和人说话，不防底下脚滑了，"拍跶"一交跌倒。众人都拍手呵呵的笑。贾母笑骂道："小蹄子们，还不搀起来，只站着笑！"说话时，刘老老已爬了起来，自己也笑着说道："才说嘴就打了嘴。"贾母问他："可扭了腰不曾？叫丫头们捶一捶。"刘老老道："那里说的，我这么娇嫩了？那一天不跌两下子？都要捶起来，还了得呢。"紫鹃早打起湘帘，贾母等进来坐下。林黛玉亲自用小茶盘捧了一盖碗茶来，奉与贾母。王夫人道："我们不吃茶，姑娘不用倒了。"林黛玉听说，便命丫头把自己窗下常坐的一张

椅子，拿到下手，请王夫人坐了。刘老老因见窗下案上设着笔砚，又见书架上磊着满满的书，刘老老道："这必定是那位哥儿的书房了？"贾母笑指黛玉道："这是我这外孙儿女的屋子。"刘老老留神打量了林黛玉一番，方笑道："这那里像个小姐的绣房，竟比那上等的书房还好。"

《红楼梦》有许多别名，如《石头记》《情僧录》《风月宝鉴》《金陵十二钗》等等。因为他太出名，所以一般研究《红楼梦》者，号为"红学"。渐渐对于《红楼梦》的背景，有种种的揣测。

一、**宝玉即纳兰成德说**　主张此说最早者，为陈康祺《燕下乡脞录》。他引徐柳泉说，以为《红楼》是记故相明珠家事。"金钗十二"，皆明珠子纳兰容若的上客。宝钗影高澹人，妙玉影姜西溟。张维屏《诗人征略》、俞樾《小浮梅闲话》附和之。胡适之《红楼梦考证》，力证此说之谬。

二、**黛玉即董小宛说**　见王梦阮、沈瓶庵的《红楼梦索隐》。以为冒襄的妾董小宛，复嫁清世祖。小宛死，世祖遁迹五台山为僧，并引吴梅村诗为证。孟森《董小宛考》，力辩此说之不足信。

三、**《红楼》影康熙朝政治状况说**　这是蔡元培《石头记索隐》的主张："以红影朱，石头影金陵，黛玉影朱彝尊，熙凤影余国柱，湘云影陈维崧。"宝玉就影射废太子胤礽，此说亦为胡适之所驳。

四、**《红楼》是曹雪芹的自传说**　胡适之的《红楼梦考证》，以为曹雪芹生于繁华，终于零落，与宝玉的身世很相似。

主张《红楼》是曹霑的自传。这种主张，近来信者甚多，惟寿鹏飞《红楼梦本事辨证》反对之，他以为是康熙季年的宫闱秘史。

至于其他的学说，以为刺和珅（《谭瀛室笔记》）、影随园（《随园诗话》），都不值识者一笑了。

其次要以《儒林外史》为最有价值的小说。它的价值，在于以讽刺之笔，写当时的士风，并攻击当时的恶习。

> 知县疑惑："他居丧如此尽礼，倘或不用荤酒，却是不曾备办。"落后看见他在燕窝碗里拣了一个大虾圆子送在嘴里，方才放心。（《儒林外史》第四回）

作者吴敬梓，是安徽全椒人，字敏轩。雍正间，举博学鸿词科，不赴。晚客扬州，自号文木老人。著有《文木山房集》《诗说》。他是一个轻财好义的人。

《镜花缘》一百回，以女子为中心，在中国小说中，是不可多得的。胡适之说："是一部讨论妇女问题的小说。他对于这个问题的答案，是男女应该受平等的待遇、平等教育、平等的选举制度。"作者又富于想像力，如叙述君子国、女儿国，颇多诙谐的风趣呢。《镜花缘》的作者李汝珍，字松石，京兆大兴人。少聪颖，不高兴做诗文。乾隆末，到海州师凌廷堪，懂音韵之学，又治星象、书法、弈学。年六十余卒。书刻于道光八年，颇有自炫才气的地方。

《儿女英雄传》五十三回，今存四十回，旧题燕山闲人著。作者为文康，字铁仙，满洲镶红旗人，大学士勒保的孙子。道光中为理藩院郎中，升至道台，后来放驻藏大臣，以疾未去。此书以侠女何玉凤假名十三妹为中心人物，与《镜花缘》一样，同是尊崇女子的地位。但是《镜花缘》的情节诙诡，此书结构紧密。

书中所言纪献唐，蒋瑞藻《小说考证》以为就是年羹尧咧。

清代的短篇小说，以《聊斋志异》为最负盛名，其次要推《阅微草堂笔记》了。《聊斋志异》为蒲松龄所作。松龄字留仙，山东淄川人，康熙时岁贡生，卒年八十六。有诗文集十卷，其他著作甚多。《聊斋》文笔藻绘，多叙述狐鬼之事，为士大夫所喜读。拿现在眼光看起来，好像是属于古典派。但是他叙事简洁，结构谨严，不失小说家的风格。最有名的几篇，如《婴宁》《林四娘》《罗刹海市》《黄英》《马介甫》《青梅》诸作，都太长，不录，录一篇短的：

耳中人（《聊斋》）

谭晋玄，邑诸生。笃信引导之术，寒暑不辍，行之数月，若有所得。一日，方趺坐，闻耳中小语如蝇，曰："可以见矣。"开目即不复闻，合眸定息，又闻如故。谓是丹将成，窃喜。自是每坐辄闻，因思俟其所言，当应以觇之。一日，又言，乃微应曰："可以见矣。"俄觉耳中习习然，似有物出。微睨之，长三寸许，小人，貌狞恶如夜叉，旋转地上。心窃思之，姑凝神以观其变。忽有邻人假物，扣门而呼。小人闻之，意张皇，绕屋而遁，如鼠失窟。谭觉神魂俱失，不复知小人何所之矣。遂得颠疾，号叫不休，医药半年，始渐愈。

《阅微草堂笔记》共分五种，《滦阳消夏录》《如是我闻》《槐西杂志》《姑妄听之》《滦阳续录》，作者纪昀字晓岚，直隶献县人，官至侍读学士。曾因事戍乌鲁木齐，后召还，总纂《四库全书提要》，是中国文化史上的一大贡献。嘉庆十年，拜协办大学士，加太子少保。年八十二卒，谥文达。

《阅微草堂笔记》也多叙仙狐鬼怪，但是文笔淡雅，与《聊斋》大异。而且纪文达喜说笑话，往往借狐鬼以讥习俗，笔致异常隽永。俞曲园《春在堂随笔》说："纪文达公尝言《聊斋志异》一书，才人之笔，非著书者之笔也。……《阅微草堂》五种，叙事简，说理透，不屑屑于描头画角，非留仙所及。"

> 孙叶飞夜宿山家，闻了鸟丁东声，问为谁。门外小语曰："我非鬼非魅，邻女欲有所白也。"先生曰："谁呼汝为鬼魅，而先辨非鬼非魅也？非欲盖弥彰乎？"再听之，寂无声矣。（《槐西杂志》三）

清末的小说，有三大趋势：（一）写实的小说，其流为黑幕小说；（二）翻译西洋小说；（三）以古文笔法做小说。

写实派的小说，最著名者有李伯元的《官场现形记》，吴趼人的《二十年目睹之怪现状》，刘铁云的《老残游记》，曾孟朴的《孽海花》，而《老残游记》揭清官之恶，是从来未经人道过的。

> 那父老两个连连叩头说："青天大老爷，实在是冤枉！"刚弼把桌子一拍，大怒道："我这样开导你们，还是不招，再替夹拶起来。"（《老残游记》）

翻译西洋小说最多者，乃出于不谙西文之林琴南（纾），他是一位古文家，所译有迭更司、司各德的作品。口译者，多为魏易。他以古文之法译西书，不能将外人的风格，介绍进来，当然是个缺憾。但是大宗的宣传西洋文学与古文的应用，不能谓之毫无影响咧。其次译小说最出名者，要推伍昭扆（光建），以所译《侠隐记》为最有名。

佛老忒亦德人，其为人异于吾师。其操俄语甚精，即法语亦逼肖。人人咸谓其工内媚，酬应既佳，学问复富。衣服整肃，领带用黑缎，而襟上以红玉为钳，裤作浅蓝之色，制亦极佳。年少而貌美，二股恰合身段，故年少妇女，咸悦其人。而佛老忒亦沾沾自喜，盖维新之佳品，足为群雌所倾倒。（林译托尔斯泰著《现身说法》第十九章）

自从林琴南以古文之笔法译小说，后仿效之者甚多，然以质而论，何诹的《碎琴楼》，实高出于林氏的小说。他的文笔，异常隽永。摘录一段，代表这一派的文学。其余等诸自桧，可以不必提及了。

第四章　琼花疾愈授计云郎，云郎投之以野菜之花

琼花，楼居也。琼花之楼，居于堂之西。由堂而西，曲折经数阔，始达楼下。楼下室亦至精，为刘氏卧处。自外观之，觉琼花之居，正如卷叶蕉心，必层层抽剥而后见其佳处。而实则琼花之楼固已豁然轩露。盖楼之西南，菜圃也。当碧月横空，银光四匝，楼中人乃盥手焚香，依窗微咏，斯真兹楼之乐境矣。琼花亭亭如浊水之莲，娇弱殊甚。然有奇癖，起眠必迟于人。脱非万籁都空，残漏滴尽，琼花不肯寝。大抵幽僻之流，恒喜冷而避热。斯则此中人知之，外人又乌从索解，顾琼花孝甚，辄弗欲以倦学忤父母心。自入学堂，则截然而早起。当朝阳未吐，晨风徐来，琼花倦眼惺忪，临窗栉沐，为状至适。而晨风为物，正如凶人，恒畏强而欺弱。琼花恹然外望，正晨风得意时也。故琼花遂病。

第二章　戏曲

　　清代的传奇，与明代一样，都偏于文学化，但是结构更加谨严，情感更加丰富（如兴亡之感等等）。吴瞿安说："乾隆以前，有戏而无曲（《桃花扇》《长生殿》不在此列）；嘉、道以还，有曲而无戏。"（《曲选》卷四，六十一页）无论如何，有《桃花扇》《长生殿》两种传奇，已足令清代戏曲有不朽的价值了。今将名作家的作品，列表如下（杂剧在内）：

作　品	作　家
《秣陵春》《临春阁》《通天台》	吴伟业（梅村）
《小忽雷》《桃花扇》	孔尚任（东塘）
《四婵娟》《长生殿》等八种	洪昇（昉思）
《一笠庵传奇三十二种》	李玉（玄玉）
《钧天乐》	尤侗（西堂）
《风流棒》等十六种	万树（红友）
《吟风阁短剧三十二种》	杨潮观（笠湖）
《后四声猿》	桂馥（未谷）
《红雪楼九种曲》①	蒋士铨（心余）
《笠翁十种曲》等等	李渔（笠翁）
《瓶笙斋修箫谱五种》	舒位（铁云）
《倚晴楼七种》	黄燮清（韵珊）

　　① 底本作"《红雪九种曲》"。

《桃花扇》 作者孔尚任，字季重，号东塘，又号云亭山人，曲阜人，孔子之后。康熙时国子监生，官户部员外郎。著作甚富。他的《桃花扇》，与《长生殿》齐名一时，有"南洪北孔"之称。

《桃花扇》共四十二出，叙名公子侯方域与秦淮名妓李香君的故事，非常的凄丽。但是他动人之处，不仅在爱情，完全在兴亡之感。剧中叙述诸镇之互斗，权奸之误国，史可法之殉国。令人一唱三叹，生出国家的思想起来。剧中事实，大都根据于当时的作品，如侯方域《壮悔堂集》、余怀《板桥杂记》之类，几于无一字无来历。他自己说："山居多暇，博采遗闻，入之声律。"可想见其忠于艺术的态度了。我国传奇中的事实，多脱胎于古人，少创作的兴趣。《桃花扇》就书中事实而论，不妨谓之为创作咧。当时演唱此剧甚盛，康熙每看到《设朝》《选优》诸出，必顿足说："弘光弘光，虽欲不亡，其可得乎！"这本书实在兼有慷慨悲歌、哀感顽艳之胜咧！

桃花扇·寄扇

【沉醉东风】记得一霎时娇歌兴扫，半夜里浓雨情抛。从桃叶渡头寻，向燕子矶边找。乱云山风高雁杳。那知道梅有信，人去越遥。凭栏凝眺，盈盈秋水，酸风冻了。可恨恶仆盈门，硬来娶俺，俺怎肯负了侯郎。

【雁儿落】欺负俺贱烟花薄命飘飘，倚着那丞相府忒骄傲。得保住这无瑕白玉身，免不得揉碎如花貌。最可怜妈妈替奴当灾，飘然竟去。（指介）你看床榻依然，归来何日。

【得胜令】恰便似桃片逐雪涛，柳絮儿随风飘。袖

掩春风面，黄昏出汉朝。萧条，满被尘无人扫；寂寥，花开了独自瞧。说到这里，不觉一阵酸心。（掩泪坐介）

【乔牌儿】这肝肠似搅，泪点儿滴多少。也没个姊妹闲相邀，听那挂帘栊的钩自敲。独坐无聊，不免取出侯郎诗扇，展看一回。（取扇介）嗳呀！都被血点儿污坏了，这怎么处。

【甜水令】你看疏疏密密，浓浓淡淡，鲜血乱照，不是杜鹃抛，是脸上桃花做红雨儿飞落，一点点溅上冰绡！侯郎，侯郎！这都是为你来。

【折桂令】叫奴家揉开云鬟，折损宫腰。睡昏昏似妃葬坡平，血淋淋似妾堕楼高。怕旁人呼号，舍着俺软丢答的魂灵没人招。银镜里朱霞残照，鸳枕上红泪春潮。恨在心苗，愁在眉梢，洗了胭脂，浣了鲛绡。一时困倦起来，且在妆台盹睡片时。

《长生殿》　　朱竹垞赠洪昉思诗曰："金台酒坐擘红笺，云散星离又十年。海内诗家洪玉父，禁中乐府柳屯田。梧桐夜雨词凄绝，薏苡明珠谤偶然。白发相逢岂容易？津头且缆下河船。"读这一首诗，可以想见当时《长生殿》扮演之盛况及作者之生平了。

洪昇字昉思，号稗畦，钱塘人。康熙时上舍生，因被斥家居，自苕雪还，堕水死。据梁绍壬《两般秋雨庵随笔》说："黄六鸿者，康熙中由知县行取给事中，入京以土物及诗稿遍送诸名士。至赵秋谷（执信）赞善，赵答以柬云：'土物拜登，大集璧谢'。黄遂衔之刺骨。乃未几有国忌演剧之事，黄遂据实弹劾，朝廷取《长生殿》院本阅之,以为有心讽刺,大怒,遂罢赵职,而洪昇编管山西。"当时有人作诗说:"可怜一曲《长生殿》,断送功名到白头。"就是指这件事了。

拿白居易《长恨歌》、陈鸿《长恨歌传》做戏曲的,在元朝有白仁甫的《秋雨梧桐》,在明朝有屠赤水的《彩毫记》,无名氏的《惊鸿记》。但是感人之深,都不及《长生殿》。《长生殿》共五十出,关于事实方面,可以注意的,就是太真人格之进化。书中关于太真秽事,一律削去,贵妃变成一个娇妒可爱的女子。《顾曲麈谈》说:"词句采藻,直入元人之堂奥。所作北词,不在关、马、郑、白之下。且宫调谐和,谱法修整,确居云亭之上。"这是《长生殿》的总批评了。所以徐麟的《长生殿序》说道:"一时朱门绮席,酒社歌楼,非此曲不奏,缠头为之增值。"

长生殿·闻铃

(丑内叫介)军士每趱行前面伺候。(内鸣锣应科)(丑)万岁爷请上马。(生骑马,丑随行上)

【双调近词·武陵花】万里巡行,多少悲凉途路情。看云山重叠处,似我乱愁交并。无边落木响秋声,长空孤雁添悲哽。寡人自离马嵬,饱尝辛苦。前日遣使臣赍奉玺册,传位太子去了。行了一月,将近蜀中。且喜贼兵渐远,可以缓程而进。只是对此鸟啼花落,水绿山青,无非助朕悲怀。如何是好!(丑)万岁爷,途路风霜,十分劳顿。请自排遣,勿致过伤。(生唤)高力士,朕与妃子,坐则并几,行则随肩。今日仓卒西巡,断送她这般结果,教寡人如何撇得下也!(泪介)提起

伤心事，泪盈襟，回望马嵬坡下，不觉恨填膺。（丑）
前面就是栈道了。请万岁爷挽定丝缰，缓缓前进。
（生）袅袅旗旌，背残日，风摇影。匹马崎岖怎暂停？
怎暂停？只见阴云黯淡天昏暝，哀猿断肠，子规叫血，
好教人怕听。兀的不惨杀人也么哥，兀的不苦杀人也么
哥！萧条怎生，峨嵋山下少人经，冷雨斜风扑面迎。

　　（丑）雨来了，请万岁爷暂登剑阁避雨。（生作下
马登阁坐介）（丑作向内介）军士每暂且驻扎，雨止再
行。（内应介）（生）独自登临意转伤，蜀山蜀水恨茫
茫。不知何处风吹雨，点点声声逆断肠。（内作铃响
介）（生）你听那壁厢不住的声响，聒的人好不耐烦。
高力士，看是什么东西？（丑）是树林中雨声，和着檐
前铃铎，随风而响。（生）呀，这铃声好不做美也！

　　【前腔】淅淅零零，一片凄然心暗惊。遥听隔山隔
树战，合风雨高响低鸣。一点一滴又一声，一点一滴又
一声，和愁人血泪交相逆。对这伤情处，转自忆荒茔。
白杨萧瑟雨纵横，此际孤魂凄冷。鬼火光寒，草间湿乱
萤。只悔仓皇负了卿，负了卿！我独在人间，委实的不
愿生。语娉婷，相将早晚伴幽冥。一恸空山寂，铃声相
应，阁道峻增，似我回肠恨怎平！

　　（丑）万岁爷且免愁烦。雨止了，请下阁去罢。
（生作下阁上马介）（丑向内介）军士每前面起驾。
（众内应介）（丑随生行介）（生）

　　【尾声】迢迢前路愁难罄，招魂去国两关情。
（合）望不尽雨后尖山万点青。

　　（生）剑阁连山千里色（骆宾王），离人到此倍堪
伤（罗鄩）。空劳翠辇冲泥雨（秦韬玉），一曲淋铃泪
数行（杜牧）。

　　《笠翁十种曲》　李渔字笠翁，兰溪人。寓居钱塘，为明之
遗臣。所著《闲情偶记》（见《李笠翁一家言》），论戏曲的原
理，极其精到。他是崇拜轻文学及平民文学的一个人，所以他的
曲子，不免多滑稽俚俗之处。《十种曲》为《风筝误》《慎鸾
交》《奈何天》《怜香伴》《比目鱼》《意中缘》《玉搔头》
《蜃中楼》《巧团圆》《凰求凤》。其中以《蜃中楼》《比目
鱼》为最佳，事实多系创作。

　　《红雪楼九种曲》　作者为乾隆间著名的诗人蒋士铨，字
心余，号苕生，又号藏园，铅山人。乾隆时编修，有《忠雅堂
集》。《九种曲》的名称为《香祖楼》《空谷香》《冬青树》
《临川梦》《桂林霜》《雪中人》《四弦秋》《一片石》《第二
碑》。前六种为长剧，后三种为短剧。事实多取之于古人遗闻轶
事，笔致以秀雅自然胜。

第三章　散文与骈文

　　清代的散文，是古文大放光明的时代，也是桐城派专制的时
代。盛极必衰，于是产生近来痛诋古文的运动，而有所谓报馆文
字、白话文学等等。诋諆古文的人，或者言过其实，但是桐城派
的弱点，我们也要公平的承认，尽量的容纳呢。

　　何谓古文？编者论韩、柳古文时，已经说过了。简括言之，
古文是一种谨严雅洁的散文。桐城派的古文，是讲求家法近于

欧、曾、归的古文，所以假使我们用名学的方法，画成他们的界限，不能不说桐城派的古文偏于狭义了！

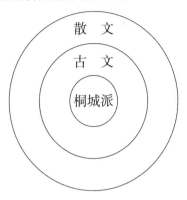

古文的家法，到桐城派而正式成立，所谓谨严、雅洁、清淡、简朴诸原理，可参看曾文正公《复陈右铭太守书》中的一段：

> 窃以自唐以后，善学韩公者，莫如王介甫氏，而近世知言君子，惟桐城方氏、姚氏，所得尤多。因就数家之作，而考其风旨，私立禁约，以为有必不可犯者，而后其法严而道始尊。大抵剽窃前言，句摹字拟，是为戒律之首。称人之善，依于庸德，不宜襃扬溢量，动称奇形异征，邻于小说诞妄者之所为。贬人之恶，又加慎焉。一篇之内，端绪不宜繁多，譬如万山旁薄，必有主峰，龙衮九章，但挈一领。否则首尾衡决，陈义芜杂，滋足戒也。识度曾不异人，或乃竟为僻字涩句以骇庸众，斫自然之元气，斯又才士之所同蔽，戒律之所必严。明兹数者，持守勿失，然后下笔，造次皆有法度，乃可专精以理吾之气，深求韩公所谓与相如、子云同工

> 者。熟读而强探，长吟而反复，使其气若翔翥于虚无之表，其辞跌宕俊迈而不可以方物。盖论其本，则循戒律之说，词愈简而道愈进。论其末，则抗吾气以与古人之气相翕。有欲求太简而不得者，兼营乎本末，斟酌乎繁简。此自昔志士之所为毕生矻矻，而吾辈所当勉焉者也。

至于清代古文——桐城派，发展的层次，以黎庶昌说得最能扼要。他在《续古文辞类纂》自序中说："本朝文章，其体实正自望溪方氏，至姚氏而辞始雅洁，至曾文正公始变化以臻于大。"

清初的散文家　向来论清初古文，只举出魏禧、侯方域、汪琬三人。魏禧字冰叔，宁都人。兄弟俱能文，号宁都三魏。有《魏叔子文集》。文章主议论，以凌厉雄杰胜。侯方域字朝宗，商丘人。为明末四公子之一，有《壮悔堂集》，以才气奔放胜。汪琬字苕文，号尧峰，长洲人。有《钝翁类稿》。他的文章，温雅纯粹，而才力不足。

其实清初的散文，也要推举明末三大遗老——黄宗羲、顾炎武、王夫之。他们都是清初的经师，学问渊博，各有所长，不专以文章自名。但是读过黄梨洲的《明夷待访录》，顾亭林的文集，王船山的《读通鉴论》，一定能欣赏他们的文笔。他们不屑屑于模仿某一家的古文，但是文笔自然，光芒万丈，都有不可磨灭的地方。梨洲，余姚人；亭林，昆山人；船山，衡阳人：都是有革命思想的。

与友人论学书（顾炎武）

> 比往来南北，颇承友朋推一日之长，问道于盲。窃叹夫百余年以来之为学者，往往言心言性，而茫乎不得

其解也。命与仁，夫子之所罕言也。性与天道，子贡之所未得闻也。性命之理，著之《易传》，未尝数以语人。其答问士也，则曰"行己有耻"；其为学，则曰"好古敏求"；其与门弟子言，举尧、舜相传所谓"危微精一"之说，一切不道，而但曰："允执其中，四海困穷，天禄永终。"呜呼！圣人之所以为学者，何其平易而可循也！故曰："下学而上达。"颜子之几乎圣也，犹曰："博我以文。"其告哀公也，明善之功，先之以博学。自曾子而下，笃实无若子夏，而其言仁也，则曰："博学而笃志，切问而近思。"今之君子则不然，聚宾客门人之学者数十百人，"譬诸草木，区以别矣"，而一皆与之言心言性。舍多学而识，以求一贯之方，置四海之困穷不言，而终日讲"危微精一"之说，是必其道之高于夫子，而其门弟子之贤于子贡，挑东鲁而直接二帝之心传者也！我弗敢知也。《孟子》一书言心言性亦谆谆矣，乃至万章、公孙丑、陈代、陈臻、周霄、彭更之所问，与孟子之所答者，常在乎出处去就、辞受取与之间。以伊尹之元圣，尧、舜其君其民之盛德大功，而其本乃在千驷一芥之不视不取。伯夷、伊尹之不同于孔子也，而其同者则以行一不义，杀一不辜而得天下不为。是故性也，命也，天也，夫子之所罕言，而今之君子之所恒言也；出处、去就、辞受、取与之辨，孔子、孟子之所恒言，而今之君子之所罕言也。谓忠与清之未至于仁，而不知不忠与清而可以言仁者，未之有也；谓不忮不求之不足以尽道，而不知终身于忮且求而可以言道者，亦未之有也。我弗敢知也。愚所谓圣人之道者如之何？曰"博学于文"，曰"行己有耻"。自一身以至于天下国家，皆学之事也；自子臣弟友以至出入、往来、辞受、取与之间，皆有耻之事也。耻之于人大矣！不耻恶衣恶食，而耻匹夫匹妇之不被其泽，故曰："万物皆备于我矣，反身而诚。"呜呼！士而不先言耻，则为无本之人；非好古而多闻，则为空虚之学。以无本之人，而讲空虚之学，吾见其日从事于圣人，而去之弥远也。虽然，非愚之所敢言也！且以区区之见，私诸同志，而求起予。

方望溪及其影响　方苞字灵皋，桐城人。移居江宁，人称为望溪先生。康熙四十五年进士，充武英殿总裁。年八十二卒。他是讲究古文义法的第一个重要人物。所谓桐城派，便是讲求古文义法的文派。望溪所主张者，就是"古文中不可入语录中语，魏晋六朝人藻丽俳语，汉赋中板重字语，诗歌中隽语，南北史佻巧语"（沈庭芳《书方望溪先生传后》。）他自己的文笔如何呢？吾家孟涂先生（刘开）说："其气味高淡醇厚……丰于理而啬于辞，谨严精实则有余，雄奇变化则不足。亦能醇不能肆之故也。"（《与阮芸台宫保论文书》）桐城派批评桐城派，自然可信了。

二贞妇传（方苞）

康熙乙亥，余客涿州，馆于滕氏。见僮某，独自异于群奴，怪之。主人曰："其母方氏，歙人也，美姿容。自入吾家，即涕泣请于主妇曰：'某良家子，不幸夫无籍。凡役之贱且劳者，不敢避也。但使与男子杂居同役，则不能一日以生。'会孺子疾，使往视，兼旬睫不交。所养孺子凡六人，忠勤如始至。自其夫自鬻，即誓不与同寝处。而夫死，疏食终其身。家人重其义，故于其子亦礼貌焉。"戊戌秋，天津朱御言：里中节妇任氏，年十七，归符钟奇，逾岁而钟奇死。姑杨氏，故孀也，阅六月又死。任氏仅遗腹一女子，而钟奇弟妹四人皆孩提，任氏保抱携持。为之母，为之师，又以其间修业而息之。凡二十年，自授室有家，而节妇死。族姻皆曰："亡者而有知也，杨氏可无怼于其死，钟奇可无憾于其亲矣。"夫嫠之苦身以勤家，多为其子也，自有任氏，而承夫之义始备焉。妇人委身于夫，而方氏非生绝其夫，不能守其身以庇其子。是皆遭事之变而曲得其时义，虽圣贤处此，其道亦无以加焉者也。凡士之安常履顺，而自检其身与所以施于家者，其事未若二妇人之艰难也，而乃苟于自恕，非所谓失其本心者欤？

望溪虽为桐城派一世祖，但是直接传受之而成名者，并不多见。望溪后最大古文家刘海峰，是私淑望溪的。望溪曾极力扬刘之名，所以恽敬说："本朝作者，方灵皋为最。……再传为刘海峰。"（《上曹俪笙侍郎书》）海峰名大櫆，桐城人，文笔比较宏肆一点。

姚姬传及其影响 姚鼐字姬传，桐城人。乾隆二十八年进士，选庶吉士，历山东、湖南副考官，四库馆纂修官。晚年主讲梅花、钟山诸书院。年八十五卒。有《惜抱轩集》。姬传的古文，远师方望溪，近师他的世父姚范（姜坞）及刘海峰。辟汉学而宗宋学。他的文章，据曾文正公说："深造自得，词旨渊

雅。……义精词俊，复绝尘表。其不厌人意者，惜少雄直之气，驱迈之势。"（《复吴南屏书》）

复鲁絜非书（姚鼐）

桐城姚鼐顿首，絜非先生足下。相知恨少，晚遇先生。接其人知为君子矣，读其文非君子不能也。往与程鱼门、周书昌尝论古今才士，惟为古文者最少，苟为之，必杰士也，况为之专且善如先生乎？辱书引义谦而见推过当，非所敢任。鼐自幼迄衰，获侍贤人长者为师友。剽取见闻，加臆度为说，非真知文能为文也，奚辱命之哉。盖虚怀乐取者，君子之心，而诵所得以正于君子，亦鄙陋之志也。

鼐闻天地之道，阴阳刚柔而已。文者，天地之精英，而阴阳刚柔之发也。惟圣人之言，统二气之会而弗偏。然而《易》《诗》《书》《论语》所载，亦间有可以刚柔分矣，值其时其人，告语之体各有宜也。自诸子而降，其为文无弗有偏者。其得于阳与刚之美者，则其文如霆，如电，如长风之出谷，如崇山峻崖，如决大川，如奔骐骥。其光也，如杲日，如火，如金镠铁。其于人也，如凭高视远，如君而朝万众，如鼓万勇士而战之。其得于阴与柔之美者，则其文如升初月，如清风，如云，如霞，如烟，如幽林曲涧，如沦如漾，如珠玉之辉，如鸿鹄之鸣而入寥廓。其于人也，漻乎其如叹，邈乎其如有思，暖乎其如喜，愀乎其如悲。观其文，讽其音，则为文者之性情形状，举以殊焉。且夫阴阳刚柔，其本二端，造物者糅而气有多寡进绌，则品次亿万，以至于不可穷，万物生焉。故曰：一阴一阳之为道。夫文之多变，亦若是已。糅而偏胜可也，偏胜之一极，有一绝无，与夫刚不足为刚，柔不足为柔者，皆不可以言文。今夫野人孺子闻乐，以为声歌弦管之会尔，苟善乐者闻之，则五音十二律，必有一当，接于耳而分矣。夫论文者，岂异于是乎？宋朝欧阳、曾公之文，其才皆偏于柔之美者也。欧公能取异己者之长而时济之，曾公能避所短而不犯。观先生之文，殆近于二公焉。抑人之学文，其功力所能至者，陈理义必明当，布置取舍繁简廉肉不失法，吐辞雅驯，不芜而已。古今至此者，盖不数数得，然尚非文之至。文之至者通乎神明，人力不及施也。先生以为然乎？

惠寄之文，刻本固当见与，钞本谨封还。然钞本不能胜刻本，诸体中书疏赠序为上，记事之文次之，论辨又次之。鼐亦窃识数语于其间，未必当也。《梅崖集》果有逾人处，恨不识其人。郎君令甥皆美才，未易量，听所好恣为之，勿拘其途可也。于所寄文辄妄评，勿罪勿罪。秋暑，惟体中安否？千万自爱。七月朔日。

桐城派到了姚姬传，可谓如日方中了。姬传对于古文的义法，主张"文之体类十三，而所以为文者八：曰神、理、气、味、格、律、声、色。神、理、气、味者，文之精也；格、律、声色者，文之粗也"（《古文辞类纂序目》）。然此种空洞的名词，始终无人能辨别清楚咧！

桐城派自有了姚姬传，而传播始广。姬传及门的弟子，负古文家之盛名者，有上元管同（异之）、梅曾亮（伯言），桐城方东树（植之）、姚莹（石甫）。私淑中最有名者，在当时为阳湖恽敬（子居），武进张惠言（皋文），新城鲁仕骥（絜非），宜兴吴德旋（仲伦），临桂朱琦（伯韩）。到了后来，有曾文正公等，私淑人数又多了。（参看曾文正公《欧阳生文集序》）

阳湖派　恽子居、张皋文，都是常州人。他们虽然都是私淑桐城派，但是文章背景，比较的丰富——就是解放一点。"学桐城之术，而欲复舍唐宋以上，跻于秦汉。"（姜书阁《桐城文派评述》五十五页）文笔方面，也比较的才气纵横一点。恽子居有《大云山房文集》，张皋文有《茗柯文》。他们的传授，不及桐城派势力之大。

曾涤生及其影响　嘉庆以后，世变日亟，桐城派空疏之病，已经为人人所窥见了。于是有了策士之文，如龚自珍、魏默深，都偏于奇诡一面。到了曾文正公，以桐城派号召，于是桐城派又中兴数十年。

曾文正公国藩字伯涵，号涤生，湘乡人。道光戊戌进士。官两江总督、武英殿大学士。有《曾文正公全集》《十八家诗钞》《经史百家杂钞》等等。他是以理学名臣而兼为文章家，是结束清代文化的一个重要人物。他所以能中兴桐城派，不是完全靠他的政治势力，乃是靠他自己的文笔及对于古文之主张。他的文章，取精用宏，雄厚之气过于姚惜抱。同时对于汉宋两学，取折衷态度，主张："见道既深且博，而为文复臻于无累。"（《致刘孟容书》）所以有人以湘乡派目之，不为无见。试看诸学者之评语，便可以见得了：

其为文气清体闳，不名一家，足与方、姚诸公并

峙。其尤峣然者，几欲跨越前辈。（薛福成《寄龛文存序》）

曾文正公以雄直之气，宏通之识，发为文章，冠绝古今。（王先谦《续古文辞类纂序》）

循曾氏之说，将尽取儒者之多识格物博辨训诂，一纳诸雄奇万变之中，以矫桐城末流虚车之饰。（黎庶昌《续古文辞类纂自序》）

原才（曾国藩）

风俗之厚薄，奚自乎？自乎一二人之心之所向而已。民之生，庸弱者，戢戢皆是也，有一二贤且智者，则众人君之而受命焉。尤智者，所君尤众焉。此一二人者之心向义，则众人与之赴义；一二人者之心向利，则众人与之赴利。众人所趋，势之所归，虽有大力，莫之敢逆，故曰："挠万物者，莫疾乎风。"风俗之于人之心，始乎微，而终乎不可御者也。先王之治天下，使贤者皆当路在势，其风民也皆以义，故道一而俗同。世教既衰，所谓一二人者不尽在位，彼其心之所向，势不能不腾为口说而播为声气，而众人者势不能不听命而蒸为习尚，于是乎徒党蔚起，而一时之人才出焉。有以仁义倡者，其徒党亦死仁义而不顾；有以功利倡者，其徒党亦死功利而不返。水流湿，火就燥，无感不应，所从来久矣。今之君子之在势者，辄曰天下无才，彼自尸于高明之地，不克以己之所向，转移习俗而陶铸一世之人，而翻谢曰："无才。"谓之不诬可乎？否也。十室之邑，有好义之士，其智足以移十人者，必能拔十人中之尤者而材之。其智足以移百人者，必能拔百人中之尤者而材之，然则转移习俗而陶铸一世之人，非特处高明之地者然也，凡一命以上，皆与有责焉者也。有国家者得吾说而存之，则将慎择与共天位之人；士大夫得吾说而存之，则将惴惴乎谨其心之所向，恐一不当，以坏风俗而贼人才。循是为之，数十年之后，万有一收其效者乎？非所逆睹已。

曾文正公登高一呼，天下响应，所以桐城派之传播又盛。曾氏门下做古文最负盛名者，要推武昌张裕钊（廉卿），无锡薛福成（叔耘），通义黎庶昌（莼斋），桐城吴汝纶（挚甫）。吴挚甫的门下，有严复、林纾。但是严、林的文章，仍旧靠他们翻译出名。这是文章的实质问题，可以想见其重要了。

今引近代学者对于桐城派的批评，以见桐城派的得失。我们以后散文的取舍，也可以知道了。（参阅姜书阁《桐城文派评述》第五章）

　　平心论之，桐城开派诸人，本狷洁自好。当汉学全盛时，而奋然与抗，亦可谓有勇。不能以其末流之堕落，归罪于作始。然此派者，以文而论，因袭矫揉，无所取材。以学而论，则奖空疏，阏创获，无益于社会。且其在清代学界，始终未尝占重要位置，今后亦断不复能自存。（梁启超《清代学术概论》）

　　问："桐城义法，何其隘也？"答曰："此在今日，亦为有用。何者？明末猥杂佻佻之文，雾塞一世。方氏起而廓清之，自是以后，异喙已息。可以不言流派矣。乃至今日，而明末之风复作。报章小说，人奉为宗。幸其流派未亡，稍存纲纪，学者守此，不至坠入下流，故可取也。若谛言之，文足达意，远于鄙倍可矣。有物有则，雅驯近古，是亦足矣。派别安足论？然是为中人以上言耳。桐城义法者，佛家之四分律也。曾未与大乘相齿，用以摧伏魔外，绰然有余，非以此为极致也。"（章炳麟《菿汉微言》）

唐宋八大家的古文，和桐城派的古文长处，只是他们甘心做通顺清淡的文章，不妄想做假古董。学桐城古文的人，大多数还可以做到应用的文字。故桐城派的中兴，虽然没有什么大贡献，却也没有什么大害处。他们有时自命为卫道的圣贤，如方东树的攻击汉学，如林纾的攻击新思潮。那就是中了"文以载道"的毒，未免不知分量。但桐城派的影响，使古文作通顺了，为后来二三十年勉强应用的预备，这一点功劳是不可埋没的。（胡适《五十年来中国之文学》）

报馆文章 报馆文章当然不专指散文。但是报馆文章，致力于应用方面，而散文的应用最大，所以报馆的文章，对于散文，发生一个最大的变化。清末与西洋文化接触，政治军事，著著失败，开千古未有之奇局。那种空疏束缚之桐城派，不能应付潮流，自是意中事。于是报馆文字，力求解放，为桐城派的反动势力。最有势力的，当然是梁任公了。

梁启超字卓如，号任公，又号饮冰室主人，新会人。从康有为为变法运动，民国时为司法财政总长。生于同治十二年，死于民国十八年。他自己批评他的文章说："一、平易畅达，时杂以俚语、韵语及外国语法。纵笔所致，不检束。二、条理明晰。

三、笔端常带情感，具有使读者特别感动的魔力。"（《清代学术概论》一四二页）任公的文字，以在《庸言》《大中华》两杂志中所作者为最好，但已是民国时代的产物。《新民丛报》的文章，气象蓬勃，议论激昂，但常常有滑易之病，学者不可不知。可是对于青年人的影响最大，在当时收效也最宏呢。

新民说叙（梁启超）

自世界初有人类以迄今日，国于环球上者何啻千万，问其巍然今存，能在五大洲地图占一颜色者，几何乎？曰：百十而已矣！此百十国中，其能屹然强立，有左右世界之力，将来可以战胜于天演界者，几何乎？曰：四五而已矣！夫同是日月，同是山川，同是方趾，同是圆颅，而若者以兴，若者以亡，若者以弱，若者以强，则何以故？或曰：是在地利。然今之亚美利加，犹古之阿美利加，而盎格鲁撒逊民族何以享其荣？古之罗马犹今之罗马，而拉丁民族何以坠其誉？或曰：是在英雄。然非无亚历山大，而何以马基顿今已成灰尘？非无成吉思汗，而何以蒙古几不保残喘？呜呼！噫嘻！吾知其由矣。国也者，积民而成。国之有民，犹身之有四肢、五脏、筋脉、血轮也。未有四肢已断，五脏已瘵，筋脉已伤，血轮已涸，而身犹能存者，则未有其民愚陋、怯弱、涣散、混浊，而国犹能立者。故欲其身之长生久视，则摄生之术不可不明；欲其国之安富尊荣，则新民之道不可不讲。

报馆散文，一变而为章炳麟的涩奥、章士钊的炼洁，再变而为胡适的白话。这都是民国的作风，不是清代的文学了。

骈文　元明两代的四六文，都伤浅俗之病。到了清代，始出以古雅之笔，而骈文复振。清初的作家，以陈其年（维崧）、毛西河（奇龄）为大家。尤西堂（侗）也擅骈文，不过游戏之笔为多。乾嘉时代，骈文最盛，有胡天游、邵齐焘、汪中、洪亮吉、袁枚诸大家。总之，骈文的用处甚小，沉迷于骈文，固可以不必，力去打倒，也出之无谓，骈文究竟是我国独有的美文呢。

上龚芝麓先生书（陈其年）

　　维崧顿首，献书芝麓先生阁下。嗣顷《玉树》歌残，黄旗气黯。西京掌故，南朝文笔，便已散失，都无衰次。音辞所寄，惟在阁下。维崧，东吴之年少也，才智诞放，骨肉躁脱。当涂贵游，目之轻狂。向者粗习声律，略解组织。雕虫末技，猥为陈黄门、方简讨、李舍人诸公所品藻。岁月不居，二十年于兹。徒以扬子幼之门第，华毂不少；王茂弘之子孙，青箱遂多。上不敢方井大春，次不至失枚少孺。一流将尽，如是而已。（下略）

第四章　诗与词

　　清代的诗坛，是唐诗、宋诗的争霸时代。何以呢？清初的大诗人，如钱牧斋出于老杜，吴梅村出于香山。中叶的大诗人沈归愚，服膺老杜，袁简斋出入元、白，其余不胜枚举。学宋诗成家的，只有查初白了。道、咸以后，曾文正、何子贞诸人，始喜言宋诗。于是近代的大诗人，陈伯严、郑苏堪，都以宋派诗大得声

263

誉。唐诗、宋诗的短长，我们在研究宋诗时，已经略略论过，现在不必深论。最有趣的就是，清朝文学能结束前代的文学，为新文学预备一个坦途。诗学也是如此。无论学唐诗、学宋诗，尚有几分创造独立的意味，不是死板板的摹仿咧。（参观陈炳堃《最近三十年中国文学史》第十五页至第十七页）

江左三大家　明末遗老在清初仍做贰臣者，有三个大诗人：钱谦益、吴伟业、龚鼎孳。但是龚芝麓的贡献小得多，可以暂不讨论。

钱谦益字受之，号牧斋，常熟人，崇祯进士。明末为礼部尚书，顺治帝定江南，谦益出仕为礼部侍郎，年八十三卒。他的气节不好，不但是因为身仕二朝，还因为别的事，如在南京媚事阮大铖等皆是。可是他在诗学上，造诣非常伟大。"沉郁藻丽，原本杜陵。逸情高致，远在梅村祭酒之上。"（陈碧城语）他有《有学》《初学》二集，乾隆年都被焚弃，未免有以人废言之诮了。他攻击七子诗、公安派、竟陵派不遗余力，是值得我们注意的。

金陵杂题绝句（二十五首录四）（钱谦益）

淡粉轻烟佳丽名，开天营建记都城。而今也入烟花录，灯火樊楼似汴京。

一夜红笺许定情，十年南部早知名。旧时小院湘帘下，犹记鹦哥唤客声。

金陵惜别感秋萤，执手相期鬓易星。君去我归分赠处，劳劳亭是短长亭。

旧曲新诗压教坊，缕衣垂白感湖湘。闲开闰集教孙女，身是前朝郑妥娘。

吴伟业字骏公，号梅村，太仓人。明末进士。尝为东宫侍读，入清为国子祭酒。年六十三卒。卒时令人以僧服敛，题曰"诗人吴梅村之墓"。他的绝笔词，有"更一钱不值何须说"。人们能悔过，我们终须曲谅。所以他的人格，是比牧斋高得多！《四库全书提要》批评梅村诗说："有藻思绮合、清丽芊绵之致。及乎遭逢丧乱，阅历兴亡，激楚苍凉，风骨弥为遒上。……其中歌行一体，尤所擅长。格律本乎'四杰'，而情韵为深；叙述类乎香山，而风华为胜。"所以他有诗史之号了。他又善填曲，有《秣陵春》《临春阁》等作品。

圆圆曲（吴伟业）

鼎湖当日弃人间，破敌收京下玉关。恸哭六军俱缟素，冲冠一怒为红颜。红颜流落非吾恋，逆贼天亡自荒宴。电扫黄巾定黑山，哭罢君亲再相见。相见初经田窦家，侯门歌舞出如花。许将戚里空侯伎，等取将军油壁车。家本姑苏浣花里，圆圆小字娇罗绮。梦向夫差苑里游，宫娥拥入君王起。前身合是采莲人，门前一片横塘水。横塘双桨去如飞，何处豪家强载归？此际岂知非薄命，此时只有泪沾衣。熏天意气连宫掖，明眸皓齿无人惜。夺归永巷闭良家，教就新声倾座客。座客飞觞红日莫，一曲哀弦向谁诉？白皙通侯最少年，拣取花枝屡回顾。早携娇鸟出樊笼，待得银河几时渡？恨杀军书抵死催，苦留后约将人误。相约恩深相见难，一朝蚁贼满长安。可怜思妇楼头柳，认作天边粉絮看。便索绿珠围内第，强呼绛树出雕栏。若非壮士全师胜，争得蛾眉匹马还。蛾眉马上传呼进，云鬟不整惊魂定。蜡烛迎来在战场，啼妆满面残红印。专征箫鼓向秦川，金牛道上车千乘。斜谷云深起画楼，散关月落开妆镜。传来消息满江乡，乌柏红经十度霜。教曲妓师怜尚在，浣沙女伴忆同行。旧巢共是衔泥燕，飞上枝头变凤皇。长向尊前悲老大，有人夫婿擅侯王。当时只受声名累，贵戚名豪竞延致。一斛珠连万斛愁，关山漂泊腰支细。错怨狂风扬落花，无边春色来天地。尝闻倾国与倾城，翻使周郎受重名。妻子岂应关大计，英雄无奈是多情。全家白骨成灰土，一代红妆照汗青。君不见馆娃初起鸳鸯宿，越女如花看不足。香径尘生鸟自啼，屧廊人去苔空绿。换羽移宫万里愁，珠歌翠舞古梁州。为君别唱吴宫曲，汉水东南日夜流。

王渔洋与神韵说 王士禛字贻上，号阮亭，又号渔洋山人，山东新城人。顺治十五年进士，官至刑部尚书。卒年七十八，谥文简。著有《带经堂集》《唐贤三昧集》《古诗选》《感旧集》《香祖笔记》等等。他自己的诗，有最传诵的版本《渔洋精华录》。他的诗名之大，在清代首屈一指。他自己对于诗的主张，是注重神韵，原本宋代严沧浪的妙悟说。这个目标，是很好的，可是他的方法仍旧是归于修辞。于是后来学他的人，不免流于空廓。所以袁子才说："一代正宗才力薄，望溪文集阮亭诗。"但是他的诗，风情绵邈，耐人寻味，七绝尤为出名。（参阅铃木虎雄《中国古代文艺论史》下卷第四章）

秦淮杂诗（王士禛）

年来肠断秣陵舟，梦绕秦淮水上楼。十日雨丝风片里，浓春烟景似残秋。

结绮临春尽已墟，琼枝璧月怨何如？惟余一片青溪水，犹傍南朝江令居。

桃叶桃根最有情，琊琊风调旧知名。即看渡口花空发，更有何人打桨迎？

潮落秦淮春复秋，莫愁好作石城游。年来愁与春潮满，不信湖名尚莫愁。

朱竹垞与查初白　诗名少次于渔洋者，就是朱竹垞。竹垞名彝尊，字锡鬯，浙江秀水人。康熙十八年举博学鸿儒，除翰林院检讨，预修《明史》及《一统志》。其后罢官归里，家居十九年，从事著述，年八十一卒。有《曝书亭集》。竹垞诗苍劲跌宕，出入于杜、韩、皮、陆诸家。他又工经学及词学，比渔洋记诵为博了。

北邙山行（朱彝尊）

北邙山前望行路，素车白马纷朝暮。谁家丘墓树巃嵷，白杨枌榆松柏桐。黄金为凫石为马，鱼灯荧荧照泉下。古碑崩剥无岁年，后人于此犁为田。雄狐侁侁兔矍矍，人声夜哭乌声乐。

查慎行字悔余，号初白，浙江海盐人。官翰林院编修，有《敬业堂集》。他的诗，出入于苏、陆之间，《瓯北诗话》很推重之。他是清初做宋诗的大家。

杨花（查慎行）

散作轻埃滚作团，不成花片但漫漫。春如短梦初离影，人在东风正倚阑。微雨乍黏还有态，柔条欲恋已无端。只因老眼怜轻薄，长是摩挲雾里看。

此外，顺治时代的有名诗家为南施北宋。施闰章号愚山，江南宣城人。宋琬号荔裳，山东莱阳人。施以温柔敦厚胜，宋以雄健磊落胜。

神韵说之反抗者——性灵说 渔洋得名最盛时，已有人反对神韵说[①]。反对的人，就是渔洋的甥婿赵秋谷。秋谷名执信，山东益都人。他的诗集，叫做《诒山堂集》。曾著《谈龙录》，以诋渔洋。他的诗，以思路镂刻为主。

康熙、乾隆二帝，是清代右文之主。所以乾嘉时代，有了很多大诗人，其中袁、蒋、赵，便是主张性灵说，以反抗神韵说者。袁尤其是首领。袁枚字子才，号简斋，钱塘人，世称随园先生。乾隆四年进士，出为江南县令，年四十告归。居江宁之随园，年八十二卒。所著有《随园三十种》。他的诗流利谐谑，近于白话，不免失之轻佻。他主张性情之外无诗，这种学说，本之明代袁中郎，予神韵派以一大打击。他又善作古文及骈体文。（参阅铃木虎雄《中国古代文艺论史》第五章）

咏雪（袁枚）

空山雪坠一声钟，花落花开万万重。窗外乱飞蝴蝶影，客来都带鹭鸶容。人情应笑青云改，版籍全归白帝封。我自瑶台甘小谪，三年只种玉芙蓉。

蒋士铨字心余，号苕生，江西铅山人。乾隆二十二年进士，官至编修。卒年六十一。有《忠雅堂集》。他的《藏园九种曲》很负时誉。

岁暮到家（蒋心余）

爱子心无尽，归家喜及辰。寒衣针线密，家信墨

---

① 应本作"性灵说"。

痕新。见面怜清瘦，呼儿问苦辛。低回愧人子，不敢叹风尘。

赵翼字云松，号瓯北，江苏阳湖人。乾隆二十六年进士，官至贵西道。卒年七十六。所著以《廿二史札记》为最有名，此外有《陔余丛考》《瓯北诗话》。洪亮吉《北江诗话》说："袁如通天神狐，醉即露尾。蒋如剑侠入道，犹余杀机。赵如东方正谏，时杂谐谑。"

论诗（赵翼）

满眼生机转化钧，天工人巧日争新。预支五百年新意，到了千年又觉陈。

李杜诗篇万口传，至今已觉不新鲜。江山代有才人出，各领风骚数百年。

神韵派之反抗者——格调说　沈德潜字确士，号归愚，江苏长洲人。乾隆四年进士，年六十七，官至礼部侍郎。高宗最爱其诗，赏赐优渥。卒年九十七，谥文悫。著有《矢音集》《竹啸轩诗钞》，所编《古诗源》及《五朝诗别裁集》，便代表他的主张。格律是什么东西呢？他说：

诗贵浑浑灏灏，元气结成。每读之，不见其佳，久而味之，骨干开张，意趣洋溢，斯为上乘。（《唐诗别裁集·凡例》）

去淫滥以归雅正，于古人所谓微而婉和而庄者，庶几一合焉。（《唐诗别裁集·原序》）

他的诗，古体宗汉魏，近体宗盛唐。中正和平，不免有模拟之迹咧。

269

塞下曲（五首之一）（沈德潜）

驾鹅声急半空哀，风旋龙沙欲起堆。饮罢酪浆天色暮，月明独上李陵台。

神韵说之反抗者——肌理说　翁方纲字正三，号覃溪，直隶大兴人。官至内阁学士。他是金石书画大家，以实救虚，拈出"肌理"二字，以救神韵说之空调。他的《复初斋集》出入于江西派中，太嫌典重。（参阅《中国古代文艺论史》下册第九十八页至九十九页）

化州驿馆（翁方纲）

麦花榕叶满鞭梢，半日州郊接县郊。竹架肩舆轻似鹞，草团驿舍小于巢。槟榔壳可连心擘，橘柚皮同厥贡包。今夜剧谭成药录，梧州枿桂庾山茅。

此外乾隆以后的诗人，如厉鹗（太鸿）《樊榭山房集》之幽秀，张问陶（仲冶）《船山诗草》之空灵，黄景仁（仲则）《两当轩集》之豪放，舒位（铁云）《瓶水斋集》之奇肆，郭麐（频伽）《灵芬馆集》之悱恻，都是各有独到之处咧。

清末的宋诗运动　陈衍《石遗室诗话》说："道、咸以来，何子贞、祁春圃、魏默深、曾涤生、欧阳涧东、郑子尹、莫子偲诸老，始喜言宋诗。"这其中成就最大的，要算郑珍、金和，最近的要推陈三立（《散原精舍诗》）和郑孝胥（《海藏楼诗》）了。

郑珍字子尹，遵义人。他的《巢经巢诗集》，以严整见长。金和字弓叔，号亚匏，上元人，有《秋蟪吟馆诗钞》。写太平天国乱后情状，有名于时。他的诗沉痛诙谐，不免过于刻毒。二人的诗，都极散文化之能事。总之宋诗的影响，虽不免有枯涩之处，而宜于写实，意境要求高妙，比较上是能应付新时代的需求。

夜深诵了坐凉（郑珍）

天外一钩月，晚风吹到门。开窗上镫幌，凉意幽无痕。展诵四五卷，炉火余温磨。举头不见月，知归何处村。惟闻溪水西，时时犬声喧。缓步肆闲散，披衣坐离根。不觉花上露，盈盈浩已繁。此趣谁共领，欲说都忘言。

十六日至秣陵关遇赴东坝兵有感（金和）

初七日未午，我发钟山下。蜀兵千余人，向北驰怒马。传闻东坝急，兵力守恐寡。来乞将军援，故以一队假。我遂从此辞，仆仆走四野。三宿湖熟桥，两宿龙溪社。四宿方山来，尘汗搔满把。僧舍偶乘凉，有声叱震瓦。微睨似相识，长身面甚赭。稍前劝勿嗔，幸不老拳惹。婉词问何之，乃赴东坝者。九日行至此，将五十里也。

清末的新诗运动　无病而呻的旧诗，虽然经了宋诗运动，使得他清新一点，可是仍旧不足应付环境。于是黄公度、康南海（有为）、谭复生（嗣同）、夏穗卿（曾佑）、梁任公（启超）等，主张以新思想、新名词入旧诗。这种运动，只可以说旧诗的改革，不足以言新诗的创造。内中以黄公度的诗，成就最大。

黄公度名遵宪，嘉应州人（今梅县）。曾任新嘉坡、旧金山领事，湖南按察使。他的《人境庐诗集》，不但能用新名词，并且很多当时政治上的感慨。我们应当多阅几首。

山歌（黄公度）

买梨莫买蜂咬梨，心中有病没人知。因为分梨更亲切，谁知亲切转伤离。

催人出门鸡乱啼，送人离别水东西。挽水西流想无法，从今不养五更鸡。

一家女儿做新娘，十家女儿看镜光。街头铜鼓声声打，打着中心只说郎。

都踊歌（黄公度）

长袖飘飘兮，鬓峨峨，荷荷！裙紧束兮，带斜拖，荷荷！分行逐队兮，舞嵯嵯，荷荷！往复还兮，如掷梭，荷荷！回黄转绿兮，接莎，荷荷！中有人兮，通微波，荷荷！贻我钗鸾兮，馈我翠螺，荷荷！呼我娃娃兮，我哥哥，荷荷！柳梢月兮，镜新磨，荷荷！鸡眠猫睡兮，犬不呵，荷荷！来不来兮，欢奈何，荷荷！一绳隔兮，阻银河，荷荷！双灯照兮，晕红过，荷荷！千人万人兮，妾心无他，荷荷！君不知兮，弃则那，荷荷！今日夫妇兮，他日公婆，荷荷！百千万亿化身菩萨兮，受此花，荷荷！三千三百三十二座大神兮，听我歌，荷荷！天长地久兮，无差讹，荷荷！

清末的杂派诗　王湘绮（闿运）的选体诗，樊樊山（增祥）、易实甫（顺鼎）的艳体诗，当然是在宋诗范围之外，但是一则模仿太过，一则格调太卑，可以无庸深论。影响最大而能自成一家的，要算他们的前辈龚定庵，其次要推张文襄公的清切派诗了。

龚定庵名自珍，仁和人。他的诗才气纵横，能够自成一派，少年人最喜读之。然不免多骄矜之气，其失也犷。

己亥杂诗（三百十五首录四）（龚自珍）

浩荡离愁白日斜，吟边东指即天涯。落红不是无情物，化作春泥更护花。

娇小温柔播六亲，兰姨琼姊各沾巾。九泉肯受狂生誉，艺是针神貌洛神。

空山徙倚倦游身，梦见城西阆苑春。一骑传笺朱邸晚，临风递与缟衣人。

谁肯心甘薄幸名，南舣北驾怨三生。劳人只有空王谅，那向如花辨得明？

清代的词　清代文学为中国文学的缩影。清代的词，也是宋词的缩影，清初的大词家，都出入于五代及北宋，如纳兰性德之凄惋，陈其年之豪迈，都可以为领袖。乾、嘉以后，出入于南宋者为多。厉鹗之清新，张惠言之疏快，可以代表之。清末的词家，多效法梦窗之生涩，现代朱祖谋先生，可以为代表了。

朱陈　康熙时代的大词宗，要推朱竹垞（彝尊）和陈迦陵（其年）。前者刻画流丽，后者豪迈天成。然而"《曝书亭词》，不免于碎；《湖海楼集》，不免于率"（用曾毅语）。比较起来，迦陵词能于意境上着功夫，较为伟大。

鹧鸪天·寓兴用稼轩韵（陈其年）

斫屡吹箫吴市间，恨无大药驻红颜。诗情浩荡风前絮，身计微茫海外山。　　耽放浪，恣萧闲，烟波境界十分宽。新衔曲部兼茶部，旧署园官并橘官。

《饮水词》　纳兰性德字容若，宰相明珠子。他的词缠绵悱恻，得五代词的神髓，是宋以后所没有的。

浣溪纱·西郊冯氏园看海棠因忆香严词

有感（纳兰性德）

谁道飘零不可怜？旧游时节好花天。断肠人去自今年。　　一片晕红疑着雨，晚风吹掠鬓云偏。倩魂销尽夕阳前。

采桑子（纳兰性德）

谁翻乐府凄凉曲？风也萧萧，雨也萧萧，瘦尽灯花又一宵。　　不知何事萦怀抱？醒也无聊，醉也无聊，梦也何曾到谢桥。

浙派与常州派　乾、嘉以后的词人，都出入于南宋名家中，但是也有分别。厉鹗（钱塘人）是浙派的中坚，张惠言、张琦（阳湖人）俱是常州派的领袖。他们的分别，都不甚大，浙派以清新隽永为宗，常州派以疏快柔和为宗。浙派以协律为本，常州派以立意为本。（参阅《词史》二〇四至二〇五页）

齐天乐·吴山望隔江霁雪（厉鹗）

瘦筇如唤登临去，江平雪晴风小。湿粉楼台，酽寒城阙，不见春红吹到。微茫越峤，但半汦云根，半销沙草。为问鸥边，而今可有晋时棹。　　清愁几番自遣，故人稀笑语，相忆多少！寂寂寥寥，朝朝暮暮，吟得梅花俱恼。将花插帽，向第一峰头，倚空长啸。忽展斜阳，玉龙天际绕。

摸鱼儿（张琦）

渐黄昏、楚魂愁断，啼鹃早又相唤。芳心欲寄天涯路，无奈水遥山远！春过半，看丝影花痕，罥尽青苔院。好春一片。只付与轻狂，蜂儿蝶子，吹送午尘暗。 关山客，漫说归期易算，知他多少凄怨？不曾真个东风妒，已是燕残莺懒。春晼晚。怕花雨朝来，一霎方塘满。嫣红谁伴？尽倚遍回栏，暮云过尽，空有泪如霰。

清末的大诗家，有龚定庵（自珍）的奇艳，项莲生（鸿祚）、蒋鹿潭（春霖）之闲雅，可谓自成一家，其余都向吴梦窗一条路上走了。

总之，清人的词是高出于元明十倍。但是清人对于词的贡献，还不如他们对于词学的贡献。康熙帝敕编的《钦定词谱》，朱彝尊的《词综》，徐釚的《词苑丛谈》①，万树的《词律》，戈载的《词林正韵》，王鹏运的《四印斋所刻词》，朱祖谋的《彊村丛书》，都是对于整理词学下了一番大功夫，是前人所无的。（本书援断代为史之例，不讨论民国以来的文学。读者可参阅胡适的《五十年来之中国文学》，陈炳堃的《最近三十年中国文学史》）

---

① 底本作"《词丛苑谈》"。

中国文学ABC

刘麟生 著　周勇　段伟 整理

例　言

一、本书之编法，以文学上之类别为经，以作家之时代为纬。与普通文学史作法，稍有不同，可以做文学史的补充材料。

二、本书因篇幅上的关系，只注重每类文学中的重要发展。其不重要者，概从简略，叙述时亦不另外标题。

三、作者希望读过本书的人，对于中国文学，有几个根本上准确的观念，再进而为博览的或深研的工夫。所以每章的讨论，自为首尾，多半先有概论，后有叙述，最后有门径书若干，以为学者举一反三之助。

目　录

第一章 导言

一、文字与文学

在这本小册子里，叙述中国的文学史，所谓尺幅之中见寻丈，是一件很难的事；只有向断章取义那条路上走，不敢说是提要钩玄咧。但是近来著中国文学史的困难，可以减少一半。因为自从西洋文学观念介绍过来，我们对于文学，渐有准确的观念，知道什么东西是文学？——不是一切好书，皆是文学。——什么是纯文学？并且对于文学批评、文学欣赏，也改正了不少观念。如此方可以用简明的方法，研究中国文学。

文学的定义，有广义、狭义二种，这是古今中外所同的。广义的文学，指一切用文字发表的书籍。《释名》曰："文者，会集众字，以成辞义。"孔子曰："言以足志，文以足言。言之无文，行而不远。"英文文学一字 Literature，亦有广义的意义。如今 The Literature of Chemistry，并非说化学的文学，实在是说化学的出版物。狭义的文学，指描写人生发表情感的作品，而带有美的色彩者。刘勰《文心雕龙》说："今之常言，有文有笔。有韵者，文也。无韵者，笔也。"梁元帝《金楼子》说：

"文者，惟须绮縠纷披，宫徵靡曼。"是说狭义的文学或纯文学。英国文学家德昆赛（De Quincey）说："文学之别有二：一属于知，一属于情。属于知者，其职在教；属于情者，其职在感。"这就是广义文学与狭义文学的区别。本书是叙述中国的狭义文学。

文字是文学的工具，在上文已可看见。韩昌黎告人："凡为文，宜略识字。"这虽是作文秘诀之一，但是没有说到文字对于文学发展的关系。我国文字，沿用象形文字，与世界盛行的拼音文字不合。或者以为这是原始人的文字，不适于现代之用。不过就文学而论，中国文字的确利弊皆有，否则中国也不成为"右文之国"了。此项象形的文字，在文学演进的功用，可如下述：

（一）形式之美　有人说文学是有字的图画，象形文字，一见就给我们种种的印象或概念，全凭视官的作用，与拼音文字假借听官而造成文字上的幻象者，虽然殊途同归，或者更能直接了当些。所以中国的文学，真可以说是有字的图画。而且因为中国字是单音的、孤立的，使用的时候，非常不便利，文章便走到简洁一路，又便于作对，造成无数的骈文：或者有韵，或者无韵。律诗的成立，一半也由于此。骈文和律诗，虽然有他们的缺陷，确是难能可贵的美文，也是中国文学中的特色。西洋文学只有骈行的句子，没有长篇的骈文，这是文字上的形式关系无疑了。

（二）音节之美　中国文字虽然是注重象形，而不注重拼音的，但是有平上去入四声的分别。因此一方面可以义取比对，一方面可以声分阴阳，而后骈文、律诗造成了。就是散文中格调音节之美，也是靠着平仄相间之法，不过没有定律罢了。散文中有随便用韵的，如《易经·乾卦·文言》、老子《道德经》等等，都足以表现文字上音节之美咧。

此外文学中音节之美，借双声、叠韵、重言诸法得著，学者不可不知。重言如"关关"形容雎鸠之音，"夭夭"形容桃花之色，可以不烦解说。双声、叠韵之熟语，如用西文拼音解说，亦极容易。例如"丁东"为双声，因为丁东的发音都是 D 字，以拼法出之，即为 ding dong，故名之为双声。"丁宁"为叠韵，因为丁宁的收音，都为 ing，以拼法出之，即为 ding ning，故丁宁为叠韵。余可类推。中国文学中，极多双声、叠韵、重言的成语，往往一首中，可以屡见而不一见咧。

关于文字上音节之美，最后要说到押韵。古韵与今韵，大有出入。这是专门之学，本书可以不论。简单说起来，四声起于梁之沈约，后来有隋陆法言之《切韵》（分为二百六）。唐孙愐之《广韵》、宋丁度等之《集韵》和《礼部韵略》、金平水王文郁之百七韵、南宋刘渊之《平水韵》、元阴时夫之《韵府群玉》，分平声为上下平，共三十部，上声二十九部，去声三十部，入声十七部，就是现在诗韵所自来，也就是以《平水韵》为根据的。明代虽颁行宋濂等的《洪武正韵》，并不通行。词韵与诗韵不同的地方：（一）通韵较多，（二）上去可以互押。现在有《词林韵释》《词林正韵》《晚翠轩词韵》《学宋斋词韵》诸书。元曲所用之韵，有元朝周德清所撰的《中原音韵》。后来南北曲，仍用这韵做根据，不过南曲有入声，尚有遵守《洪武正韵》的地方。中国的散文，因为文字上的关系，也有用韵的。《易经》中，这种例子很多。

象形文字，对于文学的发展，有种种的阻碍力，也值得我们注意的。

285

（一）同音的字太多。据英国驻华公使威妥玛（Thomas Wale）的调查，北平话不过四百种音，而通用的字，大约有一万。其中同音的字，未免太多。那么异时异地之人，容易发生误会，可以想见了。刘永济《文学论》说："逶迤"二字，见于古书者，有三十三种不同的写法。实则古代通假之字太多，很阻碍我们读古书的能力，引起了无谓的纷争错乱不少。

（二）文字不注重拼音，变化就少，用法较难。便于模拟，不便于创造。文章可以简洁，而不容易通俗，并且为一般好堆砌字面的人所利用，皆足以阻碍文学上的自然发展。

二、如何研究中国文学

明白了文学与文字的关系，那么研究中国文学的人自然应当有点文字学的根本知识。其次要知道中国文学上的门径书。

文字学，包括字形、字义、字音等等。《说文》是注重字形的名著。《尔雅》是解释字义的名著。《广韵》是音韵的名著。最好都要浏览一过。《说文》有简本很多，初学者可以置一二种不妨。

关于文学的门径书，初学者可以参看梁任公、胡适之诸人的审定的国学书目，便可以有点眉目。但是他们所提出的，仍旧是太多，不是目下青年人时间所能容纳的。不过借此可以知道文学书目的常识，也是很要紧的。未读原书的时候，应当取近人所编的文学史一读，虽然完美的文学史还没有告成。总之，读过文学史的人，可以多少知道点各时代的文学潮流。

中国最早最好最可靠的纯文学，自然是《诗经》。这是应当从头到尾，一一细读的文学书。其次是《楚辞》，再其次读昭明太子《文选》和姚姬传《古文辞类纂》。如嫌太多，可以《六朝文絜》和梅伯言《古文词略》代之。诗的方面，可读沈归愚《古诗源》、渔洋山人《古诗选》、姚姬传《今体诗钞》。词的方面，可读张皋文《词选》。曲的方面，可选《西厢记》《琵琶记》《牡丹亭》《桃花扇》《长生殿》诸种读之。小说方面，不可不先读《水浒传》《三国志》《西游记》《红楼梦》《儒林外史》等等。短篇小说，可先选读唐代笔记中之著名几篇。

　　以上所说，都是为初学者说法。有了这种知识，便可一步一步为甚深的研究了。古代关于文学史的著述，有刘勰的《文心雕龙》、严羽的《沧浪诗话》、徐釚的《词苑丛谈》，甚可以一读，也可以帮助我们知道文体的源流及其优劣。

第二章　散文与韵文

一、古文与非古文

没有谈这问题以前，先说文章的分类。叙述文章体裁最早的，要算《文心雕龙》。曾经说过：

> 论说辞序，则《易》统其首。诏策章奏，则《书》发其源。赋颂歌赞，则《诗》立其本。铭诔箴祝，则《礼》总其端。记传铭檄，则《春秋》为根。

这是中古时代有力量的主张，近代通行的文章分类法，是依照姚姬传的《古文辞类纂》。他的十三类如下：

> 论辨　序跋　奏议　书说　赠序　诏令　传状碑志　杂记　箴铭　赞颂　辞赋　哀祭

文学上的分类，本来散文与韵文，是对待的，而韵文又包括诗歌词曲。现在就文论文，姚氏的十三类中，后四种实在是韵文，前面都是散文。读者已可以想象古文是什么东西了。不过中国有一种畸形的文体，便是骈体或四六（骈体或四六，大同而小异，这是后话）。其中有有韵的，有无韵的，却不是散文罢了。

古文的定义，是从来没有人下一个准确观念的。这个名词，

288

实在是不幸！陆机生在民国纪元前一千六百年，不能算做古文；曾国藩是个大古文家，乃生在民国纪元前六十年！世间滑稽之事，殆没有过于此了！原来古文两字，是指周朝史籀的奇字。所以梁章钜《退庵论文》说："今人于散体文，辄曰古文。众口一词，其实未考也。"那么何以说散文为古文呢？这是韩昌黎以后始盛行的。昌黎的文章，矫六朝纤丽的弊病，以《五经》《史》《汉》为依归，所以他的文，叫做"古文"。于是古文成为一种文体了。章实斋《文史通义》说得甚好：

> 古文之目，始见马迁（《五帝本纪赞》："总之不离古文者近是。"）。名虽托于《尚书》，义实取于科斗。……自后文无定品，俳偶即是从时；学有专长，单行遂名为古。古文之目，异于古所云矣！

古文实在是一种托古改造的散文。到了后来古文门户确立之后，不但骈体、四六不是古文，凡是一切散文，不合古文家的意境、气势、格调，都是"非古文"了。（详见姚叔节《文学研究法》、林琴南《畏庐论文》等书。）

所谓古代的散文，亦即古代的"古文"，可以分成两时期：一为经书中的散文，一为汉魏的散文。后者包括《史记》《汉书》等文章。这都是古文的发源地，所谓"文必本于经史"便是。

经书是希望人人必读的，或者择要而读亦可。《四书》中《孟子》于散文帮助最大，文笔以驰骋见长，为苏东坡文章得力之处。《五经》中，除《诗》《书》二经于韵文、散文有最早的最大的贡献外，要算《左传》顶有影响于散文。

汉魏的散文家，以做政治的论文为最多。西汉的贾谊、晁错、董仲舒、匡衡、刘向诸人，是最有名的。但是散文上的特殊贡献，乃在历史文学，就是叙事的散文。司马迁的《史记》、班固和他的妹妹班昭的《汉书》、荀悦的《汉纪》都是不朽的名作。此外，有蔡邕的碑板文字，崔骃、崔瑗的箴铭赞颂，而王充的《论衡》，尤其是中国很少见的批评派文字。

魏晋时代，只有曹丕的书札、陶潜的散文，可以算得好古文，其余文章家多走入骈偶的路上去了。间有一二篇的好古文，如诸葛亮《出师表》、李密《陈情表》，可惜其人作品太少，很难举他们做代表咧。

南北朝的散文，散的实在太少，不能入本节范围之内。他们走到整齐绮丽的极端，因此反动派的古文运动兴起来了。古文界最早的泰斗是唐代的韩愈，继之以柳宗元，又继之以宋代的欧阳修、苏洵、苏轼、苏辙、曾巩、王安石，所谓"唐宋八大家"的古文，是家弦而户诵的东西了。

世间大伟人的成功，必定有他的先驱者。人人知道韩昌黎的文，可以说是"文起八代之衰，道济天下之溺"（苏轼《韩文公庙碑》语）。不知道做古文的人，唐初已有陈子昂、张说诸人了。不过韩的大处，一因为他的文笔汪洋奥衍，无所不包；一因为他宣传儒教道统，以哲学为其根据地，不是空发议论，所以文名越大了。但是他的文章之美是真的，哲理是附属品罢了。

韩退之的文，自有他雄奇浩瀚的特色。虽然是脱胎于三代、西汉之文，方才可以"闳其中而肆其外"（《进学解》），但是他不是模仿古人的文体，实则是借重古人的文体，而创造新文体。故一方面他与他至友柳宗元是散文革命家，一方面却是文学建设家咧。韩、柳文笔的不同，我引顾实说："韩为论理，出自经中；柳为记事，出自史中。韩说尽其意，柳不说破。前者议论奔放，气魄雄大；后者叙述精微，笔致隽洁。"柳子厚的山水游记，缜密精妙，是中国散文中有数的文字。

宋初的诗文，只求其眩目，又离开"古文"的领土了。欧阳修矫正风气，做他的平淡纡徐、丰韵独绝之古文，他俨然是韩昌黎第二了。但是他超过韩昌黎的地方，就是除掉诗文之外，他又是一个大史家、大词家和金石学家！永叔的古文，是神韵派的开山祖。当时苏老泉的批评最妙："执事之文，纡徐委备，往复百折，而条达疏畅，无所间断。"他的文虽学韩，也是由韩而创造一种新文体，这是可以不朽的。

三苏之中，苏洵是一个纯粹散文家。就文格高古而论，他的二子都不能及他。就应用而论，苏轼的散文或者影响最大。他们的文，都从《战国策》《孟子》《史记》化出来，带一点纵横捭阖的气概。苏老泉的文章，是唐以后最佳的议论文，自命知兵事。他的《权书》《衡论》二大组论文，有极好的兵事讨论。老泉的文章，以古劲锻炼见长。东坡的文，以驰骋变化见长，他自己的批评最适当："作文如行云流水，初无定质。但常行于其所当行，止于所不得不止。"子由的文章，以明畅见长，其才气究竟比不上他的父兄了。

东坡是中国文学界的怪杰。因为他是多方面的文人：举凡政论、诗、文、词和书法，无一不精，无一不自成一格。王安石也是多方面的，现在单论他的散文。这位大政治家的性情，是执拗刚愎的。所以他的文体，也另是一格。峭拔炼洁，所谓"精悍之气，现于眉宇间"，真可以形容他的文章了。

曾巩是模仿欧阳文忠公的文体，注重神韵，后人称之谓"欧曾体"。清朝桐城派的古文家，甚推重之。实则他的文章，典雅有余，精彩不足，才气终在欧阳公之下。

唐宋八家的优劣，在上文已可看见了。作者所要郑重宣言的，就是他们所以有这种盛名，就是他们的文体，大半是创造而成功的，决不是后来元、明、清的古文家可比。单就古文而论，唐宋岂不是中国文学中黄金时代吗？

后来古文家，比较上不可不看的，有明代归有光，清代桐城派中的方苞、姚鼐、曾国藩，阳湖派中的恽敬、张惠言，等等。但是创造上的贡献，渐渐少了。古文的"义法"，越讲越精了。模仿者甚至于只模仿他们的外貌了。乾隆时，章学诚已有"古文十弊"之说（参看《文史通义》）。不等到白话文学风行，古文已到了强弩之末咧。不过，我们不要忘记唐宋八家的古文，不要忘记他们所提倡的目的和精神才是！

《古文辞类纂》《古文词略》之外，可看曾文正公《经史百家杂钞》。此书有简编，也是研究中国散文的初学书。

二、辞赋

赋是什么？这个定义，是很难下的。《诗经》的六义，曰：风、雅、颂、赋、比、兴。钟嵘《诗品》说："直陈其事，赋也。"这都是说赋是描写的意思。文体上的赋，可看下列的几个说明：

> 赋者，古诗之流也。（班固《两都赋序》）
>
> 不歌而诵谓之赋。（《汉书·艺文志》）
>
> 诗缘情而绮靡，赋体物而浏亮。（陆机《文赋》）

赋，铺也。铺采摛文，体物写志也。（刘勰《文心雕龙》）

概括言之，赋是介乎诗与文中间之物，是中国文学上一种特殊的产物。要对偶，要押韵；既不是诗，又不是文咧！

赋的种类，可分为六种：

（一）短赋 《荀子》中的《赋篇》赋"知"赋"云"，是最古最短的赋，就是《成相篇》，也有赋的雏形。班固说："孙卿、屈原作赋以讽，咸有恻隐古诗之意。其后宋玉、唐勒，汉兴，枚乘、司马相如，下及扬子云，竞为侈丽闳衍之词，没其讽喻之义。"那么赋之演进和趋势，已可以看见了。

（二）骚赋 中国古代纯文学如《诗经》和《楚辞》，是研究中国文学者两部基本书，《诗经》当然是诗，留待后说。《楚辞》究竟是诗还是赋呢？近人多说他是新体诗，这固然很有见解。但是这是就渊源而论的，假是就结果而论，恐怕《楚辞》对于诗的方面少，对于赋的方面多。举个例，后来古诗仿效《楚辞》的，究不及做赋的仿效《楚辞》的多。而且屈原手下的惟一健将宋玉，就是专门做"赋"的。《文章流别》说："孙卿、屈原尚有古诗之意，至宋玉则多浮淫之病。"《文章缘起》说："赋，楚大夫宋玉所作。"换句话说，屈原的文章是为怨讽而作的，宋玉是为赋而作赋的。要之，屈原与宋玉的著作，都在所谓"楚辞"之中，那么也无怪屈、宋为中国辞赋的祖宗了。

屈原的作品，有《离骚》《九歌》《天问》《九章》《远游》《卜居》《渔父》等二十五篇（内中《九歌》《远游》《卜居》《渔父》诸篇，近人有疑他们是伪作的）。屈原在文学的贡献，就是：1.句子以兮字为读，长短参差而自然。打破《诗经》

293

的四言句子，这是创造的文体。2.比喻极多。王逸说："善鸟香草，以配忠贞；恶禽臭物，以比谗佞；灵修美人，以媲于君；宓妃佚女，以配贤臣。"他的想像力之丰富，是前无古人后无来者的。3.修词方面，可以说是"其文约，其辞微……其称文小，而其指极大，举类迩而见义远"（《史记·屈原列传》）。加以音律和缓，遂成为千古的美文了。

《楚辞》当中，除了屈原外，宋玉是最大的作者了。他的《九辨》和《招魂》是悼其师屈原而作，是真正的骚赋。《文选》所载的，还有《风赋》《高唐赋》《神女赋》，是他创造的纯粹赋的体裁，开汉赋的先声，我们不可不注意的。

（三）古赋　两汉魏晋之赋属于此。扬子云说："诗人之赋丽以则，辞人之赋丽以淫。"汉魏的古赋，就是这种辞赋的正宗了。他们的赋，虽然壮伟古雅，往往堆砌太甚。著名的，有枚乘的《七发》，司马相如的《上林》《子虚》，班固的《两都》，张衡的《两京》，左思的《三都》，等等。

（四）徘赋　俳是骈体的意思。六朝的赋往往题目太小，雕琢字句，注重对偶，渐渐落小家的气数。然而秀逸清新，音调渐渐能调畅，如鲍照的《芜城赋》，谢惠连的《雪赋》，谢庄的《月赋》，江淹的《恨赋》《别赋》，庾信的《小园赋》《枯树赋》《哀江南赋》，实在在词赋上有崭新的色彩。而《哀江南赋》的密丽典雅，哀感动人，居然有很大的情绪涌现出来。不可不说是庾子山和中国的词赋大成功了！

（五）律赋　唐代的赋，受了沈约四声八病和徐陵、庾信骈句的影响，于是只知道平仄谐调，对偶精工，情感和古雅的韵调都不顾了。科场且有限韵的制度，辞赋遂为通人所不道。明清时代帖括式的词赋，也是如此，这是词的劫运。除了杜牧的《阿房宫赋》等等外，可看的很少。

（六）文赋　宋代的赋，是唐赋的反动。因此以散文做赋，注重说理，注重自然，而不注重音韵。虽然不至于俗，也不能很美。如有名的欧阳修的《秋声赋》，苏轼的《赤壁赋》，很多的人以为他不是辞赋的正宗，却也是辞赋上的新体裁咧。假是本着这种精神，也可以做白话赋了。

选赋的最好书，有张惠言《七十家赋钞》、李兆洛《骈体文钞》等等。

三、骈体文

辞赋是骈文的一种，骈文是一个概括的名词。为什么骈文是中国的特产呢？这是因为中国字是单音孤立，便于作对的原故。本来自然界中，多半是偶俪的。如天地、男女、动植物等等。骈行的语气，各国文字皆有的，但是骈行的大文章，是中国所独具的！

骈文有押韵的，有不押韵的。但是，不押韵的骈文也可以说是一种韵文，因为它虽然不押韵，也须调平仄的，方才可以发出很好的音调起来。音调本来是美文中一种要素咧。

骈文的渊源，是很早的。《易经》中孔子所做的《文言》，子夏所做的《诗序》，均有骈文的气格。汉代的词赋，当然予骈文以不少的助力。但是骈文告成的时代，实在是南北朝。那时候无论什么文章，上至朝廷的诏敕，下至谢人赠物的笺启，都是以骈偶出之。加以齐梁之际，声韵之学大行，骈体文上，无异得了

一个生力军。这时候的文章，叫做永明体，王融、沈约、谢朓皆
是其中的健将。但是完美的时代，要推徐陵、庾信的文章，所谓
徐庾体是了。徐陵的《玉台新咏序》，是古今极有名的四六文之
一。学者要看这时代的骈文，可以先看《六朝文絜》一书。

唐宋的骈体，多称四六，因为其中多四字、六字的句子之
故。骈体与四六，是大同而小异的名词，可以概见了。现在先论
唐之四六。

唐代的骈体，有两大贡献：一为陆宣公（贽）的奏议体裁，
是一种明白晓畅、流利非凡的四六文，用之于议论上的。一为李
商隐、温庭筠、段成式的三十六体。四六之名，即起于商隐。他
作文的时候，"必聚书左右，检视终日，人谓之獭祭鱼"，后来
因此有獭祭的典故。他们的文章，虽然清圆密致，已经是体格卑
下了。

宋朝是散文战胜骈文的时代，所以骈体和辞赋也有散文化的
倾向。最初的西昆体，仍旧是过于华赡，到了欧阳永叔，风气为
之一变。王荆公、苏子瞻都有豪迈的四六文。南宋的作家，有汪
藻、洪迈弟兄、孙觌等等，但是后来"贪用成句，而不顾其冗
长"（俞樾《春在堂笔录》），也是宋四六的流弊。

元明时代的骈文，一味摹古，无特出之处，可以不论。清初
有陈其年（维崧）、毛西河（奇龄）工于骈文。尤西堂（侗）亦
工骈文，但是游戏文章居多。后来的大家，有胡天游、洪亮吉、
汪中等等。

李兆洛《骈体文钞》、曾燠《骈体正宗》是选本中有名者。
陈其年《四六金针》是研究骈体文的好书。

古文的运动，是反对骈文的。到了提倡平民文学的今日，

四六文更无安身之地了。但是狭窄的用处，不能说骈文是没有的。至于中国滥用骈文的毛病，甚至于官府判语，亦大卖其掉书袋的滥调，这是大可以不必的。然此风在唐时已有了。

因为对偶的文如此发达，中国遂发明对联一种东西。他的用处，非常的广大，官署、园林、庭院、闺阃，无处不可以张挂。庆祝、哀挽，无时不可以应用。这风气起于宋代，到明清而大盛，也可以看得出中国人的文学癖了。对联虽然不是重要的文体或文学，然而好的对联，实在很多，很可以供我们发生美感，触动我们的幽情，所以也有他的普遍性与永久性咧！

第三章　诗

一、《诗经》

　　无论何国，韵文的发达较早于散文，中国也是如此。尧时《康衢》《击壤》之歌，舜的《卿云歌》，都可以代表咧。但是一部最早最可靠的诗选或诗集，只有《诗经》了！《诗经》要算中国纯文学中第一本应读之书，因为后来的诗体和字汇，都是与《诗经》有渊源的。字汇不必说了，单说诗体。《诗经》虽然大半是四言的，可是也有三言（振振鹭）、五言（谁谓雀无角）、六言（我姑酌彼金罍）、七言（交交黄鸟止于桑）等等，开后来歌谣词曲之先声。

　　修词之美，对于后来文学的影响，可引用《渔洋诗话》："《诗》三百篇，真如化工之肖物。如《燕燕》之伤别，《箦箦竹竿》之思归，《蒹葭苍苍》之怀人，《小戎》之典制，《硕人》次章写美人之姚冶，《七月》……写闺阁之致，远归之情，遂为唐人、六朝之祖。"这是修词方面，对于中国文学的影响。

　　用韵方面，更是变化莫测。有一句一韵者，有隔句用韵者，有换韵者。有全篇不用韵者（如《颂》诗《清庙》等），那简直是英文文学中的"空白诗"（Blank verse）了。

现在略论《诗经》的组织方面。《诗经》一共有三百零五篇，相传为孔子所编定的。除《商颂》外，都是周人所作，不过作者的名字不知道了，这是时间方面。空间方面，《风》诗所列的十五国，都是中国北部的国家，以在陕西、山西、河南、山东诸省为多。

《诗》有六义：风、雅、颂、赋、比、兴。风、雅、颂，是《诗》的分类。赋、比、兴，是《诗》的体制。请分论之。《诗序》说："风，风也，歌也。……上以风化下，下以风刺上。……雅者，正也，言王政之所由废兴也。……颂者，美盛德之形容，以其成功告于神明者也。"其实风就是民歌，就是民众的文学，雅是朝廷的文学，颂是宗庙的文学。试看它详细的分类。

诗
- 《国风》——《周南》《召南》《邶》《鄘》《卫》《王》《郑》《齐》《魏》《唐》《秦》《陈》《桧》《曹》《豳》
- 《雅》——《小雅》《大雅》
- 《颂》——《周颂》《鲁颂》《商颂》

文字方面，风、雅、颂也有他们不同的地方。《风》诗多半能言近而旨远，大、小《雅》有抑扬顿挫之妙，《颂》诗有庄严深远之趣。但是风、雅、颂的分法，也是相对的分法，不是绝对的。其中错乱的地方，也很多。

赋、比、兴是什么呢？朱子《诗传》说："兴者，先言他物以引起所咏之辞也。赋者，敷陈其事而直言之者也。比者，以彼物比此物也。"这话说得很清晰，这实在是作诗的方法了。

中国人读《诗经》，因为孔子有了"诗三百，一言以蔽之，曰思无邪"几句话，于是处处拿道德眼光来批评《诗》。如《郑风》中的纯粹恋歌，变为刺淫诗了。我们以为《诗》能有教训顶好，但是不必篇篇都有教训。教训诗，是诗的一种。但是有几种诗，是专写热烈的情感，也不失为妙诗。《诗经》也是如此，不必多所附会，方可存其真咧。

研究《诗经》的，《毛传》《郑笺》是有最早的权威。梁任公说："陈奂《毛诗传疏》最好。"

四言诗是以《诗经》为集大成的，后来做四言的也有，总不能使人十分欣赏。《文选》所载的颇多，只有曹操的《短歌行》是汉以后四言诗惟一的杰作。其次，要算陶潜的《停云诗》为有名了。中国没有长篇叙事诗 Epic，假使《诗经》是专门叙事的，不参杂抒情诗，那么可算得世界长篇叙事诗中杰作。但是它在文学上的价值，实在不比希腊的《伊利亚德》诗、印度的《摩诃婆罗多》诗小咧！

二、汉魏六朝诗

未讨论各朝诗的长处以前，先略述现在中国普通的诗体。试列一表（不普通者不列入，如六言诗）：

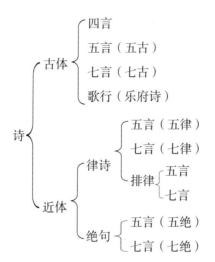

以上的体裁，到唐时始大备。所以唐诗为诗学大成时代，今日所谓汉魏六朝诗——亦名八代诗——只有五古诗及乐府诗，而五古诗尤为普遍发达。因为这时候四言诗实在做不好了，五言诗是一种新体诗。

五言诗起源于苏武、李陵，七言诗起源于汉武帝《柏梁诗》，但是这些诗经现代学者考量，都是伪作。《古诗十九首》中（此为最好最早之五古诗）相传有西汉枚乘、东汉傅毅的作品，也是将信将疑的说法。可是汉武帝命李延年为协律都尉，立乐府，创新声，作十九章之歌，这是文学上的重要变化。无论如何，西汉不能没有五古诗。李延年的舞歌，可见一般。

　　　北方有佳人，绝世而独立。一顾倾人城，再顾倾人
　　国。宁不知倾城与倾国？佳人难再得！

到了东汉，模仿乐府诗便多了。五古可靠的名篇，如蔡琰（文姬）的《悲愤诗》便不是为音乐而做的诗，是为诗而做的诗。到了曹魏的时代，大作家辈出。最有名的，是曹氏父子和建

安七子。这时候是五言古诗旗帜最鲜明的时代。

曹操的诗，慷慨沉雄，时露霸气。《北上行》是杜甫《石壕》诗来源，《薤露篇》《蒿里篇》开李、杜咏史诗的先河。曹丕的诗，古人说他便娟婉弱，《燕歌行》《杂诗》是脍炙人口的。曹植的诗名，远在他的父兄之上。抱着解放的心理，叙述他的愁思，加以铿锵的音调、富丽的字汇，对于六朝的诗，很有点影响。最著名的，如《七哀诗》《名都》《美女》《白马》诸篇，虽然工致精密，已不是两汉古雅的音了。总之，三人各有他们的成功，是文学界的佳话！

建安七子为孔融、陈琳、王粲、徐幹、阮瑀、应场、刘桢。就五古诗而论，王粲是个大家，他的《七哀诗》有人说是杜甫《三吏》《三别》的诗所从出，是颇可信的。（参观顾实《文学史》）

晋诗的名家，有三张、二陆、两潘、一左。就是张华、张载、张协、陆机、陆云、潘岳、潘尼、左思。除了潘岳的《悼亡诗》、左思的《咏史诗》《娇女诗》外，他们的诗多半是炼词而不造意，不足以居第一流的文学。

当时五古诗中，有新意境和新体裁的要算阮籍。他是"竹林七贤"之一，世人只知道他的猖狂，实则他很谨慎。一肚皮的牢骚和感想，都在他《咏怀》诗中。《咏怀》诗共有八十二首，吟咏的背景是司马篡位时代的政治。措辞委婉，没有火气，而细腻的情感曲曲传出。古人说他"深得小雅怨诽而不乱之旨"，是很确切的。左思的《咏史诗》已经是模仿他的五古，不要说陈子昂的《感遇诗》等等了。

郭璞的《游仙诗》也是咏怀，但是材料不同，完全是取之于神话，为游仙文学放一大大光明。"左挹浮丘袖，右拍洪崖肩"，使人读之，飘飘欲仙。他的思想高超，也可以概见了。

东晋要灭亡的时候，出了五古诗中的大伟人，陶潜（渊明）我们对于他所做的《归去来辞》及《桃花源记》等散文，早已能成诵的。知道他是一位全才的文学家，他的诗名非常之大，我们先研究他的五古。

渊明的诗，非常的冲淡恬适，是中国诗中自然派的开山祖，田园诗中领袖人。他的诗是他高尚纯洁的人格之表现，也是他隐居遁世的生活上之反映。但是没有他的丰富真挚之感情，优秀繁缛之想像力和躬行实践之哲理，也是做不到的！研究陶诗的，有两点不可误解：（一）渊明是淡于名利，而不是消极的人。《拟古》九章是他爱国的表现，《咏荆轲》诗也有积极的思想。（二）渊明的诗，虽然清淡，而不致干枯，是因为有意境的关系。东坡说得最好："渊明作诗不多，然质而实绮，癯而实腴。"读他的《归田园居》《饮酒》《移居》《读山海经》诸名作，可以知道了。

南北朝的诗炼字琢句，真意全然失去，这是第一种缺陷。自沈约发明四声之后，作五古诗者纷纷注意他所说的"八病"，于是五古诗变为过渡的近体诗：一方面失却五古中清刚之音，一方面又没有完全得着近体诗和缓的音调，只在字面上用工夫了。现在举几个最好的作家。

刘宋大诗人，要推谢灵运、鲍照。谢诗都是咏山水，但他爱好自然的诗，带着雕琢气，远不如陶诗的自然了。鲍明远的诗，杜甫批评顶好："清新庾开府，俊逸鲍参军。"庾信的清新诗，不过是过渡的近体诗。鲍照的俊逸，如《行路难》的七古，对于后来李、杜的诗颇有影响。他的五古诗，也有琢字的地方，但他有时"不避鄙言累句"，那又近于白话了。他的笔力矫健，实在是一位伟大不群的诗人。

齐诗只有一个谢朓。李白最佩服他，曾经说过"蓬莱文章建安骨，中间小谢又清发"，又说"解道澄江净如练，令人长忆谢玄晖"。他的诗非常的秀丽，工于发端，比谢灵运稍流利而易读一点。

梁代为文运最盛的时代，然而伟大的作者只有梁武帝一人。萧衍的诗，风华艳丽，声调宛转，但是不雕琢字句，且有几分浑厚气，这也是他人格的关系。有名的《西洲曲》《河中之水歌》《东飞伯劳歌》，给唐人以不少的影响。

陈诗有后主的艳歌，阴铿、何逊的近于律诗之五言诗。其他气格日卑，更不足深论了。

现在略论乐府诗。先引郭茂倩《乐府诗集》的分类，便可以略知道他的性质与渊源了。

郊庙歌辞　燕射歌辞　鼓吹歌辞　横吹歌辞　相和歌辞　清商曲辞　舞曲歌辞　琴曲歌辞　杂曲歌辞　近代曲辞　杂歌谣辞　新乐府辞

乐府诗与古诗有何分别呢？参考古人的评论，可得四点（用陈钟凡《中国韵文通论》说）：

（一）乐府可歌，古诗不能歌。

（二）乐府多长短句，古诗多五、七言。

（三）乐府主纪功述事，古诗主言情。

（四）乐府诗贵遒劲，古诗尚温雅。

这是古代大概如此，后来乐府诗多半拟作，与五、七古很难分辨了。乐府的命题也不一致，有歌、行、引、曲、吟、辞、篇、调等等名词。所以后人诗中，有歌行体的名称。

　　汉代最有名的乐府诗，为《陌上桑》《羽林郎》《庐江小吏妻》三篇。分述秦罗敷、冯子都、刘兰芝的故事。《孔雀东南飞》（《庐江小吏妻》的头一句）一诗，共有一千七百四十五个字，是中国故事诗中顶长的一首。叙述婚姻不自由的痛苦，描写栩栩欲活，尤为近代人所喜。故事是发生在汉末，未必是当时所作，或是汉魏间人所作的（用胡适之说。梁任公说"像《孔雀东南飞》和《木兰诗》，都起于六朝"。陆侃如主张是作于宋少帝时，《华山畿诗》以后）。

　　南北朝的诗，虽然是绮丽文学的极端，但是乐府诗是不绝于书的。最有名的《木兰辞》，其时与地，都是有人考证过的（参看《东方杂志》第二十三卷姚大荣的文章），是北方的文学。此外，乐府诗还有《企喻歌》《陇头歌》《折杨柳歌》《敕勒歌》等等。南朝的乐府诗，有《子夜歌》《碧玉歌》《华山畿》等等，都偏于恋爱方面，与北方悲歌慷慨的乐府诗不同。梁武帝便是其中的健将，也是一种很自然的文学咧。

　　选辑汉魏六朝诗最富的，有郭茂倩《乐府诗集》、张溥《汉魏六朝百三名家集》、丁福保《全汉三国晋南北朝诗》。初学可读沈德潜《古诗源》和王士禛《古诗选》。

三、唐诗

　　唐诗、宋词、元曲是最脍炙人口的，先要说唐诗的伟大处。（一）以量论，清康熙时所编《全唐诗》有二千二百余作者，四万八千九百余首诗，皆是可读的名作。（二）以质论，中国诗界上两大明星——李、杜——都是生在此时中。其余创造的作家，也比其他朝代为多。派别丰富，五花八门，都是后来人们的导师。就是以体裁而论，唐人很创不少的新体裁。七古诗在唐朝，可算得是新体诗（胡编《白话文学史》上卷，二百七十二页）。否则也可以说七古诗的大成，是在唐朝。范围较小的近体诗，也在唐初告成的，也可以说是新体诗咧。其他还有什么竹枝词、柳枝词、长短句的词咧。所以唐诗是诗的大成时代或黄金时代了！

为什么诗到唐时方才大发达呢？这个原因很多，有自然的，有人为的。譬如六朝诗，已太注重平仄，经沈佺期、宋之问的提倡，近体诗的成立遂不成问题了。这是人为的。唐朝的社会，不受佛教的普遍约束，如南北朝；又不受儒教的重重支配，如两宋；所以思想上自由些、解放些。做诗的人可以放言高论，信笔直书，这也是自然的。至于人为的方面，还有人主的提倡。太宗、玄宗、文宗等等，都是诗家，玄宗诗尤好。提倡的方法，还有诗赋取士等等。此外，唐诗的发展与音乐有关系。李景伯的《回波词》、李白的《清平调》，都是先有音乐，后来方做诗的。至于仿效乐府做歌辞的，那更是指不胜屈了。竹枝词、柳枝词也是可歌的。总之，唐朝的诗学，上上下下，都会做一点，至少都能欣赏一点。诗变成一种娱乐品了。

唐诗的时代，向来分初、盛、中、晚四期。

初唐——自高祖至玄宗

盛唐——自玄宗至代宗

中唐——自代宗至文宗

晚唐——自文宗至昭宣帝

这种的分法是很笨的法子。初唐的派别，晚唐也未尝不有，况且每一时期并不能由一派代表。但是我们为讨论及记忆便利起见，姑且拿他做一种纲要。

初唐的诗，大都沿六朝绮丽的余习。最可以代表这一派的诗，有号称"四杰"的王勃、杨炯、卢照邻、骆宾王。但"王勃的高华、杨炯的雄厚、照邻的清藻、宾王的坦易"，也不是一律的。不过他们的诗文虽然华丽，倒是流利晓畅，比较还可以读。

当时树反动的旗帜，是陈子昂。他的有名诗，有《感遇》三十八首，注重意境，而撇开词藻，开唐代诗的先声。此外，沈佺期、宋之问的近体诗，也可以说是一种贡献。因为他们调平仄，不但是在五言上用功夫（五律、五绝），并且推广到于七言了（七律、七绝）。当时近于白话纯任自然的诗，有王绩、王梵志、寒山、丰干、拾得等等。

那么说到盛唐的诗了，先比较两大诗圣的生活及其诗笔。李白、杜甫的生活，实在是大同而小异。太白是浪漫的生活，子美是乱离的生活，但是一生飘泊，他们两人是从同的。两人都有功名之念，都不得意。两人都喜饮酒，太白是更甚的。两人的诗名相同，两人的友谊是极好的。

关于诗笔方面，太白则缥缈空灵，子美则沉郁顿挫。一以飘逸胜，一以沉痛胜。这是一半由于性情，一半由于环境所致。太白为人，狂放爽直；子美为人，褊狭躁急：但是都有浓厚的感情。环境方面，太白的诗表现当时解放和浪漫的生活，子美的诗描写当时兵祸及政治上的乱象，都能妙到秋毫。

关于诗体一层，五古则太白高古，子美深刻。七古是他们两人最能发挥两人个性的地方，一则非常豪放，一则非常沉着悲痛。至于五律、五绝，皆有独到之处。太白不长于七律，子美不长于七绝，是古人的定论。不过老杜的七绝，另有一种风趣，为宋诗之所本。

李、杜的名篇太多，不能一一举出，读者可以参考各种选本。他们的优劣，我们不能论定。因为李、杜的诗是两派的诗，各人的嗜好不同，当然是有偏向的。不过李白的诗比较易读，读之使人手舞足蹈，飘飘欲仙。杜诗读之，虽然叫我们唏嘘不已，实在比较难读一点，但是规矩容易捉摸，便于作诗的人。由杜诗变化出来的，比较多一点，在唐时已经如此。这是两大诗人对于诗学上影响不同如此。

其他盛唐的诗人，可分作两派：一派闲适自然，大美术家王维居首，孟浩然、元结次之。一派是悲壮奇瑰，高适、岑参都是这一派。王渔洋论诗，以李、杜为二圣，王维为一贤，不为无见咧。

中唐的创造诗人，只有韩愈、白居易而已。两人都是学杜，一学其奇险，一学其平易，都能自立一格。苏子由说：唐人诗当推韩、杜，韩诗豪，杜诗雄。实则退之的诗，未免有散文化的遗憾，他的功劳在扫尽六朝艳丽的余习。要能够作诗如作文，作诗如说话。宋时便是如此，不过有时他用字、用韵都太险怪了。

白乐天同他的好友元微之（稹）所做的诗，抱了两个大目的：（一）使人明白易晓。他们的诗真是古代白话诗，真是作诗如说话了。（二）要写民间疾苦。就是用写实派的一支笔来写社会上的实况，这也是老杜诗史的教训。所以他们的诗叫做元白体。但是元的品格与诗的影响都不及白乐天，乐天的为人真是

"居易"而"乐天"的"君子"。赵瓯北说："香山归洛后，益觉老干无枝，随笔抒写，风趣横生，视少年时与微之以才情工力竞胜者，更进一筹矣。"至于影响方面，则白香山的诗，当时妇姬能解。日本和鸡林，均视同拱璧咧。香山又有极长的叙事诗，如《长恨歌》《琵琶行》等等。批评社会状况的诗，以《秦中吟》为杰作。

中唐也有一派闲适自然的诗，由陶渊明化出来的，如韦应物、储光羲、孟郊、贾岛、柳宗元等等。沈德潜的批评说："唐人学陶，王右丞得其清腴，孟山人得其闲远，储太祝得其真朴，韦苏州得其冲和，柳柳州得其峻洁。"可以举一反三了。此外，有李贺之怪丽，刘长卿之豪逸，张籍、王建之平丽，也是中唐诗中的大作者。

晚唐的诗家，多半倾向于香艳绮丽一派。大概文学的流弊都是到了后来，重外形而不注重意境，晚唐的诗，也是如此。就中李商隐是最杰出的，义山的诗，王荆公说他也是渊源于杜少陵，这是指他的诗能够感时伤事而言。但是他香艳之中，很多晦涩的地方（关于这一点，可参看苏雪林《李义山恋爱的事迹》），为后来宋初西昆体所借口，这是很不幸的。

其次绮丽派的大家，有温庭筠、杜牧、韩偓。温飞卿与李义山齐名，当时称之为"温李"。温的浪漫不亚于李，他的诗词全堆着绮罗脂粉的句子，极典丽堂皇之能事。杜牧之的生活，有他的名句"十年一觉扬州梦，赢得青楼薄幸名"可以描写了。他的诗，是于绮丽之中寓豪迈之气，所以可读。小杜又是文章家，《阿房宫赋》《罪言》是脍炙人口的。韩冬郎的《香奁集》是有寄托的香艳诗，他是一个忠直之臣，有人说其中的艳曲是和凝诗窜入的。

晚唐诗中,有喜用俚语的一派,如罗隐、杜荀鹤、聂夷中皆是。他们的白话诗,有很多的句子到现在还成为我们的口头禅,如罗隐的诗,有"今宵有酒今宵醉,明日愁来明日愁"等等句子,可见一般。聂夷中的《田家诗》是写实派的杰作,后来明代公安体、竟陵体,便是仿效这一派诗,可惜只有俚语而意境不深,便近于打油诗了。

唐诗的选本,以《全唐诗》为最多,其次有王安石的《唐百家诗选》、洪迈《唐人万首绝句》、元好问《唐诗鼓吹》。最简单的选本虽多,真正完善的尚少。

四、宋诗

唐代为诗学大成时代,所以后来的诗,真有继起为难之叹。但是宋诗却有他们戛戛独造的地方,虽然不是诗的正宗,却是另辟一条新路。新路是什么?便是清新生硬,清新是尽善尽美的,生硬却有流弊了。吴之振《宋诗钞》序说:"宋人之诗,变化于唐,而出其所自得。皮毛尽落,精神独存。"宋以后的诗,不过模仿唐宋的诗体。明朝的诗,尤其是模仿外形,不注重意境。宋人的诗,有好的意境,有清新的句法。虽然对于平仄、对偶等等,有时失之检点,却是不离本旨咧。所以宋以后的诗,在本书小册子内只好不详论了。

宋代是散文统治时代(黑格尔曾以此名词批评罗马的文化)。四六是散文化,诗也是如此,他们受杜的影响较多。欧阳修的诗,是韩愈的诗变化出来。黄山谷的诗也是得力于杜咧。

宋初的诗，也是堆砌文字作梗，革新诗文的领袖便是欧阳永叔（修）。他的诗，有梅尧臣、苏舜钦做先锋。试引欧公的诗几句，可以见他的嗜好了。

> 子美气尤雄，万窍号一噫。……梅翁事清切，石齿漱寒籁。……近诗尤古硬，咀嚼苦难嘬。又如食橄榄，其味久愈在。（《水谷夜行诗》）

世人说欧公的诗，以平远疏畅制胜。实在他的诗笔，是非常的雄深雅健。读永叔自负的《庐山高》《明妃曲》二篇，便可以知其一般了。

宋人诗，于后世影响最大的要算苏轼、黄庭坚、陆游。东坡与放翁并称，号称苏陆体，东坡的诗出入于李、杜、韩，而自成其豪迈爽朗一派。沈归愚说他"穷极变幻"，赵瓯北说他"才思横溢，触处生春"，皆是说他的诗很多变化，所以宋诗又另辟一新境界了。

黄庭坚是苏门六君子之一，但是山谷的诗倒是能够创造一种诗体，非常的生新，为江西派的祖宗。不过过于拗峭生硬，太没有抑扬反覆之妙了。东坡的批评最妙："鲁直诗文，如蝤蛑江瑶柱，格韵高绝，盘餐尽废，然不可多食，多食则发风动气。"在晚近的中国，这派诗很盛行。油滑的诗，可拿江西派医之，不过江西派的流弊，也要人医咧！

同时大政治家王安石，以善做议论诗见长，且颇有笔力，能代表他拗直的性格。晚年的小诗，非常雅丽谨严，有浑然天成的妙趣，如"不是春风巧，何缘见岁华"等句子，又是一种格调了。

南宋最大的诗家，当然是陆游了。放翁的诗，于清新刻露之外，能使之圆润敷腴，自成一格。但是他的近体诗中，流连光景之作太多，虽然佳句不少，但是重复泄沓的句子也不能免。后人因其易学，纷纷剽窃，于是流而为率易庸滑了。实则读放翁的诗，当注意其古体，悲壮沉雄，有老杜的遗意，是不可忽略的。

此外有陈简斋的简严，是江西派中的最佳者。杨诚斋的奇峭，范石湖的清新，姜白石的隽永，都是一时之杰了。

总之，宋诗是富有革命精神的。最好的选本，有吴之振、吕留良的《宋诗钞》。吕留良《宋诗纪事》，乾隆时代所选《唐宋诗醇》，可以一看，不过代表的作家太少罢了。

元代的大诗家，有虞集、杨载、范梈、揭傒斯，号为"四杰"。明代诗模仿唐诗居多，最初杰出者为高启，后来有李梦阳、李东阳、何景明、李攀龙、王世贞等等。清代的诗，出入于唐宋者各有其人，比较明代的模拟，气息较好。清初有江左三大家，为钱谦益、吴伟业、龚鼎孳。后来有王士禛之神韵派诗，朱彝尊、厉鹗之浙派诗，袁枚之性灵派诗，其他不胜枚举了。

第四章　词

一、唐五代词

　　词与诗有何分别呢？就形式方面言之：（一）诗的句子比较是整齐的，词完全是长短句。（二）词要依照词牌填就，去声字更要紧，远没有古诗的自由。（三）词的押韵有他的通韵法，与诗不同。就性质言之：（一）诗的范围宽，词的范围狭，偏于抒情写景为多。（二）造句造意，都要比诗更能清新。

　　次论词的起原。有人谓词为诗余，梁武帝《江南弄》、沈约《六忆诗》是最初的词。有人说，词是古乐府之流，由绝句化出，而加以和声、散声等等。又有人说，因为音乐上有新声，于是有依谱填词者。由五代到宋，词没有不可歌的。近世学者且有人说词是当时的新体诗。所以诗余之说，大概不能成立了。

　　明白了这点，可以相信词是起于中唐了。自唐玄宗以文学家兼音乐家，极力的提倡，于是教坊的音乐歌流播于人间（玄宗有《好时光》词）。世人相传李白的《忆秦娥》《菩萨蛮》是填词之祖，但是胡氏《笔丛》《庄岳委谈》①早说这是伪作了。无论如何，到了晚唐，作词的人便渐渐地多起来。温庭筠便是最好的代表，他居然有词六十六首（《花间集》所选）。词的发达，可想而知了。

飞卿的文学都是绮丽的，词也是如此。张惠言说"飞卿之词，深美闳约"，王国维说"此四字惟冯正中（延巳）足以当之"。刘融斋（熙载）谓飞卿"惊艳绝人，差近之耳"。飞卿的《菩萨蛮》十四首，张惠言说是感士不遇而作，但是章法虽好，词旨未免少晦，不及他的《南歌子》《更漏子》好哪。

五代的词，更进一步。作家和作品都多了，但是词牌方面仍只有小令、中调，长调是两宋的产品了。陆游跋《花间集》说："诗至晚唐五季，气格卑陋，千人一律，而长短句独精巧高丽，后世莫及。"五代词和后来词的分别，便是浑厚得多，有含蓄自然之妙。

五代的最大词家，当推李后主（李煜），其次为冯延巳，其次为韦庄，其余只得略而不论了。

韦端己（庄）的词，失去不少，只是就他有名的词而论，如《菩萨蛮》及《荷叶杯》都是清而丽，不是温飞卿的艳而丽了。《女冠子》词说"四月七日，正是去年今日，别君时"，简直是做词如说话了。所以王国维："'画屏金鹧鸪'，飞卿语也，其词品似之。'弦上黄莺语'，端己语也，其词品亦似之。"胡适之说："他的词，一扫温庭筠一派纤丽浮文的习气，在词史上要算一个开山大师。"

---

① 底本作"《庄岳委读》"。

李后主的词，固然是大半由于天赋及环境所致，他也有点遗传性。他的父亲南唐中主（李璟）也是一位词人，有"西风愁起绿波间"的好句，供我们吟哦。他的臣子冯延巳，更是一位韵逸调新的词家。他作《谒金门》词说"风乍起，吹皱一池春水"，中主问他说"干卿何事？"对曰"未若陛下'小楼吹彻玉笙寒'也"。可见当时爱好文学的风气了。

冯正中的词，往往与欧阳永叔的词相混在一处，至今莫能辨别，像他最出名的《蝶恋花》，便是如此。张皋文批评说："延巳为人，专蔽固嫉，而其言忠爱缠绵，此其君所以深信而不疑也。"又有人说"非欧公不能为此"。这都是可笑的话。小人多才，小人也未必没有深的感情，怎能够说一定是他做的，一定不是他做的？无论如何，冯正中的词笔和欧阳永叔的词笔很相近，那是可以无疑了。换一句话说，他们的词都是清新蕴藉咧。

关于后主的词，王国维的《人间词话》和周止庵《介存斋论词杂著》批评最精。摘钞几段，我也可以不必词费了。

　　词至李后主而眼界始大，感慨遂深。（《人间词话》）

　　毛嫱、西施，天下美妇人也。严妆佳，淡妆亦佳。粗服乱头，不掩国色。飞卿，严妆也；端己，淡妆也；后主则粗服乱头矣。（《介存斋论词杂著》）

　　温飞卿之词，句秀也。韦端己之词，骨秀也。李重光之词，神秀也。（《人间词话》）

读后主的词，最好要比较他亡国以前的词和亡国以后的词。亡国以前的词，不过风华绮丽，艳语使人惊羡而已。亡国以后，身为囚虏，"日夕以泪洗面"，于是哀感顽艳，兼而有之。苏子

315

由题他的《临江仙》词说："凄凉怨慕，真亡国之音也。"读了他的"梦里不知身是客""自是人生长恨水长东""故国不堪回首月明中"诸句，谁也不感伤起来！《乐府纪闻》说："后主归宋后，赋《浪淘沙》《虞美人》诸调，旧臣闻之有泣下者。七夕在赐第作乐，太宗怒，更得其词，因命人赐牵机药毒死之。"后主可以说是为词而牺牲了性命了！

成肇麐的《唐五代词选》很简要，可以览看。

二、宋词

词到宋代，是春秋鼎盛时期，真如唐之诗了。词当中的长调，都起于宋代。种种的派别，也起于宋代。不必就量而言，已可知道词是宋代的大贡献了。

向来论词的派别，有两三种说法，都是关于词的常识，不可不知：（一）豪放派与婉约派。北宋的苏东坡、南宋的辛稼轩都是豪放派的领袖。至于婉约派的大家太多，不能遍举。像北宋的晏氏父子、南宋的姜白石都是做婉约的词而有名的。（二）北宋词与南宋词，周止庵（济）的主张最可引用，以见一斑：

两宋词各有盛衰。北宋盛于文士，而衰于乐工；南宋盛于乐工，而衰于文士。

北宋主乐章，故情景但取当前，无穷高极深之趣；南宋则文人弄笔，彼此争名，故变化益多，取材益富。然南宋有门径，有门径故似深而转浅；北宋无门径，无门径故似易而实难。

换一句话，就是北宋的词浅而浑厚，南宋的词深而细腻。（三）

因为有上两种的分别，便叫婉约派为南派，豪放派为北派。南派为正宗，北派为变体。

以上的分类，就大体而论似乎甚好。但一考其实际，也有拘泥的地方。譬如东坡、稼轩的词，也有婉约的。东坡的"花褪残红青杏小"（《蝶恋花》），稼轩的"春已归来"（《汉宫春》）诸词，便可以代表了。况且豪放、婉约之外，未尝没有第三种词。我以为朱敦儒的《樵歌》、陆游的《放翁词》，既不是豪放，又不是婉约，却是一种欣赏自然的闲适词。东坡、稼轩的词中也有这一种的词咧。

北宋、南宋的分别，也是相对的，而不是绝对的。豪放的辛稼轩、刘改之便是南宋的人。婉约派的秦少游、周美成都是北宋的人。假如说南方作家多婉约派，北方的作家多豪放派，也很难说。婉约派的健将李易安，是山东济南人；豪放派的健将如刘龙洲（过），却是江西庐陵人。那么标准岂不是很难下吗？至于说豪放派是变体，婉约派方是正宗，这也是因各人的嗜好或见解而分别的。现在白话文盛行，当然豪放派是正宗了。喜欢自然主义的人，又可以说闲适派的词是正宗了。初学的人，应当晓得古人的分类，不是可以一笔抹杀的。但是，只有相对可信，并非绝对的无误咧。

现在拣几个宋代大词家，分别的叙述，并略略加以批评。

（一）晏殊《珠玉词》、晏几道《小山词》　晏氏父子的词都是情致缠绵，不伤忠厚，开宋朝词学之先声。他们得力的地方是南唐二主和冯延巳。小晏以相国之子不大在政治上活动，他的工夫更胜。黄山谷说："叔原乐府，寓以诗人句法，精壮顿挫，能动摇人心。"

（二）欧阳修《六一居士词》　政治家兼文学家的欧阳永叔居然有很多的艳词，这是有人不能相信的。曾慥说："欧公一代儒宗，风流自命。……乃小人或作艳语，谬为公词。"大概欧阳公的词与冯正中的词相混最多，但是不能说《六一词》全是伪造的。因为北宋不是道学时代，理学名臣像寇準、司马光都有艳词流播人间，就是朱子，也是如此。这也是宋词发达中普遍现象，不足为奇呢。不过欧阳公的词，像那"寸寸柔肠，盈盈粉泪"，实在香艳得很。不过他的艳词是有流利的句法、闲适的态度，所以可贵，咏西湖的《采桑子》词可以为证。所以周止庵说："永叔词，只如无意，而沉着在和平中见。"

（三）柳永《乐章集》　柳屯田是一个浪漫不得志的音乐家。叶梦得说："凡有井水饮处，即能歌柳词。"可见得他词的势力了。《吹剑续录》说："东坡在玉堂日，问一幕士曰'我词比柳何如？'对曰'柳词只好十七八女郎，按执红牙拍，歌"杨柳岸晓风残月"；学士词，须关西大汉，执铁绰板，唱"大江东去"'。东坡为之绝倒。"屯田词的香艳可想而知了。古人批评柳词的，往往说柳词太俚俗（周止庵诸人说）。不知这是柳词的通俗地方，鄙俗而有意境，则鄙俗不足为病了。冯梦华说："耆卿词，状难状之景，达难达之情，而出之以自然。"所以他的词婉约，是能以细密见长，所谓纤而丽了。

（四）苏轼《东坡乐府》　东坡虽然是豪放派的领袖，这不过是就大体而论，其实东坡的词是无所不可的。"莫听穿林打叶声"的词，是非常的闲适；"水是眼波横"的词，是何等的香艳呢！东坡的词有两特点，可以知道他伟大处：1.开拓一种新的意境，使词的范围扩大。胡寅说："词曲至东坡，一洗绮罗芗泽之态。"就是什么话都能说了。2.东坡的词，增加词的作法。陈师道说："东坡以诗为词。"不但如此，东坡还以文为词，以白话为词，《哨遍》《无愁可解》都是可以代表这一点。稼轩更能发展得好。反对苏词的说他的词太粗犷，不协音律。不知道豪放有粗犷的弊，正如细腻有刻画太过的病，况且东坡也不是常常豪放的。不协音律，是因为要使词脱离音乐而独立，才能够自由发展，而成为一种诗体咧！

（五）秦观《淮海词》　秦少游的婉约，是完全娟秀一派。冯梦华说："淮海、小山，古之伤心人也。其淡语皆有味，浅语皆有致。"王静庵说"此惟淮海足以当之"，但是有时未免刻画伤气。"山抹微云秦学士，露华倒影柳屯田"，是东坡的戏语，读词的人皆能知道的。

（六）周邦彦《片玉词》　到了周美成，婉约派可谓大成功了。周止庵说："清真浑厚，正于钩勒处见。他人一钩勒便薄，清真愈钩勒愈浑厚。"他的词艳丽细密，不能说没有刻画，不过极其自然罢了。有人说他偷用古人诗句，但他的融化工夫太好，不足为病。他又是个大音乐家。

（七）李清照《漱玉词》　中国女文学家能够居第一流者，只有李清照了。他批评宋代的词人，都不甚满意，可见他的眼界很高了。南宋的婉约派，没有一人能在他之上。他的修词方面，新丽得异常，如"宠柳娇花""绿肥红瘦"等等皆是。但是他的意境又很深切，少年的恋爱、中岁后的凄凉生活都能充分的新颖的写出来，使人惊心动魄。他的丈夫赵明诚是有名的金石学大家，这也是文学史中的佳话咧！

（八）辛弃疾《稼轩长短句》　南宋第一大词家，也恐怕是两宋第一大词家，便是辛忠敏公了！他是一个爱国的军阀，所以他的词像毛子晋说："词家争斗纤浓，而稼轩率多抚时感事之作。磊砢英多，绝不作妮子态。"词中之有稼轩，真是诗中之有老杜了。稼轩的词有豪放的，有香艳的，有白话的，有散文化的。总之深厚的感慨，到处充分地发表出来，为东坡词所不及。这当然是南渡的环境所造成。周止庵说得好："世以苏辛并称，苏之自在处，辛偶能到之；辛之当行处，苏必不能到。……后人以粗豪学稼轩，非徒无其才，并无其情。稼轩固是才大，然情至处，后人万不能及。"稼轩同东坡一样，做的很多，也有不满人意的地方。南宋学他有名的，有刘过、刘克庄等人。

（九）姜夔《白石道人歌曲》　白石是一个诗人而兼音乐家。他的词，实在是炼字琢句，不过用笔高超，使人不觉。张玉田批评他"如野云高飞，去留无迹"，是很对的。周止庵说："白石脱胎稼轩，变雄健为清刚，变驰骋为流宕。"但是他的词虽然格调很高，不免有些生硬处。姜派词家有史达祖、曹观国、蒋捷，都是大家。

（十）吴文英《梦窗甲乙丙丁稿》　梦窗的词，在当时已经有张玉田的攻击，他说："词要清空，不要质实。……梦窗如七宝楼台，眩人眼目，拆碎下来，不成片段。"梦窗的词，太讲究字面，往往失之生涩。虽然是从周清真的词出来，可是回肠荡气的地方，远不如《片玉词》了。只有《唐多令》《风入松》等词，真是气机流畅，可以一读咧。

此外，晚宋的大词人有周草窗的精妙，张玉田的深婉，王碧山的哀痛。但是，都不免有炼字琢句之习，所以不深论了。

宋词的选本，好的很多，但是都有成见或偏向。初学的人，可先参看朱彝尊《词综》、冯煦《宋六十一家词选》、朱祖谋《宋词三百首》、胡适《词选》，然后可进而阅看《宋六十名家词》和《彊村丛书》等等。

元代的词家，有萨都剌、张翥等。明代的词家，以陈子龙为最佳。两代词学上之出品，都不及清代。清代的词家，有朱彝尊、厉鹗之婉约，陈其年之豪放，纳兰容若之高华，张惠言、张琦之疏快，项鸿祚、蒋春霖之闲雅，可以说是词学复兴的时代了。

第五章 戏曲

一、戏曲之渊源

中国的戏曲文学，比较是发达很晚的。虽然关于优伶的纪载如《春秋》楚国的优孟，是见于经传的，但是都不是正式演剧。正式演剧，到了唐朝方有，也不过是一种歌舞剧，无所谓戏剧文学。因为对于后来戏剧文学的发达，是有影响的，所以略略一述：

（一）代面　又叫大面，因为北齐兰陵王长恭常戴假面具以对敌，故名。这是戴假面剧的起原。

（二）拨头　又叫钵头。戏者披素衣，扮作遭丧的状况。

（三）踏摇娘　北齐时代有人名苏郎中，酒醉后必打其妻。其妻每每摇顿他的身子，唱怨苦的歌。因此唱戏的有人模仿她的举动，有人说唐代女优多扮踏摇娘。

（四）参军戏　扮参军戏者两人，一人做绿衣秉笏的官人（参军），一人做鹑衣髼鬖的苍鹘，这是纯粹的滑稽戏。

诗词的发达与音乐的发达是有特别关系的，唐代有戏剧文学之萌芽，实在由于梨园乐之发达。玄宗最精音乐，设立外教坊与内教坊，并称为左右教坊。当时名伶如李龟年等等，也是文人的好朋友。到了宋代，戏剧更大大发达了，这也是由于太宗、徽宗都晓音律，后来有大晟乐府管理其事。大词家周邦彦就做个提举大晟府，可以见得文学、音乐、戏剧三样艺术的携手了。现在先说宋代的杂剧词和鼓子词。

关于宋金元的戏剧发达，王国维《宋元戏曲史》说得最详。他分宋朝戏剧为三种：（一）滑稽戏，（二）杂剧小说，（三）乐曲。戏剧是靠着音乐，曲是词的变像。宋词的发达，渊源于音乐，当然帮助剧学的发展不少。现在节录王氏《宋元戏曲史》若干于下：

> 宋之歌曲，其最通行而为人人所知者，是为词。……宋人宴集，无不歌以侑觞。然大率歌而不舞，其歌亦以一阕为率。……其歌舞相兼者，则谓之传踏，亦谓之转踏……恒以一曲连续歌之。每一首咏一事，共若干首，则咏若干事，然亦有合若干首而咏一事者。……此外兼歌舞之伎，则为大曲……大曲遍数多至一二十。……至合数曲而成一乐者，惟宋鼓吹曲中有之。……若通常乐曲中，合诸曲以成全体者，实自诸宫调始。……宋人乐曲之不限一曲者，诸宫调之外又有赚词。

乐曲的文字，现在存者很少。曾慥《乐府雅词》前面所载的《调笑》《转踏》《薄媚》诸词，都是很优美的文字。

宋代杂剧的段数，见于周密《武林故事》者有二百八十余本。这不过是目录罢了，然而已经是个极可贵的参考物。其中用大曲者最多，这是金人院本、元人杂剧的先导，可以不言而喻了。

宋代又有所谓鼓子词，宋安定郡王赵德麟（东坡的朋友）有《商调蝶恋花词》十首，专咏元稹《会真记》中所载之事。原词在《侯鲭录》中，毛西河以为是近代戏曲之祖。陆放翁有一首诗，很可以看见当时盛行鼓子词的风气：

斜阳古柳赵家庄，负鼓盲翁正作场。死后是非谁管得？满村听说蔡中郎。

金代的杂剧，叫做院本。院是行院，是当时娼妓所居的地方。见于陶九成《辍耕录》者，有六百九十种，其发达可以想见了。现存的金院本，只有董解元的《西厢挡弹词》，又名《弦索（西）厢》，因为他的曲子是用优人弦索弹唱，不是扮演的杂剧。董解元是金时的解元，他的名字已不可考了。这本戏剧的价值：（一）他有白有曲，不像鼓子词有词而无白。（二）后来的著名戏剧文如王实甫《西厢记》，便是以《董西厢》为蓝本，句子很多相同的（参看焦循《易余籥录》）。《董西厢》是否是真正的剧本，也很难说。因为他虽然有词有白，究竟是一人代言体，不是多人扮演体。不过在文学方面，他的词句有很出名的，如"莫道男儿心如铁，君不见满川红叶，尽是离人眼中血"，便是一个例子。

二、元之北曲

元朝作曲的人多半是北方人，用北声作曲，没有入声，所以叫作北曲。南曲也起于元，不过太少罢了。现在略论南北曲的异同。王世贞《艺苑卮言》说"北字多而调促，南字少而调缓。北则辞情多而声情少，南则辞情少而声情多。北力在弦，南力在板。北宜和歌，南宜独奏。北气易粗，南气易弱"，王氏又说"大抵北主劲切雄丽，南主清峭柔远"，这是文章音乐方面的不同。至于组织方面，北曲为每剧四出，南曲则没有限制；北曲为弹而唱的，南曲为吹而唱的。

何以元曲有重要的发展与巨大的影响呢？臧晋叔《元曲选》说是由于元人以曲取士，后人已说是查无实据了。那么发达的原由，不外乎曲是人人可以懂得的新文学，加以元人是蒙古人，不能领略古典文学，只好提倡戏剧文学了。《蟫庐曲谈》说有两个理由："（一）金代遗民，写其牢骚。（二）元初科举骤停，文人心思才力大都用于散套新剧。"

元曲又叫做杂剧，他的体制甚严，现在分述之于下：

（一）每剧四出。四出不足之时方加一楔子，大概在一万言左右。

（二）一出一调一韵。第一出多用《仙吕·点绛唇》的调子，以后便不拘了。

（三）一人独唱。独唱者为戏曲中之主人翁，不是正末，便是正旦，其他杂色只有说白而不唱曲。唱曲者为主人，说白者为宾客，所以他们的对话叫做"宾白"。

（四）一篇剧词是由科、白、曲三者组织而成。科是动作，白是对话，曲是唱辞。

元剧的作家，好的太多，大都和真定人才最盛。先取当时最有名的关、白、马、郑及王实甫一述。关汉卿，大都人，做过太医院尹。现在所知的他所作有六十三种。以《拜月亭》《单刀会》《窦娥冤》《续西厢》为最有名。白仁甫，名朴，真定人。

能诗文，现在存者有《梧桐雨》和《墙头马上》，都有名。马致远，号东篱，大都人。《汉宫秋》《青衫泪》等等，都以典丽清雅有名于时。郑光祖，字德辉，平阳人。以《㑇梅香》《倩女离魂》《王粲登楼》诸剧有名。王实甫，也是大都人。他的《西厢记》是改作的董解元《西厢》，流传极其广远。这是四本杂剧合成，所以有十六折。《太和正音谱》说："铺叙委婉，深得骚人之趣。"这是中国戏剧文学初次的大成功了。乔梦符，名吉，太原人。有《金钱记》《扬州女》《玉箫女》传于现在。此外不能不说高则诚。则诚名明，瑞安人，元至正进士，他所撰的《琵琶记》为南曲的祖宗。《琵琶记》叙蔡中郎与赵五娘的故事。这段故事在宋朝已极盛行，也有点荒诞不经。但是他的好曲，实在可以描摹社会情形惟妙惟肖咧。

元剧之文章，王静安说得最好。他说："元曲之佳处何在？一言以蔽之，曰：自然而已矣。"现在举几个例。

《汉宫秋》第三折：

【梅花酒】呀！对着这回野凄凉，草色已添黄，兔起早迎霜，犬褪得毛苍，人搠起缨枪，马负着行装，车运着糇粮，打猎起围场。他他他伤心辞汉主，我我我携手上河梁。他部从，入穷荒；我銮舆，返咸阳。返咸阳，过宫墙；过宫墙，绕回廊；绕回廊，近椒房；近椒房，月昏黄；月昏黄，夜生凉；夜生凉，泣寒螀；泣寒螀，绿纱窗；绿纱窗，不思量。

【收江南】呀！不思量便是铁心肠！铁心肠也愁泪滴千行！美人图今夜挂昭阳。我那里供养，便是我高烧银烛照红妆！

《西厢记》第四剧第四折：

【雁儿落】绿依依墙高柳半遮，静悄悄门掩清秋
夜，疏剌剌林梢落叶风，昏惨惨云际穿窗月。

南戏《拜月亭》第十三出：

【摊破地锦花】（旦）绣鞋儿分不得帮和底，一步
步提，百忙里褪了跟儿。（老旦）冒雨冲风，带水拖
泥。（合）步迟迟，全没些气和力！

大概关汉卿的文章偏于自然为多，白仁甫以高华胜，马东篱
以雄浑胜，郑德辉以秀丽胜。王实甫的《西厢记》，像一幅着色
牡丹；高则诚的《琵琶记》，像一幅水墨梅花。古人已有言之了
（李卓吾说）。元人的文章所以能自然，就是喜用白话。在现在
有很多难懂的地方，在当时通俗文学上的影响，可想而知了。

此外还有小令、散套，因为戏曲发达，也有很好的文章。小
令是短篇的词，从前虽然有此物，不过这时候更加发展了。散套
是几篇词成为一组的，又叫做散曲。

至于元剧的角色，据明朝宁献王说法，共有九种（参用吴瞿
安《元剧略说》）：

（一）正末（即正生）　（二）副末（今仍称副
末）　（三）狚（即正旦）　（四）狐（即外）　（五）
靓（即净）　（六）鸨（即老旦）　（七）猱（即贴旦）
（八）捷讯（即丑）　（九）引戏（即杂脚）

选元曲最多的一部书，当然以臧晋叔《元曲选》为最普通
的。初学的人看看程大衡的《缀白裘》，对于元明清的剧本也可
以说管窥了。关于曲的艺术与批评方面，可看王静安《宋元戏曲
史》、吴瞿安《元剧研究 ABC》《顾曲麈谈》《词余讲义》和

任中敏《词曲研究法》。

三、明清之南曲

明清的时代是南曲战胜北曲的时代，也可以说是戏曲渐渐贵族化时代。因为南曲的文章虽然内容很好，有无数的佳作，却是平民不能够全体欣赏了。这时候，剧本叫做传奇，后来传奇变成剧本的普通名词，不专指南曲的剧本了。

南曲的文艺，在今日舞台上仍可得见。不过普通称他为昆曲，因为明末嘉靖、隆庆之间，太仓昆山有魏良辅、梁伯龙者，集南曲之大成，所以世人称之为昆曲。昆曲现在受京剧的排挤，已不居重要地位。他的黄金时代，实在是在明清两朝。

明代传奇的发达，大半由于贵族提倡，其次则文人讥刺之作亦有之。明初宁献王权、周宪王有燉和后来的明武宗，都是妙解音律的，宁献王所著《太和正音谱》尤为有名。文人讥刺之作，如李中麓的《宝剑记》指严嵩父子，《顾曲杂言》言之甚详。

明初的四大传奇，名《荆》《刘》《拜》《杀》。《荆钗记》是宁献王作，题为丹邱子作。《刘》为刘知远，又叫《白兔记》，为无名氏作。《拜月亭》，一名《幽闺记》，是元朝施君美（惠）所作。《杀狗记》为明初徐畈作。现在看起来，并没有特殊动人的地方。

中叶的作者以王九思《杜甫游春》、梁辰鱼（伯龙）《浣纱记》为最负盛名。到了汤显祖一出，明朝的戏剧文学便到最高峰了。

汤显祖，字义仍，临川人，万历时代的进士，做过遂昌县知县。有《玉茗堂集》，所以他的著名四种传奇——《牡丹亭》《南柯记》《邯郸梦》《紫钗记》，叫做《玉茗堂四梦》，因为无一不关于梦咧。

《牡丹亭》又名《还魂记》，叙述美女子杜丽娘的怀春和书生柳梦梅的恋爱经过，情节是虚构的，但是文章非常妖冶动人。虽然字句有背格律的地方，究不足为病呢。《游园》《惊梦》是今日仍盛行的戏曲，试读下列的一段：

　　【皂罗袍】（旦贴合）原来姹紫嫣红开遍，似这等都付与断井颓垣。良辰美景奈何天，便赏心乐事谁家院。朝飞暮卷，云霞翠轩，雨丝风片，烟波画船，锦屏人忒看得这韶光贱！（贴）小姐，杜鹃花开的好盛吓！

　　【好姐姐】（旦）遍青山啼红了杜鹃。（贴）这是荼蘼架。（旦）荼蘼外烟丝醉软。（贴）是花都开，牡丹还早哩！（旦）牡丹虽好，他春归怎占得先？（内莺叫介）（贴）小姐你看那莺燕成对儿，叫得好听吓！

　　（旦）闲凝眄，生生燕语明如剪，呖呖莺声溜的圆。

真是令人齿颊生香了！据说当日女子俞二娘酷嗜其词，断肠而死。薄幸佳人冯小青也有"冷雨幽窗不可听，挑灯闲读《牡丹亭》"之句咧！

明末最出名的剧本，名《燕子笺》，作者为阮大铖，是偏安江南时代福王的宰相。读过《桃花扇》传奇的人当无一不恨这个奸相。但是圆海的确是个戏曲文学家，所作的传奇很多，《燕子笺》在当时扮演，岁无虚日，文笔亦隽永非凡，君子固不可以人废言咧。

清初继续做传奇的人，却异常努力，这因为国亡之后文人义

329

愤填胸，借此浇胸中块垒者很多，一时遂成为风气了。比方王船山、吴梅村，是最可以代表这类的作品了。最初露头角的，要算李笠翁。

笠翁名渔，兰溪人，也是明之遗臣。他所著以《十种曲》为最有名，《十种曲》者：《风筝误》《慎鸾交》《奈何天》《怜香伴》《比目鱼》《意中缘》《玉搔头》《蜃中楼》《巧团圆》《凰求凤》。皆是喜剧。笠翁因为中国多悲剧，所以极力提倡做喜剧。他又是一个批评家，注重白话与创造方面，他说："不佞半生操觚，不攘他人一字。"可以见得他的胸襟了。

然而清代传奇中的杰作只有两部：一是洪昇的《长生殿》，成于康熙十八年；一是孔尚任的《桃花扇》，成于康熙三十八年。让著者略略一叙。

洪昇字昉思，钱塘人。他的《长生殿》是根据于陈鸿《长恨歌传》及白居易《长恨歌》做成的，全剧凡五十折。虽然拿《长恨歌》做剧本，他不是头一个，但是他的成功实在是在白朴的《梧桐雨》、明人的《惊鸿记》、屠隆的《彩毫记》诸书之上。第一件的成功，就是杨贵妃的人格表现。他删却一切太真的秽事，完全写一个娇妒的美人和她的恋爱事迹与悲惨结局。第二是音调与谱法上的满意。第三是词采上的曲折尽致。譬如《闻铃》一出中，明皇的唱词，便可以举例了。

当时《长生殿》初演，名流毕集，后被人告发，说是该日乃国忌日，设乐张宴乃大不敬。于是洪昉思编管山西，诗人赵秋谷等都被削职，时人有"可怜一曲《长生殿》，断送功名到白头！"之句。王渔洋诗亦说："海内诗家洪玉甫，禁中乐府柳屯田。梧桐夜雨词凄绝，薏苡明珠谤偶然。"却是《长生殿》的戏曲更是声价十倍了。

《桃花扇》的作者孔尚任，字东塘，亦号云亭山人，曲阜人，孔子之后，当时有"南洪北孔"之称。《桃花扇》是中国最有名的历史剧，内中所表现的亡国之感、儿女之情，全借着酣畅淋漓、悲歌慷慨的文字，充分的写出来，真令人读之唏嘘欲绝了。那么情节若何呢？

《桃花扇》共四十二出，叙述秦淮名妓李香君及才子侯方域之事。这时候权臣马士英想拿李香君赠给要人田卿，香君立意不肯，用扇子拒使者，倒地伤头，血溅扇上。后来杨龙友就拿这把扇子点染血渍，化成桃花，寄给侯方域。到了崇祯帝殉国之后，南都迎立福王，侯李二人都入山为僧尼了，剧中夹叙明末偏安时之政治荒废，党派倾轧，令人起国家兴亡之感。而且事实都有来历，如香君小名香扇坠，见《板桥杂记》之类，不胜枚举，实在是一部空前绝后的历史剧。就背景论，可是比《长生殿》新颖得多。至于文笔的沉痛秀丽，可与《长生殿》并美。如《寄扇》一出中，香君所唱的是一段极哀感顽艳的文字：

【甜水令】你看疏疏密密，浓浓淡淡，鲜血乱照。不是杜鹃抛，是脸上桃花，做红雨儿飞落，一点点溅上冰绡。

【折桂令】叫奴家揉开云髻，折损宫腰。睡昏昏似妃葬波平，血淋淋似妾堕楼高，怕旁人呼号。舍着俺软丢答的魂灵没人招。银镜里朱霞残照，鸳枕上红泪春潮，恨在心苗，愁在眉梢，洗了胭脂，浣了鲛绡。

关于剧本的艺术，孔云亭也极其注重，极其提倡。在他的凡例中，他说："旧本说白，省作三分。优人登场，自增七分。俗态恶谑，往往点金成铁。今说白详备，不容再添一字。"他又说："词曲皆非浪填，凡胸中情不可说，眼前景不能见者，则借词以咏之。"可见他的艺术上有科学化了。

后来有名的传奇，当推乾隆时代蒋士铨的《九种曲》，所演为《香祖楼》《空谷香》《桂林霜》《一片石》《第二碑》《临川梦》《雪中人》《冬青树》《四弦秋》等。桂馥的《后四声猿》、舒位的《瓶笙馆修箫谱》也颇有名。

可惜中国还没有纯粹说白的戏剧文学，这件事只得暂时要让西洋人独步了。我们希望吾国文学家对于这件文学，不久可以成功咧。至于盛行的京剧，很难发现极好的文学，改良的京剧剧本，不过文字典雅不少，还不足语于创造的戏剧文学咧。

第六章　小说

一、晋唐小说

中国的小说，可以说是渊源甚早，而发展甚迟。何以呢？古代子书中有不少的神话和传说。《山海经》的全部便是很好的神话，叙述西王母之事。此外有伪造的《穆天子传》，也是属于同一性质的书。

小说的名词，最初见于《汉书·艺文志》。《艺文志》说："小说家者流，盖出于稗官。街谈巷语，道听途说者之所造也。"如淳注："细米为稗，街谈巷说其细碎之言也。王者欲知闾巷风俗，故立稗官使称说之。"可知古人重视小说了。据《艺文志》所载，有小说家十五家，一千三百八十篇。内中有虞初《周说》九百四十三篇。虞初是河南人，汉武帝时代，以方士侍郎号黄车使者，这是最早的小说家了。

汉代小说现在多在《汉魏丛书》中，有名的为《神异经》《海内十洲记》《汉武故事》《汉武内传》《列国洞冥记》《飞燕外传》《杂事秘辛》《吴越春秋》《越绝书》等。《十洲记》《神异经》是假托东方朔做的。《杂事秘辛》是明杨慎伪作的，是作品已经有问题了。再看内容，多半是怪诞不经的事实，也不能说是小说上的大发展啊。

六朝的小说，以晋代为最要紧。晋干宝的《搜神记》是明代《剪灯新语》、清代《聊斋志异》的祖宗，和苻秦时代王嘉所做的《拾遗记》大约都是很可靠的书。《拾遗记》也是叙述荒诞之事，不过文笔很丰富啊。此外有陶潜的《搜神后记》、任昉的《述异记》，都不甚可靠。有名的《世说新语》是宋临川王刘义庆所做的，专记汉晋以来的琐事与隽言，虽然对于吾国文学上有极大的助力，却不足称为小说。

中国的笔记小说——其中有很多好的，合于近世短篇小说的体裁——到唐朝而始告大成。第一，唐代小说有很曲折的情节，很雅洁的文笔，杰作非常的多。第二，唐代的小说，对于后来戏曲的发展是非常的伟大。元朝的新剧、明清的传奇，固然很多是根本于唐代的小说，甚至于近来梅畹华、程玉霜等新编的京剧，也多胎息于唐代小说。唐代的小说势力，真是仍旧地如日方中了！此外还有两点：唐代小说的重要，就是他的范围扩大，举凡神仙鬼怪、艳史轶闻无不包罗完备。作者亦多名人，如张说是大政治家，元稹是大文学家之类，不胜枚举。现在用盐谷温之法，参以己意，分类列举若干如下，并加入作者的名字于其下：

（一）别传

《海山记》（韩偓）、《迷楼记》（同上）、《李卫公别传》（阙名）、《高力士传》（郭湜）、《梅妃传》（曹邺）、《长恨歌传》（陈鸿）、《教坊记》（崔令钦）

（二）剑侠

　　《虬髯客传》（张说）、《红线传》（杨巨源）、

《刘无双传》（薛调）、《聂隐娘传》（阙名）

　　（三）艳情

　　《霍小玉传》（蒋防）、《李娃传》（白行简）、

《章台柳传》（许尧佐）、《会真记》（元稹）

　　（四）神怪

　　《南柯记》（李公佐）、《枕中记》（李泌）、

《非烟传》（皇甫枚）、《离魂记》（陈元祐）

　　（五）诙谐

　　《毛颖传》（韩愈）、《种树郭橐驼传》（柳宗

元）、《捕蛇者说》（同上）

以上诸小说，对于后来戏曲最有影响的要算《会真记》和《长恨

歌传》的一类的书。赵德麟的《商调蝶恋花》、董解元的《西厢

挡弹词》、王实甫的《西厢》、关汉卿的《续西厢》都是出于

《会真记》。至于《梅妃传》、《长恨歌》、《太真外传》（宋

乐史著）的影响，则为白仁甫的《梧桐雨》、屠长卿的《彩毫

记》、吴世美的《惊鸿记》和洪昉思的《长生殿》。

　　唐代的小说多见之于《唐代丛书》《太平广记》《稗海》

《龙威秘书》等等。中国笔记丛书的编定和出版，也受了唐代小

说发达的影响不少。

二、宋元小说

　　在中国小说史中，宋代是一个大关键，换一句话说，是由文

言到白话，由笔记小说（短篇小说）到章回小说（长篇小说）的

过渡时代。宋朝仍极力模仿唐人小说，做的很多。譬如洪迈的《夷坚志》，也是比较有名的笔记小说，竟然有四百二十卷咧。但是宋人笔记小说的价值，远不能超过唐人以上，他们的新贡献是白话的章回小说。虽然宋人留下的这种小说首尾不全，远不及元明清三代小说家成功之伟大，但是宋人实是开山之祖了。

宋人的白话小说叫做诨词小说，又叫做平话。郎瑛《七修类稿》云："小说起宋仁宗时，国家闲暇，日欲进一奇怪之事以娱之，故小说得胜头回之后，即云话说赵宋某年。"但是这还不是重要原因，重要原因是小说的发达，由于说书的发达。试看下面的记载：

> 说话有四家：一曰小说，谓之银字儿，如烟粉、灵怪、传奇。说公案，皆是搏拳、提刀、赶棒及发迹变态之事。说铁骑儿，谓士马金鼓之事。说经，谓演说佛书。说参，谓参禅。说史，谓说前代兴废战争之事。
> （耐得翁《古杭梦游录》）

那么平话可以看得见吗？曰：可。现存的有《大宋宣和遗事》《新编五代史平话》《大唐三藏法师取经诗话》《京本通俗小说》几种。《宣和遗事》是知道最早，在黄氏《士礼居丛书》内保存，有扫叶山房、商务印书馆刊本。《京本通俗小说》有江东老蟫[①]刊本、有正书局影元人写本。《五代史平话》有武进董氏刊印本。《三藏取经诗话》有罗振玉刻本、商务印书馆刊本。

《大宋宣和遗事》并非是纯粹白话文，乃是极浅近的文言，参以若干白话。文笔很像《三国志演义》，一共分四集。叙述徽

---

① 底本作"江东老蝉"。

宗、钦宗、高宗三代的佚事，关于二帝北狩的事，尤叙得凄怆可贵。《水浒》的故事也最初见于这本书。

《五代史平话》本有十卷，现存者只有《梁史》一卷，《唐史》二卷，《晋史》二卷（缺首页），《汉史》一卷，《周史》二卷。每卷皆有一诗，然后入正文，再以一诗作结。这是当时"讲史"的话本，也是后来历史演义一类小说的祖宗。

《大唐三藏取经诗话》旧本在日本，为罗振玉借来影印。每章必有诗，所以称为诗话。《西游记》所述的孙行者事迹皆由此书中蜕化而来。

《京本通俗小说》是一部残缺可贵的小说，现存的只有卷十至卷十六。每卷都有一篇小说，名称不同，很像《今古奇观》一类的书。七篇的名称如下：

《碾玉观音》《菩萨蛮》《西山一窟鬼》《志诚张主管》《拗相公》《错斩崔宁》《冯玉梅团圆》

《冯玉梅团圆》中有"话须通俗方传远，语必关风始动人"二句话，真可以代表宋以后做小说的精神了。

到了元代，白话小说更形发达，因为蒙古人注重娱乐方面，所以杂剧与小说有特别容易发展的机会。再加以蒙古人想知道中国的史事和人情风俗，更不能不借助于小说了。元代小说至今有盛名者，为《水浒传》和《三国志演义》，配以明代二大杰作《西游记》与《金瓶梅》，称为"小说界四大奇书"。

《水浒传》的作者，传说不一。胡应麟《庄岳委谈》说是施耐庵所作，郎瑛《七修类稿》说是罗贯中所作，李卓吾、金圣叹说是两人合作的。胡适之《水浒传考证》说："施耐庵是明朝中叶一个文学大家的假名。"今人仍多相信施耐庵是原著作人，生于元朝。施耐庵为什么做这本书呢？他的书很有历史上背景，试看诸家的说：

> 余偶阅一小说序，称施某尝入市肆，抽阅故书，于敝纸中得宋张叔夜《擒贼招语》一通，备悉其一百八人所由起，因润饰成此篇。……世传施号耐庵，名字竟不可考。（《庄岳委谈》）

> 史称宋江三十六人横行齐魏……周密载其名赞于《癸辛杂志》，罗贯中衍为小说……以三十六人为天罡，添地煞七十二人之名。（《七修类稿》）

> 《水浒传》乃是从南宋初年到明朝中叶这四百年的"梁山泊故事"的结晶。（《水浒传考证》）

宋江的事，见于《宋史》和《宣和遗事》，而《宣和遗事》纪之更详。做这本书的人无非是出于崇拜英雄或"好汉"的心理，而搜集当时不少的故事，成为一大杰作。世传施耐庵做《水浒》时画三十六人像，"张诸壁，而日眺望之，故其人物跃跃如生"。这或是夸张的词，但是作者的手腕真是能够使各人栩栩如生，读过之后，亦觉其文笔有爽快之妙处。难怪金圣叹把他配《庄》《骚》《马史》，称为天下第五才子书咧！

《水浒》有数种刊本，一种七十回，一种一百二十回。七十回是普通习见之本，一百回是李卓吾的《忠义水浒传》，此外还有一百回本子（参看《水浒传考证》）。

次说《三国志演义》。说三国历史给人听的，在宋朝名"说三分"，《演义》是施耐庵弟子罗贯中做的。罗名本，字贯中，庐陵人，有人说是武林人。贯中又有《汉晋隋唐以来演义》《平妖传》和《风云会》杂剧，他实在是一个小说家。可惜《三国志》的原本也不易见，现在的通行本是康熙时毛宗岗的评定本。

　　三国时代是战国以后吾国人才最发达的时期，所以背景是最好的一段历史背景。本书所叙多半根据于陈寿《三国志》及裴松之《三国志补注》，间有取之于民间的传说，但不是很多。因为作者处处要顾虑到历史上的事实，所以不能够任情发挥，所以《演义》的成功远不及《水浒》之大。古人的书如《庄岳委谈》，也有不满意的论调，但是《三国志》在中国社会上所据的势力，实在不减于《水浒》咧。（《郎潜纪闻》载李定国事，可见一般，参观蒋瑞藻《小说考证》）

　　《三国演义》叙述人物有他的个性，譬如奸雄的曹操，变为天真烂漫的人；谦和的刘备，变为伪君子；忠贞的诸葛亮，变为策士。这也是引起人们反对的原因，但是文章雅驯而情节变化，却不可不读了。

三、明清小说

　　明代的文学，失之于模仿与浮夸。然拿这种手段做戏曲与小说却是大成功咧。殆因为戏剧、小说不是完全真的，所以能够显其所长了。先叙述明人最重大的小说——《西游记》《金瓶梅》《今古奇观》等等。

　　《西游记》相传为丘真人作，丘真人名处机，是山东的道士，曾随元太祖西游，又有丘真人的弟子李志常做过《长春真人西游记》，这当然是别本了。但是据学者的考察，《西游记》实在是明吴承恩著的，共一百回。吴承恩字汝忠，号射阳山人，嘉靖中官长兴县丞。

《西游记》的背景，是唐代名僧玄奘游历印度后所发生的神话。玄奘三藏入天竺取经，本来是中国文化史上一件最重要的事迹，所以因此附会了很多的异闻。《三藏取经诗话》之后，曾出过一次杨致和的《西游记传》，不过杨氏的书不到吴氏十分之一，那么吴氏幻象之伟大，可以见了。《西游记》的长处：第一在写唐三藏、孙悟空、猪八戒、沙和尚等人各有他们的个性，叙述得活泼真切。第二在以佛理寓诸童话之中，他的结构伟大，寓意深切，也可算是无比的大著了。

《金瓶梅》是古今有名的淫书，曾在禁书之列。全书一百回，叙述《水浒》中西门庆与潘金莲的艳事，是一部写实的小说。《水浒》的缺点，就是不能描写妇女。此书取出《水浒》上不重要的一段加以渲染，成为奇文，是作小说者的成功地方。但是材料卑鄙，究竟难登大雅之堂咧。

至关于作者的问题，有一极有趣闻的传闻。相传此书为明朝文学家王世贞所著，用以讥严世蕃者。世蕃的父亲严嵩将世贞的父亲巡抚王忬害死。世贞知道世蕃好读淫书，又知道他读书的时候欢喜用指头蘸书页翻书，因此用毒药浸书页中，世蕃以口涎翻书页，中毒而死。又有人说，中毒死的不是世蕃，乃是世蕃的朋友唐顺之。顺之是明朝的古文家，当时王忬有一古画，严嵩索之，忬不予，送一摹本。唐顺之告以非真，嵩于是设法杀了王忬，这本书是害唐顺之而作的。很多的笔记以为第二说更加可信。总之，作者是够上小说家的徽号咧。

明朝也有很好的短篇小说，著名的莫如《今古奇观》。此书是一个选本书，有明代人著的，有清代人著的。日人盐谷温曾将四十回的来历一一考出（参观商务印书馆《中国文学研究》下卷

《今古奇观之来源》）。

此外明代著名的小说，有《封神传》《三宝太监下西洋记演义》《东周列国志》《好逑传》《玉娇梨》《平山冷燕》。后三者，有德、法文的译本，颇流行于西洋文学界中，真可算是一件奇闻咧。

《红楼梦》是清代小说中首屈一指的，也是吾国章回小说中登峰造极之作。因此研究的人风起云涌，顿成为一种"红学"。现在先说他的著作人和年代。

近来大多数学者仍以《红楼梦》为曹雪芹作。最初主张是说的为袁子才，《随园诗话》云："康熙间，曹楝亭为江宁织造……其子雪芹撰《红楼梦》一书，备记风月繁华之盛。"雪芹名霑，镶黄旗汉军人，祖寅、父頫都是江宁织造。雪芹是雍正乾隆间人，曾中个举人，少时生长繁华之境，后来其家中落。

《红楼》有很多的别名，一名《石头记》，一名《情僧录》，一名《风月宝鉴》，一名《十二钗》。有八十回本及一百二十回本，后者是通行的本子。胡适之《红楼梦考证》说：八十回是雪芹的手笔，后四十回是高兰墅（鹗）所增订的。寿鹡林《红楼梦本事辨正》引《樗散轩丛谈》，以为这书是康熙间某府西席某孝廉所作。

《红楼梦》的文字全用北平话，以少年贾宝玉为中心，配以金陵十二钗，其名字如下：

　　元春　迎春　探春　惜春　黛玉　宝钗　熙凤

　　巧姐　李纨　可卿　湘云　妙玉

中间写黛玉与宝钗的争宠，宝玉虽以黛玉为意中人，而受家庭与旧式婚姻的支配，卒不能不娶宝钗。所以《红楼梦》是个言情小说，所以张船山赠高兰墅诗有"艳情人自说红楼"之句。但是加以穿插，一共写了男子二百三十五人，女子二百十三人。错综变化，各尽其妙。《红楼梦》也是很好的社会小说了。

因为《红楼梦》如此的有盛名，读者于是欲考证其背景究竟是什么。传说莫衷一是，今略举有力的学说若干，见智见仁是在读者了。

（一）有谓纪故相明珠家事者。宝玉指明珠之子纳兰成德，字容若，是康熙时大词家。（参看俞樾《小浮梅闲话》）

（二）有谓记清世祖、董鄂妃故事者。董鄂妃为曾嫁冒辟疆之秦淮名妓董小宛。有人说她被掳入宫，为顺治的妃子。宝玉指清世祖，黛玉等则影小宛。（参看王梦阮、沈瓶庵《红楼梦索隐》）

（三）有谓影康熙朝政治状况者。宝玉指帝系，黛玉为朱竹垞，宝钗为高江村。（参观陈康祺《郎潜纪闻》、蔡元培《石头记索隐》）

（四）有谓曹雪芹自述其生平者。（参观胡适《红楼梦考证》）

（五）有谓专演清世宗与诸兄弟争立之事者。（参看寿鹏飞《红楼梦本事辨证》）

次于《红楼梦》的伟作，要推《儒林外史》。此书没有《红楼》的香艳，是一部讽刺小说。作者吴敬梓，字敏轩，全椒人。据《桥西杂记》说，他在乾隆间"尝以博学宏词荐，不赴。袭祖父业甚富，然素不治生，不数年而产尽"。吴敬梓此书用写实的方法，批评当时士风，并发表自己的理想社会。

　　清中叶以后的长篇小说，要推《镜花缘》与《儿女英雄传》《七侠五义》了。前两部小说都以女子为中心人物，这是在中国很少见了。但是有一个异点，《镜花缘》写的人物多富于幻想，《儿女英雄传》的人物比较少一点，但是结构较为紧密。《镜花缘》作者名李汝珍，是个多才多艺不得志的学者；《儿女英雄传》的作者为满洲人文康，做个驻藏大臣。两人都是道光时代的人。《七侠五义传》出现于光绪五年，经俞荫甫（樾）改订，称为"事迹新奇，笔意恣酣"，为一种英雄小说。书中的英雄，为宋朝的包拯，后来叙述施世纶、黄天霸的《施公案》，叙述彭鹏的《彭公案》都是仿效《七侠五义》的。

　　关于笔记小说，清朝的杰作当推蒲留仙（松龄）的《聊斋志异》和纪文达公（昀）的《阅微草堂笔记》，前者尤为有名。两书皆偏于谈狐说鬼，但是《聊斋》的文字更加典雅，《阅微草堂笔记》以文笔犀利见长，都于修词有很多的贡献。

　　清末的长篇小说，有魏子安的《花月痕》、吴趼人的《二十年目睹之怪现状》、李伯元的《官场现形记》、曾孟朴的《孽海花》，均颇有名，大约多半接近写实主义咧。

　　关于中国小说史方面，有鲁迅的《中国小说史略》最好。盐谷温的《中国小说概论》（见《中国文学研究》）亦甚可观。蒋瑞藻的《小说考证》是个小说史的原料书，可供我们参考之用。

中国文学概论

刘麟生 著　周勇　段伟 整理

目　录

文字与文学

一　字形

文字是文学的工具，他们的密切关系，是不烦言而解的。可是研究文字，是一种专门的学问——文字学、语音学、"小学"等等，不是本书应有的文章。本编所讨论的，只不过中国文字与中国文学的关系。换言之，就是中国文字在中国文学上的地位啊。

研究文字，可以从三方面观察：一、字的形式；二、字的音韵；三、字的意义。他们各别的变化，对于我们的文学，有什么影响与利害，是我们应特别注重的，现在先论字形。

我国文字，是偏重象形的；西方文字，是偏重注音的。这是公认的事实。可是《周礼》上说："八岁入小学，保氏教国子，先以六书。一曰指事，二曰象形，三曰谐声，四曰会意，五曰转注，六曰假借。"那么中国文字并非全是象形，也有他种质素在内，不过偏重于象形，是无可疑的。有人说，象形文字，是幼稚的文字，不适于高等文化的发展。这话也很难说。像中国的文字偏重象形，已经到了极完美的发展，经过长时期的文化薰陶，决不能说是幼稚。不过因为一音一义，偏重象形，难于变化，是很不合科学上的应用。

文学是一种艺术，艺术以真善美为归，而达到目的的方法，不外激动人的视觉、听觉和感觉。黑格尔所以分艺术为目艺、耳艺、心艺，他拿文学属诸心艺。但是文学如何可以激动心灵？仍不外以文字引起人的注意，或者为视觉上的注意，或者为听觉上的注意。郑樵在他的《通志》上说："梵有无穷之音，而华有无穷之字。梵则音有妙义，而字无文彩；华则字有变通，而音无锱铢。梵人长于音，所得从闻入……华人长于文，所得从见入。"所以中国的文字，是先从视觉上感人；西方的文字，先从听觉上感人。

现在举司马相如的《子虚赋》《上林赋》为例，以明视觉感人的地方。《上林赋》诚然不免有堆垛的恶习，但是"文辞瑰丽"（何焯的话），在旧文学上，确有他的地位啊。

森林：其北则有阴林巨树，楩柟豫章，桂椒木兰，檗离朱杨，樝梨梬栗，橘柚芬芳。

水族：于是乎蛟龙赤螭，鲖鳢渐离，鰅鳙鳂魠，禺禺魼鳎，捷鳍掉尾，振鳞奋翼，潜处乎深岩。

果品：于是乎卢橘夏熟，黄甘橙楱，枇杷橪柿，亭奈厚朴，樗枣杨梅，樱桃蒲萄，隐夫薁棣，答遝离支，罗乎后宫，列乎北园。

女性：若夫青琴、宓妃之徒，绝殊离俗，妖冶娴都，靓妆刻饰，便嬛绰约，柔桡嫚嫚，妩媚纤弱。

天下事先入为主，文学既然是读物，读时必须用目，这种象形文字，至少可以先给人以种种印象，使读者容易明了偏旁的好处，如上文中"芬芳""妩媚"等等，也是字形的效果咧。

汉文因为一字一音的关系，于是产生了骈文、律诗，这完全是利用对句，为我国文字中特殊的产物。其实对句的利用，固然根据于单音，但是字形也有不少的影响。譬如"江南"对"渭北"，"杨柳"对"樱桃"，在下文中，无人不知为巧对，便是此例。

江南燠热，橘柚冬青；渭北沍寒，杨榆晚叶。（周弘让《答王褒书》）

门侵杨柳垂珠箔，窗对樱桃卷碧纱。（晁冲之《都下追感往昔诗》）

重形文字的缺点，是无可讳言的。单就字形而论：（一）笔画的多寡，不能一律。如"一"字与"盐"字，都为常用之字，而笔画多寡相去悬绝，写时颇感不便。（二）通假之字甚多，字形往往混淆。如刘永济说："'逶迤'二字，见诸古书者，有三十三种。"（见所著《文学论》）这虽然是例外，可是已经与初学者以不便利了。（三）"字形则笔画叠变，变更愈多，去原形愈远，只即今形观之，其意不可复晓。"（蒋善国《中国文字之原始及其构造》）可见得重形的文字，到后来也不能完全重形了。所以《集韵》有五万三千余字，到了今日，常用的字，不过数千而已。现在节录服部宇之吉的意见，以为本段的结束。（见所著《汉字之优点与缺点》，太平洋国际学会译本）

中国之象形单纯文字，望其形即可推其义。虽然构造复杂，意义则很明显，使读者有确定的印象，易于记忆。但从他方面观之，亦不免有若干缺点。每字之形状，与其他任何字不同。初学者必感觉非常之麻烦，在印刷盛行时代，排版时极感困难，对于编辑字典，亦大有困难。综上所言，以字形而论，中国文字之优点，实足以抵偿其缺点而有余。

二　字音

六书中，除象形外，谐声最为重要（应从许慎说为形声）。一字一音，是我国文学中的特质，其中有利有弊。现在分析讨论起来。

最大的缺憾是同音的字太多。哲尔氏（Giles）在他所著的《华英字典》中说，与"施"字同音之字，有八十七字之多，如"时""史""市""师"等字。（服部宇之吉所著《汉字之优点与缺点》）但是若用平上去入读之，也不至如此之多。盐谷温说：

> 现行北京话，为字音之最简单者，大约不过四百种音。而字音种类最多之福州方音，亦仅八百种音而已，《康熙字典》共举四万字，然今日通行之字，犹不下一万。仅以八百乃至四百种音，而发四万乃至一万字之音，其势不免有多数之同音异字矣。（《中国文学概论》，陈彬和译）

但是古代同音异字的字，还要多。据钱大昕《十驾斋养新录》考据，古代无轻唇（非敷奉微）、舌上（知彻澄娘）之音，就是说读"非敷奉微"，如"帮滂并明"等音，读"知彻澄"，与"照穿床"无别了。

此外又有通假的字（如"佳"可读"维何"），破音的读法（如"令长"中的"长"读上声），借读的方法（如"身毒"读

"捐毒"），于是音议的混淆，真是莫可究诘了（近人顾雄藻所著《字辨》，引例极多）。

一字一音的缺点，既然如上文所述。但是同时对于文学上，也发生一个优点。这便是中国文字宜于作对句，因而产生世间所没有的骈俪文字，是平民文学的障碍物，我们不能曲为之讳；然而同时也是一件美术品，我们总可以确切地承认呢。（刘师培《中古文学史》主张："非偶词俪语，不足言文。"这话固然不免言之太过，其中也有不少的真理咧。）

服部宇之吉说："日本人在谈话时，喜用中国文，因其较日本土语简洁易懂，此实中国语之特殊优点……关于公文、法律、制度、陆军等名词，日本尤喜采用中国字音，因其不但简单，并且严肃堂皇，此亦中国字音之另一优点。"（《汉字之优点与缺点》）总而言之，文字简洁是一字一音的文字最能造成的，也是对句骈体的绝好根基。像英文修词学，所谓平行语气（Parallel Construction）是偶一为之则可，究竟不能常见咧。现在略讨论对偶文的妙处。《文心雕龙·丽辞篇》说：

造化赋形，支体必双。神理为用，事不孤立。夫心生文辞，运裁百虑。高下相须，自然成对。唐虞之世，辞未极文，而皋陶赞曰："罪疑惟轻，功疑惟重。"益陈谟云："满招损，谦受益。"岂营丽辞，率然对尔……丽辞之体，凡有四对：言对为易，事对为难，反对为优，正对为劣。言对者，双比空辞者也。事对者，并举人验者也。反对者，理殊趣合者也。正对者，事异义同者也。长卿《上林赋》云，"修容乎礼园，翱翔乎书圃"，此言对之类也。宋玉《神女赋》云，"毛嫱

障袂，不足程式。西施掩面，比之无色"，此事对之
类也。仲宣《登楼》云，"钟仪幽而楚奏，庄舄显而越
吟"，此反对之类也。孟阳《七哀》云，"汉祖想枌
榆，光武思白水"，此正对之类也。

以上是说正式的对偶律，此外还有散文之中，常带平行的语气，
使人不觉其为真正的对偶文。又常常带了散文化的意味，以舒其
气，更是"神妙欲到秋毫巅"了。元李冶《敬斋古今注》有一
条说：

前辈论《楚辞》"蕙肴蒸兮兰藉，奠桂酒兮椒浆"
及韩退之《罗池庙碑》"春与猿吟兮，秋鹤与飞"。
谓欲相错成文，则语势矫健，谓之避对格。然余考诸古
文，则散语亦多用之。荀子《劝学篇》云"青，出于
蓝，而青于蓝；冰，水为之，而寒于冰"是也。

其次，我们应当明白谐声的发展，也不是一件很简单的事。
梁启超说："中国文字，乃属于衍音系统，当从音原以求字
原。"（见所著《从发音上研究中国文字之原》）蒋善国说：
"所谓一字一母，或一形一声者，乃举要而言之耳。形声之字，
不限于一形一声也。除一形一声外，有数形一声者，有数形数声
者，有二重形声者，亦有省声者。"（参看《中国文字之原始及
其构造》）此外还有模仿人声、鸟兽声、物声的字句。总之汉文
靠偏旁发音，是自成一个系统，在文学上的应用，确有特殊的功
用咧。

现在从四声重言、双声叠韵各方面，逐一讨论，以表明我国
文字与我国文学的相互关系。刘大白说：

从前研究四声的，有些人都以为平上去入，是发音

长短底不同。据最近刘复先生《四音实验录》中根据实验的结论，才知道四声底不同，长短虽然也有关系，而实在以音底高低不同为主要。但是四声底不同，虽然以音底高低不同为主要，而平仄底不同，却不在高低，而在音底平实和曲折。所以中国旧诗篇中平仄相间、相重的抑扬，实在是平实和曲折相间、相重的抑扬了。但是各地底音读不同，所以所谓四声，实在只有一个抽象的概念，而并没有一个具体的全国相同的标准。（见《中国文学研究》中《中国诗的声调问题》）

（一）四声与五声

四声为平、上、去、入，五声为阳平、阴平、上、去、入。四声与五声的发现，能够使一字一音的汉文，不致在读音上发生单调的感觉。因为有了抑扬顿挫，便不致单调，同时又增加不少的文体，如近体诗、对联、调平仄的骈文，皆是。他们的重要，可以想见了。（关于阳平、阴平的分别，参看周德清《中原音韵》，便知其详）

可是四声的辨别，在上古时代，是不知道的。正式成立，要算南北朝齐梁时代。《梁书·沈约传》说："约撰《四声谱》，以为在昔词人，累千载而不悟，而独得胸襟，穷其妙旨，自谓入神之作。"沈约如此自负，可以想见四声在文学上的重要关系了。（赵翼《陔余丛考》有"四声不起于沈约"一文。王国维有《五声说》一文，谓宋齐以后，"四声说"行，而五声转微。）

然而说上古时候，绝对无四声，是不易致信的。《公羊传·何休解诂》："伐人者为客，读伐，长言之。见伐者为主，读伐，短言之。"顾炎武《音论说》："长言之，则今之平上去声；短言之，则今之入声也。"是古代仅有平入两声。黄侃《音略略例》、爱德金（Edkins）《北京官话文典》都是如此说法。至于入声，到了元代，直至今日，北方人已不能容易分别了。

我国人读文章，有所谓抑扬顿挫的调子。其实便是对于平上去入，加以注重。这个五声或四声，就是中国文学所独具的。（应成一在所著《社会学原理》上说：西方声音之各别性，至Vowels 及 Consonants 而已穷；中国则于音韵、音组之外，尚有内含四声及五声）假使我们拿吴（阳平）、乌（阴平）、五（上声）、恶（去声）、辱（北方音作去声），翻译成罗马字，那便毫无分别了。简单言之，字音要分出平仄，平仄所发生的影响有二：一是声调，一是音韵。先论声调。声调是全句或全篇中的抑扬顿挫，韩愈《答李翊书》中所谓"气盛则言之短长与声之高下皆宜"。与此是相似的。西文中借重重音，就可以表现出来。中文则非借平仄不可。平仄的调和，便是声调告成的阶梯。不但韵文中如此，就是散文中，也是如此。王光祈在所著《中国诗词曲之轻重律》一文中说："吾国轻重律之格式复杂，实远过于西洋。"言之不太为过。《文心雕龙·声律篇》说："异音相从，谓之和；同声相从，谓之韵。韵气一定，故余声易遣。和体抑扬，故遗响难契。属笔易巧，选和至难。缀文难精，而作韵甚易。"这是说声调的应用，与音韵的应用，是大有出入的。唐钺在他的《音韵之隐微的文学功用》上说："和音包举双声叠韵等关系外，如字音之高下长短轻重等，都包含在内。但同是下平，而'提'音比'图'高；同是上平，而'花'比'迂'长。又通常两字相连而只表一意，上一字比下一字读得重些；又入声以短促故，似乎比平上去都重些。"这都可以做例子咧。又如近体诗调平仄，古体诗不调平仄。然而古诗有古诗的声调，近体诗有近体诗的声调，各不从同。所以王士禛有《古诗平仄论》，赵执信有《声调谱》之作。声调是基于平仄，可以概见了。

现在要讨论诗韵、词韵、曲韵了。韵是由音而来，最初关于音韵的宏著，要算梁沈约《四声谱》，可是这并不是韵书。隋陆法言《切韵》，是最早的韵书，对于后来的韵书，有绝大的影响，可惜已经散佚了。唐代韵书出的渐多，以孙愐的《唐韵》为最有名。宋代的出品，有陈彭年的《广韵》，丁广的《礼部韵略》，宋仁宗敕选的《集韵》。南宋时，有平水人刘渊的《壬子新刊礼部韵略》，就是世所称的《平水韵》，也就是现代诗韵的蓝本。他把《广韵》二百零六韵并为一百零七韵，这是最值得注意的一件事。

元朝阴时夫撰《韵府群玉》，取上声之拯韵，归到迥韵，于是共有一百零六韵。明初《洪武正韵》，复并为七十六韵。但是文人沿用，仍旧是用一百零六韵。清康熙时，撰《佩文诗韵》《佩文韵府》，便以阴氏《韵府》为蓝本。换言之，就是上平十五韵，下平十五韵，上声二十九韵，去声三十韵，入声十七韵。

所谓现代诗韵，其用法尚有两种不同的地方——就是做古体诗的时候，较为自由，可以通韵；做近体诗的时候，不可以通韵。通韵的意思，便是几种韵可以通用，譬如东、冬、江，或送、宋、绛，皆可以互相通用，便是。为什么古诗可以通转，而近体诗不可以通转呢？这个理由，是因为古音的韵部，比现行的韵部简少，古韵宽缓，所以做古体诗不妨通用咧。

古人的读音，与今人大大的不同。不要说唐宋与今人不同，便是秦汉人读音，也有互异的地方。在郑玄所笺的《毛诗》中，常常可以看出。古音学，是近代史上的大发现，非常的烦复，不是本书可以论列的。现在排列一个简目，做我们的鸟瞰。

协韵时代 唐陆德明的《经典释文》、宋朱熹的《诗经集传》，可为代表。协韵是用当时的音，来读古书，因而不免发生改经的陋习，这又叫做叶韵。

通转时代 最初主张这个办法的，是宋吴棫的《韵补》。他把《广韵》二百零六部，注明"古通某""古转声通某"等等。但是他的通转办法，在当时不甚大有影响。到了清初顾炎武的《音学五书》，方才有较精详的讨论。此后便有段玉裁的《六书音均表》，戴震的《声类表》，钱大昕的《音韵问答》，江永的《古韵标准》，王引之的《经义述闻》，于是古音学方才大盛。清末章炳麟的《文始》《新方言》等书，可谓集古音学之大成。最近汪荣宝、钱玄同、林语堂、唐钺诸人，讨论歌、戈、鱼、虞、模的古读方法，从古今译文中，发现些古音，于是通转的方法，又别开生面了。（参看张世禄的《音韵学》第三篇）

词韵与曲韵不同，他们又互有不同。在填词方面，平声独押，上去通用，入声又独押。至于曲韵方面，入声分配于平上去之中，只有三部。词韵种类甚多，最早的为宋《箓斐轩词林要韵》，就是后来的《词林韵释》（见江都秦氏《词学全书》）。这书与清戈载《词林正韵》同为词韵中两大权威。曲韵的权威为元周德清《中原音韵》，此外有明《洪武正韵》《中州全韵》。《中原音韵》是为北曲而设，《洪武正韵》是为南曲而设，但实际上，南北曲部都用《中原音韵》。

中国的方言南北互异，诗韵、词韵、曲韵是很难普遍的了解。尤其说到诗韵，包括很多的古音，如夜字收马韵，庚韵、侵韵的区别，今日只有吴越闽广诸地知道（东、冬的区别只有福建等处知道），不是多数人能容易领会得来。那么诗韵（包括词韵、曲韵）有改良更新的必要，是不待言的。近年来，有赵元任的《国音新诗韵》，拿平水韵一一重新分类起来。譬如二十二祃，分为六十四祃（包括亚、霸等等）、八舍（包括舍、杀等字）和九谢（包括夜、借等字）是很合理性的分析。可是分析得太详细，通韵的方法，更须自由。否则押韵的困难，便加增了。但是最后的权威，仍旧是在多数的学者，能够一致的转移风气，定一个极合理性的改革方案才好。

音与韵的组成，既如上述。现在再从叠字、双声、叠韵三方面，研究他们在我国文学上的影响。

叠字　叠字也可以说是重言，这也是一字一音的语言所成就的，能够造成音韵上的美感。顾炎武《日知录》说：

> 诗用叠字最难，《卫诗》"河水洋洋，北流活活。施罛濊濊，鳣鲔发发，葭菼揭揭。庶姜孽孽"，连用六叠字，可谓复而不厌，赜而不乱矣。古诗"青青河畔草，郁郁园中柳。盈盈楼上女，皎皎当窗牖。娥娥红粉妆，纤纤出素手"连用六叠字，亦极自然。

《文心雕龙·物色篇》也说："故'灼灼'状桃花之鲜，'依依'尽杨柳之妙，'杲杲'为出日之容，'瀌瀌'拟雨雪之状，'喈喈'逐黄鸟之声，'喓喓'学草虫之韵。"至于李清照的"寻寻觅觅，冷冷清清，凄凄惨惨戚戚"，《鹤林玉露》说："起头连叠七字，以一妇人，乃能创意出奇如此！"其实这句之妙，不仅在叠字，双声叠韵也有关系。不过叠字的关系最大。欧

阳修的"庭院深深深几许"一词，李易安酷爱其语，遂作"庭院深深"数阕，无非爱其三叠字的美妙罢了。到了元曲发达时代，叠字的句子更多，如"颤巍巍""娇滴滴""冷清清"真是不胜枚举了。

> 则俺这烦恼恼，哭哭啼啼，想杀我儿也，怨怨哀哀！（张国宾《合汗衫》第三折）

双声与叠韵　双声是发声相同之字，叠韵是收音相同之字。用近世语音学来解释，便是子音相同，叫做双声；母音相同，叫做叠韵。双声、叠韵，无非增加音节上的美感。英文诗中，所谓Alliteration，是指一句中数字同一起首字母的韵法，与我国的双声相近，但是不能如双声的普遍。至于叠韵，更少见了。钱大昕《音韵问答》说：

> 声音在文字之先，而文字必假声音以成。综其要，无过叠韵、双声二端。而叠韵易晓，双声难知。"股肱""丛脞"，虞廷之赓歌也。"次且""剚刵"，文王之演《易》也。至《诗》三百篇兴，而斯秘大启。《卷耳》之次章，"崔嵬""虺隤"两叠韵；三章"高冈""玄黄"两双声。《硕人》之次章，"巧笑"叠韵，"美目"双声。……"生死契阔""搔首踟蹰"一句而成双声。"觱力方刚""山川悠远"一句而一叠韵，一双声。其组织之工，虽七襄报章，无以过也。其音节之和，虽埙篪迭奏，莫能加也。其尤妙者，"角枕粲兮，锦衾烂兮"不独"粲""烂"韵而"枕""衾"亦韵，"锦衾"叠韵，"角枕"又双声也。"不敢暴虎，不敢冯河"，"暴""冯"双声，"虎""河"亦

双声也。此岂寻常偶合者可比？

本来名词中，双声、叠韵的字便不少。如"鸳鸯"是双声，"蜻蜓"是叠韵，其例甚多，不可枚举。至于双声、叠韵的用法，也变化百出。现在只举两三个简单的例子：

双声对双声：信宿渔人还泛泛，清秋燕子故飞飞。（杜甫《秋兴》）

叠韵对叠韵：皓齿粲烂，宜笑的皪。（司马相如《上林赋》）

叠韵对双声：诗缘情而绮靡，赋体物而浏亮。（陆机《文赋》）

此外有全首双声、全首叠韵的，真是文人的狡狯，不足为训了。（参看唐钺《音韵之隐微的文学功用》、曾星笠的《论双声叠韵与文学》，前者见《国故新探》，后者见《中央大学文学杂志》。）

总而言之，文字是由简趋繁，以合乎进化为原理。字音也是如此。现在录马瀛《破音字举例》的序例一段，以为本章的结束：

古人谐声之字，其所从之声，必与其字音甚相切近。今则不同韵者有之矣，不同母者有之矣。古人假借之字，必与本字同音，而后假借此字，以代本字。今则假借之字，其音多与本音悬殊矣。古人一字，大抵仅有一音，今则往往别标一音矣。古无四声之别，今则闽广方言，于四声之外，又别分阴阳矣。又同一古之舌音也，而今有舌上、舌腹之分矣。同一古之唇音也，而今有轻唇、重唇之分矣。

三　字义

　　盐谷温说："中国语单音而孤立之特性，其影响于文学上，使文章简洁，便于作骈语，使音韵谐协。"（陈译《中国文学概论》）假使就字义上说，前两项尤其是很明显的。

　　最简洁的散文，可以韩愈的墓志铭、柳宗元的游记为代表。他们的成功，不外乎用字。这也是因为字的本身，就很简洁，试举谢灵运的诗题为例（采用铃木虎雄《支那文学研究》）：

　　　　晚出西射堂　游赤石进帆海　登江中孤屿　田南树园激流植援　石门新营所住四面高山回溪漱石茂林修竹　于南山往北山经湖中瞻眺　从斤竹涧越岭溪行　入华子冈是麻源第三谷　登归濑三瀑布望两溪

　　骈俪之文，是我国所独有。当然是因为孤立的关系，可是对得工整美妙，令人读之生快。

　　　　朝发河海，夕宿江汉。（班固《两都赋》）

　　　　仿佛兮，若轻云之蔽月；飘飖兮，若流风之回雪。（曹植《洛神赋》）

　　　　既倾蠡而酌海，遂测管而窥天。方塘水白，钓渚池圆。（庾信《哀江南赋》）

　　用字的方法，不能遍举。现在略举数例，以表明字义与简洁俪偶的相互关系。

　　（一）复字之多　单音的语言，在语言修词上，颇多不便。所以我们说"贫"，往往加一个字，说"贫苦"，或"贫穷"。这虽然是重复的意思，也可以使意义更加明显，形容更能美妙。

362

骈偶的文章，全靠着复字之多咧！

名词："涸竿""白鹭""孔雀""鹍鹄""鹓雏""鸧鹒""翠鬣""紫缨"（枚乘《七发》）

形容词或副词：燕"翩翩"其辞归兮，蝉"寂寞"而无声。雁"癰癰"而南游兮，鹍鸡"啁哳"而悲鸣。（宋玉《九辨》）

动词：子孙"恸哭"于江边，以为"死别"。魑魅"逢迎"于海上，宁许"生还"？（苏轼《到昌化军谢表》）

连词："然而"不王者，未之有也。（孟子《梁惠王上》）

叹词："呜呼""噫嘻"嚱危乎高哉！（李白《蜀道难》）

（二）省略字之多　这是使文章更容易趋于简洁的一法，例子甚多。（采用杨树达《高等国文法》）

名词之省略：大都，不过三国之一；中□，五□之一；小□，九□之一。（《左传·隐公元年》）

动词之省略：号泣于旻天，□□于父母。（《孟子·万章上》）

介词之省略：楚庄王围郑，郑告急□晋。（《史记·鲁世家》）

（三）助词之应用　助词又叫做虚字，这是汉文中所独具的。有语首助词，有语中助词，有语末助词（用杨树达说），最能表现情感，帮助神思。古文家所谓气韵，全靠虚字的应用。欧阳修的文章神韵最好，大抵由于助词用得最妙（《醉翁亭记》全用"也"字收尾，可以为例）。

于我乎每食四簋，今也每食不饱。（《诗经·权舆》）

文帝曰：吏不当若是邪？（《史记·张释之传》）

予固已悲其早衰，而遂止于此，岂其中亦有不自得者耶！（欧阳修《张子野墓志铭》）

文学固然不可过于堆砌，也不宜过于庸熟。在字义上推陈出新，是文学工具上不二法门。所以韩愈说："凡为文者，宜略识字。"苏轼每出，必取《声韵》《音训》置箧中。（《困学纪闻》）我们要研究字义，必须知道几种基本的字书，就是所谓"小学"。最早的小学书为《尔雅》，其中《释诂》一篇，相传为周公所作。郭璞注《尔雅》，说这书为六艺之钤键。到了汉朝，有扬雄的《方言》，许慎的《说文》，刘熙的《释名》，而许氏的书，尤为此后开展研究字义的鼻祖。南北朝音韵发达，字义不大讲求，只有梁顾野王的《玉篇》。直到等到南唐徐铉兄弟，方重兴研究小学。宋王安石作《字说》，穿凿附会，对于小学，没有大的贡献。到了清代，有了戴震、江永、段玉裁、钱大昕，小学的研究，方才大兴。而段注《说文》尤为出名。后来复有王引之的《经传释词》，俞樾的《古书疑义举例》，章炳麟的《新方言》，于是字义的研究，能于形体和声音方面并重，为汉学家所梦想不到了。

《说文解字》，共有九千五百五十三字，《集韵》与《康熙字典》，各有五万余字，然通常应用的，不过三千余字。我们一方面感觉无用的字太多，一方面觉得应付新事物，还须增加新字、新名词才好。

文体的分析

四 总论文体

此处所谓文体就是一切文章的体裁。换言之，便是文学的分类。然而文学的分类，与文体的分类，不免小有出入。前者是兼形式与功用而言，后者偏重形式，不免狭义一点。我国最早的总集，是梁昭明太子的《文选》，所以《文选》的分类，很值得我们的注意：

赋 诗 骚 七 诏 册 令 教 策文 表 上书 启 弹事 笺 奏记 书 移 檄 难 对问 设论 辞 序 颂 赞 符命 史论 史述赞 论 连珠 箴 铭 诔 哀文 碑文 墓志 行状 吊文 祭文

他的分类，固不无可以非议之处，但是大半自形式上入手，可为本章讨论的焦点。昭明太子所选的，是偏于纯文学，可以看《文选序》的后段：

余监抚余闲，居多暇日。历观文圃，泛览辞林。未尝不心游目想，移晷忘倦。自姬汉以来，眇焉悠邈。时更七代，数逾千祀。词人才子，则名溢于缥囊；长文染翰，则卷盈乎缃帙。自非略其芜秽，集其精英，盖欲兼功，太半难矣。若夫姬公之籍，孔父之书，与日月俱悬，鬼神争奥，孝敬之准式，人伦之师友，岂可重以芟夷，加之剪截？老、庄之作，管、孟之流，盖以立意为宗，不以能文为本。今之所撰，可以略诸。若贤人之美辞，忠臣之抗直，谋夫之话，辨士之端，冰释泉涌，金相玉振。所谓坐狙丘，议稷下，仲连之却秦军，食其之下齐国，留侯之发八难，曲逆之吐六奇。盖乃事美一时，语流千载。概见坟籍，旁及子史。若斯之流，文亦繁博。虽传之简牍，而事异篇章。今之所集，亦所不取。至于记事之史，系年之书，所以褒贬是非，纪别异同，方之篇翰，亦已不同。若夫赞论之综缉辞采，序述之错比文华，事出于沉思，义归于翰藻，故与夫篇什，杂而集之。

梁[①]刘勰的《文心雕龙》，是我国文学批评的泰斗。他的文体分析，可看下表（用范文澜《文心雕龙注》）：

---

① 底本作"唐"。

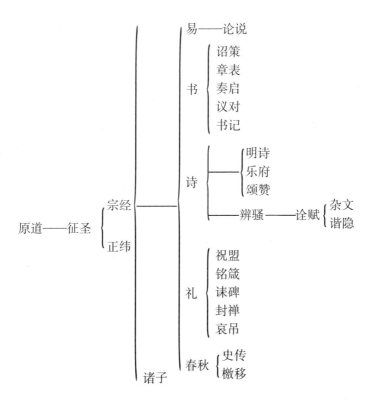

这个表对于文体的源流，可谓有相当的指示。至于内容，当然不合于近世文学观念。宋郑樵的《通志·艺文略》，分文之类为二十二，也与此大同小异：

　　楚词　别集　总集　诗总集　赋　赞颂　箴铭①　碑碣　制诰　表章　启事　四六　军书　案判　刀笔　俳谐　奏议　论　策　书　文史　诗评②

《四库全书目录》，集部分五大类：楚词、别集、总集、诗

① 底本作"箴　铭"。
② 底本作"诗"。

文评、词曲，比较的有剪裁了，可惜仍旧不免笼统。到了姚鼐的《古文辞类纂》，分古文为十三类，分析散文，方才比前人精审得多。梅曾亮的《古文词略》，于十三门之外，加上诗歌一门。曾国藩的《经史百家杂钞》，分三门十一类，皆是修正姚氏的地方。现在列表比较于下（用刘永济《文学论》附录）：

姚鼐十三类	1	2	11	12	3	10	4	5	6	7	8	13	9		
	论辨	词赋	颂赞	箴铭	序跋	赠序	诏令	奏议	书说	哀祭	传状	碑志	杂记		
曾国藩三门	论著	词赋			序跋		诏令	奏议	书牍	哀祭	传志		杂记	叙记	典志
十一类	著述						告语				记载				

　　章炳麟的《国故概论》，分文学为有韵文、无韵文两种，是个绝妙的分析，可惜他的子目不免失之芜杂：

无句读文		算草
		簿录
		表谱
		图书
有句读文	有韵文	词曲
		古今体诗
		占繇
		箴铭
		哀诔
		赋颂

续表

		小说（文言俗语诸体均属之）	
有句读文	无韵文	杂文	书札
			述序
			杂志
			对策
			论说
			符命
		典章	仪注
			公法
			律例
			官礼
			书志
		公牍	契约
			履历
			录供
			诉状
			告示
			批判
			文移
			奏议
			诏诰
		历史	学案
			目录
			款识
			杂事

续表

有句读文	无韵文	历史	别传
			行状
			姓氏书
			地志
			国别史
			纪事本末
			编年
			纪传
		学说	平议
			疏证
			诸子

　　章氏的分类，诚然详尽，但是没有给散文以相当明显的地位。严既澄说："无论那一国的文学，大抵只能划分为韵文和散文的两大部，惟有中国的文学，在这两大部而外，却还有那自成一体的骈体文。既不能算是散文，只好让他自为一部了。"所以我们应当给骈文以特殊的地位咧。近人著中国文学史，往往分论散文、骈体文、赋、诗词、小说、戏曲等等，比较是有合理化的，可是仔细推敲起来，不能没有下列的疑问：

　　（一）赋是不是骈体文？骈体文的大宗作品，便是赋。赋当然是骈体文，可是最注重散文化的古文，也有词赋一门。那么赋的地位，是无入而不可了。

　　（二）词与曲极相似，但是我们又往往连举诗词和戏曲。究竟曲应当归入于诗词？还是归入于戏曲之中咧？

　　（三）时文或八股文，也有若干的文学价值，应当归入于何种？

（四）箴铭颂赞，是有韵的文学。倘是我们分中国文学为有韵文与无韵文两种。那么骈体文，也有箴铭颂赞，散体文也有箴铭颂赞，我们不可以不注意咧。

近来郑振铎在他的《研究中国文学的新途径》文中说："我们要有的，是一种新的分类，明了而妥当的分类。"现在拿他的书目分类，摄录于下：

第一类——总集及选集

第二类——诗歌

甲——总集及选集　　　乙——古律绝诗的别集

丙——词的别集　　　　丁——曲的别集

戊——其他

第三类——戏曲

甲——戏曲总集及选集　乙——新剧

丙——传奇　　　　　　丁——近代剧

戊——其他

第四类——小说

甲——短篇小说

第一派——传奇派　第二派——平话派

第三派——近代短篇小说

乙——长篇小说　　　　丙——童话及民间故事集

第五类——佛曲弹词及鼓词

甲——佛曲　　　　　　乙——弹词

丙——鼓词　　　　　　丁——其他

第六类——散文集

甲——总集　　　　　　　乙——别集

第七类——批评文集

甲——一般批评　　　　　乙——诗话

丙——词话　　　　　　　丁——曲话

戊——文话　　　　　　　己——其他

第八类——个人文学

甲——自叙传　　　　　　乙——回忆录及忏悔录

丙——日记　　　　　　　丁——尺牍

第九类——杂著

甲——演说　　　　　　　乙——寓言

丙——游记　　　　　　　丁——制义

戊——散训文　　　　　　己——讽刺文

庚——滑稽文　　　　　　辛——其他

　　日人儿岛献吉说："自形式上，可大别文学为韵文、散文两种。韵文更可细别为谣谚、箴铭、颂赞、哀吊、祝祭、诗歌、赋骚、连珠、诗余九类。散文又可细别为论辨、序记、诏令、奏疏、题跋、书牍、碑碣七类。然予以为韵文、散文区别之外，更有别树骈文或律语之必要。"（见所著《中国文学》，隋译本）杨启高也说："文学之修词形式，可分韵文、散文、骈文、合文四种。"（见所著《中国文学体例谈》，表繁不录）合文一个名词，未免太生。我以为韵散综合或骈散综合的文章，可以看它成分的多少，仍旧分别归入骈文、韵文、散文之中。现在做一个简单表式如下：

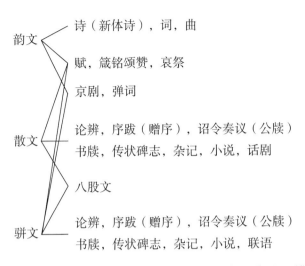

韵文 —— 诗（新体诗），词，曲

赋，箴铭颂赞，哀祭

京剧，弹词

散文 —— 论辨，序跋（赠序），诏令奏议（公牍）
书牍，传状碑志，杂记，小说，话剧

八股文

骈文 —— 论辨，序跋（赠序），诏令奏议（公牍）
书牍，传状碑志，杂记，小说，联语

总而言之，散文、骈文、韵文，是相当的分法。错综变化，神而明之，存乎其人。假使一定要区分显明，有时是不可能的。南北朝时代，一切都骈文化和律体化，几乎没有真散文可言。赵宋是个散文化时代，诗与四六也是散文化。所以宋沈存中说韩愈的诗，是"押韵之文耳，虽健美富赡，然终非诗"（《冷斋夜话》）。明谢榛说："李斯《上秦皇帝书》，为文中之诗；杜甫《北征》，为诗中之文。"也是此意。"相如《吊二世》之文，全为赋体。"（《文心雕龙》）究竟还是哀祭文咧，还是赋咧，我们当然不能说一定了。其实古书中，如《书经》，常常有很好的韵文。《诗经》中，常常有散文的句子。例子正多咧。

佑贤辅德，显忠遂良。兼弱攻昧，取乱侮亡。推亡
固存，邦乃其昌。（《书经·仲虺之诰》）

人亦有言，柔则茹之，刚则吐之。维仲山甫，柔亦不
茹，刚亦不吐。不侮矜寡，不畏强御。（《诗经·烝民》）
文体不过是一种形式，单靠形式，决不能使文章优美。但是

373

没有形式，又不能成为文学。文学家在能利用种种形式，加以变化和实质，便能有所成就了。近人泛论文学，往往分文学为硬文学与软文学两种。前者偏重于实用，后者偏重于美观。这是我们可以取法的。

最后要说，各种文体，大半渊源于《五经》。换言之，就是有几种文体，古人已经有之，不过后人发挥而光大之罢了。

> 论说辞序，则《易》统其首。诏策章奏，则《书》发其源。赋颂歌赞，则《诗》立其本。铭诔箴祝，则《礼》总其端。记传铭檄，则《春秋》为根。（刘勰《文心雕龙·宗经篇》）

> 夫文章者，原出《五经》。诏命策檄，生于《书》者也。序述论议，生于《易》者也。歌咏赋颂，生于《诗》者也。祭祀哀诔，生于《礼》者也。书奏箴铭，生于《春秋》者也。（颜之推《家训·文章篇》）

五　散文与骈文

散文与骈文所用的文体，大致相同，前面已经说过。现在就拿各种文体，逐一加以研究。但是文体的分类如何呢？西洋修辞学所谓写景文、叙述文、解释文、辨论文，是否可以包举无遗？我们且看下表：

　　描写文——杂记　词赋

　　叙事文——碑志　传状　哀祭

　　解释文——序跋　赠序　诏令　奏议　箴铭　赞颂

　　辨论文——论辨　书说

西方的分类，是不足以包括姚氏的十三类，虽然仍有批评的余地，可是在更完美的分类未寻出以前，我们还是认这十三类为比较详尽一点的东西，来讨论散文、骈文所常用的文体。

（一）论辨

论辨也可以叫做论说，刘勰说："述经叙理曰论。论者，伦也，伦理无爽，则圣意不坠。"（《文心雕龙·论说篇》）吴讷说："说者，释也，述也。解说经意，而以己意述之也。"（《文章辨体》）至于"辨"字，不外判别的意思。"盖本乎至当不易之理，而以反复曲折之词发之。"（徐师曾《文体明辨》）总之，论辨或论说，是修辞学中所谓解释文。他的立场，是靠着逻辑咧。分而言之，可以有种种不同的名称。

名　　称	举　　例
论	贾谊《过秦论》
设论	《答宾戏》
史论	沈约《谢灵运传论》
议	柳宗元《晋文公问守原议》
说	苏洵《名二子说》
解	韩愈《进学解》
难	司马相如《难蜀父老》
辨	韩愈《讳辨》
经义	王安石《里仁为美》
八股文	王鏊《百姓足君孰与不足》

经义是一种解释文，八股文是经义演变出来，一名制艺或时文。所谓八股文，就是"破题""承题""起讲""入题""起股""虚股""中股""结束"。俞长城批评王安石的制义说："制义始于荆公，原与论体相似。"可见得这是论辨一类的文章，不过其中多骈行的语气罢了。

议体有可入奏议中的，如韩愈《禘祫议》、柳宗元《驳复仇议》，《古文辞类纂》便列入奏议中，但是如上文所举柳宗元《晋文公问守原议》，便是与论相似，这是文体不能一律的地方咧。

史论是论辨中最普通的一种，后来成为考试的利器。贾谊《过秦论》，是史论的导师。后来的古文家，更喜为此。著成专书的，有吕祖谦的《东莱博议》，张溥的《史论》，王夫之的《读通鉴论》《宋论》，其中以王船山的史论，较有识见，文笔亦矫健出群。

（二）序跋

徐师曾《文体明辨》说："《尔雅》云：'序，绪也。亦作叙。言其善叙事理，次第有绪。'"序跋实在是一种介绍的短评。《古文辞类纂》分序跋、赠序两门，《经史百家杂钞》并为序跋一门，这是很有理性的举动。序跋是对于作品而发表的意见或记事文，赠序是对于人而发表的意见或记事文，在古代是没有大分别的。（参看顾荩丞《文体论》第二十一页）至于序与跋的分别，是一在书前，一在书后。所以跋也可以称为"书后"，不过序跋也有种种的名称：

名　称	举　例
序	《诗大序》
赠序	韩愈《送李愿归盘谷序》
引	苏洵《族谱引》
跋	欧阳修《集古录跋尾十首》
书读	柳宗元《读论语》
书后	曾巩《书魏郑公传后》

除了赠序之外，许多的书跋，实在是书评罢了。然而不是个个书评，都是可以诵读的妙文。许多序是无聊的恭维话，许多跋是版本的考据，都不可以常常诵读的。女文学家李易安《金石录后序》是一篇极长的有趣味的文字，而为古文家所不录的。赠序要推韩退之，书后要推柳子厚为杰作了。此外可以注意的，就是序用骈体文很多，跋就不大见了。

（三）诏令奏议

诏令奏议，向来是分为两类的，这种帝国主义的名词，在今日是不适用了。可是公事总要办的，什么命令呈文，仍旧是通行的。所以古代的诏令奏议，就是今日的公牍文，我们可以并在一处讨论咧。诏令或奏议，在各时代有不同的名称，现在引古人之说以明之：

> 古者王言，若轩辕唐虞，同称为命，其在三代，始兼誓诰而称之，今见于《书》者是也。秦并天下，改命曰制、令曰诏，于是诏策兴焉。汉初定仪则，命有四品，其三曰诏，后世因之。（刘勰《文心雕龙》）

按奏议者，群臣论谏之总名也。……七国以前，皆称上书。秦初改书曰奏，汉定礼仪，则有四品：一曰章，以谢恩；二曰奏，以按劾；三曰表，以陈情；四曰议，以执异。然当时奏章，或上灾异，则非专以谢恩。至于奏事，亦称上疏，则非专以按劾也。又按劾之奏，别称弹事，尤可以证弹劾为奏之一端也。又置八仪，密奏阴阳，皂囊封板，以防宣泄，谓之封事……魏晋以下，启独盛行。唐用表状，亦称书疏。宋人则监前制而损益之，故有札、有状、有书、有表、有封事，而札子之用居多。……至于疏、对、启、状、札五者，又皆以奏字冠之，以别于臣下私相对答往来之辞。（徐师曾《文体明辨》）

到了清代，诏令多称上谕，奏议多称奏本，或奏折，名称上渐渐统一起来了。现代公牍，下行有训令指令，平行有咨或公函（咨已不通行），上行有呈和签呈等等。近来并采用分段法和新式标点，是公事文字上一大进步咧。

种　类	举　例
诰	《书经·汤诰》
制	唐睿宗《受禅制》
诏	汉文帝《除肉刑诏》
令	秦始皇《初并天下议帝号令》
谕	汉高帝《入关告谕》
告	宋隆祐太后《布告天下手书》
敕	宋武帝《与臧焘敕》

种　类	举　例
册文	徐陵《册陈王九锡文》
教	丘迟《永嘉郡教》
赦文	陆贽《奉天改元大赦文》
檄	司马相如《谕巴蜀檄》
移	孔稚圭《北山移文》
露布	骆宾王《兵部奏姚州破贼设蒙俭等露布》
谟	《书经·皋陶谟》
上书	李斯《谏逐客书》
疏	贾谊《陈政事疏》
奏	赵充国《屯田奏》
封事	刘向《谏外家封事》
表	诸葛亮《出师表》
弹事	任昉《奏弹曹景宗》
议	韩愈《禘祫议》
对	贾捐之《罢珠厓对》
启	谢朓《谢随王赐梨启》
状	柳宗元《代人进瓷器状》
札子	苏轼《上陆宣公奏议札子》

民国以来，盛行宣言通电的一类文字，其实就是古代檄移、露布之类。司马相如的《难蜀父老》，刘歆的《移让太常博士书》，《文心雕龙》都列入《檄移篇》内讨论。《古文辞类纂》

379

把《难蜀父老》排在词赋内，《移让太常博士书》排在书说内，似乎不及《文心雕龙》的准确咧。

诏令奏议，在近代史上，都是喜用半骈半散的文字。陆贽是这种文字的开山祖。苏轼等附和之，所以诏令奏议，是相近于骈文的。清代名臣的奏议，都是如此。贺长龄所选的《皇朝经世文编》，是很可以参阅的一种书。古文不收陆贽的文，已经可以看见古文家的狭义的古文观念了。平心而论，骈文是不宜于发议论的，所以公事文很少全用骈文的。除了陆贽少数人是杰出的人物外，很少的奏议家，是用骈文擅长的。汉代贾谊、晁错、刘向，都是以奏议出名，简峭朴茂，自成风气，与汉代诏令一样，都是后人不容易做到咧。后来惟苏东坡的作品，可以称大家，然而是陆贽的嫡系。

（四）书牍

《文心雕龙》说："书者，舒也。说者，悦也。"《说文》说："牍，书板也。"姚氏所用书说的名词，似乎不及曾氏所用书牍的名词，更为注重形式一点，更有概括的意义，简单说起来，书的一个字，最能概括这类的文体。可是书的名称，用起来，有时甚为含混。李斯《谏逐客书》，我们已归入奏议之中。司马迁《报任安书》，便是书牍了。刘勰说："战国以前，君臣同书。秦汉立仪，始有表奏。王公国内，亦称奏书。"可见名词的混淆了。启状的用法，也有时与此相似。后来文人应用起来，大概上行的书，叫做上书，平行的书，叫做书或启，平行下行的书，又可以叫做札。此外，还有一点分别，就是书启比较是长一点，简札是短一点。

名　称	举　例
上书	韩愈《上宰相书》
书	曾巩《寄杜相书》
启	李商隐《上河东公启》
笺	谢朓《拜中军记室辞随王笺》
牒	柳宗元《为裴中丞代黄贼转牒》

现代的演说，就是书说中的说，也可以列入此类之中了。

文体分类的困难，在书牍中也可以看见。前面已经说过，有许多书，简直是奏议，不入本章的范围，所以我们研究这一类的文章，只限于简札便好。可是古文家的态度尊严，太长的与太短的文章，都不采取。所以有风趣的小简，如王羲之的"奉橘三百枚，霜未降，未可多得"，晋无名氏的"天气殊未佳，汝定成行否？寒食近，且住为佳耳"，都是在沧海遗珠之列了。六朝人的小笺，虽属骈文，亦极其隽永自然，可以为书牍的模范咧。

（五）传状碑志

传状碑志，都是记载死人的立身行世的事实，体用方面，大致相同。不同的地方便是传状只见于书籍中，碑志多勒之于金石上。在这几种文体中，行状的时间性，比较最短咧。《文体明辨》说：

字书云"传者，传也"。自汉司马迁作《史记》，创为列传，而后世史传，卒莫能易。……其品有四：

> 一曰史传，二曰家传，三曰托传，四曰假传。……刘勰
> 云：状者，貌也，体貌本源，取其事实，先贤表谥，并
> 有行状，状之大者也。……其逸事状，则但录其逸者，
> 其所已载，不必详焉，乃状之变体也。

这是说明传状的意义和种类。至于碑志的分别，姚鼐说得最好，
"其体本于诗歌，颂功德，其用施于金石。……志者，识也。或
立石墓上，或埋之圹中。古人皆曰志，为之铭者，所以识之之词
也。然恐人观之不详，故又为序。世或以石立墓上，曰碑，曰
表，埋乃曰志，乃分志铭二之，独呼前序曰志者，皆失其义"。

　　自传的体裁，在西洋甚为发达，往往成一专书，在我国很
少有这样的发展。陶潜《五柳先生传》，不过是自传的雏形
而已。

名　　称	举　　例
史传	《史记·项羽本纪》
传	归有光《陶节妇传》
行状	沈约《齐司空柳世隆行状》
碑	秦始皇《琅琊台立刻石文》
墓碑	萧纶《隐居贞白先生陶君碑》
神道碑	庾信《周上柱国齐王宪神道碑》
墓表	欧阳修《泷冈阡表》
墓志铭	韩愈《南阳樊绍述墓志铭》
墓碣	潘尼《黄门碣》

古今来做传志的大手笔，汉代的蔡邕，唐代的韩愈，宋代的王安石，明代的归有光，是前无古人后无来者的。蔡邕的文章，气息深厚，文辞典正（此二字系挚虞《文章流别论》所说）。《日知录》说："蔡伯喈集中，为时贵碑诔之作甚多，如胡广、陈实各三碑，桥玄、杨赐、胡硕各二碑。至于袁满来，年十五，胡振，年七岁，皆为之作碑，自非利其润笔，不至为此。史传以其名重，隐而不言耳。文人受赇，岂独韩退之谀墓金哉？"可见得他的墓志文，名重一时了。韩昌黎做碑志，纵横变化，无所不至，而铭语苍劲高古，为四言诗放一异彩，所以集碑志的大成。王荆公局格出奇，文笔挺峭，亦能自出一家。至于归熙甫的碑志，则以情感哀挚、文字秀洁擅长。

（六）杂记

记的意义，是不烦解释的。从实质方面说，可以记事，如黄宗羲《万里寻亲记》；也可以记物，如魏学洢《核舟记》；又可以记游，如柳宗元《始得西山宴游记》诸篇皆是。可以说是小品文字中最重要的工具咧。从形式方面说，杂记的种类至多。大别说起来，可以有日记、游记、笔记诸种。如《曾文正日记》《水经注》《世说新语》，可以分别的代表它们。可是这种文章，不是太长，便是太短，古文家不肯接受。然而是家弦户诵的，不能说没有文学上的价值了。

我国文体方面，名实往往混淆，很多的记，议论太多，如欧阳修《画锦堂记》，简直不像记。《后山诗话》云："退之作记，记其事耳。今之记，乃论也。少游谓《醉翁亭记》，亦用赋体。"至于最早的《学记》《乐记》，更是教育论、音乐论了。

说到记宴集的，如王羲之《兰亭序》、王勃《秋日游莲池序》等等，实在是游记。所以姚鼐说："柳子厚纪事小文，或谓之序，然实记之类也。"序的名词，是有多方的意义，记也未能免俗咧。曾国藩于杂记之外，又添叙记、典志二门，前者如《左传·齐晋鞌之战》，后者如《仪礼·士相见礼》之类，都是。这是比较更正式的大文章，假使我们把他们并在一道，不妨名之"记志"了。

日记、游记，都可以属于此。日记佳本很少，像曾国藩的日记，是家传户诵的读物了。《水经注》是最早的游记，后来柳宗元的杂记，徐霞客的游记，是此类文字的标准咧。此外如《洛阳伽蓝记》等书，也是极隽永极熨帖的记载文咧。

（七）赋与骚

现在要说到韵文的体例了。西方文学中所谓韵文，不过些诗歌。我们的韵文，除了诗词之外，还有辞赋、箴铭、赞颂和祭文，真是洋洋大观咧。梁启超在他的《中国韵文里头所表现的情感》一文中说："韵文是有音节的文字，那范围从"三百篇"、楚辞起，连乐府歌谣，古今体诗，填词曲本，乃至骈体文，都包在内。"这当然是广义的说法咧。

《诗》有六义：风雅颂，赋比兴。朱熹注《葛覃》诗说："赋者，敷陈其事而直言之者也。"这是赋的本义，也就是西方修辞学所谓描写文了。所以刘勰说："赋者，铺也，铺采摛文，体物写志也。"又说："赋自诗出，分歧异派。"《汉书·艺文志》说："《传》曰，不歌而诵谓之赋。"班固《西都赋序》说："赋者，古诗之流亚也。"这是因为春秋时代，列国行人往来，本有赋诗的习惯。可见得赋的演变，是渊源甚早了。赋也可以说是诗，但是我们一定要认定他是一种特殊的文体，所谓"六义附庸，蔚成大国"（《文心雕龙·诠赋篇》）了。

最早的赋家，为荀卿，所作有《礼》《知》《云》《蚕》《箴》等篇，咏物而近于隐语，句子多很短。如《成相篇》所说：

> 请成相，世之殃。愚暗愚暗堕贤良。人主无贤，如瞽无相，何伥伥？

实在与短歌为近。同时屈原所作的《离骚》，也是近于诗歌的。所以后世有人称之为新体诗。李白的古诗，如《梦游天姥吟留别》等，诚然有很多的骚体句子，但是总算是例外。骚的作品，后来实在是一种赋体，这因为赋与诗，原来是很相通的。班固的话："赋者，古诗之流亚也。"实在是不朽的名言。近人认骚为一种新体诗，固然是很有见地，不过骚的影响，在赋的方面为大咧。

赋的正式成立，要以宋玉之功为多。他的《九辨》，是骚体，但是他的《风赋》《神女赋》是汉赋的先声。汉赋的大作家，如司马相如、枚乘，都不免过于堆砌，所以扬雄说："诗人之赋丽以则，辞人之赋丽以淫。"又说："童子雕虫篆刻，壮夫不为也。"（《法言》）铃木虎熊比较楚骚、汉赋的不同，甚为明晰。（《支那文学研究》第三八四页至三八五页）

（一）楚骚多三言连用，四、三言连用，六言句居多，七言甚少。汉赋多用三、四、五、六言而成，时时作破格之句，不拘字数多寡。

（二）汉赋中多用实字，所用虚字、助字，比楚骚大为减少。

（三）楚骚没有不押韵的，汉赋有每句押韵的，有偶句押韵的，也有全不押的，没有一定的法子。

（四）在思想叙述方面，楚骚偏于抒情，汉赋注重记载。

以上是说古赋。

魏晋以来，文字日趋整齐，修辞日趋绮靡，于是造成骈体文的独霸江东局面。同时四声的研究，渐渐成功，音调也日趋完美，所以赋体发生异彩。就赋论赋，可以说是到了赋的极轨了，古人称之为俳赋。（姚鼐编《古文辞类纂》，不取六朝人的赋，"恶其靡也"。这是就"古文"的立场而言，不是就美文的立场而言，读者不可不辨。）

唐代的科举，有以诗赋取士，专注重赋的平仄与对偶，于是失了情文相生的妙趣。这种"律赋"是很少有文学上的大价值咧。到了宋代，文学专重散文化，赋也受了散文化的影响，于是有"文赋"之称。像欧阳修的《秋声赋》，苏轼的《赤壁赋》，简直是有韵的散文，实在是赋的变体了。所以《文体明辨》分赋为四类：一曰古赋，二曰俳赋，三曰律赋，四曰文赋。

总而言之，就文学价值方面而论，只有汉赋和六朝的赋，是赋的极峰（Climax）。汉赋以典重胜，六朝赋以雅丽胜。对于音韵方面，后者又较前者为胜。这当然是时代的关系了。我们读赋，要以此为极则，不可为律赋所误，尤其不可为科举时代的考试工具所误。近人很有意于创造白话赋，但是没有什么特殊的发展。文学到了赋，可以说是真正到了悠闲享乐的阶级了。

最后要说到名称方面，辞赋也不能一律的，不过赋的名词，用得最广而已。

名　　称	举　　例
骚	屈原《离骚》
赋	贾谊《鹏鸟赋》
对问	宋玉《对楚王问》
七	枚乘《七发》
连珠	陆机《演连珠》

（八）箴铭颂赞

《古文辞类纂》分箴铭颂赞为两类，《经史百家杂钞》拿他们并入词赋中，不分类，可见得他们相同的地方。除了赞可以用散文外，箴铭颂赞，都是些简短炼洁的有韵文，他们不同的地方，便是箴铭偏于规劝方面，颂赞偏于揄扬方面。箴铭颂赞，有时简直是诗，诗文一体，至此甚为显明了。

最早的箴要算夏、商两箴。《夏箴》见于《周书·文类篇》，《商箴》见于《吕氏春秋·名类篇》。（《辞学指南》）后来扬雄作《州箴》，是绝好的有韵散文。张蕴古作《大宝箴》，是有韵骈文。到了韩愈的《五箴》，李德裕的《丹扆六箴》，朱熹的《四箴》，箴的文字便长得多了。

《文心雕龙·铭箴篇》说："箴诵于官，铭题于器，名目虽异，而警戒则同。"这是说明他们的异点。汤的《盘铭》，见于《大学》，此后便不胜其数了。陆倕《石阙铭》可以代表骈文的铭，张载《剑阁铭》可以代表散文的铭咧。

387

《诗》有六义，六曰颂。《商颂》《周颂》，都是四言诗。王褒《圣主得贤臣颂》，便是骈体文。韩愈《元和圣德诗》，又是四言诗。刘伶《酒德颂》，便是散文化了。司马相如的《封禅文》，实在是颂，《古文辞类纂》，排在词赋中咧。

赞有两种：一种是散文体，如司马迁的《孔子世家赞》，后来的史赞，都是如此；一种是韵文，如苏轼《韩幹画马赞》，范晔《后汉书》的《史赞》，都是如此。《三国志》的《史评》，也是赞的一体。

总而言之，箴铭颂赞，是以韵文居多，尤其是近于诗体，有时是与诗完全不分的。赋与骚和有韵的箴铭赞颂，都是广义的诗。譬如四言诗，自曹操、陶潜做了几首以后，终不能使他复兴。一直到了韩愈，以散文之法行之，方才为四言诗扬眉吐气。箴铭赞颂，用之最多，所以不能不说是广义的诗了。但是真正善为文者，要能够使箴铭赞颂，不完全是诗，这个方法，便是要作风朴拙典重。林纾教人以做铭的方法说：

> 昌黎为郑君宏之墓志铭曰"再鸣以文进涂阙，佐三府治蔼厥绩。郎官郡守愈著白，洞然浑璞绝瑕谪，甲子一终反玄宅。"班固《封燕然山铭》曰"铄王师兮征荒裔，剿凶虐兮截海外。夐其邈兮亘地界，封神丘兮建隆碣，熙帝载兮振万世！"班氏深知铭体典重，一涉悲壮，便为失体。故声沉而韵哑，此诀早为昌黎所得。为人铭墓，往往用七字体，省去兮字，声尤沉而哑。然此体尤难称，不善用者，往往流入七古。（参阅钱基博编《现代中国文学史》）

（九）哀祭

哀祭的文字，有诗有文。乐府诗中的《薤露》《蒿里》等诗，又名挽诗。以及后来悼亡诗，都属于此类，就是英文文学中的 Elegy 咧。在散文、骈文方面说起来，古人大率称之为诔，最早的有鲁哀公《诔孔子之文》，见于《礼记·檀弓》，后人都称之为祭文。《文选》中有谢庄《孝武贵妃诔》，刘令娴《祭夫徐悱文》，都是些有名文字。

关于此项同类异名的文字，还有哀册（令狐楚《唐宪宗章武皇帝哀册文》）、哀辞（班固《梁氏哀辞》）、哀颂（汉张纮《陶侯哀颂》）等等，但是吊古文像稽含《吊庄周文》不是吊今人，而是吊古人了。祭文也有不限于近人的，如李商隐《祭全义县伏波庙文》便是。

因此，凡一切吊祭祝告的文，都可以归入此类。像屈原的《九歌》，原是为沅湘地方人民祭祀鬼神而作的骚体歌。《古文辞类纂》也收入哀祭之内，如此则一切祭神之文，如祝词、青词、上梁文，皆可以归入哀祭之中了。（《文心雕龙》有《祝盟篇》）

姚鼐《古文辞类纂·序目》上说："哀祭类者，《诗》有《颂》，《风》有《黄鸟》《二子乘舟》，皆其原也。楚人之至工，后世惟退之、介甫而已。"这是古今哀祭文的鸟瞰了。可是我们的文体分类，真是一件大难事！像贾谊《吊屈原赋》，司马相如《吊二世文》，潘岳《哀永逝文》，固然是赋，也可以说是哀祭文。扬雄的《反离骚》，宗旨也是吊屈原，李华的《吊古战场文》，也是哀祭文，古人多称之为辞赋，实则都是可以入于两类之中的。（关于文体，可参阅章炳麟《国故概论》、刘师培《论文杂记》、顾荩丞《文体论》诸书。）

六　诗词曲

中国的韵文，像前面所说的箴铭赞颂骚赋等等，实在是广义的诗。现在所讨论的诗，是狭义的诗。关于狭义的诗式，唐钺说：

> 诗字有三个意义：第一是狭义的诗，只包括全篇含四言、五言和七言句的韵文，间有少数六言或杂言的。第二是广义的诗，赋颂铭赞诔箴谣歌，以及宋词元曲等，是诗。这义的诗，可以说与韵文同其范围。这两个意义，是兼指体制及旨趣的。第三义，是专指旨趣的，如苏东坡说："王摩诘画中有诗。"这诗字是专指旨趣的。（见《国故新录》中《诗与诗体》）

我们研究中国诗，不可不注意这一点咧。然而就形式说起来，狭义的诗，还有两种说法。真正狭义的诗，只有四言、五言、七言诗，不包括长短句的词和散曲。填词的人，比做诗的人较少；但是填散曲的人，比较是更少咧。

（一）诗

诗体分类之详，可参阅严羽《沧浪诗话》。但是严氏的分类，一方面不免太繁，一方面不是专重形式。简单的分法，当然是照每句的字数和每首的句式。从字数说，不外四言、五言、七言；从句式说，可以分古体、近体。（诗也有九字的，《升庵诗话》有元天目山释明本中峰有《九字梅花诗》，但是不普通罢了。）

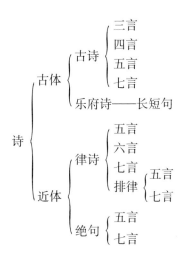

潘力山曾说："诗可大别为三类：一曰歌诗，二曰剧诗，三曰独立诗。"（见《中国文学研究》中《从学理上论中国诗》）但是从习惯和进化论点上说，还是上项的分类，容易使人明了的记忆咧。

最早的诗，是《诗经》，都是些四言诗。《诗经》虽然有三言（振振鹭，鹭于下）、五言（谁谓雀无角）、七言（交交黄鸟止于桑）等等，但是四言居多，所以《诗经》是四言诗的大成。后来束皙的《补亡诗》，陶潜的《停云诗》，总不免有模仿的习气。到了韩愈以散文的气势行之，四言诗方才有复兴之望，可是已经入于"古文"的领域内，叫做铭语等等——就是广义的诗咧。

五言诗简称五古，是汉魏时代的贡献。与五古平行发展的，是长短句的乐府诗，其中也以五言居多。据郎廷槐所说："乐府可歌，古诗不能歌；乐府多长短句，古诗多五、七言；乐府主纪功述事，古诗主言情；乐府诗贵遒劲，古诗尚温雅。"但是后人拟乐府题过多，乐府诗也多不能歌的，与五言古的界限，便不能划分清楚了。五古诗的成立，经近代学者的研究，是汉献帝末年的发展。作者就是曹氏父子与建安七子。曹植是五古诗中第一个大作家，此后便推陶谢——陶潜与谢灵运。陶的真朴闲适，谢的凝重深厚，开后人无数的法门，对于后来的五古，真是盛极难为继了。

七言古诗，渊源甚早。汉武帝的《秋风辞》，是很好的七古。但是七古最盛的时代，要推唐代。经过了李杜韩白，然后纵横变化，无不如意。长篇如白居易的《长恨歌》，元稹的《连昌宫词》，可以叙事。短篇如李白的《山中答人》，柳宗元的《渔翁》，不过四句，而情景自然，如在目前，真是绝诣了！宋人以议论出之（如王安石《明妃曲》），以生硬之笔写之（如黄庭坚《送王郎》），对于七古，另有一番的贡献。

近体诗与古体诗的不同地方，就是每首有定句，每句有定字，字都要调平仄，其中并且有一定的对句。对句与调平仄，是六朝人作诗的倾向。沈约所谓八病，是与近体诗有绝大的关系（参阅王世贞《艺苑卮言》）。到了初唐宋之问、沈佺期，始定五、七言八句之程式。今举例如下（参用顾实《诗法捷要》）：

五言律仄起式

（起联）（仄/平）仄平平仄，（平/仄）平（仄/平）仄平（韵）。

（颔联对句）（平／仄）平平仄仄，（仄／平）仄仄平平（韵）。

（颈联对句）（仄／平）仄平平仄，（平／仄）平（仄／平）仄平（韵）。

（结联）（平／仄）平平仄仄，（仄／平）仄仄平平（韵）。

五言律平起式

（起联）（平／仄）平平仄仄，（仄／平）仄仄平平（韵）。

（颔联对句）（仄／平）仄平平仄，（平／仄）平仄仄平（韵）。

（颈联对句）（平／仄）平平仄仄，（仄／平）仄仄平平（韵）。

（结联）（仄／平）仄平平仄，（平／仄）平平仄平（韵）。

七言律仄起式

（起联）（仄／平）仄（平／仄）平仄仄平（韵），（平／仄）平（仄／平）仄仄平平（韵）。

（颔联对句）（平／仄）平（仄／平）仄平平仄，（仄／平）仄（平／仄）平（仄／平）仄平（韵）。

（颈联对句）（仄／平）仄（平／仄）平平仄仄，（平／仄）平（仄／平）仄仄平平（韵）。

（结联）（平／仄）平（仄／平）仄（平／仄）平仄，（仄／平）仄（平／仄）平（仄／平）仄平（韵）。

七言律平起式

（起联）（平/仄）平（仄/平）仄仄平平（韵）。

（仄/平）仄（平/仄）平（仄/平）仄平（韵）。

（颔联对句）（仄/平）仄（平/仄）平平仄仄，

（平/仄）平（仄/平）仄仄平平（韵）。

（颈联对句）（平/仄）平（仄/平）仄（平/仄）平仄，

（仄/平）仄（平/仄）平（仄/平）仄平（韵）。

（结联）（仄/平）仄（平/仄）平平仄仄，

（平/仄）平（仄/平）仄仄平平（韵）。

明白了律诗的平仄，绝句的例子，便可举一反三了。因为"绝之为言截也，即律诗而截之也"（《文体明辨》）。

五律的作风，变化无过于唐。沈宋开其先，李杜继其后，此外还有一气呵成的孟浩然，号称"五言长城"的刘长卿，真是不计其数了。七律也是如此，老杜当然为大宗师，有典重的（如《秋兴》），有自然的（如《客至》），变化亦多。宋代的陆游，对于七律诗影响最大。《四库全书提要》所谓"后人选诗，取其流连光景，可以剽窃移掇者，放翁诗派遂为论者口实"，真是的评。五绝要以古乐府中所载和唐人所作（如王维、李白）为最佳。至于七绝的大作家，当然要推唐代的王维、王昌龄、李白，宋代的王安石、陆游，清代的王士禛了。总而言之，绝诗要含蓄不露，以少许胜人多许，这种境界，是不易做到的。《诚斋诗话》云："五、七字绝句最少，而最难工。虽作者亦难得四句全好者。"《艺苑卮言》云："绝句固自难，五言尤难。学诗要从五古入手，不可从绝句入手，这是初学诗的人应有的知识。"

排律有五言、七言两种，但是五言排律居多，长短并无一律。朱彝尊《风怀诗二百韵》是四百句的排律。后来科举试场所用的试帖诗，五言八韵，也是排律咧。排律是最古典化的诗体，容易流于板滞。大作家多不善为之，只有老杜最好，所以胡元瑞说：

> 排律，沈宋二氏，藻赡精工；太白右丞，明秀高爽。然皆不过十韵，且体在绳墨之中，调非畦径之外。惟少陵大篇巨什，雄伟神奇，如《投赠哥舒开府》与《谒先主庙》等作，阖辟驰骤，如长龙行云，鳞鬣爪甲，自中矩度。又如淮阴用兵，百万掌握，变化无方，尽排律之能事矣。（《少室山人笔丛》）

拗体诗，仍旧是律诗，不过将其中应平的字用仄声，应仄的字用平声，其中也有定例。大概说起来，每句的后三字可以转换，读时觉得音调另有一种奇气。杜甫的《题省中院壁诗》，是有名的拗体诗咧。

> 掖垣竹埤梧十寻，洞门对雪常阴阴。落花游丝白日静，鸣鸠乳燕青春深。腐儒衰晚谬通籍，退食迟回违寸心。衮职曾无一字补，许身愧比双南金。

六言诗是近体诗的一种，作品不多见，王维的《田园乐》，是最有名了。黄庭坚、焦竑诸人也有不少的很好的六言诗。

古诗无平仄上的限制，这是尽人所知。但是绝对没有规律，是不可能的，清人对于此事，始有讨论。王士祯的《古诗平仄法》，赵执信的《声调谱》，都是论古诗平仄的名著。他们的讨论，诚然有过于拘泥烦琐的地方，但是在原则上，是无可怀疑的。试看李白的《山中答人诗》：

> 问予何意栖碧山？笑而不答心自闲。桃花流水杳然

去，别有天地非人间。

这是平韵到底的古诗，其中第五字的变化，最可玩味，否则便近于近体了。（关于作诗的法式，可参阅唐皎然《诗式》、宋姜夔《诗说》、元杨载《诗法家数》、范德机《诗学禁脔》诸书。）

民歌是诗的泉源。古代的民歌，现在大半收集在宋郭茂倩的《乐府诗集》里面。至于近代的民间歌谣，近年来出版甚多，为民众文学放一异彩。大概言之，古今的民歌，有下列的长处：（一）作风自然，能够赤裸裸的写情写景。（如"江南可采莲，莲叶何田田。鱼戏莲叶间。鱼戏莲叶东，鱼戏莲叶西，鱼戏莲叶南，鱼戏莲叶北。"）（二）句法长短不齐，错落有致。（如《战城南》《有所思》等等，下列一歌，更可以见一般：秋风萧萧愁煞人，出亦愁，入亦愁。座中何人？谁不怀忧？令我白头！）（三）民歌除恋爱之外，写农家田园生活最多，这对于诗的发展上，也有个大影响。（储光羲、范成大诸人，都有不少的田园诗。）

最后要说到白话诗与自由诗。这是五四运动以来方发达的，我们不要忘记："白话与文言间之争，和自由诗与古诗、弹词间之争，完全是两个问题。"（唐钺《诗与诗体》，见《国故新录》）自由诗是打破一切格律的，但是白话诗也有时押韵。不押韵的诗，在《诗经》中，也多见之（如《昊天有成命》），不过后此便无有了。将来自由诗的成功与否，要看他的意境与韵味如何。白话诗也是如此。不过近于白话的诗人，如白居易、袁枚等等，早已得风气之先了。

（二）词

词的体裁，普通分小令、中调、长调三种，《填词名解》说："五十八字以内为小令；自五十九字始，至九十字止，为中调；九十一字以外者，俱长调。"《词律》讥其拘泥。但是概括的分法，舍此也别无良法。假使我们用词牌上的名称，如令、引、慢、犯等等，那么二十字的《纥那曲》和一百十六字的《金缕曲》，置在一处，有何意义咧。

词牌随音乐的演变而增加，小令、中调多半发生于五代，长调以宋代为集大成。万树《词律》有调六百六十，体一千一百八十有奇；《历代诗余》有调一千五百四十；《钦定词谱》有调八百二十六，体二千三百二十六。但是填词的谱，大半仍以万氏的书为标准。

填词的难处，在平仄阴阳，而不在乎用韵。词韵比较诗韵为宽，已见前面的理论。平仄四声中，用去声字最要紧，因为"名词转折跌宕处，多用去声"（《词律》）。今摘录杨万里《作词五要》，以当结论：

作词有五要：第一当择腔，腔不韵则勿作。第二要择律，律不应则不美。第三要句韵按谱制作转折。用或不当，则失律，正旁偏侧，凌犯他宫，非复乐调矣。第四要推律。押韵如《越调·水龙吟》，皆用平入声韵，古词俱押去声，所以转折乖异。第五要立新意，须作不经人道语。

（三）曲

词与曲是姊妹行的产品。词有词牌，曲有曲牌，他们相同的很多，但是异点在什么地方呢？（一）词在当时可歌，在今日不可歌，曲在今日仍旧大半可以歌。（二）词调与曲调之数目，大概为一与二之比（任中敏《词曲通义》）。（三）词的成套数少，曲的成套数多。词应用于戏剧上少，曲应用于戏剧上多。（四）词的押韵，上去通而平仄不通；曲的押韵，平仄互通，且北曲无入声，入声可以施于平上去三声中。（参阅吴梅《词余讲义》第四章）在体制方面，简而言之，曲有剧曲、散曲两种。剧曲是长篇的曲子，为扮演之用。散曲是零星的曲子，为文士吟咏之用，与词相同。但是填散曲的人，远不如填词之普遍了。下列是任中敏的分类法：

曲
- 小令
  - 寻常小令……摘调
  - 重头……一题者……分题者
  - 带过曲——北带北……南带南……南北互带
  - 集曲——兼集尾声者……不集尾声者
  - 演故事者——同调重头……异调间列
- 套数
  - 寻常散套——南北分套……南北互套
  - 重头加尾声
  - 无尾声音——寻常散套无尾声……重头无尾声
- 杂剧
  - 一折……二折……三折……四折……五折……六折有楔子——一用……再用
  - 用北曲……用南曲
- 院本
- 传奇
- 时剧

上表是从进化方面观察体裁的，简单的说起来，我们总是说北曲、南曲。北曲就是以元杂剧为代表，南剧就是以明清传奇为代表。其中不同之点，可如下述：

（一）组织方面　元曲每剧四折，限于一个宫调。南剧折数无定，一折之中，有许多宫调，且不限于一人独唱，自然解放多多了。（参观王国维《宋元戏曲史》、贺昌群《元曲概论》）

（二）音乐方面　王世贞《艺苑卮言》说："北曲字多而声调缓，其筋在弦。南曲字少而声调繁，其力在板。"这句话虽然为臧晋叔所不满（见《元曲选序》），可是北重弦索，南重板笛，是不可掩的事实咧。

（三）字音方面　吴梅说："北则入无正音，均派在平上去三声。各有所属，不得假借。南则入声自有正音，又施于平上去之三声，无所不可。……北曲中，凡揭起字皆曰阳，抑下字曰阴。而南曲正尔相反，南曲凡清声字，皆揭而起，凡浊声字，皆抑而下。"（《词余讲义》）这便是声分平仄、字别阴阳的差异了。

（四）作风方面　我们再看王世贞的批评："大抵北主劲切雄丽，南主清峭柔远。"元代的杂剧，尚属平民文艺；明清的传奇，便是贵族方面的享乐品了。

七　小说

班固在《汉书·艺文志》上说："小说家者流，盖出于稗官。街谈巷语，道听途说者之所造也。"这是小说的意义。我们在讨论小说的体裁之先，必须明了中国旧时小说的含义，与西洋的含义不同。譬如刘义庆的《世说新语》，周密的《武陵旧事》，所记的或为名人隽语，或为风俗闲谈，我们都叫他做笔记小说。但是上面的记载，完全没有小说上所谓布局的方法（Plot），怎么可以叫做小说？这因为小说是一切非正式的简短的记载，并不必一定是故事或神话，方才可以叫作小说。这是中国旧观念与西洋小说的含义根本不同的地方。（西洋的笔记，不得谓之为小说。）

明白了以上的含义，方才可以讨论中国小说的分类法。现在举几个例子如下：

胡应麟《少室山人笔丛》

（一）志怪（《搜神记》） （二）传奇（《太真外传》） （三）杂录（《世说新语》） （四）丛谈（《梦溪笔谈》） （五）辨订（《鼠璞》） （六）箴规（《颜氏家训》）

纪昀《四库全书总目》

（一）叙述杂事（《西京杂记》） （二）记录异闻（《山海经》） （三）缀辑琐语（《述异记》）

宫原民平《支那小说戏曲史概论》

（一）叙事体（原始的形式） （二）演义体（起于宋而盛于元） （三）诗歌体（产生于戏曲发达以后）

盐谷温《中国文学概论讲话》

（一）神话传说 （二）两汉六朝小说 （三）唐代小说 （四）译词小说

胡怀琛《中国小说研究》

从实质上分：（一）神话　（二）寓言　（三）稗史

从形式上分：（一）记载体　（二）演义体　（三）诗歌体　（四）描写体

从时代上分：（一）周秦小说　（二）晋唐小说　（三）宋代小说　（四）清代小说　（五）最近小说

本编是注重文章的形式，自然照普通的长篇小说、短篇小说分类为最适宜。关于短篇小说，我们可包括古代的神话暨寓言（子书中所载者），晋唐小说及后代笔记中有组织的故事。至于长篇小说，可以包括宋代的平话，明清的传奇小说、演义小说、章回小说等等。

此外有一种文学，介于小说与戏曲之间的，便是弹词、滩簧、大鼓。弹词更有不少的好文章在内，这种文学，去戏曲较近，去小说较远。近人胡怀琛称之为诗歌体小说（《中国小说研究》），这都是我们大众的娱乐品，是真正的平民文学咧。

八　戏剧与话剧

我们研究中国戏剧，有很多的感想：（一）中国戏剧与西洋戏剧比较，多少总觉得幼稚一点。在表演舞台方面，更是如此。最大的不同，是歌剧与话剧之不分和话剧之不发达。（二）中国戏剧的文章，发达较迟，到宋金时代，方才渐渐有正式剧本发生，比较其他的文章，发展的时代是较晚了。

说到戏剧的种类名称，不能不联想到中国戏曲演进的过程。没有正式剧以前，只有歌舞，像北齐《兰陵王破阵曲》，唐玄宗

《霓裳羽衣曲》，都是些舞曲。王国维说："古之俳优，但以歌舞及戏谑为事。自汉以后，则间演故事，顾其事至简，与其谓之为戏，不若谓之为舞之为当也。"（《宋元戏曲史》）唐朝所谓大面戏、参军戏，不过是歌舞滑稽剧而已。到了宋朝的杂剧，金朝的院本，于是方有戏剧文学。最著名的如赵德麟的《崔莺莺商调蝶恋花》十首，咏《会真记》的事迹，叫做鼓子词。《辍耕录》说："金有院本、杂剧、诸宫调。"这是金人戏剧文学。有名的如董解元《弦索西厢》，又叫做挡弹词，便是杂剧的一种。至于连厢词的文学，那就无可考了。

正式的剧本，是到元人才有的，叫做杂剧。杂剧的组织，最重要的为"科""白""曲"。科是表明动作，白是说（一作宾）白，曲是唱词。每一篇杂剧，只有四折，折就是现代所谓一幕（Act）。每折一调一韵，前面多半加一个楔子，后面有七言、八言的诗二句或四句，名为"题目正名"。关于此点，王国维之说，最可玩味。他说：

元杂剧视前代戏曲之进步，约而言之，则有二焉。宋杂剧中用大曲者几半，然通前后为一曲，字句不容增减，故运用亦颇不便。元杂剧则不然，每剧皆四折，每折易一宫调，字句不拘，可以增损，此乐曲上之进步也。其二，则由叙事体而变为代言体也。宋人大曲，皆为叙事体，独元杂剧，于科白中叙事，而曲文全为代言。此二者之进步，一属形式，一属材质。二者兼备，而后我中国之真戏曲出焉。（摘录《宋元戏曲文》）

杂剧的规矩谨严，已经说过。比较自由而易于发展的，当然是南曲了。因此杂剧又名为北曲，南曲又叫做传奇，实在都渊源于宋咧（《宋元戏曲文》）。到了明清，才大大的发达。因为明代昆山魏良辅改组乐队，于是有"昆曲"之称，现在比较南北曲的异点如下（参用《艺苑卮言》及盐谷温《中国文学概论》）：

	北　曲	南　曲
出数	一剧四折	无限制
音乐	一折一调一韵（力在弦）	不限调可换韵（力在板）
扮演	一人独唱	杂唱
楔子	有	无
篇末	题目正名	下场诗
作风	劲切雄丽	清峭柔远
	字多而调促	字少而调缓

昆曲的音乐，温雅和缓，不合乎近代人的心理。到清乾隆时代，已失了重心。乾隆好徽班的戏剧，便是今日的京剧。京剧在现在有皮黄、梆子之分：皮黄为湖广调，注重在弦；梆子为山陕调，注重在板。目下的京剧，已为皮黄独霸时代，其余都有销沉的倾向。不过京剧为通俗文学，当时不甚注重文字。编制方面，仅有可采之处，在文字上，是远不如南北曲了。

模仿西方话剧（Play）的作品，始于民国时期。当时叫做新剧，现在改称话剧了。编辑的人，多是新文学家，有很多好的作品。自从白话文学运动以来，话剧的前途方兴未艾，替我国文学辟了一个新的途径咧。

总而言之，无论在音乐或戏剧方面，我们所受西洋的影响最深。就戏剧而论，许多结构都是有梵剧的痕迹（参看《中国文学研究》中许地山的一文）。将来如要振兴国剧，整理京剧，都非善取材于异地不可。昆剧在今日，虽然仍旧演唱，已经是不免因文见重于时。他在剧场上的号召力，只有一般少数文人墨客去捧场，不能取得着大多数人的欣赏。京剧的旋律，虽然有乱弹之诮，可是比较的发扬蹈厉一些，尚可以存在若干时，不过文学上的意味较少。新编的话剧，也是模拟西洋的地方居多，出自心裁者少，前途的展望无穷，在乎我们的努力而已。

九　联语和游戏文

联文是属于骈文的产儿，可以做装饰品，可以做游戏文，可以送礼，可以怡神，是我国文学中特殊的现象。相传起于后蜀时代（梁章钜《楹联丛话》），到了宋代，始通行于时。朱熹的联语，至今尤为人所传诵咧。

开元寺

鸟识玄机，衔得春来花上弄。

鱼穿地脉，挹将月向水边吞。

联语有楹联、寿联、喜联、挽联之别，字数不拘长短，句法有诗句、词句、散文化对句之别，作风有雄浑纤丽的变化，真是极其大观了。自从曾国藩提倡以后，联语的发展，更进一层。日暮西山的骈文，又借此可以保存一下了。

联语可以做游戏文，但是游戏文除联语之外，尚有多种：（一）谐文，如韩愈《毛颖传》。（二）谐诗，如长孙无忌《嘲欧阳询》诗，见孟棨《本事诗》。（三）谐词，如陈莹中《减字木兰花》，见《乐府雅词》。（四）诗钟，这是起于清末。《春冰室野乘》所载，颇有佳者，今录一联于下：

（杨贵妃）　　　　（煤山）

秋宵牛女长生殿　　　　故国君王万岁山

至于灯谜、酒令等等，只可以说是文学的游戏品，不能称为游戏文，可以从略了。

宋张表臣《珊瑚钩诗话》，对于各种诗体、文体，都有一定义，可以供研究文学体裁的人参考一下。今录之于下：

> 刺美风化，缓而不迫谓之风。采摭事物，摛华布体谓之赋。推明政治，庄语得失谓之雅。形容盛德，扬厉休功谓之颂。幽忧愤悱，寓之比兴谓之骚。感触事物，托于文章谓之辞。程事较功，考实定名谓之铭。援古刺今，箴戒得失谓之箴。抑扬永言谓之歌。非鼓非钟，徒歌不舞谓之谣。步骤驰骋，斐然成章谓之行。品秩先后，叙而推之谓之引。声音杂比，高下短长谓之曲。吁嗟慨叹，悲忧深思谓之吟。吟咏情性，总合而言志谓之诗。苏李而上，高简古澹谓之古。沈宋而下，法律精切谓之律：此诗之语众体也。帝王之言，出法度以制人者谓之制。丝纶之语，若日月之垂照者谓之诏。制与诏同，诏亦制也。道其常而作彝宪者谓之典。陈其谋而成嘉猷者谓之谟。顺其理而迪之者谓之训。属其人而告之者谓之诰。即师众而申之者谓之誓。因官使而命之者谓之命。出于上者谓之教。行于下者谓之令。时而戒之者敕也。言而喻之者宣也。谘而扬之者赞也。登而崇之者册也。言其伦而析之者论也。度其宜而揆之者议也。别嫌疑而明之者辨也。正是非而著之者说也。记者，记其事也。纪者，纪其实也。纂者，缵而述焉者也。策

者，条而对焉者也。传者，传而信之也。序者，绪而陈
之也。碑者，披列事功而载之金石也。碣者，揭示操行
而立之墓隧也。诔者，累其素履，而质之鬼神也。志
者，识其行藏，而谨其终始也。檄者，激发人心，而喻
之祸福也。移者，自近移远，使之周知也。表者，布臣
子之心，致君父之前也。笺者，修储后之问，申宫闱之
仪也。简者，质言之而略世。启者，文言之而详也。狀
者，言之于公上也。牒者，用之于官府也。捷书不缄，
插羽而传之者，露布也。尺牍无封，指事而陈之者，札
子也。青黄黼黻，经纬以相成者，总谓之文也，此文之
异名也。

作风底概观

一〇　泛论作风

我们在形式方面，已经看见中国文学的发展，与西洋文学所取的途径，稍微有些不同。在诗词、骈文方面，颇有独到之处，在叙事诗、话剧方面，中国远不及西方各国。现在从作风方面，再加以各别的研究。我们或者更可以找出一个批评中国文学的总和咧。

作风是怎么样解释呢？姚鼐[①]在《古文辞类纂·序目》上说："凡文之体十三，而所以为文者八：曰神、理、气、味、格、律、声、色。神理气味者，文之精也；格律声色者，文之粗也。然苟舍其粗，则精者亦胡以寓焉？"这种抽象的名词，很难解释作风之为物。换句话说，作风是修辞方面的印象，我国所谓文气等等，都是与此为近咧。

作风的种类，是不能有肯定的分法。刘勰所谓文有八体："一曰典雅，二曰远奥，三曰精约，四曰显附，五曰繁缛，六曰

---

① 底本作"曾国藩"。

壮丽，七曰新奇，八曰轻靡。"（参阅《文心雕龙·体性篇》）
这不过是相对的观察，不能视为绝对。譬如说到平淡派的文字，
陶诗深入，白诗浅近，便大不相同。其余的可以例推。什么艳丽
派、白描派、雄浑派，都是纵的观察。假使我们从某时代上研究
作风，某种文体上研究作风，那便是横的观察了。

作风是不是有地理上的区别？这是很可研究的。李延寿《北
史·文苑传序》说："江左宫商发越，贵于清绮；河朔词义贞
刚，重乎气质。气质则理胜于词，清绮则文过其意。理胜者，便
于时用；文华者，宜于歌咏。此则南北词人得失之大较。"学者
研究上古文学，往往以为《诗经》是代表北方的作风，《楚骚》
是代表南方的作风。《诗经》质直，《楚骚》幽怨，这也是比较
上的一种区别。可是文章是公物，北方的作风，如果是好的，南
方作者也要仿效起来。反之，南方的作风，也是如此。所以鸿沟
画分，是不可能的一件事情。进而言之，一种文学，又受环境与
题材等等的支配。所以地理对于作风，不无相当的影响，但是不
可刻舟求剑的去研究啊。

一一 时代与作风

从时代方面视察作风，便是研究文学潮流或文学运动，这是
我国文学史中显然可见的事实。譬如六朝的绮丽与宋代的散文
化，当然是互相背驰的。但是这种的分析，也是相对而不是绝
对。陶潜生在文体由散化整的时期，不作绮丽的诗。杨亿生在宋
初，也不作散文化的诗文，可以为例。况且人心之不同，有如其
面，性情之不同，好尚又各异，其间总有不受时代精神所束缚的

人士，不过是少数人罢了。

刘勰很能明白时代与作风的密切关系，他的《文心雕龙·通变篇》说："黄唐淳而质，虞夏质而辨，商周丽而雅，楚汉侈而艳，魏晋浅而绮，宋初讹而新。"《时序篇》也说："时运交移，质文代变，古今情理，如可言乎。"都是这个意思。

周秦时代的作风　扬子《法言》说："虞夏之书浑浑尔，商书灏灏尔，周书噩噩尔。"韩愈《进学解》说："上窥姚姒，浑浑无涯。周《诰》殷《盘》，佶屈聱牙。"这时期的作风，思想丰富，文词古拙，可以朴茂二字包括之。虽然《左传》的爽利，《离骚》的幽怨，不能说是朴茂，但是秦代第一作家李斯所做的碑铭，仍旧是以朴茂见长。还有一个特点，就是韵文非常之多。《老子》几于全是韵文，《易经》《书经》中，亦有不少的例子咧。

> 潜龙勿用，阳气潜藏。见龙在田，天下文明。终日乾乾，与时偕行。（《易经》）

> 无偏无陂，遵王之义。无有作好，遵王之道。无有作恶，遵王之路。无偏无党，王道荡荡。无党无偏，王道平平。（《书经·洪范》）

> 知其雄，守其雌，为天下溪。为天下溪，常德不离，复归于婴儿。（《老子》）

西汉时代的作风　汉赋的典丽，尽人皆知。假使与六朝人的赋比较，便觉六朝人轻靡而不厚重了。乐府诗也是如此：

> 我所思兮在汉阳，欲往从之陇阪长。侧身西望涕沾裳！美人赠我貂襜褕，何以报之明月珠。路远莫致倚踟蹰，何为怀忧心烦纡？（张衡《四愁》）

409

　　大妇正当炉，中妇裁罗襦，小妇独无事，淇上待

吴姝。鸟归花复落，欲去却踟蹰。（陈后主《三妇艳

词》）

　　说到散文，也是如此。试把贾谊《陈政事疏》、刘向《极谏

外家封事》、光武帝《赐宝融玺书》，与苏轼《上皇帝书》、史

可法《与睿亲王书》比较比较，便可以知道古今文气的不同了。

汉人气息深厚，言简意赅，不是后人所可模仿得来，这真是时代

精神了。然而西汉的文趋于散，东汉的文渐趋于整，这是不可不

辨的。不过典重二字，是两汉普通的作风。

　　六朝的作风　六朝的文学，造成中国美文的极峰。骈文的大

成，不论诗文和小品文字，无不以艳丽轻情见长——其中诗文偏

重艳丽，小品文字（可以《世说新语》《水经注》为代表）偏重

轻情。一句话说起来，便是偏重于美的方面。这种美的观念，不

但见之于所谓宫体诗，就是山水文章，也是如此。

　　晓雾将歇，猿鸟乱鸣。夕日欲颓，沉鳞竞跃。（陶

弘景《答谢中书书》）

　　余霞散成绮，澄江静如练。（谢朓《晚登三山还望

京邑》）

绮丽是六朝普遍的作风，但是如王羲之的书札，陶潜的田园诗，

当然是杰出的作品，不随时俗为转移的，可是寥若晨星了。

　　唐代的作风　唐代的文学，有平行的发展，诗文小说，无一

不佳。作风也是多方面的，不能举一种为代表，可以说是极其

"大"了。说到散文，有苏颋、张说之厚重，韩愈之雄浑，柳宗

元之幽峭。说到诗，有李白之飘逸，杜甫之深刻，韩愈之奇峭，

白居易之平易，李商隐之幽艳，已经是大观了。此外还有陆贽的

流水四六，沈亚之、杨巨源等之短篇小说，温庭筠等之词，颜真卿、崔莺莺等之短札（参观胡氏兄弟《唐代文学》第四十一页），都是文学中的创体。所以论唐代文学，我们不能找出一个单调的作风，只好叹观止了。

宋代的作风　散文化和语体，是宋代文学的普通作风。这无论在散文诗词和四六方面，都可以看得出来。"古文八家"，宋占其五，是不必说了，现在看他们诗词和四六文。

> 绿橘在西山，得自髯翁家。云此接活根，是岁当著花。（范成大《两木诗》）

> 使李将军遇高皇帝，万户侯何足道哉？（刘克庄《沁园春》词）

> 若曰下茂陵求遗稿于身后，孰如访济南诵逸书于生前。（汪藻《谢除授舍人书》）

至于白话化的文章，有程朱等的语录和平话，词中也常常见之。

元代的作风　宋人的作风，已经是偏于自然。元人更极力推进白话化的文学，所以作风比较更趋于自然。王国维说："元剧之佳处何在？一言以蔽之，曰：自然而已矣。"（《宋元戏曲史》）吴梅说："文人以本色见长。"（《南北戏曲概言》）不但戏曲如此，小说也是如此。长篇小说如《水浒传奇》等等，到元朝方大发达，都是用白话写成，为今日大众所传诵。说到诗、文、词，本不是元人擅长的文学，最大的作家，要推虞集。姚鼐说："道园诗近缓弱。"又说："六一、道园，皆短于才气，然六一多深湛之思，道园具闲逸之致。"（《昭昧詹言》）王士禛也说："元诗靡弱。"（《古诗选》）可见得也是偏于自然了。

明代的作风　顾实说得好："明代文学，有如铸型，直唐诗、宋文、元曲之残山剩水，中国文学史中最无佳趣之时代也。"（《中国文学史大纲》）这是说明代文学太偏于模仿，前后七子的主张，文必秦汉，诗必盛唐，就是高揭模仿的标志。明末的古文家归有光，是明代最大的散文家，所作完全由欧阳修出来。但是在戏曲、小说方面，明人有独到的贡献。小说是长篇的白话，剧曲则所用白话较少，然而仍旧可以为大众的享乐品。所以明代文学，一方面为诗文词的模仿性与贵族化，一方面为小说、戏曲的比较平民化咧。

清代的作风　清代文学的派别甚多，比较上似乎有创造之力，其实也是模仿，不过比较明代文学，更自然更雅正罢了。顾实说："无风骨气韵之高，而有声调词藻之丽。……对于明人之弊，早已十分观破，故虽同是造花，而遥较工巧。"（《中国文学史大纲》）这是一语破的的话。说到散文，有姚鼐、曾国藩中兴古文，造成桐城派的霸局。在诗的方面，作家先学唐诗（如黄景仁），后学宋诗（如陈三立），造成江西派的霸局。在词的方面，作家先学五代、北宋（如纳兰性德），后学南宋（如朱祖谋），造成梦窗词派的霸局。其实何尝不是模仿的变相咧？不过明人的模仿，是生吞活剥；清人的模仿，是融会贯通。明人所有纤巧、猥亵、嚣张的恶习，清人都一概屏弃，所以作品足以登大雅之堂了。

清代的作风，也是如唐代一样，是多方面的。不过创造的精力，不但不如唐，还不如宋。他们所以超过明代文学的原因，是因为清代能重朴学，不像明代人的空虚。文学以意境、思想为前提，这是我们不能否认的。（参阅张宗祥《清代文学》第一章绪论）

412

清代也如明代一样，戏曲、小说异常发达。有很大伟大的作品（如《长生殿》《红楼梦》等等），比较的是偏于平民文学而异常自然的。但是大宗的自然文学、白话文学，只不过露着锋芒，一直到民国时代，方才大张旗鼓咧。

民国以来的作风 东西文化接触以来，事变日繁。我国旧文字，有时不能因应世变，作风有改变的必要，是无可讳言的。梁启超的散文，黄遵宪的诗，曾经哄动一时。但是入民国时代以来，大家仍旧哄着林纾、马其昶[①]的古文，章士钊的子书派的散文，陈三立、郑孝胥的宋体诗，朱祖谋的梦窗词，好像仍旧入了旧日的漩涡中了。自从胡适、陈独秀提倡白话文学运动，于是白话文风起云涌，盛极一时。其中当然有很好的创造文学，可是一部分的人，生吞活剥地模仿西洋文学，弄成不自然的样子（洋八股的文章）。不知我们尽管可以采用西洋文学的精神，来医治我国旧文学的缺点，谋一种新发展；但是决不可以模仿他人语言文字的形式，矜奇立异，明人所以失败，便是模仿古人的形式，不能注重意境，所以致此。将来文学的作风，无论文言、白话，都要向自然路上走的。王国维说："古今之大文学，无不以自然胜。"真是先得我心了。可是自然是优点，庸熟也是弱点，谈自然者不可不注意这一点，宋代的散文化，虽然有时失去音韵上的美，可是流利自然而出以清新，是我们很好的教训咧。

---

① 底本作"马其咏"。

一二　文体与作风

文学是注重有创造的作风，我们从文体方面观察作风，更是如此。有时各种文体，有各种独立的作风。像曹丕《典论·论文》所说："奏议宜雅，书论宜理，铭诔尚实，诗赋欲丽。"陆机《文赋》说："诗缘情而绮靡，赋体物而浏亮。碑披文以相质，诔缠绵而凄怆。铭博约而温润，箴顿挫而清壮。颂优游以彬蔚，论精微而朗畅。奏平彻以闲雅，说炜烨而谲诳。"刘勰《文心雕龙》也说："章表奏议，则准的乎典雅；赋颂歌诗，则羽仪乎清丽；符檄书移，则楷式于明断；史论序注，则师范于核要；箴铭碑诔，则体制于宏深；连珠七辞，则从事于巧艳。"王应麟《辞学指南》引夏文庄的话说："美辞施于颂赞，明文布于笺奏；诏诰语重而体宏，歌谣言近而旨远。"陆时雍《诗镜总论》说："诗四言优而婉，五言直而俗，七言纵而畅，三言矫而掉，六言甘而媚，杂言芬葩，顿跌起伏。"都是说不同的文体，应有不同的作风咧。

我们就大体讨论，先说散文。古代没有骈散之分，我们是应当首先注意的。我们常说东汉文由散文入骈（蔡邕的文章，最可以做代表），但是在六朝时代，仍旧没有显著的判别。显著的判别，是唐宋人提倡古文的结果，古文是什么呢？古文是以复古为手段的散文。（拙著《中国文学史》第二一五页）

然而古文虽然是散文，不能代表散文的全体，这是因为古文有他的特殊作风。桐城派作家吴德旋说："古文之体，忌小说，忌语录，忌诗话，忌时文，忌尺牍。此五者不去，非古文也。"

414

（《初月楼古文绪论》）请问小说、语录等等，不是散文吗？以上是反面的观察，正面的说法，有方苞等的古文义法。

> 理正而皆心得，辞古而必己出。（方苞《储礼执文稿序》）

> 文章之境，莫佳于平淡。（姚鼐《复曹云路书》）

再看近代人的批评：

> 桐城义法者，用以摧伏魔外，绰然有余，非以此为极致也。（章炳麟《菿汉微言》）

> 唐宋八家的古文和桐城派的古文的长处，只是他们甘心做通顺清淡的文章。（胡适《五十年来中国之文学》）

所以古文的作风，是有一种淡雅的作风。他的长处，能够"惟陈言之务去"（韩愈《答李翊书》），短处便是空虚不着边际。至于桐城派、阳湖派之分别，不甚显著。阳湖派实在是等桐城派，不过才气纵横一点。（参观姜书阁《桐城文派评述》第三章第四节）

就古文作风而论，有所谓唐宋大八家（韩愈、柳宗元、欧阳修、王安石、曾巩、苏洵、苏轼、苏辙）。其实李翱、皇甫湜、司马光、陆游、朱熹的散文，都可以诵读，不限于八家。明朝的归有光，清朝的方苞、姚鼐、曾国藩，当然皆是大家了。现在录钱基博的话，以分别八家的作风。（《现代中国文学史编首》）

论古文之流别，韩愈以扬子云化《史记》，柳宗元以《老庄》《国语》化六朝，王安石以周秦诸子化韩愈，曾巩以"三礼"化西汉，苏洵以贾谊、晁错化《孟子》《国策》，苏轼以

《庄子》《孟子》化《国策》，于此可悟脱胎之法。而唐以后之言古文者，莫不推韩柳为大宗。然唐宋八家，韩柳并称，而继往开来，厥推韩愈。独愈之文，安雅而奇崛。李翱学其安雅，皇甫湜得其奇崛。其衍李翱之安雅一派者，至则为欧阳修之神逸，不至则为苏辙、曾巩之清谨；其衍皇甫湜一派者，至则为王安石之峻峭，不至则为苏洵、苏轼之奔放。其大较然也。

　　古文既然不能代表全部分的散文，那么还有些什么散文呢？最显著的，要算子书的散文、史书的散文和其他小品文字。《古文辞类纂》采及史书，《经史百家杂钞》兼采经史，可见得界限是很难划分的。现在且看桐城派作家的议论：

　　　　诸子中，《老子》似经，其旨与吾儒异，无害也。《荀子》说理较醇，而文笔近于平。《淮南》排句亦多，却有精彩。莫超于《庄子》，莫峭于《韩非子》矣。

　　　　《史记》《两汉》《五代史》，皆事与文并美。其余诸史，备稽考而已。文章不足观也。（《初月楼古文绪编》）

　　小品文字，包括游记、小说、短简隽语等等，他们的作风，多以轻倩、含蓄、简淡见长。

　　　　初四日晨起，雨止，四山云气勃勃，饭而行。（徐霞客《滇游日记》）

　　　　及明，靓妆在臂，香在衣，泪光莹莹然，独萦于茵席而已！（元稹《会真记》）

　　　　奉橘三百枚，霜未降，未可多得。（王羲之《奉橘帖》）

君自见其朱门，贫道如游蓬户。（刘义庆《世说新语》）

骈文的作风，随时不同。东汉和魏的文章，如蔡邕《郭有道碑》，曹丕《与朝歌令吴质书》，措辞整赡，不是真正骈文。骈文到齐梁始大盛，华丽是其所长，板滞是其所短。到了江淹、徐陵、庾信，方才以生动之笔出之，这是骈文的极盛时代。庾信入北周以后，追怀故国，所作更能凄恻动人。他的作风，老杜批评最好，"庾信文章老更成""庾信生平最萧瑟，暮年诗赋动江关""清新庾开府"，都是些的评。唐代的骈文，工整有余，气骨不足。最杰出的，要算陆贽。他以俪语入章奏中，非常的自然，是后代流水四六的开山祖。当时骈文的名家，如李商隐、温庭筠、段成式（三十六体），都不及他。宋代的四六，也是散文化（已见前章）。名人如欧苏，都是精于此体，后来喜用长句及议论，不免有太过之处（参阅谢无量《中国文学史》所引《春在堂笔录》）。骈文在元明，最为不振，到清代始大大地发展。清初有毛奇龄、陈维崧，中叶时有胡天游、邵齐焘、汪中、洪亮吉、袁枚，模仿古人，可以称为雅洁了。

此外有一种不骈不散的文字，近代文人多喜为之，并没有什么特殊的作风。诗的作风，可分为四言诗、选体诗、唐诗和宋诗四种。说到四言诗，当然以《诗经》为代表，可是《诗经》的作风很多（参阅本丛书《中国诗词概论》），不能举一单独的例子。《礼记·经解》所谓"温柔敦厚，诗教也"，或者可以概括一大部分咧。后来做四言诗的人，都没有气骨，直等到韩愈以古文气势行之，四言诗方才可以复活，《元和圣德诗》等等可以为代表咧。

417

选体诗，包括汉魏六朝的诗，因为最早的诗都是在《文选》中，所以叫做选体诗。换言之，就是五古诗的大成。汉魏诗的厚重，六朝诗的浮艳，作风是绝对的不同。此外还有乐府诗，流利自然，也是另辟途径咧。

唐诗与宋诗，在近代诗坛上的争霸，是值得一件注意的事。可是唐诗的作风，较宋诗更加多方面的。他们的两大派别的不同，究竟在什么地方呢？

　　唐诗主情，宋诗在性。（王士祯）

　　唐诗蕴蓄，宋诗发露。（沈德潜）

　　宋人之诗，变化于唐，而出其所自得，皮毛尽落，精神独存。（吴之振）

　　宋人一代之诗，多讲性情，而不合于体格，是委巷之歌谣也。明人一代之诗，专讲体格，而不能自达其性情，是优孟之衣冠也。（杨伦）

　　杜甫《茅屋为秋风所破歌》，以朴胜，遂开宋派。（邵长蘅）

总而言之，唐人的诗音节谐婉，造意和修辞并重。宋人的诗用散文的气势行之，注重议论、意境，而不注重修辞与音节，这是大别了。（参阅胡云翼《宋诗研究》第一章）

但是唐诗、宋诗的区别，也有人不承认的。袁枚《随园诗话》说："诗分唐宋，至今人犹恪守。不知诗者，人之性情；唐宋者，帝王之国号；人之性情，岂因国号而转移哉？"不过他在《答兰垞第二书》中，列举宋诗之弊，如"不依永，故律乏；不润色，故采晦；又往往使事太僻"等语，而不及唐诗，可见得宋代的作风，自有其特异之点，他也不是完全否认咧。明李东阳

《怀麓堂诗话》说："诗太拙则近于文，太巧则近于词。宋之拙者，皆文也。元之巧者，皆词也。"这是不满于宋诗的说话。

唐诗、宋诗，在后来诗坛上的影响，可如下述：七子等崇唐诗，痛诋宋诗为不足学。然而他们所学的是皮毛，而不是精神。明末的大诗人钱谦益，编《列朝诗选》，痛诋七子。清初的诗坛，仍旧是崇唐诎宋，沈德潜是宣传唐诗的宗师。到了厉鹗专主宋人，于是有浙派的名目，晚清的诗人，便无一不宗宋了。

就诗体而论，古诗重气势，较自由，律诗重修辞与韵味，较拘束。这都是字句长短、篇章多寡的关系。李杜是多方面的诗人，拿他们的《蜀道难》《丹青引》，与《登宣城谢朓北楼咏怀古迹》诸诗相比较，便可以知道作风何似。而律诗与绝句，又有不同。律诗重修辞藻丽，绝句重意境自然，五绝尤其如此。李白、王维的五绝如此，后来的作家，也是如此咧。（各体与作风的细情，已于第二编第二章中附见，不另述。）

词的作风，普遍分为豪放、婉约二派。豪放派，以苏轼、辛弃疾为领袖。婉约派，有南唐二主、冯延巳、秦观、周邦彦、姜夔、吴文英诸大作家。倘使从纵的方面观察，那么五代的作风，比较含蓄，北宋的作风，比较自然，南宋派的词，比较细密一点。进一步的说，婉约派的词，作风也不能一律。柳永近于俚俗，张炎注重清空，所谓婉约、豪放，不过是一种概括的分析（参阅拙著《中国文学史》第二五五页）。至于婉约、豪放之外，不妨有闲适派的词。邹祗谟《远志斋词衷》说："诗家有王孟韦储一派，词流惟务观、仙伦、次山、少鲁诸家近似，与辛刘徒作壮语者有别。"这派的词，可以朱敦儒、陆游为代表。汪叔耕说："希真词，多尘外之想，虽杂以微尘，而其清气自不可没。"许蒿庐云:"南渡后,惟放翁为诗家大宗,词亦扫尽纤淫,超然拔俗。"这都说他们的词,是很闲适的样子。此外豪放派苏辛所做小词,也是闲适居多。张炎批评苏轼的词说:"东坡词清丽舒徐处,高出人表,周秦诸人所不能到。"舒徐就是闲适,这是看他的短词,可以见得的。

戏曲小说的作风,与以前的文体大异,就是偏于白话化与平民化,然而也有不同的地方。先就戏曲而论,元人的杂剧,是极端的白话化。明清的传奇,渐渐的走入古典方面,然而仍旧保持着白话化的尊严。今举例于下,以资比较:

西厢记(第四剧第四折)

【雁儿落】绿依依墙高柳半遮,静悄悄门掩清秋夜。疏剌剌林梢落叶风,昏惨惨云际穿窗月。

【得胜令】惊觉我的,是颤颤巍巍竹影走龙蛇,虚飘飘庄周梦蝴蝶,絮叨叨促织儿无休歇,韵悠悠砧声儿不断绝,痛煞煞伤别,急煎煎好梦儿应难舍。冷清清的咨嗟,娇滴滴玉人儿何处也?

长生殿·得信

【醉落魄】相思透骨沉疴久,越添消瘦。蘅芜烧尽魂来否?望断仙音,一片晚云秋。

【二犯桂枝香】叶枯红藕,条疏青柳,渐刺刺满处西风,都送与愁人消受。悠悠,欲眠不眠欹枕头。非耶是耶睁望眸。问巫阳浑未剖。活时难救,死时怎求?他生未就,此生顿休!可怜他,渺渺魂无觅,量我这恹恹病怎瘳?

【不是路】鹤转瀛洲,信物携将远寄投。忙回奏,

仙坛传语慰离忧。问因由。佳人果有佳音否？莫为我
淹煎，把浪语诌。追寻久，遍黄泉碧落俱无有。请休僝
僽。

其实，每一代的作风，也是多方面的。说到元代，有关汉卿的雄
浑，马东篱的清俊，王实甫的妍丽。明代的作家，有梁辰鱼的藻
丽，汤显祖的横逸。清代则有洪昇、孔尚任的征实，也不是一律
的。上列所言，是论起大概罢了。（参阅吴梅《词曲讲义》第
十三章）

谈到小说的作风，我们感觉白话的发展，更为显著。长篇小
说，从宋代到今日，大半是白话写的，《三国志》《列国志》，
是用浅近的文字写的，于此可以知道小说的平民化了。可是短篇
小说在白话文学运动以前，多半是高深的文言。最早的最好的短
篇小说，当推晋唐小说，文笔都是简练而有风致。近人诵读较广
的清代短篇小说《聊斋志异》，便非常的典重，不能通俗。近来
的白话小说，无论长篇、短篇，都是欧化居多。

在实质一方面，作风也常常受着影响。古代的小说，多半是
寓言或神话（如《山海经》一类）。晋唐小说多半志怪，或记录
遗闻轶事。明清小说，方才注重社会情状和讽刺方面。最近小
说，更完全趋于写实主义了。

一三　从作风方面观察作者

作风是不能分类的，分类也不能"尽"的，所谓分类，也不
过是比较的说法。刘勰解释文有八体说：

典雅者，镕式经诰，方轨儒门者也。远奥者，馥采

421

典文，经理玄密者也。精约者，核字省句，剖析毫厘者
也。显附者，辞直义畅，切理厌心者也。繁缛者，博喻
酿采，炜烨枝派者也。壮丽者，高论宏裁，卓烁异彩者
也。新奇者，摈古竞今，危侧趣诡者也。轻靡者，浮文
弱植，缥缈附俗者也。（《文心雕龙·体性篇》）

很可以供我们的参考。现在拿作风概括的分类起来，再研究几个
大作家的作风。

雄浑派 这是文学中最高的一派，造意遣词，都不蹈袭常
人，完全以苍劲朴茂胜人。司马迁的《史记》，杜甫的诗，韩愈
的诗文，最可以代表这派。吕祖谦批评太史公文说："其指意之
深远，寄兴之悠长，微而显，绝而续，正而变。文见乎此，而起
意在彼，有若鱼龙之变化，不可得而踪迹者矣。"王世贞论杜诗
说："子美以意为主，以独造为宗，以奇拔沉雄为贵。"《新唐
书·韩愈传》说："其《原道》《原性》《诗说》数十篇，皆奥
衍闳深，与孟轲、扬雄相表里。"此外雄浑的作家虽多，不能出
三人之范围咧。

豪放派 苏轼批评他的散文说："作文如行云流水，初无定
意。但常行于所当行，止于所不可不止。"这是豪放派的正面说
法。然一味豪放，必定流于粗率，所以能够豪放的人，必定能够
超妙或飘逸。王世贞说："太白古乐府，杳冥恍惚，纵横变幻，
极才人之妙。"王国维批评辛弃疾的词说："幼安之佳处，在有
性情，有境界，即以气象论，亦有傍素波干青云之概。"所以我
们举李白的诗，苏轼的文，辛弃疾的词，关汉卿的曲，白朴的歌
剧，康海、王九思的散曲，吴承恩的《西游记》，代表这派作风
的作品。

神韵派 这个名词，是王士祯所提倡的。他选《唐贤三昧集》，以王维为压卷。不过这个主张，也来得很早。严羽《沧浪诗话》所谓"空中之音，水中之月，镜中之象，言有尽而意无穷"，司空图《诗品》所谓"饮食中之盐梅，味在盐酸之外"，都是此意。古文中欧阳修，是这派的开山祖，当时苏洵的批评，很可以参考："执事之文，纡徐委婉，往复百折，而容与闲易，无艰难劳苦之态。"欧阳修、曾巩、归有光的文，王维、王士祯的诗，可以代表这派的作风。

闲淡派 这派作风，以陶潜为开山祖。在意境方面，以田园生活为背景，在修辞方面，不用典而注重白描，不过白描起来，又不可趋于庸熟。所以钟嵘批评陶诗说："文体省静，殆无长语。笃意真古，辞兴惋惕。"后来学陶诗的人，在唐有王维、孟郊、储光羲、韦应物、柳宗元，在宋有梅尧臣、邵雍、刘子翚，在明有姚广孝。此外有王羲之的文，朱敦儒的词，马致远、张可久的散曲，都可以说是闲淡的文学咧。

藻丽派 汉赋和六朝诗文，是这派文章的源泉和汇集地。然而两大宗的作品，也有很多的差异。汉则气息厚重，而失之于堆砌；六朝诗文，比较的流利，而有音节的谐和。其中最杰出的，要推司马相如的赋、谢灵运的诗和庾信的文了。相如所作的《子虚》《上林赋》，布局开张，遣词瑰丽。从前的人，视为赋家之极轨（用何焯语）。钟嵘批评谢灵运的诗说："文章迥句，处处间起。丽典新声，络绎奔会。"《周书》批评庾信也说："夸目侈于红紫，荡心逾于郑卫。"不过庾信的文，另有专长（见后），不是完全靠藻丽咧。至于词的方面，史达祖的词，"瑰奇警迈"（张镃语）。曲的方面，有《香囊记》《玉玦记》《玉合记》，"益工修辞，本质几掩"（吴梅语）。小说中藻丽较少，陈球的《燕山外史》全用俪语，与古典派的《聊斋志异》，可谓异曲同工了。

平易派 平易派与藻丽派，立于相反地位，与闲淡派相似而不尽同。为什么呢？这派的作者，不是完全写田园生活，修辞不像闲淡派的凝练生涩。诗中有唐代元白体，宋代四灵诗，明代公安体，清代性灵派，都是这种作风。宋人的语录，元人的杂剧，明清的小说，都是这派作风的大成功，那是不胜枚举了。近代白话文学运动，是这派的文章的登峰造极时期了。

哀怨派 哀怨派与神韵派相似，都是注重情感的表现，但是神韵派所表现的情感是多方面的，不甚显著的。哀怨派所表现的情感是单调的，深刻的。这两派不能强分轩轾。哀怨派的作者，所受刺激太深，所以作品似乎更能感人。这派作风，以屈原为开山祖，他的《离骚》，是因为忧愁幽思而作的（太史公语）。所以刘勰说："自风雅寝声，莫或抽绪。奇文郁起，其离骚哉。"又说："每一顾而掩涕，叹君门之九重，忠怨之辞也。"此后则有庾信的赋，尤其是《哀江南赋》，最能描写他的乡关之思，凄凉之感。词的方面，如李清照、朱淑真、王沂孙、贺双卿，都是极凄怨的。我们读到"这次第怎一个愁字了得"（李清照）、"愁来天不管"（朱淑真）、"病翼惊秋，枯形阅世"（王沂孙）、"休更望天涯！天涯只是，几片冷云展"（贺双卿）等句子，真可洒一掬同情之泪了！《琵琶记》的《思乡》，《长生殿》的《得信》，《桃花扇》的《寄扇》，也都是哀感而顽艳咧。

悲壮派 这是与哀怨派的作风，似同而实异的。同是悲哀，

424

一则偏于消极，一则偏于积极。古代边塞诗的作者如高适、岑参，都是能以悲壮见长。汉代论边事的章奏（如扬雄《谏不受单于朝书》），宋人的章奏，论和战的得失（如岳飞的名句"吐手燕云，终欲复仇而报国；誓心天地，尚令稽首以称藩！"）可以代表这个派的文章。

峭刻派 最早的峭刻派文学，要推《韩非子》。文致警峭精深，古人已有定评（参阅顾实《中国文学史大纲》第一零四页）。后来古文方面，有柳宗元的隽洁，王安石的峭拔，都是于此为近。诗的方面，唐有韩愈、孟郊，宋有黄庭坚。庭坚创为新奇拗崛的局格，甚至于在音节方面，别创①为一种兀傲奇崛之响（用《昭昧詹言》说）。这派作风，在小说、戏曲方面，很难有相当的发展。

险怪派 比峭刻派更近一层的，便是险怪派。我们举李贺、卢仝的诗，龚自珍的散文为例。世人称李贺为千古之鬼才，便说他的怪。但是他是奇诡而香艳，与卢仝不同。卢仝的诗，如《月蚀诗》，简直如同散文一样，怪而诙谐，又是一种风格了。晚清龚自珍的散文，包罗万状，不名一家，亦生涩，亦古峭，是近代散文界的大怪杰了。

香艳派 这派专门描写闺房恋爱之事，作风是绮丽轻倩，在南北朝名为宫体。《梁书·简文帝传》："好为轻艳之词，当时号曰宫体。"《周书·庾信传》："既有盛才，文并绮艳。世号为徐庾体。"晚唐温庭筠、李商隐诗文绮艳，号称温李。商隐喜做无题诗，开后来无数法门，是香艳派的大宗师。唐末韩偓的

---

① 底本作"已割"。

诗，也很香艳，叫做《香奁集》，因此香艳诗又名香奁诗。在小说方面，《金瓶梅》《红楼梦》代表此派（其实也是社会小说）。戏曲方面，如《西厢记》《情邮》等都是。

谐刺派 诙谐派本来注重主文谲谏，后来便滑稽而带讽刺了，但"本体不雅，其流易弊"（参阅《文心雕龙·谐隐篇》）。近人林语堂所出《论语》，世号称幽默，便是属于此派。最早的这派文字，要算淳于髡了。《前汉书》说："武帝之世，滑稽则东方朔、枚皋。"东方朔有《答客难》《非有先生传》等文。后来扬雄有《解嘲》，晋孔褒有《钱神论》，唐韩愈有《毛颖传》，柳宗元有《蝜蝂传》，都是些游戏文章。后来尤侗、袁枚很有谐刺的诗文发生。这派作风，在小说中，最为发达。《儒林外史》，是这派文章中洋洋巨观了。

以上所论，是举一反三的办法。作风是变化百出的，作家的作风，也不是一派所能形容尽致的。像李贺的诗，也可以入香艳派，也可以入险怪派，便是一例。我们讨论作风，与讨论文体一样，其间很多的地方，如犬牙相错，如屋瓦毗连，不能一一深论了。